Inaccessibles

Katharine McGee

Inaccessibles

La tour aux mille étages, tome 1

Traduit de l'anglais (États-Unis)
par Isabelle Troin

Michel LAFON

Titre original : *The Thousandth Floor*

alloyentertainment

Produced by Alloy Entertainment, LLC

118, avenue Achille-Peretti – CS70024
92521 Neuilly-sur-Seine Cedex
www.lire-en-serie.com

Pour Lizzy

Prologue

Novembre 2118

Les rires et la musique s'éteignaient peu à peu au 1000[e] étage tandis que la fête se délitait et que même les plus bruyants des invités gagnaient les ascenseurs d'un pas titubant pour rentrer chez eux. Les fenêtres sol-plafond formaient encore des rectangles d'obscurité veloutée alors que le soleil se levait au loin, peignant l'horizon d'ocre, de rose pâle et d'or nacré.

Puis un cri déchira brusquement le silence comme une fille dégringolait dans le vide, son corps chutant de plus en plus vite.

Dans trois minutes précisément, elle percuterait le ciment impitoyable d'East Avenue. Mais à ce moment précis, avec ses cheveux qui claquaient au vent telle une bannière, la soie de sa robe qui ondulait autour de ses courbes et sa bouche rouge vif figée en un parfait O de stupeur, elle était plus belle que jamais.

On dit que, juste avant de mourir, les gens voient défiler toute leur vie devant leurs yeux. Mais tandis que le sol se précipitait à sa rencontre, la fille ne put penser qu'aux dernières heures qui venaient de s'écouler, au chemin qu'elle avait pris et qui s'achevait ici. Si seulement elle ne lui avait pas parlé. Si seulement elle n'avait pas été aussi bête. Si seulement elle n'était pas montée jusque-là.

Quand le surveillant de quai trouva ce qui restait de son corps et envoya d'un doigt tremblant son rapport d'incident, il ne savait qu'une chose : cette fille était la première personne à tomber de la Tour depuis vingt-cinq ans qu'il travaillait là. Il ignorait qui elle était et comment elle avait pu avoir accès à l'extérieur.

Il n'aurait su dire si elle était tombée par accident, si quelqu'un l'avait poussée ou si, écrasée par le poids de ses propres secrets, elle avait décidé de sauter.

Avery

Deux mois plus tôt

– J'ai passé une super soirée, déclara Zay Wagner en raccompagnant Avery Fuller jusqu'à la porte du penthouse de sa famille.

Ils étaient descendus à l'Aquarium de New York, au 830e étage, et avaient dansé dans la douce phosphorescence des bassins, parmi les visages familiers. Avery se fichait pas mal des poissons mais, comme son amie Erin le disait toujours, une soirée, c'est une soirée, pas vrai ?

– Moi aussi. (La jeune fille leva sa tête aux cheveux blond vif vers le scanner rétinien, et la porte se déverrouilla. Elle gratifia Zay d'un sourire.) Bonne nuit.

Il lui prit la main.

– Je pensais que je pourrais peut-être entrer ? Vu que tes parents ne sont pas là…

– Désolée, marmonna Avery en dissimulant son irritation sous un bâillement feint. (Toute la soirée, Zay avait inventé des excuses pour la toucher. Elle aurait dû le voir venir.) Je suis crevée.

– Avery. (Le jeune homme laissa retomber sa main, fit un pas en arrière et passa les doigts dans ses cheveux.) Ça fait des semaines que ça dure. Je vais finir par croire que je ne te plais pas.

Avery ouvrit la bouche sans qu'aucun son n'en sorte. Elle ne savait pas quoi répondre.

Quelque chose passa sur le visage de Zay – de l'agacement, de la confusion ?

– Pigé. On se voit plus tard. (Il battit en retraite vers l'ascenseur puis se retourna et la détailla une fois de plus de la tête aux pieds.) Tu es vraiment très belle ce soir, ajouta-t-il.

Les portes de la cabine se refermèrent avec un petit bruit mat.

Avery soupira et pénétra dans le somptueux vestibule de son appartement. Avant sa naissance, quand la Tour était en construction, ses parents avaient enchéri sur ce penthouse qui occupait tout le dernier étage et possédait le seul hall sur deux niveaux du bâtiment. Ils en étaient si fiers ! Avery, elle, détestait l'écho lugubre que ses pas y produisaient, les miroirs scintillants qui recouvraient chaque surface. Elle ne pouvait regarder nulle part sans croiser son propre reflet.

La jeune fille se débarrassa de ses escarpins à talons et, pieds nus, se dirigea vers sa chambre en les abandonnant au milieu du vestibule. Quelqu'un les ramasserait le lendemain – un des bots, ou Sarah si elle daignait se pointer à l'heure.

Pauvre Zay. Avery l'aimait bien : il était drôle de cette façon bruyamment pétillante qui la faisait toujours rire. Mais elle ne ressentait rien quand ils s'embrassaient.

D'un autre côté, le seul garçon qu'elle aurait vraiment eu envie d'embrasser était celui auquel elle ne pourrait jamais toucher.

Pénétrant dans sa chambre, elle entendit le doux bourdonnement du serveur domestique qui s'animait pour mesurer ses constantes et ajuster la température de la pièce. Un verre d'eau glacée apparut sur la table de chevet près de son antique lit à baldaquin – probablement à cause du champagne qui continuait à tourbillonner dans son estomac vide. Elle ne prit pas la peine de poser la question ; elle avait désactivé la fonction vocale du serveur après qu'Atlas avait quitté la ville. C'était lui qui avait sélectionné son accent britannique et l'avait baptisé Jenkins. Parler à Jenkins sans lui était beaucoup trop déprimant.

Les paroles de Zay résonnaient dans la tête d'Avery. *Tu es vraiment très belle ce soir.* Bien sûr, il essayait juste de lui faire un compliment. Il ne pouvait pas savoir à quel point Avery détestait cet adjectif. Toute sa vie, on lui avait répété combien elle était belle – ses profs, ses parents, les garçons… Ça avait perdu toute signification pour elle. Seul Atlas, son frère adoptif, savait qu'il valait mieux s'abstenir de commenter son physique.

Les Fuller avaient mis des années et dépensé des sommes d'argent considérables pour concevoir Avery. La jeune fille ne savait pas combien elle leur avait coûté au juste, mais sans doute à peine moins que leur appartement selon ses estimations. Ses parents, tous deux de taille moyenne avec des cheveux bruns et un physique ordinaire, avaient fait venir en avion depuis la Suisse les chercheurs les plus réputés du monde afin de fouiller leur matériau génétique et, parmi les millions de combinaisons de leur ADN si quelconque, trouver la possibilité unique qui avait produit Avery.

Parfois, la jeune fille se demandait qui elle aurait été si ses parents l'avaient conçue de façon naturelle, ou s'ils s'étaient contentés de filtrer les maladies potentielles comme la plupart des résidents des étages supérieurs. Aurait-elle hérité des épaules saillantes de sa mère ou des dents chevalines de son père ? Non que ça ait la moindre importance. Pierson et Elizabeth Fuller avaient payé pour cette fille-là, avec ses cheveux couleur de miel, ses longues jambes, ses yeux d'un bleu intense, l'intelligence de son père et le sens de la repartie de sa mère. Atlas disait toujours en plaisantant que son seul défaut, c'était d'être têtue.

Avery aurait bien aimé que ce soit réellement la seule chose qui cloche chez elle.

Secouant ses cheveux, elle les entortilla en un chignon lâche et sortit de sa chambre d'un pas décidé. Dans la cuisine, elle ouvrit la porte du garde-manger et tendit la main vers la poignée dissimulée qui actionnait le panneau de commande. Elle l'avait découverte des années auparavant durant une partie de cache-cache avec Atlas. Elle ne savait pas trop si ses parents étaient au courant ; de toute façon, ils ne mettaient jamais les pieds ici.

Avery poussa le panneau de métal vers l'intérieur, et une échelle descendit dans l'espace étroit du garde-manger. Empoignant à deux mains la jupe de sa robe de soie ivoire, la jeune fille se plia en deux pour s'introduire dans la cavité et commença à monter en comptant instinctivement les marches en italien, *uno, due, tre*. Elle se demanda si Atlas avait passé du temps en Italie, cette année, s'il s'était seulement rendu en Europe.

En équilibre sur la marche supérieure, Avery libéra la trappe et s'avança dans l'obscurité balayée par le vent.

Sous le rugissement assourdissant de ce dernier, elle capta le grondement sourd des diverses machines installées sur le toit autour d'elle, protégées par des caissons étanches ou tapies sous des panneaux photovoltaïques. Les dalles métalliques de la plate-forme étaient froides sous ses pieds nus. Des poutres en acier jaillissaient de chaque coin et se rejoignaient au-dessus de sa tête pour former la pointe iconique de la Tour.

La nuit était claire, sans aucun nuage pour mouiller les cils d'Avery ou déposer des perles d'humidité sur sa peau. Les étoiles scintillaient tel du verre brisé dans l'inconcevable immensité du ciel nocturne. Si quelqu'un savait qu'elle était montée là, Avery serait privée de sortie à vie. Tout accès extérieur au-dessus du 150ᵉ étage était strictement interdit ; d'épais panneaux en verre de polyéthylène protégeaient les terrasses contre les vents violents.

Avery se demanda si quelqu'un d'autre qu'elle avait déjà mis les pieds ici. Des barrières de sécurité bordaient un côté du toit, sans doute au cas où des ouvriers de maintenance monteraient ici, mais à sa connaissance ce n'était jamais arrivé.

Elle n'en avait jamais parlé à Atlas. C'était l'un des deux seuls secrets qu'elle lui cachait. Si son frère l'avait découvert, il aurait fait en sorte qu'elle ne puisse pas revenir, et Avery n'aurait pas supporté de renoncer à cette liberté. Elle aimait monter sur le toit, sentir le vent cingler son visage et emmêler ses cheveux, la faire larmoyer, et hurler si fort qu'il noyait ses pensées incontrôlables.

Elle se rapprocha du bord en savourant le vertige qui lui nouait l'estomac tandis qu'elle balayait la ville du regard. En contrebas, les monorails ondulaient dans les airs tels des serpents fluorescents. L'horizon semblait impossiblement loin ; la vue de la jeune fille portait depuis les lumières du New Jersey à l'ouest jusqu'aux rues du Sprawl au sud, à Brooklyn à l'est et, au-delà, à l'éclat couleur d'étain de l'Atlantique.

Sous ses pieds nus se dressait la plus grande structure existant sur Terre, un monde complet en soi. C'était si étrange de penser qu'elle surplombait des millions de gens qui mangeaient, dormaient, rêvaient et se touchaient… Avery cligna des yeux, en proie à une solitude aussi subite qu'aiguë. Ils étaient tous des étrangers pour elle, y compris ceux qu'elle connaissait. Que savait-elle d'eux, ou d'elle-même, ou de quoi que ce soit dans cette vie ?

La jeune fille s'accouda à la balustrade en frissonnant. Un seul faux mouvement pourrait la faire basculer dans le vide. Une fois de plus, elle se demanda ce qu'elle ressentirait durant une chute de quatre kilomètres de haut. Elle imagina que ce serait sans doute paisible, cette impression d'apesanteur alors même qu'elle atteindrait la vitesse maximale. Elle mourrait d'une crise cardiaque longtemps avant de toucher le sol. Fermant les yeux, elle se pencha en avant et crispa sur le bord ses orteils aux ongles vernis en argent. À cet instant précis, la face interne de ses paupières s'alluma comme ses lentilles lui signalaient un appel entrant.

Avery hésita, une vague d'excitation coupable la submergeant à la vue de son nom. Elle avait si bien réussi à éviter ça pendant tout l'été, en se distrayant d'abord avec le programme d'études à Florence et plus récemment avec Zay ! Mais finalement elle se détourna et redescendit rapidement l'échelle.

– Salut, lança-t-elle, un peu essoufflée, une fois qu'elle eut regagné le garde-manger, chuchotant même s'il n'y avait personne pour l'entendre. Tu ne m'avais pas appelée depuis un bail. Où es-tu ?

– Dans un nouvel endroit. Tu adorerais. (Sa voix était toujours la même à l'oreille d'Avery, aussi chaude et veloutée.) Comment ça va, Aves ?

Telle était la raison pour laquelle Avery devait sortir sur le toit de la Tour en pleine tempête afin d'échapper à ses propres pensées, à cette partie de sa conception génétique qui avait si mal tourné.

À l'autre bout du fil, son frère Atlas était la raison pour laquelle elle ne voulait embrasser personne d'autre.

Leda

Comme l'hélico traversait l'East River pour pénétrer dans Manhattan, Leda Cole se pencha en avant et pressa son visage contre le flexiverre pour mieux voir.

Le premier aperçu de la ville avait toujours quelque chose de magique, surtout à cette heure, quand les vitres des étages supérieurs flamboyaient dans le soleil de l'après-midi. Sous la surface de néochrome, Leda entrevit des éclairs de couleur aux endroits où fusaient les ascenseurs, telles les veines de la ville faisant circuler son sang de haut en bas. C'était comme toujours à la fois terriblement moderne et, quelque part, intemporel, songea la jeune fille. Elle avait contemplé d'innombrables photos de l'ancienne skyline de New York, celle que les gens trouvaient toujours si romantique. Mais comparée à la Tour, elle lui avait toujours paru laide et agressive.

– Contente de rentrer ? demanda prudemment sa mère en lui jetant un coup d'œil depuis l'autre côté de l'allée.

Leda hocha brièvement la tête sans se donner la peine de répondre. C'était à peine si elle avait adressé la parole à ses parents depuis qu'ils étaient venus la chercher à la clinique de désintoxication le matin même. Ou, pour être franche, depuis l'incident survenu en juillet suite auquel ils l'avaient expédiée là-bas.

– On peut commander chez Miatza ce soir ? J'ai envie d'un burger de dodo depuis des semaines, lança son frère Jamie dans un effort flagrant pour lui remonter le moral.

Leda l'ignora. Jamie n'avait que onze mois de plus qu'elle, et il entrerait bientôt en terminale, mais tous deux n'avaient jamais été proches. Probablement parce qu'ils ne se ressemblaient pas le moins du monde.

Tout chez Jamie était simple et direct, et il ne semblait jamais s'inquiéter pour quoi que ce soit. Même physiquement, Leda et lui étaient aux antipodes l'un de l'autre : elle, la peau sombre, petite et menue comme leur mère ; lui, presque aussi pâle que leur père et l'air toujours débraillé malgré les efforts de sa sœur. Là, par exemple, il arborait une barbe clairsemée qu'il avait apparemment mis tout l'été à faire pousser.

– C'est Leda qui choisit, décréta leur père.

Comme si la laisser choisir ce qu'ils mangeraient ce soir allait compenser tout le reste.

– Je m'en fous.

Leda baissa les yeux vers son poignet. Les deux piqûres minuscules, laissées par le bracelet électronique qui lui avait collé à la peau tout l'été, étaient les seuls vestiges du temps passé à Silver Cove – qui, de façon assez perverse, se trouvait très loin de l'océan, dans le centre du Nevada.

Non que Leda puisse blâmer ses parents. À leur place, elle aussi se serait envoyée en désintox après la scène dont ils avaient été témoins en juillet. Elle était dans tous ses états à son arrivée au centre, folle de rage et agressive à cause de la xenperhédrine qu'elle avait prise avec Dieu seul savait quoi d'autre. Il lui avait fallu une journée entière sous ce que les autres filles de Silver Cove appelaient « la Potion du Bonheur » – un puissant mélange de sédatifs et de dopamine administré en intraveineuse – avant de seulement consentir à adresser la parole aux docteurs.

Mais au fur et à mesure que son système éliminait la drogue, le goût amer de son ressentiment avait commencé à s'estomper. Au lieu de ça, Leda avait été submergée par une honte poisseuse et répugnante. Elle s'était toujours promis qu'elle garderait le contrôle, qu'elle ne deviendrait pas une de ces junkies pathétiques qu'on vous montrait dans les hologrammes de prévention à l'école. Et pourtant, elle se retrouvait là avec une aiguille plantée dans le bras.

« Tout va bien ? » avait demandé une des infirmières en voyant la tête qu'elle faisait.

Ne pleure jamais en public, s'était exhortée Leda en clignant des yeux pour chasser ses larmes.

« Oui, oui », avait-elle répondu d'une voix qui ne tremblait pas.

Elle avait fini par trouver une sorte de sérénité en désintox, non grâce à son imbécile de psy, mais à travers la méditation. Elle passait presque toutes ses matinées assise en tailleur, à répéter les mantras du gourou Vashmi. *De la résolution en toute chose. Je suis ma propre meilleure alliée. Je me suffis à moi-même.*

Parfois, elle ouvrait les yeux et regardait les autres filles autour d'elle à travers la fumée mauve du tipi de yoga. Toutes avaient une expression hantée, traquée, comme si on les avait poursuivies jusqu'ici et qu'elles avaient trop peur pour s'en aller. *Je ne suis pas comme elles*, se répétait Leda en redressant les épaules et en fermant de nouveau les yeux. Contrairement à ces filles, elle n'avait pas besoin de la drogue. Elle était capable de s'en passer.

Ils ne se trouvaient plus qu'à quelques minutes de la Tour. Une brusque anxiété tordit le ventre de Leda. Était-elle vraiment prête à revenir là, à affronter toutes les choses qui lui avaient fait perdre les pédales en premier lieu ?

Enfin non, pas toutes. Atlas n'était pas revenu.

Les yeux clos, Leda marmonna quelques mots pour demander à ses lentilles d'ouvrir sa boîte de réception, qu'elle consultait sans cesse depuis qu'elle avait récupéré une connexion au sortir du centre le matin même. Trois mille messages bipèrent aussitôt à ses oreilles, invitations et alertes vidéo s'enchaînant telle une cascade de notes flûtées pour solliciter son attention d'une manière étrangement apaisante.

Le premier de ces messages venait d'Avery. *Quand rentres-tu ?*

Chaque été, les parents de Leda la forçaient à les accompagner durant leur visite annuelle « chez eux », à Podunk, dans l'Illinois – autant dire au milieu de nulle part.

« Chez moi, c'est à New York », protestait systématiquement Leda.

Mais ses parents l'ignoraient. Franchement, elle ne comprenait même pas la raison de ces voyages. Si, comme eux, elle avait quitté Danville juste après son mariage pour s'installer à New York au moment où la construction de la Tour s'achevait, et qu'elle avait lentement gravi les étages jusqu'aux niveaux supérieurs si convoités, jamais elle n'aurait daigné regarder en arrière.

Pourtant, ses parents tenaient à retourner dans leur ville natale chaque année pour y séjourner chez les grands-parents de Jamie et de Leda, dans une maison zéro-tech où il n'y avait rien d'autre à manger que du beurre de soja et des plateaux-repas surgelés. Leda aimait bien ça du temps où elle était gamine et considérait ces vacances comme une aventure. Mais en grandissant, elle avait supplié ses parents de la laisser à New York. Elle n'aimait plus voir ses cousins, qui portaient des vêtements vulgaires produits en série et avaient d'étranges iris dépourvus de lentilles. Mais malgré toutes ses protestations, elle n'avait jamais réussi à se soustraire à ce séjour. Jusqu'à cette année.

Je viens d'arriver ! répondit-elle en prononçant les mots à voix haute et en hochant la tête pour les envoyer sous forme de message. Une partie d'elle savait qu'elle aurait dû parler à Avery de Silver Cove : pendant sa désintox, les docteurs avaient beaucoup insisté sur le fait qu'il fallait assumer son addiction et demander de l'aide à ses amis. Mais à cette seule idée, Leda agrippa le siège sous elle jusqu'à ce que ses jointures blêmissent. Elle ne pouvait pas faire ça, ne pouvait pas révéler une telle faiblesse à sa meilleure amie si parfaite. Bien sûr, Avery ne se moquerait pas d'elle, mais Leda soupçonnait que, dans le fond, elle la jugerait, et qu'elle la traiterait différemment à partir de cet instant. Elle ne pourrait pas le supporter.

Avery connaissait déjà une petite partie de la vérité. Elle savait que Leda prenait parfois de la xenperhédrine avant les examens, pour affûter son intelligence, et qu'il lui était arrivé d'essayer des trucs plus forts avec Cord, Rick et le reste de la bande. Mais elle ne se doutait pas que c'était devenu aussi grave vers la fin de l'année précédente, après leur séjour dans les Andes – et elle ignorait certainement la vérité à propos de cet été.

Ils arrivèrent au niveau de la Tour. Un moment, l'hélico tangua comme s'il était ivre à l'entrée de l'hélipad du 700e étage ; même avec ses stabilisateurs, il peinait à maintenir sa position au milieu des bourrasques qui cinglaient la Tour. Puis, d'une dernière poussée, il se propulsa à l'intérieur du hangar et se posa.

Leda se déplia pour sortir de l'appareil et descendit les marches à la suite de ses parents. Sa mère était déjà au téléphone, en train de marmonner quelque chose au sujet d'un contrat qui avait mal tourné.

– Leda !

Une tornade blonde se jeta sur elle pour la serrer dans ses bras.

– Avery.

Leda sourit dans les cheveux de son amie et se dégagea avec douceur. Elle recula d'un pas, leva les yeux et défaillit un instant comme ses vieux complexes revenaient à la charge. Voir Avery lui faisait toujours un choc. Elle essayait de ne pas se laisser affecter, mais parfois, elle ne pouvait s'empêcher de penser que c'était trop injuste. Avery menait déjà une vie parfaite dans le penthouse du 1000e étage. Fallait-il en plus de ça qu'elle soit elle-même parfaite ? Chaque fois qu'elle la voyait à côté des Fuller, Leda avait du mal à croire qu'elle avait été conçue à partir de leur ADN.

Parfois, ça craignait vraiment d'être la meilleure amie d'une fille trop sublime pour avoir été créée par la nature. Leda, elle, était sans doute le résultat d'une soirée d'anniversaire de mariage un peu trop arrosée à la tequila.

– On va se balader ? implora Avery.

Mais Leda n'avait pas besoin d'être convaincue.

– Oui, répondit-elle.

Elle aurait fait n'importe quoi pour son amie, en n'importe quelles circonstances.

Avery se tourna vers ses parents pour les embrasser.

– Monsieur Cole, madame Cole, c'est bon de vous revoir.

Leda les regarda rire et rendre son étreinte à la jeune fille telles des fleurs s'épanouissant au soleil. Nul n'était immunisé contre le charme enchanteur d'Avery.

– Je peux vous voler votre fille ? demanda cette dernière.

Bien sûr, les Cole acquiescèrent.

– Merci ! Je vous la ramène pour le dîner, lança Avery en glissant un bras sous celui de Leda pour l'entraîner vers l'avenue du 700e étage.

– Attends une seconde. (À côté de son amie en jupe rouge bien repassée et top coupé au-dessus du nombril, Leda se sentait horriblement terne avec sa tenue de sortie de désintox – un jean et un simple T-shirt gris.) Si on sort, je veux d'abord me changer.

– Je pensais qu'on irait juste au parc. (Avery cligna rapidement des paupières, ses yeux faisant de rapides allers-retours de gauche à droite comme elle appelait un hover.) La plupart des filles traînent là-bas en ce moment, et elles veulent toutes te voir. Ça te va ?

– Pas de problème, répondit Leda, ravalant une pointe d'irritation parce qu'elle aurait préféré rester en tête à tête avec Avery.

Elles sortirent par la double porte de l'hélipad et s'engagèrent dans l'avenue, une énorme plate-forme de transport qui s'étendait le long de plusieurs blocs d'habitation. Au-dessus de leur tête, les plafonds brillaient d'une lumière bleu vif largement aussi belle que tout ce que Leda avait pu voir durant ses promenades à Silver Cove. Mais elle n'était pas du genre à rechercher la beauté dans la nature : c'était un terme qu'elle réservait aux robes et aux bijoux très chers, ainsi qu'au visage d'Avery.

– Alors, raconte-moi, réclama son amie de son ton direct si habituel, tandis qu'elles longeaient le trottoir en composite de carbone bordant les pistes de hover argentées.

Des snackbots cylindriques filaient en bourdonnant sur leurs roues énormes, vendant des capsules de café et des fruits déshydratés.

– Quoi ?

Leda tenta de se concentrer. Un flot presque ininterrompu de hovers s'écoulait sur sa gauche ; les véhicules agiles, verts ou rouges selon qu'ils étaient libres ou occupés, coordonnaient leurs mouvements comme ceux d'un banc de poissons. Instinctivement, Leda se rapprocha un peu d'Avery.

– L'Illinois. C'était aussi terrible que d'habitude ? (Le regard d'Avery se fit distant.) Appeler hover, dit-elle entre ses dents, tandis que l'un des véhicules se détachait de la masse.

Leda esquiva la question.

– Tu veux aller jusqu'au parc en hover ? demanda-t-elle en s'efforçant d'avoir l'air normale.

Elle avait oublié le grouillement humain à l'intérieur de la Tour – les parents qui traînaient leurs enfants, les hommes et femmes d'affaires qui parlaient d'une voix forte à leurs contacts, les couples qui se tenaient par la main… Après le calme soigneusement étudié de la désintox, elle se sentait submergée.

– Tu viens juste de rentrer, c'est une occasion spéciale ! s'exclama Avery.

Leda prit une grande inspiration et sourit comme leur hover s'arrêtait devant elles. C'était un véhicule étroit à deux sièges, tapissé d'un luxueux revêtement coquille d'œuf, qui flottait plusieurs centimètres au-dessus du sol grâce aux barres de propulsion électromagnétique encastrées dans son plancher. Avery s'installa face à Leda et entra leur destination, mettant le hover en route.

– Peut-être que l'an prochain, ils te laisseront y échapper. Et on en profitera pour voyager ensemble, toi et moi, reprit-elle tandis que le hover descendait le long d'un des corridors verticaux de la Tour.

Les bandes d'éclairage jaunes sur les murs dansaient en projetant d'étranges motifs sur ses pommettes.

– Peut-être. (Leda haussa les épaules. Elle voulait changer de sujet.) Au fait, tu es super bronzée. Tu as pris le soleil à Florence ?

– À Monaco. Les plus belles plages du monde.

– Pas plus belles que celle de la maison de ta grand-mère dans le Maine.

Les deux filles y avaient passé une semaine à la fin de leur année de troisième, à se prélasser dehors et à siroter le porto de mamie Lasserre en douce.

– Exact. Il n'y avait même pas de sauveteurs mignons à Monaco, gloussa Avery.

Leur hover ralentit, tourna au 307e et poursuivit son déplacement à l'horizontale. En principe, se rendre dans un étage si bas était considéré comme une grave dégringolade, mais les visites à Central Park constituaient une exception à la règle. Alors qu'elles s'arrêtaient à l'entrée nord-nord-est, Avery se tourna vers Leda, l'air subitement grave.

– Je suis contente que tu sois rentrée, Leda. Tu m'as manqué cet été.

– Toi aussi, murmura son amie.

Elle suivit Avery à l'intérieur du parc, dépassant le fameux cerisier transplanté du Central Park originel. Quelques touristes accoudés à la barrière qui l'entourait prenaient des photos et lisaient son histoire sur l'écran tactile interactif. Il ne restait rien d'autre du parc originel enfoui sous les fondations de la Tour, bien loin sous leurs pieds.

Les deux filles tournèrent en direction de la colline sur laquelle Leda savait déjà qu'elles trouveraient leurs amies. Avery et elle avaient découvert cet endroit pendant leur année de cinquième et, après maintes expériences, elles avaient conclu qu'il était idéal pour s'imprégner des rayons sans UV de la lampe solaire. Sur leur passage, la spectraherbe qui bordait le chemin vira du vert menthe au mauve. Un gnome de dessin animé holographique s'élança sur leur gauche, poursuivi par une bande de gamins piaillant de joie.

– Avery ! (Risha fut la première à les apercevoir. Les autres filles, toutes allongées sur des draps de bain aux couleurs vives, levèrent les yeux et agitèrent la main.) Hé, Leda ! Tu es rentrée quand ?

Avery se laissa tomber au centre du groupe en coinçant une mèche de cheveux dorée derrière une de ses oreilles, et Leda s'assit près d'elle.

– À l'instant. J'arrive tout droit de l'hélipad, dit-elle en sortant de son sac les lunettes de soleil vintage de sa mère.

Bien sûr, elle aurait pu mettre ses lentilles en mode blocage de lumière, mais ces lunettes étaient en quelque sorte sa signature visuelle. Et la jeune fille aimait qu'elles rendent son expression indéchiffrable.

– Où est Eris ? demanda-t-elle.

Celle-ci ne lui manquait pas franchement, mais il était rare qu'elle rate une occasion de bronzer.

– Probablement en train de faire les magasins. Ou avec Cord, répondit Ming Jiaozu avec une amertume évidente.

Prise au dépourvu, Leda garda le silence. Elle n'avait rien lu sur Eris et Cord quand elle avait consulté les flux ce matin-là. D'un autre côté, elle n'avait jamais réussi à suivre Eris, qui était sortie – ou avait failli sortir – avec presque la moitié des mecs et des nanas de leur classe, certains à plusieurs reprises. Mais Eris était la plus vieille amie d'Avery, et elle appartenait à une famille riche depuis plusieurs générations, si bien qu'on lui passait quasiment n'importe quoi.

– Comment c'était, tes vacances ? interrogea Ming. Tu es allée dans l'Illinois avec ta famille, c'est bien ça ?

– Ouais.

– Ça doit être horrible de se retrouver coincée au milieu de nulle part, insinua la jeune fille sur un ton doucereux.

– J'ai survécu, répondit Leda sur un ton léger, en ignorant la provocation.

Ming savait combien elle détestait parler des origines de ses parents. Cela lui rappelait qu'elle ne venait pas du même monde que ses camarades, qu'elle n'avait emménagé dans les niveaux supérieurs de la Tour que pendant son année de cinquième, après avoir vécu des années dans la banlieue de la miTour.

– Et toi ? lança-t-elle. C'était bien, l'Espagne ? Tu t'es fait des copains là-bas ?

– Pas vraiment.

– C'est drôle. D'après ce que j'ai vu dans les flux, tu avais l'air vraiment très proche d'un autochtone.

Au milieu du téléchargement massif qu'elle avait fait dans l'avion, Leda avait aperçu quelques clichés de Ming avec un garçon d'allure hispanique, et elle devinait qu'il s'était passé quelque chose entre eux – un peu à cause de leur langage corporel et de l'absence de légendes, mais surtout à cause de la rougeur qui envahissait à présent le cou de sa camarade.

Ming garda le silence, et Leda s'autorisa un petit sourire. Quand les gens s'en prenaient à elle, elle ripostait.

– Avery, dit Jess McClane en se penchant vers elle. Tu n'aurais pas rompu avec Zay, par hasard ? Je l'ai croisé tout à l'heure, et il avait l'air déprimé.

– Ouais, répondit lentement Avery. Enfin, je crois. Je l'aime bien, mais…

Elle n'acheva pas sa phrase.

– Allez, Avery ! Fais-le une bonne fois pour toutes et passe à autre chose ! s'exclama Jess, les gros bracelets d'or à ses poignets scintillant dans la lumière du panneau solaire. Tu attends quoi exactement ? Ou plutôt devrais-je demander : tu attends qui ?

– Laisse tomber, Jess, aboya Leda. Tu es mal placée pour parler de ça.

Les gens faisaient toujours ce genre de remarque à Avery parce qu'il n'y avait rien d'autre à critiquer chez elle. Mais c'était encore plus insupportable venant de Jess qui était tout aussi vierge.

– Détrompe-toi, répliqua cette dernière sur un ton éloquent.

Elle fut saluée par un chœur de piaillements : « Quoi, avec Patrick ? », « Où ? » « Quand ? » – et se fendit d'un sourire triomphant, visiblement impatiente de fournir tous les détails à ses amies. Leda fit mine d'écouter : pour ce que les autres en savaient, elle aussi était vierge. Elle n'avait dit la vérité à personne, pas même à Avery, et elle ne le ferait jamais.

C'était arrivé en janvier, pendant leurs vacances d'hiver à Catyan. Leurs familles s'y rendaient depuis des années – les Fuller et les Anderton au début, puis les Cole s'étaient joints à eux quand Leda et Avery étaient devenues si proches. Les Andes restaient le meilleur endroit sur Terre pour skier ; même le Colorado et les Alpes s'en remettaient désormais presque exclusivement à des canons à neige. Il n'y avait guère que sur les plus hauts pics chiliens qu'on trouvait encore assez de neige naturelle.

Le lendemain de leur arrivée, ils étaient tous sortis faire du drone-ski – Avery, Leda, Atlas, Jamie, Cord et même le frère aîné de ce dernier, Brice. Sautant du siège de leurs drones individuels, ils atterrissaient sur la poudreuse, filaient à travers les arbres et tendaient les bras pour se raccrocher à leur drone avant de tomber depuis le bord du glacier.

Leda n'était pas aussi bonne skieuse que les autres, mais elle avait gobé une pastille d'adrénaline pendant la montée et elle se sentait bien, presque aussi bien que quand elle piquait les meilleurs comprimés de sa mère. Elle avait suivi Atlas en faisant de son mieux pour ne pas se laisser distancer. Elle adorait la façon dont le vent griffait sa combinaison en polyduvet, et n'entendait rien d'autre que le sifflement de ses skis sur la neige et, par-dessous, l'écho grave du vide. Elle avait songé que, vraiment, ils tentaient le diable en filant dans l'air rare du glacier à la lisière du ciel.

Puis Avery avait hurlé.

La suite se brouillait dans son esprit. Leda avait tâtonné à l'intérieur de son gant pour enfoncer le bouton rouge d'urgence qui appellerait son drone-ski, mais déjà, celui d'Avery ramassait la jeune fille quelques mètres plus loin, sa jambe formant un angle horrible.

Le temps que ses amis regagnent la suite au dernier étage de l'hôtel, Avery se trouvait déjà à bord d'un jet qui la ramenait à la maison. Elle se rétablirait très vite, leur avait assuré M. Fuller ; elle avait juste besoin qu'on ressoude son genou, et il voulait qu'elle voie les meilleurs experts de New York. Leda savait ce que ça signifiait. Après l'opération, Avery se rendrait au cabinet d'Everett

Radson pour qu'il efface la cicatrice au microlaser. Que Dieu la préserve de la moindre marque sur son corps parfait.

Plus tard ce soir-là, les autres jeunes faisaient trempette dans le jacuzzi de la terrasse et se passaient des bouteilles de crème de whisky glacée en portant des toasts à Avery, aux Andes et à la neige qui commençait à tomber. Comme cette dernière s'épaississait, ils avaient fini par grommeler en signe de protestation et par se replier dans leur lit. Mais Leda, qui était assise près d'Atlas, n'avait pas bougé, et lui non plus.

Elle le désirait depuis des années, depuis qu'Avery et elle étaient devenues amies, depuis la première fois qu'elle l'avait rencontré chez les Fuller, quand il les avait surprises en train de chanter des chansons de Disney et que, de honte, Leda avait viré à l'écarlate. Mais jamais elle n'avait pensé avoir la moindre chance avec lui. D'une part, il avait deux ans de plus qu'elle, d'autre part, c'était le frère d'Avery. Jusqu'à cet instant où tout le monde avait déserté le jacuzzi et où Leda avait hésité en se demandant si, peut-être, avec un peu de chance… Elle avait une conscience aiguë de son genou qui effleurait celui d'Atlas sous l'eau, déclenchant des picotements le long de tout son flanc gauche.

– Tu en veux ? murmura le jeune homme en lui passant la bouteille.

– Merci.

Leda se força à détacher son regard des cils d'Atlas, auxquels des flocons de neige s'accrochaient telles de minuscules étoiles. Elle but une longue gorgée de crème de whisky. L'alcool sucré comme un dessert coula tout seul dans sa gorge en laissant une brûlure dans son sillage. La tête de Leda lui tourna à cause de la chaleur du jacuzzi et de la proximité d'Atlas. Peut-être les effets du comprimé d'adrénaline ne s'étaient-ils pas tout à fait dissipés, ou peut-être était-ce sa propre excitation qui la rendait étrangement audacieuse.

– Atlas, dit-elle doucement.

Quand il se tourna vers elle en levant un sourcil, elle se pencha et l'embrassa.

Après un instant d'hésitation, Atlas lui rendit son baiser, levant les mains pour les glisser dans ses épaisses boucles saupoudrées de neige. Leda perdit toute notion du temps. À un moment donné, le haut de son bikini vola, et son bas aussi – bon, ce n'était pas comme si elle portait un tas de vêtements à la base – et Atlas chuchota :

– Tu es sûre ?

Leda acquiesça, le cœur battant la chamade. Évidemment qu'elle était sûre. Elle n'avait jamais été aussi sûre de quoi que ce soit dans sa vie.

Le lendemain matin, elle entra dans la cuisine d'un pas sautillant, les cheveux encore humides de la vapeur du jacuzzi, le souvenir des caresses d'Atlas gravé sur sa peau comme un tatouage à l'encre indélébile. Mais il n'était plus là.

Il avait pris le premier jet pour rentrer à New York – et se rendre au chevet de sa sœur, selon leur père. Leda avait acquiescé calmement mais, à l'intérieur, elle avait la nausée. Elle connaissait la véritable raison du départ d'Atlas. Il l'évitait. *D'accord*, avait-elle songé, un tourbillon de colère engloutissant sa souffrance. Elle allait lui montrer. Elle aussi, elle se ficherait de ce qui s'était passé entre eux.

Mais elle n'avait jamais eu l'occasion de lui prouver son indifférence. Atlas avait disparu plus tard dans la semaine, avant la reprise des cours, alors qu'il aurait dû entamer le troisième trimestre de son année de terminale. Sa famille l'avait recherché de manière aussi frénétique que brève, s'interrompant en apprenant que le jeune homme allait bien.

Presque un an plus tard, la disparition d'Atlas n'intéressait plus personne. En public, ses parents la traitaient comme une lubie juvénile dont on ne pouvait que rire. Combien de fois Leda les avait-elle entendus, durant un cocktail, affirmer qu'il avait pris une année sabbatique pour parcourir le monde, et qu'ils en avaient eux-mêmes eu l'idée ? C'était leur version des faits et ils s'y tenaient, mais Avery avait raconté la vérité à Leda. Les Fuller ignoraient où se trouvait leur fils et même s'il rentrerait un jour. Atlas appelait régulièrement sa sœur pour la rassurer, mais en cryptant le point d'origine de son appel, et toujours quand il s'apprêtait à changer d'endroit.

Leda n'avait jamais avoué à Avery ce qui s'était passé cette nuit dans les Andes. Elle ne savait pas comment aborder le sujet depuis la disparition d'Atlas, et plus longtemps elle gardait son secret, plus c'était difficile. Ça lui faisait mal de penser que le seul garçon à qui elle ait jamais tenu s'était littéralement enfui après avoir couché avec elle. Leda tentait d'entretenir sa colère contre lui, parce que c'était toujours mieux que de souffrir bêtement. Mais même la colère ne suffisait pas à faire taire la douleur sourde qui pulsait en elle chaque fois qu'elle pensait à lui.

Et voilà comment elle avait atterri en désintox.

– Tu viens avec moi, Leda ? (La voix d'Avery l'arracha à ses ruminations.) Au bureau de mon père, chercher quelque chose, répéta son amie, écarquillant les yeux d'un air entendu.

Le bureau de son père était l'excuse qu'elles utilisaient depuis des années quand l'une d'elles voulait se soustraire à la compagnie du reste de la bande.

– Ton père n'a pas de bots messagers ? s'étonna Ming.

Leda l'ignora.

– Bien sûr que si, répondit-elle en se levant et en époussetant l'herbe de son jean. Allons-y.

Avery et elle agitèrent la main pour dire au revoir aux autres et s'engagèrent dans l'allée qui menait à la station de transport la plus proche, où la colonne transparente de la ligne express C fusait vers le ciel. À travers ses parois, Leda vit un groupe de femmes âgées qui discutaient avec animation, et un enfant de deux ou trois ans qui se curait le nez.

– Atlas m'a appelée hier soir, chuchota Avery comme elles s'arrêtaient sur la plate-forme montante.

Leda se raidit. Elle savait qu'Avery avait cessé de prévenir ses parents quand son frère se manifestait : d'après elle, ça les bouleversait inutilement. Tout de même, elle trouvait ça étrange que son amie n'en parle à personne d'autre.

En même temps, Avery avait toujours eu une attitude étrangement protectrice vis-à-vis d'Atlas. Chaque fois qu'il sortait avec une fille, elle se montrait polie mais un peu froide envers cette dernière, comme si elle n'approuvait pas ou pensait qu'Atlas faisait une erreur. Leda se demanda si ça avait un rapport avec le fait qu'Atlas était adopté – si Avery craignait qu'il soit plus vulnérable à cause de ça et, du coup, se sentait tenue de veiller sur lui.

– Vraiment ? demanda-t-elle en s'efforçant de maîtriser sa voix. Tu sais où il était ?

– J'ai entendu des voix fortes dans le fond. Un bar, sans doute. (Avery haussa les épaules.) Tu sais comment il est.

Pas vraiment, non. Si elle comprenait Atlas, Leda aurait peut-être réussi à mettre de l'ordre dans ses propres sentiments confus. Elle pressa le bras de son amie.

– Bref, dit Avery avec une gaieté forcée. Il rentrera bientôt, quand il sera prêt. Pas vrai ?

Elle dévisagea Leda d'un air interrogateur. Un instant, cette dernière songea combien Avery lui rappelait Atlas. Certes, ils n'étaient pas liés par le sang, mais ils avaient la même intensité brûlante qui, quand ils la tournaient vers vous, vous aveuglait aussi sûrement que regarder le soleil en face.

Mal à l'aise, Leda se dandina.

– Oui, bien sûr. Il rentrera bientôt.

Elle priait pour que ça ne soit pas vrai, et en même temps elle ne pouvait s'empêcher d'espérer le contraire.

Rylin

Le lendemain soir, Rylin Myers se tenait devant la porte de son appartement, luttant pour agiter sa bague d'identité au-dessus du scanner tout en tenant un sac d'épicerie dans le creux d'un bras et une cannette de boisson énergétique à moitié pleine dans l'autre main.

Bien sûr, songea-t-elle en donnant un coup de pied rageur dans la porte, ce ne serait pas un problème si elles avaient un scanner rétinien, ou les mêmes lentilles informatisées trop classes que les jeunes de la hauteTour. Mais personne ne pouvait se payer ce genre de chose là où vivait Rylin, au 32e.

Alors qu'elle s'apprêtait à donner un autre coup de pied, la porte s'ouvrit.

– Enfin, marmonna Rylin en passant devant sa sœur de quatorze ans.

– Ça n'arriverait pas si tu faisais réparer ta bague comme je n'arrête pas de te le dire, lança Chrissa. D'un autre côté, tu donnerais quoi comme excuse ? « Désolée, officier, je l'utilise tout le temps pour ouvrir des bouteilles de bière, et maintenant elle ne marche plus » ?

Rylin l'ignora. Avalant une grande gorgée de sa boisson énergétique, elle hissa le sac d'épicerie sur le plan de travail et jeta à sa sœur une boîte de riz aux légumes.

– Tu peux ranger ça ? Je suis en retard.

Le STIE – Système de transport intra-étage – était encore en panne, aussi avait-elle dû marcher vingt blocs depuis l'ascenseur jusqu'à leur appartement.

Chrissa leva les yeux.

– Tu sors *ce soir* ? s'étrangla-t-elle.

Elle avait hérité des traits doux de leur mère coréenne, de son nez délicat et de ses sourcils arqués, tandis que Rylin ressemblait davantage à leur père à la mâchoire carrée. Mais toutes deux partageaient les yeux vert vif de leur mère, qui brillaient tels des béryls.

– Euh, ouais. C'est samedi, répondit Rylin en faisant semblant de ne pas comprendre ce qu'avait voulu dire sa sœur.

Elle n'avait aucune envie de parler de ce qui s'était passé ce jour-là un an auparavant – la mort de leur mère et la destruction de leur monde. Jamais elle n'oublierait les gens de la Protection de l'enfance qui étaient venus chez elles le soir même, pendant qu'elles pleuraient encore dans les bras l'une de l'autre, pour leur parler du système de familles d'accueil.

Rylin les avait écoutés un moment tandis que Chrissa continuait à sangloter sur son épaule. Sa sœur était intelligente, vraiment intelligente, et assez bonne au volley pour avoir une chance de décrocher une bourse universitaire. Mais Rylin en savait assez sur les foyers pour deviner comment ça les transformerait – surtout Chrissa.

Elle aurait fait n'importe quoi pour préserver le reste de sa famille, quel qu'en soit le prix.

Dès le lendemain, elle s'était rendue au tribunal familial le plus proche pour se faire déclarer légalement adulte et désormais travailler à plein temps à l'arrêt de monorail, même si c'était un boulot affreux. Quel autre choix avait-elle ? Déjà, c'était à peine si elles s'en sortaient : Rylin venait de recevoir un autre avertissement de leur propriétaire, parce qu'elles avaient au moins un mois de loyer en retard. Sans parler des notes d'hôpital de leur mère. Rylin s'efforçait de les payer depuis un an, mais le taux d'intérêt était si élevé que ses dettes ne cessaient d'augmenter. Parfois, il lui semblait qu'elle n'en viendrait jamais à bout.

Telle était leur vie actuellement, et elle n'était pas près de changer.

– S'il te plaît, Rylin.

– Je suis déjà en retard, répliqua la jeune fille en battant en retraite dans sa moitié de leur chambre minuscule, délimitée par une corde.

Elle ne pensait qu'à ce qu'elle allait porter, au fait qu'elle ne devait pas retourner au boulot avant trente-six heures, à tout sauf au reproche dans les yeux verts de sa sœur qui ressemblaient si douloureusement à ceux de leur mère.

Rylin et son petit ami, Hiral, dévalèrent bruyamment les marches de la Sortie n° 12 de la Tour.

– Ils sont là, marmonna Rylin en levant une main pour se protéger contre l'éclat du soleil.

Leurs amis étaient rassemblés à leur point de rendez-vous habituel, un banc de métal brûlant de l'autre côté de la rue au croisement de la 127e et de Morningside.

Rylin jeta un coup d'œil à Hiral.

– Tu es sûr que tu n'as rien sur toi ? demanda-t-elle encore une fois.

Elle n'était pas ravie qu'Hiral ait commencé à dealer – au début, juste à leurs amis, puis à plus grande échelle – mais la semaine avait été longue, et elle était encore sur les nerfs après sa conversation avec Chrissa. Elle se serait volontiers pris une dose de relaxants ou d'hallucilum, n'importe quoi pour faire taire les pensées qui tournaient en rond dans sa tête.

Hiral secoua la tête.

– Désolé, j'ai vendu tout mon stock cette semaine. (Il lui jeta un coup d'œil.) Ça va ?

Rylin garda le silence. Hiral lui prit la main, et elle le laissa faire. Il avait les paumes calleuses à cause de son boulot, et des traces noires sous les ongles. L'année précédente, il avait lâché le bahut pour travailler en tant que technicien et réparer de l'intérieur les ascenseurs massifs de la Tour. Il passait ses journées suspendu des centaines de mètres dans les airs telle une araignée humaine.

– Ry ! s'exclama sa meilleure amie Lux en se précipitant vers elle. (Ses cheveux à la coupe effilée étaient blond cendré cette semaine.) Tu as pu te libérer ! Je craignais que tu ne viennes pas !

– Désolée, j'ai eu un contretemps, s'excusa Rylin.

Andrés ricana.

– Vous aviez de la *transmission* à faire avant le concert ? dit-il en ponctuant sa question d'un geste grossier.

Lux leva les yeux au ciel et serra Rylin dans ses bras.

– Comment tu te sens ? murmura-t-elle.

– Ça va.

Rylin ne savait pas quoi répondre d'autre. Elle était à la fois reconnaissante à Lux de s'être souvenue de la date, et irritée que son amie lui rappelle quel jour on était. Elle se surprit à tripoter le vieux collier de sa mère et le lâcha comme si elle s'était brûlée. N'était-elle pas sortie ce soir précisément pour éviter de penser à sa mère ?

Secouant la tête, elle balaya du regard le reste du groupe. Andrés était vautré sur le banc, obstinément vêtu de son blouson en cuir malgré la chaleur. Hiral se tenait près de lui, sa peau mate brillant dans le soleil couchant. De l'autre côté du banc, Indigo arborait un long T-shirt dont elle avait réussi à se faire une robe, et qu'elle avait associé à des bottes à talons vertigineux.

– Où est V ? s'enquit Rylin.

– Parti chercher de quoi nous amuser. Mais tu comptais peut-être nous fournir toi-même aujourd'hui ? railla Indigo.

– Je me contenterai de consommer, merci, répliqua Rylin.

Indigo leva les yeux au ciel et se remit à envoyer des messages sur sa tablette.

Bien entendu, Rylin prenait des tas de drogues illégales – comme tous ses amis –, mais elle refusait d'en vendre ou d'en acheter. Si personne ne se souciait de quelques ados qui fumaient, la loi était beaucoup plus sévère avec les dealers. Or, si Rylin finissait en prison, Chrissa irait tout droit en famille d'accueil. Elle ne pouvait pas prendre ce risque.

Andrés leva les yeux de sa tablette.

– V nous retrouve sur place. Allons-y.

Un vent brûlant soufflait quelques détritus le long du trottoir. Rylin les enjamba en prenant une grande inspiration pour se calmer. L'air était peut-être chaud dehors, mais au moins ce n'était pas l'atmosphère recyclée et trop chargée en oxygène de la Tour.

De l'autre côté de la rue, Hiral s'accroupit contre le flanc de la Tour, glissa une lame sous le bord d'un panneau métallique et détacha celui-ci.

– La voie est libre, murmura-t-il.

Sa main effleura celle de Rylin comme la jeune fille franchissait l'ouverture, et ils échangèrent un regard. Puis Rylin pénétra dans la forêt d'acier.

Les bruits de l'extérieur s'évanouirent instantanément, remplacés par un murmure de voix et de rires pâteux, ainsi que par le souffle de l'air recyclé montant depuis les fondations de la Tour. Ils se trouvaient sous le rez-de-chaussée, dans un espace étrange et sombre plein de tuyaux et de colonnes métalliques. Rylin et Lux se déplaçaient furtivement parmi les ombres, saluant du menton les autres jeunes qu'elles croisaient. Un petit groupe d'ados étaient pelotonnés autour de la lueur rosâtre d'un hallucilum. D'autres, à moitié dévêtus et vautrés sur un tas de coussins, s'apprêtaient visiblement à entamer une orgie d'Oxytose. Un peu plus loin, Rylin aperçut l'éclat reconnaissable de la porte de la salle des machines et allongea le pas.

– Vous pouvez déjà me remercier, lança une voix jaillie de l'obscurité, manquant faire sursauter Rylin.

V.

Il n'était pas aussi grand qu'Andrés, mais devait peser vingt kilos de plus – et que de muscle. Ses larges épaules et ses bras étaient entièrement couverts de tatouages à l'encre, des motifs qui se formaient, se défaisaient et se reformaient ailleurs sur son corps en un chaos tourbillonnant. Rylin frémit à l'idée de se faire encrer une telle surface de peau.

– D'accord, les gars. (V plongea une main dans son sac et en sortit un tas de patchs dorés gros comme l'ongle du pouce de Rylin.) Qui veut un communal ?

– Putain de merde ! s'exclama Lux en riant. Où tu as trouvé ça ?

– D'enfer ! se réjouit Hiral en tapant dans la main d'Andrés.

– Sérieusement ? protesta Rylin d'une voix qui vint tempérer l'enthousiasme de ses amis.

Elle n'aimait pas les communaux : ils induisaient un trip partagé qui lui semblait invasif, un peu comme si elle couchait avec un groupe d'inconnus. Le pire, c'était d'être incapable de contrôler le trip et de s'en remettre complètement à quelqu'un d'autre pour ça.

– Je croyais qu'on devait fumer ce soir, ajouta-t-elle.

Elle avait même apporté son hallucilum, la petite pipe compacte dans laquelle on pouvait mettre quasiment n'importe quoi : des lumnoirs, des crispies, et bien entendu, l'herbe hallucinogène pour laquelle elle avait été conçue.

– Tu flippes, Myers ? lança V sur un ton de défi.

Rylin se redressa de toute sa taille et le foudroya du regard.

– Je n'ai pas peur. J'avais juste envie d'autre chose.

Sa tablette vibra, signalant l'arrivée d'un message. Elle baissa les yeux. Un texto de Chrissa. *J'ai fait les biscuits aux pommes de maman, au cas où tu voudrais rentrer.*

V la dévisageait toujours d'un air de défi.

– Et puis merde, marmonna Rylin entre ses dents. Pourquoi pas ?

Elle tendit la main pour prendre un patch et le colla à l'intérieur de son bras, tout près du coude, sur une veine saillante.

– C'est bien ce que je pensais, approuva V tandis que les autres s'emparaient avidement du reste des patchs.

Ils pénétrèrent dans la salle des machines et, soudain, Rylin n'entendit plus que la musique électronique qui percutait violemment son crâne, oblitérant toute autre pensée. Lux lui agrippa le bras et se mit à sauter dans tous les sens comme une hystérique en criant quelque chose d'inintelligible.

– Qui est prêt à faire la teuf ? s'exclama le DJ perché sur un réservoir de refroidisseur, un amplificateur projetant sa voix à travers la pièce.

Les jeunes qui se pressaient dans l'espace étouffant poussèrent des cris d'impatience.

– D'accord, reprit-il. Si vous avez un doré, mettez-le maintenant. Je suis DJ Lowy, et je vais vous embarquer dans le trip le plus délirant de votre vie.

Les lumières tamisées se reflétaient sur une mer de patchs communaux. Presque tous les jeunes présents en avaient un, réalisa Rylin. L'expérience s'annonçait intense.

– Trois, lança Lowy, démarrant le compte à rebours.

Lux partit d'un rire aigu et se dressa sur la pointe des pieds pour tenter de voir par-dessus la foule. Rylin jeta un coup d'œil à V, dont les tatouages à l'encre tourbillonnaient encore plus follement que d'habitude autour de son patch, comme si sa peau même anticipait ce qui allait se passer.

– Deux…

La foule scandait le compte à rebours elle aussi. Hiral vint se placer derrière Rylin et lui entoura la taille de ses bras en posant son menton sur la tête de la jeune fille. Celle-ci se laissa aller contre lui et ferma les yeux en se préparant à encaisser le choc de l'activation des communaux.

– Un !

Le cri se réverbéra à travers la salle des machines. Lowy tendit la main vers la tablette en suspension devant lui et déclencha l'impulsion électromagnétique réglée sur la fréquence des communaux. Instantanément, tous les patchs de la pièce libérèrent des ondes stimulantes dans le flux sanguin de leur porteur. Le trip synchronisé ultime.

Le volume de la musique augmenta et Rylin leva les bras en l'air, joignant sa voix au hurlement qui semblait devoir ne jamais finir. Déjà, elle sentait le communal prendre le contrôle de son système. Le monde s'était aligné sur la musique, et tout – les lumières qui flashaient au plafond, son propre souffle, les battements du cœur de tous les gens autour d'elle – pulsait au rythme des basses sourdes.

C'est super, non ? articula Lux, ou du moins, c'est ce que Rylin crut lire sur ses lèvres même si elle ne l'aurait pas juré. Déjà, elle perdait prise sur ses pensées. Chrissa et ses textos n'avaient plus d'importance, son boulot et son connard de patron n'avaient plus d'importance. Rien ne comptait hormis ce moment. Elle se sentait invincible, intouchable, comme si elle devait à jamais rester jeune, vivante et électrique.

Des lumières. Quelqu'un lui fit passer une flasque d'un alcool fort, dont elle but une gorgée sans pouvoir l'identifier au goût. Quelqu'un d'autre lui toucha la hanche, et Rylin crut d'abord que c'était Hiral. Elle lui prit la main pour l'attirer vers elle. Puis elle aperçut son petit ami quelques rangs devant elle, sautant et lançant son poing vers le ciel avec Andrés.

Elle fit volte-face. V émergea de l'obscurité et lui tendit un autre patch doré en levant un sourcil d'un air suggestif. Rylin secoua la tête : elle ne savait même pas comment elle allait lui rembourser celui qu'elle avait pris. Mais déjà, V ôtait l'adhésif au dos du patch.

– Cadeau, chuchota-t-il comme s'il avait lu dans ses pensées – à moins qu'elle ait parlé à voix haute ? (D'une main, il écarta les cheveux de Rylin dans son cou.) Petit secret : plus tu le mets près du cerveau, plus vite il fait effet.

Étourdie, Rylin ferma les yeux comme la seconde vague de drogue balayait son système telle une lame de feu embrasant tous ses nerfs sur son passage. La jeune fille dansait et flottait en même temps lorsqu'elle sentit une vibration dans sa poche de devant. Elle l'ignora et continua à s'agiter, mais la vibration recommença, la ramenant douloureusement dans son corps physique si gauche. À force de tâtonnements, elle parvint à sortir sa tablette.

– Allô ? haleta-t-elle comme son souffle se désynchronisait de la musique.

– Rylin Myers ?

– Que… qui est-ce ?

Elle n'entendait rien, et la foule continuait à la ballotter en tous sens.

Il y eut une pause, comme si son interlocuteur avait du mal à croire qu'elle lui ait posé cette question.

– Cord Anderton, lâcha-t-il enfin.

Et Rylin cligna des yeux sous le choc. Sa mère travaillait comme bonne chez les Anderton avant de tomber malade. La jeune fille réalisa vaguement qu'elle reconnaissait la voix de Cord, croisé les rares fois où elle était montée chez eux. Mais pourquoi diable l'appelait-il ?

– Alors, tu peux venir bosser à ma soirée ?

– Je ne… de quoi tu parles ?

Rylin tentait de crier par-dessus la musique, mais sa voix était enrouée.

– Je t'ai envoyé un message. J'organise une soirée tout à l'heure, répondit le jeune homme sur un ton impatient. J'ai besoin de quelqu'un pour garder l'appartement en état, donner un coup de main au traiteur, le genre de trucs que faisait ta mère autrefois. (Rylin frémit à la mention de sa mère.) La personne qui fait ça d'habitude m'a planté à la dernière minute, alors, je me suis souvenu de toi et j'ai cherché ton numéro. Tu veux ce boulot ou pas ?

Rylin essuya une goutte de sueur sur son front. Pour qui se prenait Cord Anderton, à la convoquer ainsi un samedi soir ? Elle ouvrit la bouche pour dire à ce connard friqué qu'il pouvait se foutre son boulot dans le…

– J'oubliais, ajouta Cord. C'est payé deux cents nanos.

Rylin ravala sa réponse. Deux cents nanodollars pour une seule soirée passée à supporter des gosses de riches bourrés ?

– Tu as besoin que je sois là quand ?

– Oh, il y a environ une demi-heure.

– J'arrive, dit-elle, la pièce tanguant toujours autour d'elle. Mais…

– Génial.

Cord termina l'appel.

Au prix d'un effort herculéen, Rylin arracha le patch sur son bras puis, en frémissant, celui dans son cou. Elle jeta un coup d'œil aux autres : Hiral dansait sans se soucier de rien ; Lux était pendue au cou d'un inconnu et lui fourrait sa langue dans la gorge ; Indigo était perchée sur les épaules d'Andrés. Rylin se détourna pour partir. V l'observait toujours, mais elle ne lui dit pas au revoir. Elle se contenta de sortir dans la nuit moite, laissant les patchs usagés tomber lentement au sol derrière elle.

Eris

Eris Dodd-Radson s'enfouit plus profondément sous son oreiller de soie rembourré, furieuse contre la sonnerie qui résonnait sans interruption dans ses auditennes.

– Encore cinq minutes, grommela-t-elle.

Le vacarme continua.

– J'ai dit : silence ! aboya la jeune fille avant de réaliser que ce n'était pas son réveil, mais la sonnerie attribuée à Avery, qu'elle avait depuis longtemps réglée sur le volume maximum afin de l'entendre même quand elle dormait.

– Prendre appel, marmonna-t-elle.

– Tu es en route ?

La voix d'Avery résonna à son oreille, plus forte que d'habitude par-dessus le brouhaha de la soirée. Eris consulta l'heure qui s'affichait en chiffres rose vif dans le coin inférieur gauche de son champ de vision. La soirée de Cord avait commencé depuis une demi-heure et elle était toujours au lit, sans la moindre idée de ce qu'elle pourrait bien se mettre.

– Évidemment.

Elle était déjà à mi-chemin de sa penderie, et se débarrassait de son maxi T-shirt tout en se frayant un chemin parmi les vêtements abandonnés et les coussins épars.

– Je dois juste… aïe ! glapit-elle en agrippant le bout de son pied qu'elle venait de cogner.

– Bon sang, tu es encore chez toi, l'accusa Avery, mais sans pouvoir se retenir de glousser. Que s'est-il passé ? Tu as du mal à émerger de ta sieste réparatrice ?

– J'aime bien faire attendre les autres pour qu'ils soient encore plus excités de me voir, c'est tout.

– Et par « les autres », tu veux dire « Cord ».

– Non, je veux dire « tout le monde », et particulièrement toi, Avery. Ne commence pas à trop t'amuser sans moi, d'accord ?

– Promis. Tu me textes quand tu es en route ? demanda Avery avant de raccrocher.

C'était entièrement la faute du père d'Eris. Le dix-huitième anniversaire de la jeune fille approchait et, ce jour-là, elle avait dû rendre visite à l'avocat de la famille pour remplir les formalités liées à son fonds fiduciaire – une activité excessivement ennuyeuse qui consistait à signer des tas de documents en présence d'un témoin officiel, ainsi qu'à passer un test ADN et se soumettre à un dépistage de drogue. Elle n'avait pas compris grand-chose hormis le fait que, si elle faisait tout ça, elle serait riche un jour.

La famille de son père avait inventé la technologie de répulsion magnétique qui permettait de maintenir les hovers en l'air, si bien qu'ils nageaient dans le fric depuis plusieurs générations. Everett Radson n'avait fait qu'augmenter une fortune déjà colossale en devenant le chirurgien plastique le plus célèbre du monde. Il n'avait commis que deux erreurs dans sa vie, deux divorces coûteux avant de rencontrer enfin la mère d'Eris lorsqu'il avait quarante ans et elle vingt-cinq, et qu'elle travaillait comme mannequin. Il ne parlait jamais de ses mariages précédents et, puisqu'il n'avait pas eu d'enfants avant elle, Eris ne l'interrogeait jamais sur le sujet. Pour être franche, elle préférait ne pas y penser.

Dans son dressing, la jeune fille dessina un cercle sur le mur réfléchissant, et celui-ci se changea en écran tactile qui afficha tout l'inventaire de sa garde-robe. Chaque année, Cord organisait une soirée costumée juste avant la rentrée, et chaque année ses invités se livraient une compétition féroce pour arriver avec le meilleur déguisement. Avec un soupir, Eris passa ses options en revue : une tunique de flapper dorée, une cape en fausse fourrure donnée par sa mère, une robe de bal rose pailletée datant du dernier Halloween… Aucune ne l'inspirait.

Tant pis, décida-t-elle. De toute façon, pourquoi se casser la tête à se trouver un costume ? Ne la remarquerait-on pas davantage si elle n'en portait pas ?

– Le top noir Alicia, ordonna-t-elle à sa penderie, qui cracha l'article réclamé au bas du toboggan de livraison.

Eris l'enfila par-dessus son soutien-gorge en dentelle et se tortilla pour mettre son pantalon en daim préféré, qui lui faisait un cul fantastique. Elle referma des manchettes en argent sur ses coudes et défit sa queue-de-cheval, laissant ses cheveux blond vénitien se répandre sur ses épaules.

Puis elle se mordit la lèvre, se laissa tomber devant sa coiffeuse et posa ses mains sur les deux électropulseurs de coiffure.

– Raides, exigea-t-elle en fermant les yeux et en se préparant mentalement.

Un picotement remonta depuis ses épaules le long de ses bras et jusque dans son cuir chevelu comme la machine lui envoyait une vague d'électricité. Les autres filles du lycée se plaignaient toujours de leur appareil mais, en secret, Eris adorait cette sensation chaude et purifiante, proche de la douleur, qui embrasait tous ses nerfs. Quand elle rouvrit les yeux, ses cheveux tombaient en rideaux lisses de part et d'autre de son visage.

Elle appuya sur l'écran de sa coiffeuse et ferma de nouveau les paupières tandis qu'une fine pulvérisation de maquillage se posait sur son visage. Lorsqu'elle s'examina, deux traits d'eye-liner faisaient ressortir les étranges paillettes ambrées de ses iris ; du blush adoucissait ses pommettes et soulignait le semis de taches de rousseur sur son nez. Mais il manquait encore quelque chose.

Sans hésiter, Eris traversa la chambre de ses parents plongée dans le noir et se dirigea vers le dressing de sa mère. Elle tâtonna en quête du coffre à bijoux et tapa le code d'accès, qu'elle avait deviné à l'âge de dix ans. Nichées à l'intérieur, près d'un assortiment coloré de pierres précieuses et d'un rang de grosses perles noires, se trouvaient des boucles d'oreilles antiques très rares en verre teinté – pas du flexiverre, mais le genre de verre qui pouvait se briser.

Soufflés à la main à partir des vitraux d'une vieille église, ces bijoux étaient hors de prix. Le père d'Eris les avait acquis lors d'une vente aux enchères, pour les offrir en cadeau à son épouse à l'occasion de leur vingtième anniversaire de mariage. Ignorant son pincement de culpabilité, Eris s'en empara et fixa les gouttes délicates à ses oreilles.

Elle avait presque atteint la porte d'entrée quand son père lança depuis le salon :

– Eris ? Où vas-tu ?

– Salut, papa.

Elle se retourna, un pied chaussé d'une bottine à talon déjà dans le couloir pour pouvoir s'esquiver rapidement. Everett Radson était assis dans son coin préféré du canapé en cuir brun, en train de lire quelque chose sur sa tablette – sans doute un journal médical ou le dossier d'un patient. Sa chevelure épaisse avait presque entièrement viré au gris, et des rides d'inquiétude qu'il refusait d'effacer, contrairement aux parents de la plupart des amis d'Eris, creusaient le coin de ses yeux. Il disait que ses patients les trouvaient rassurantes. Par-devers elle, Eris pensait que c'était cool de sa part d'insister pour vieillir naturellement.

– Je vais à une soirée, expliqua-t-elle.

Son père détailla sa tenue, et Eris réalisa une seconde trop tard qu'elle n'avait pas dissimulé les boucles d'oreilles. Elle tenta discrètement de ramener ses cheveux par-dessus, mais Everett secouait déjà la tête.

– Tu ne peux pas porter ça, Eris, dit-il sur un ton presque amusé. C'est la chose la plus chère dans cet appartement.

– Tu exagères, et tu le sais.

La mère d'Eris sortit de la cuisine vêtue d'une robe de soirée cramoisie, ses cheveux relevés sur sa tête en une cascade de boucles.

– Coucou, ma chérie, dit Caroline Dodd en se tournant vers sa fille. Un verre de bulles avant de partir ? J'allais ouvrir une bouteille de ce montès rosé que tu adores.

– Celui qui vient du domaine viticole où on a nagé dans la piscine ?

– Tu veux dire, celui où il y avait un panneau « Piscine fermée » ?

Un sourire releva les coins de la bouche d'Everett. Ce voyage en famille avait été particulièrement laxiste. Les parents d'Eris l'avaient laissée boire du vin au déjeuner, et il faisait si chaud dehors qu'Eris et sa mère n'avaient pas cessé de s'éventer l'une l'autre avec leur serviette en papier pendant tout le repas. Pour finir, ils s'étaient introduits en gloussant dans la piscine fermée de l'hôtel et avaient sauté dedans tout habillés.

– On ne l'avait même pas vu ! protesta Caroline en riant.

Elle fit sauter le bouchon de la bouteille de champagne, et le bruit se réverbéra à travers l'appartement. Eris prit le verre qu'elle lui tendait en haussant les épaules. Le montès rosé était bien son préféré.

– Qui organise cette soirée ? interrogea Caroline.

– Cord. Et je suis déjà en retard.

Eris n'avait toujours pas raconté à sa mère qu'elle sortait avec Cord. Elle lui parlait quasiment de tout, mais jamais de sa vie amoureuse.

– Je crois que ça s'appelle « savoir se faire désirer », déclara son père. Tu n'auras qu'une minute de retard supplémentaire et tu seras toujours aussi belle après avoir remis ces boucles d'oreilles à leur place.

– Oh, allez, Everett ! Qu'est-ce qu'elle pourrait bien leur faire ?

Le père d'Eris secoua la tête et capitula comme sa fille s'en doutait depuis le début.

– Très bien, Caroline. Si ça ne te dérange pas, Eris peut les porter.

– Motion rejetée une fois de plus, le taquina Eris en échangeant un sourire entendu avec lui.

Everett se plaignait toujours d'être le membre le moins puissant de la famille, son opinion systématiquement balayée par celle de deux femmes à la forte personnalité.

– Comme toujours, rit-il.

– Comment pourrais-je dire non alors qu'elles te vont si bien ?

Caroline posa les mains sur les épaules de sa fille et la fit pivoter vers l'immense miroir antique accroché au mur.

Eris ressemblait à une version juvénile de sa mère. Les seules différences étaient les modifications mineures auxquelles Everett avait accepté de procéder au printemps précédent – rien de très ostensible, juste l'insertion de paillettes ambrées dans ses iris et l'ajout au laser de quelques taches de rousseur pour donner plus de texture à sa peau.

Franchement, il n'y avait pas grand-chose d'autre à faire. Les traits d'Eris étaient naturellement parfaits, depuis sa bouche pleine et son joli petit nez retroussé jusqu'à sa splendide chevelure, flamboyante explosion de cuivre, de miel et d'auburn. C'était ce qu'elle avait de plus beau, mais tout en elle était magnifique, et elle en avait bien conscience.

Elle donna un petit coup de tête impatient et les boucles dansèrent à ses oreilles, reflétant les teintes glorieuses de sa chevelure comme si elles étaient éclairées de l'intérieur.

– Amuse-toi bien, lui dit sa mère.

Eris croisa son regard dans le miroir et sourit.

– Merci. Je prendrai grand soin de tes boucles. (La jeune fille termina son champagne et posa la flûte sur la table.) Je vous aime, dit-elle à ses deux parents en se dirigeant vers la sortie.

L'ascenseur C arrivait juste lorsque Eris pénétra dans la station, ce qu'elle considéra comme de bon augure. Peut-être était-ce parce qu'elle portait le nom d'une déesse grecque, mais les choses les plus minuscules lui apparaissaient toujours comme des signes révélateurs. L'année précédente, elle avait trouvé sur sa fenêtre une tache en forme de cœur. Elle ne l'avait pas signalée à la maintenance extérieure, de sorte que la tache était restée là pendant des semaines, jusqu'à ce que la pluie finisse par l'effacer. Eris aimait penser qu'elle lui avait porté chance.

Elle pénétra dans la cabine au milieu d'une foule dense. En temps normal, elle aurait pris un hover, mais elle était en retard et elle irait plus vite ainsi ; de toute façon, la ligne C avait toujours été sa préférée, avec ses parois transparentes. Elle adorait regarder défiler les étages, la lumière et l'ombre alternant avec la lourde structure métallique qui séparait les différents niveaux, les passagers qui attendaient les ascenseurs locaux formant des traînées de couleurs indistinctes.

Quelques secondes plus tard, la cabine s'immobilisa. Eris se fraya un chemin parmi l'agitation de la station express, les hovers en attente et les infobots, puis tourna dans l'avenue principale. Comme elle, Cord vivait sur la façade nord de la tour, celle où les appartements coûtaient le plus cher parce qu'ils jouissaient d'une vue dégagée, à l'écart des bâtiments du centre-ville ou du Sprawl. Cet étage-là était un peu plus large que celui où habitait Eris : la Tour rétrécissait dans les niveaux supérieurs et, tout en haut, il n'y avait plus que le penthouse des parents d'Avery.

Mais même à seize étages d'écart plus bas, on sentait la différence. Les rues étaient tout aussi larges, bordées de minuscules carrés de pelouse et de vrais arbres, arrosés par des brumisateurs soigneusement dissimulés. Les lampes solaires du plafond avaient baissé d'intensité pour s'accorder à la luminosité déclinante du soleil, qui n'était visible que depuis les appartements orientés vers l'extérieur. Mais à cette altitude, l'énergie semblait subtilement différente, plus forte et plus vibrante. Peut-être à cause de l'espace commercial le long de l'avenue centrale, même s'il se résumait à un café et une salle d'essayage Brooks Brothers.

Eris atteignit la rue de Cord – en réalité, un cul-de-sac obscur qui s'achevait sur le perron des Anderton. Personne d'autre n'habitait ce bloc. Un grand 1A se détachait sur la porte, comme si quiconque avait besoin qu'on lui rappelle qui vivait là. Eris se demandait bien pourquoi Cord n'avait pas déménagé après la mort de ses parents et le départ de son frère aîné Brice – c'était beaucoup trop grand pour une seule personne.

Les gens se pressaient déjà comme des sardines à l'intérieur de l'appartement où régnait une chaleur moite malgré le système de ventilation. Eris aperçut Maxton Feld dans la serre, en train d'essayer de reprogrammer le système d'arrosage pour faire pleuvoir de la bière. Elle s'arrêta dans la salle à manger où quelqu'un avait monté la table sur des sous-bocks flottants pour jouer au pong, mais n'y vit pas non plus la chevelure noire très reconnaissable du maître des lieux. Dans la cuisine, il n'y avait personne hormis une fille qu'elle ne connaissait pas, avec une queue-de-cheval brune et un jean moulant. Eris se demanda vaguement qui c'était, jusqu'à ce que la fille se mettre à empiler des assiettes pour les emporter.

Ainsi, Cord avait une nouvelle bonne, une bonne qui ne portait déjà plus son uniforme. Eris ne comprenait pas pourquoi il s'embêtait à payer une employée de maison – seuls les Fuller ou les gens comme sa grand-mère en avaient encore. Tous les autres achetaient des bots nettoyeurs et se contentaient de les allumer quand ils voyaient des traces de saleté chez eux. Mais peut-être aimait-il le luxe de s'offrir les services d'un être humain au lieu d'automatiser les tâches ménagères. Peut-être était-ce là tout l'intérêt.

Tu es déguisée en quoi, au juste ? En fille trop cool pour mettre un costume ? En fille qui a eu une panne d'oreiller ? lui texta Avery.

Je préfère : en professionnelle du captage d'attention, répliqua Eris, balayant la pièce du regard avec un sourire.

Avery se tenait près des fenêtres du salon, vêtue d'une simple tunique blanche avec une paire d'holoailes et un halo flottant au-dessus de la tête. Sur n'importe qui d'autre, ça aurait eu l'air d'un costume nul bricolé à la dernière minute, mais sur Avery, évidemment, c'était divin. Près d'elle se tenait Leda dans une tenue noire couverte de plumes et Ming bêtement déguisée en diablesse. Elle avait dû entendre dire qu'Avery viendrait en ange et voulait avoir l'air de faire la paire avec elle. Comme c'était pathétique. N'ayant envie de parler à aucune des deux filles, Eris texta à Avery qu'elle revenait tout de suite et continua à chercher Cord.

Ils avaient commencé à se voir cet été, alors qu'ils étaient tous deux coincés en ville. Au début, Eris râlait un peu de faire un stage au cabinet médical de son père pendant que tout le monde filait en Europe, dans les Hamptons ou sur les plages du Maine. Mais c'était le prix à payer pour les procédures qu'Everett avait accepté de lui faire au printemps.

– Tu as besoin d'une expérience du monde du travail, avait-il déclaré.

Comme si Eris avait l'intention de travailler un seul jour dans sa vie ! Néanmoins, elle avait accepté : elle voulait vraiment ces paillettes d'ambre et ces taches de rousseur.

Son stage s'était révélé aussi ennuyeux qu'elle s'y attendait, jusqu'au soir où elle était tombée sur Cord au Lightning Lounge. Une chose en avait entraîné une autre et, peu de temps après, ils buvaient des shots atomiques avant de sortir sur le balcon fermé. C'était là, pressés contre le flexiverre renforcé, qu'ils avaient échangé leur premier baiser.

À présent, Eris se demandait pourquoi ça n'était pas arrivé plus tôt. Elle connaissait Cord depuis des années, lorsque sa famille était revenue à New York quand elle avait huit ans. Ils venaient de passer plusieurs années en Suisse pour que son père puisse étudier les dernières techniques chirurgicales européennes. Eris avait fait ses deux premières classes de primaire à l'École américaine de Lausanne. Lorsqu'elle était revenue aux États-Unis, parlant un étrange mélange de français et d'anglais et incapable de réciter une table de multiplication, l'Académie Berkeley avait gentiment suggéré qu'elle redouble.

Eris n'oublierait jamais le premier jour où elle était entrée à la cafétéria sans connaître personne dans sa nouvelle école. Cord s'était glissé dans le siège voisin à sa table vide.

– Tu veux voir un jeu de zombies super cool ? avait-il demandé.

Et il lui avait montré comment régler ses lentilles pour que la nourriture prenne l'aspect d'un cerveau. Eris avait ri si fort qu'elle avait failli recracher ses spaghettis.

C'était deux ans avant la mort des parents de Cord.

Elle finit par trouver le jeune homme dans la salle de jeu, assis autour de la massive table antique avec Drew Lawton et Joaquin Suarez, chacun d'eux tenant de vraies cartes en papier dans ses mains. C'était une des manies bizarres de Cord – insister pour jouer à Oisiveté avec ce vieux jeu de cartes. Selon lui, les gens avaient l'air idiot quand ils jouaient sur leurs lentilles, assis autour d'une table mais regardant dans le vide.

Eris resta plantée là un moment, admirant le jeune homme. Il était d'une beauté insensée, rude et basanée plutôt que parfaite et froide comme celle d'Avery. Ses traits combinaient la sensualité brésilienne de sa mère et les lignes droites, classiques, du nez et de la mâchoire des Anderton. Eris fit un pas en avant ; Cord leva les yeux, et elle fut flattée de voir un éclair de joie passer dans ses prunelles bleu glacier.

– Salut, toi, dit-il comme elle tirait une chaise vide.

Eris s'appuya sur ses coudes de manière à ce que le décolleté de son top révèle la naissance de ses seins et l'étudia par-dessus la table. Le regard de Cord avait quelque chose de si intime que ça en devenait presque choquant, comme s'il était capable de la toucher rien qu'avec ses yeux.

– Tu veux jouer ? demanda le jeune homme en poussant un tas de cartes vers elle.

– Je ne crois pas. Je préférerais danser.

La salle de jeu était trop calme ; elle voulait regagner le chaos bruyant de la soirée.

– Allez, juste un tour. Pour l'instant, je suis seul contre deux, et ce n'est pas drôle, plaisanta Cord.

– D'accord, mais je me mets avec Joaquin, décréta Eris sans autre raison que de vouloir le provoquer un peu. Et tu sais que je gagne toujours.

– Peut-être pas cette fois, gloussa Cord.

Mais comme de bien entendu, un quart d'heure plus tard, la pile de jetons devant elle et Joaquin avait triplé de volume. Eris étira ses bras au-dessus de sa tête et repoussa sa chaise de la table.

– Je vais me chercher à boire, dit-elle sur un ton entendu. Quelqu'un veut quelque chose ?

Cord soutint son regard.

– Pourquoi pas ? Je t'accompagne.

Ils se réfugièrent dans le vestiaire, collés l'un contre l'autre.

– Tu es très en beauté ce soir, chuchota Cord.

– Moins de bla-bla, réclama Eris en le prenant par la nuque pour attirer sa tête vers elle et l'embrasser fougueusement.

Cord se pencha en avant. Sa bouche était chaude sur celle d'Eris. Il glissa une main autour de sa taille pour jouer avec l'ourlet de son top. Quand il toucha sa peau nue, le pouls d'Eris accéléra. Leur baiser devint plus profond, plus insistant. La jeune fille s'écarta et fit un pas en arrière, si bien que Cord trébucha.

– Quoi ? hoqueta-t-il.

– Je vais danser, répondit-elle simplement en rajustant son soutien-gorge et en lissant ses cheveux avec des gestes nets et précis. (C'était ce qu'elle préférait dans leur relation : rappeler à Cord combien il la désirait. Le rendre juste un peu désespéré.) À plus !

En s'éloignant dans le couloir, elle sentit le poids du regard de Cord qui détaillait les courbes de son corps. Elle se força à ne pas regarder en arrière. Mais le coin de sa bouche dont le rouge avait légèrement bavé se releva en un demi-sourire triomphant.

Watt

– Rappelle-moi ce qu'on fait ici, déjà ? demanda par com-lien Watzahn Bakradi – que tout le monde hormis ses professeurs appelait Watt – à son meilleur ami.

– Je te l'ai dit : cet endroit rend les filles dingues, répondit Derrick Rawls, sa voix filtrée par les auditennes de Watt qui jouaient un air de jazz paresseux afin de bloquer les autres bruits du club. Certains d'entre nous ont besoin de toute l'aide possible, ajouta-t-il sans la moindre trace de ressentiment.

Watt ne protesta pas. Durant la dernière heure, il avait reçu sept demandes de contact texto, et son ami pas une seule.

– D'accord, capitula-t-il. Je vais me chercher un verre.

– Tu me prends une bière pendant que tu y es ? réclama Derrick, incapable de détacher son regard d'une brunette qui ondulait non loin d'eux, les yeux fermés, en remuant les bras sans rythme apparent.

– Je le ferais bien, mais ce n'est pas moi qui paie ! répondit Watt en riant.

Au bar, il éteignit sa musique et se retourna pour observer le reste de la salle, écoutant les piétinements et les chuchotements résonner de manière étrange dans le silence.

Ils étaient venus au Pulse, le club silencieux de la miTour, où la musique arrivait directement dans les auditennes des gens au lieu de sortir de haut-parleurs externes. Mais le plus étrange là-dedans, c'est que chacun recevait une chanson différente. Watt supposait que la plupart des clients trouvaient ça drôle d'essayer de deviner ce qu'écoutaient les autres, ou de tourner lentement au rythme d'un slow pendant que leur partenaire sautait dans tous les sens sur un morceau d'électro. Mais lui, il voyait juste que c'était le bordel sur la piste de danse, et que les gens n'arrêtaient pas de se rentrer dedans.

Il croisa le regard d'une fille de l'autre côté du bar. Elle était superbe, grande et mince avec des yeux très écartés, certainement hors de sa portée. Mais Watt disposait d'une arme secrète : il savait exactement combien de secondes maintenir un contact visuel avant de détourner les yeux. D'après les estimations de Nadia, la fille allait s'approcher de lui dans trois, deux...

De ses auditennes s'éleva le double bip indiquant l'arrivée d'une demande de contact. Il hocha la tête pour accepter et la voix de la fille résonna à son oreille, la liaison sans fil leur permettant de se parler en direct par-dessus la musique, même si Watt avait déjà coupé la sienne.

– Offre-moi un verre, réclama l'inconnue en s'accoudant au bar près de Watt.

C'était un ordre, pas une question. Elle savait qu'elle était beaucoup plus canon que lui.

– Tu veux quoi ? demanda Watt en tapotant la surface du comptoir.

L'écran tactile s'éclaira, et un menu apparut.

La fille haussa les épaules et commença à décrire des cercles pour faire défiler les bulles de couleurs vives représentant les différentes catégories de boissons. Elle avait un petit tatouage à l'encre à l'intérieur du poignet, un bouton de rose qui s'ouvrait et se refermait alternativement.

– Devine.

Watt posa une main sur la sienne pour l'immobiliser. La fille le regarda en levant un sourcil.

– Si je tombe juste, c'est toi qui m'offres à boire, lança-t-il sur un ton de défi.

– D'accord. Mais tu ne devineras jamais.

– Je crois... (Watt passa les catégories en revue un moment, comme s'il soupesait les différentes options. Mais il savait déjà ce que voulait la fille, et ça ne figurait pas sur la carte.) Quelque chose de spécial, conclut-il en appuyant sur AUTRES et en faisant apparaître un clavier pour taper *Martini à l'encre de seiche.*

La fille rejeta la tête en arrière et éclata de rire.

– Je ne sais pas comment tu as fait, mais tu as triché, l'accusa-t-elle en le détaillant avec un intérêt nouveau.

Puis elle se pencha pour passer leur commande au bot serveur.

Watt se fendit d'un large sourire. Il sentait que des gens les observaient en se demandant comment il avait fait pour appâter ce genre de fille. Il ne pouvait pas s'en empêcher : il adorait avoir l'impression d'être le vainqueur d'une compétition tacite.

– Merci, dit-il comme la fille faisait glisser une bière brune vers lui.

– Comment as-tu su ce que je voulais ? interrogea-t-elle.

– Je me suis dit qu'une fille aussi exceptionnellement belle buvait forcément quelque chose d'exceptionnel.

Merci, Nadia, ajouta Watt en silence.

À ta place, je ne perdrais pas mon temps avec elle. La 2 et la 6 étaient plus intéressantes, répliqua Nadia – son ordinateur quantique – en faisant défiler les mots sur ses lentilles.

Quand ils étaient seuls, Nadia lui parlait directement à l'oreille, mais elle se rabattait sur du texte dès que Watt avait de la compagnie, parce qu'il trouvait trop perturbant d'essayer de mener deux conversations à la fois.

Mais celle-là est plus jolie, argumenta-t-il avec un sourire amusé en envoyant directement sa phrase à Nadia. Elle ne pouvait pas lire toutes ses pensées, seulement celles qui lui étaient destinées.

« Revoir liste de critères de sélection pour éventuelles petites amies » apparut sur la liste de choses à faire de Watt, sous « acheter un cadeau pour l'anniversaire de son frère et de sa sœur » et le nom des livres qu'il devait lire pour la fac cet été.

Parfois, je regrette de t'avoir programmée aussi sarcastique. Watt avait conçu l'architecture mentale de Nadia de manière à favoriser l'association d'idées et la pensée latérale plutôt que la stricte logique. En d'autres termes, pour qu'elle ait de la conversation au lieu d'être juste une calculatrice puissante. Mais depuis quelque temps, elle s'exprimait d'une manière particulièrement caustique.

Watt avait créé Nadia presque cinq ans auparavant, alors qu'il en avait treize et participait en tant que boursier à un stage d'été au MIT. Bien entendu, il savait que c'était illégal : la création de tout ordinateur quantique d'un quotient Robbens supérieur à 3.0 avait été interdite dans le monde entier depuis l'incident avec l'intelligence artificielle en 2093. Mais Watt se sentait si seul sur ce campus universitaire, entouré d'étudiants plus âgés qui l'ignoraient, et il avait pensé que ça ne ferait de mal à personne... Alors, il avait commencé à jouer avec des pièces détachées et, une chose en entraînant une autre, bientôt il s'était retrouvé à construire un superordinateur quantique.

Jusqu'à ce que la prof responsable du stage le surprenne à travailler sur Nadia, tard un soir au labo d'ingénierie.

– Tu dois détruire ce... cette chose, avait-elle dit avec une note hystérique dans la voix, en reculant de plusieurs pas. (Ils savaient tous les deux que si Watt se faisait prendre avec un quant, il irait en prison jusqu'à la fin de ses jours, et qu'elle serait sans doute arrêtée aussi pour ne pas avoir empêché son crime.) Je te jure que si tu ne le fais pas, je te dénoncerai !

Watt avait acquiescé et promis de détruire Nadia en maudissant sa propre stupidité. Jamais il n'aurait dû travailler dans un espace non sécurisé. Dès l'instant où la prof était sortie, il avait frénétiquement transféré Nadia sur une machine plus petite, puis pulvérisé la boîte qui l'avait contenue jusque-là et livré cette dernière à sa prof avec une mine lugubre. Il ne voulait pas aller en prison, et il avait besoin d'une lettre de recommandation pour entrer au MIT dans quelques années.

Le temps que son stage d'été se termine, Nadia tenait dans un noyau cubique de la taille de son poing. Il l'avait fourrée dans sa valise, planquée au fond d'une chaussure, et introduite en douce dans la Tour.

Ainsi avait débuté la carrière de pirate informatique de Watt – et de Nadia.

Ils avaient commencé petit, en s'amusant avec les amis et les camarades de classe de Watt : ils lisaient leurs textos privés, prenaient le contrôle de leur flux pour publier des blagues privées compromettantes. Mais, au fil du temps, Watt avait pris conscience de la puissance de l'ordinateur qu'il avait entre les mains, et il s'était enhardi.

Nadia pouvait faire bien plus que cracker les mots de passe d'adolescents ; elle pouvait scanner des milliers de lignes de code en moins d'une milliseconde et trouver le maillon faible de la séquence, la faille du système de sécurité qui leur permettrait d'entrer. Armé de Nadia, Watt pouvait accéder à toutes sortes de données protégées. Et se faire du fric avec, à condition d'être prudent.

Pendant des années, il avait planqué Nadia dans sa chambre en la transférant dans des contenants de plus en plus petits et de plus en plus discrets. Puis, deux étés auparavant, il avait accepté ce qui ressemblait à un boulot de piratage normal, consistant à faire disparaître un casier judiciaire. Mais, au moment du règlement, les messages du client s'étaient faits étrangement menaçants, d'une façon qui l'avait poussé à soupçonner que cette personne était au courant pour Nadia.

Watt en avait conçu une peur aussi soudaine qu'intense. D'habitude, il s'efforçait de ne pas penser à ce qui se passerait s'il se faisait prendre, mais il réalisait à présent combien il avait été stupide. Il détenait un quant illégal, et il devait le cacher dans un endroit où personne ne le trouverait jamais. Alors, il avait fourré Nadia dans sa poche et pris le monorail suivant en direction de la basse-ville.

En descendant à South Station, il avait pénétré dans un autre monde, un labyrinthe de ruelles encombrées, de portes sans nom ni numéro et de charrettes ambulantes qui vendaient des cornets de frites de blé chaudes et grasses. La silhouette métallique de la Tour le surplombait, projetant son ombre sur la plus grande partie du Sprawl : le quartier au sud de Houston Street.

Watt avait pris la direction de l'eau en clignant des yeux sous le brusque assaut du vent. Des bouées vertes et jaunes oscillaient dans les bassins d'aquaculture de Battery Park depuis longtemps submergé. Officiellement, on y produisait des algues et du krill, mais Watt savait que dans beaucoup d'entre eux poussaient aussi des océameds, les drogues hautement addictives extraites des méduses. Tête baissée, il trouva la porte qu'il cherchait et entra.

– Que puis-je faire pour toi ?

Un type costaud s'avança. Il avait les cheveux presque rasés, et portait une blouse en plastique gris ainsi que des gants chirurgicaux. Le Dr Smith, comme il se faisait appeler, avait la réputation d'effectuer des opérations illégales telles qu'immunisation aux drogues, remplacement d'empreintes digitales et transferts rétiniens. On disait que rien ne lui était impossible. Mais quand Watt lui expliqua ce qu'il voulait, Smith secoua la tête.

– Pas faisable, grommela-t-il.

– Vous êtes sûr ? insista Watt en sortant Nadia de sa poche pour qu'il puisse l'inspecter.

Ses circuits chauds manquèrent lui brûler la main. Malgré lui, Smith fit un pas en avant et hoqueta.

– Tu dis que c'est un quant ?

– Ouais, acquiesça Watt avec satisfaction.

Nadia était franchement impressionnante.

– D'accord, dit Smith à contrecœur. Je peux essayer. (Il ôta un de ses gants en latex et tendit une main à six doigts.) Pour améliorer ma dextérité, se vanta-t-il en surprenant le regard de Watt. Ça m'aide quand j'opère. Je l'ai fait moi-même, de la main gauche.

Watt serra sa main à six doigts et lui remit Nadia en priant pour que sa folle idée fonctionne.

Appuyé contre le bar du Pulse, Watt effleura du bout des doigts la légère bosse au-dessus de son oreille droite, la seule trace qu'il conservait de l'opération. Parfois, il avait du mal à croire que celle-ci avait réussi. Désormais, Nadia était toujours avec lui, à la lisière de son lobe temporal où Smith l'avait installée, alimentée par l'impulsion piézoélectrique de son propre flux sanguin. Au final, les autorités n'avaient pas inquiété Watt, mais il se sentait quand même plus en sécurité de cette façon. Si jamais quelque chose lui arrivait, personne ne penserait à chercher un ordinateur dans son cerveau même.

– Tu viens souvent ici ? demanda la fille au Martini à l'encre de seiche.

Elle but une petite gorgée du cocktail violet qui tourbillonnait dans le verre telle une tempête en préparation.

Plusieurs lignes de textes défilèrent instantanément sur les lentilles de Watt. Elle avait un an de plus que lui ; elle était étudiante en arts plastiques à la fac locale.

– J'aime venir ici pour regarder les gens, répondit-il. Ça m'aide dans mon travail d'artiste.

– Tu es un artiste ? Tu fais quoi ?

Il soupira.

– Avant, je bossais surtout sur des sculptures en 3D, mais depuis quelque temps, je les trouve un peu surfaites. J'envisage d'incorporer du son à mes œuvres. C'est en partie pour ça que je suis venu, pour observer les réactions des gens à la musique. (Il pivota vers la fille, qui cligna des yeux sous la puissance de son regard.) Qu'est-ce que tu en penses ?

– Je suis tout à fait d'accord, chuchota-t-elle, même s'il n'avait pas vraiment exprimé d'opinion. C'est comme si tu lisais dans mon esprit.

Voilà un effet secondaire de la présence de Nadia dans son cerveau que Watt n'avait pas anticipé – qu'elle deviendrait son arme secrète pour emballer les filles. Avant l'opération, il n'avait qu'un taux de réussite moyen. Il n'était pas vilain avec sa peau olivâtre doré et ses yeux sombres, mais pas non plus très grand ni sûr de lui. Nadia avait tout changé.

Bien sûr, ici dans la miTour – presque un kilomètre et demi plus haut que les étages où Derrick et lui habitaient –, les gens pouvaient tous s'offrir des lentilles décentes, et les consulter en parlant à quelqu'un s'ils le voulaient, mais ils devaient formuler leur question à voix haute. Hormis quelques commandes préprogrammées telles que hocher la tête pour accepter un appel entrant ou cligner des yeux plusieurs fois pour ouvrir un texto, les lentilles étaient toujours activées vocalement. Et s'il était normal de marmonner chez soi ou dans le STIE, ce n'était pas cool du tout de donner des instructions au milieu d'une conversation.

Avec Nadia, c'était différent. Parce qu'elle se trouvait dans la tête de Watt, ils pouvaient communiquer par ce que le jeune homme appelait « télépathie transcraniale » ; autrement dit, il n'avait qu'à *penser* une question pour que Nadia lui réponde. Et quand il discutait avec des filles, elle pouvait suivre la conversation et lui fournir instantanément les informations appropriées.

Dans le cas de la fille au Martini à l'encre de seiche, par exemple, Nadia l'avait décortiquée en moins de dix millisecondes. Elle avait piraté ses messages, découvert tous les endroits où la fille s'était géolocalisée et le nom de ses amis ; elle avait même lu les douze mille pages de son historique de publication et calculé ce que devait faire Watt pour susciter son intérêt. Désormais, Watt exsudait l'assurance parce qu'il savait toujours exactement quoi dire.

La fille le dévisagea en faisant tourner distraitement le pied de son verre entre ses doigts. Watt garda le silence : il savait qu'elle n'aimait pas les types rentre-dedans, qu'elle voulait avoir l'impression de prendre l'initiative. Et de fait…

– Tu veux qu'on sorte d'ici ?

Elle était sublime. Pourtant, Watt ne se sentit même pas excité lorsqu'il répondit automatiquement :

– Pourquoi pas ? Allons-y.

Il glissa une main autour de la taille de la fille et se dirigea avec elle vers la sortie, notant au passage les coups d'œil envieux des autres garçons. D'habitude, cela lui procurait un petit frisson de triomphe qui flattait son instinct de compétition. Mais cette fois, il n'arrivait pas à se réjouir ne serait-ce qu'un peu. C'était trop facile, trop prévisible. Il avait déjà oublié le nom de la fille, alors qu'elle le lui avait mentionné deux fois.

– La malédiction du vainqueur, chuchota Nadia dans ses auditennes, et Watt décela une note d'amusement dans sa voix. Tu obtiens ce que tu veux, et tu te rends compte que ça ne te fait pas l'effet que tu croyais.

Avery

– Zay est en train de parler avec Daniela Leon.

Les yeux plissés, Leda détailla la fille qui se tenait en contrebas, vêtue d'une sorte de robe froufroutante noire. Daniela rejeta la tête en arrière et posa une main sur l'avant-bras de Zay en riant à gorge déployée de ce qu'il venait de dire.

Avery suivit la direction du regard de son amie, même si elle se fichait bien de savoir à qui parlait Zay.

– Pas grave.

– Elle est déguisée en quoi, au juste ? aboya Leda en se tournant vers Avery. En matador ?

– Je crois que c'est un costume de soubrette française, suggéra Avery en se retenant de glousser tandis qu'elle prenait son verre posé sur un sous-bock flottant près de son coude.

Mais Leda ne l'écoutait pas. Elle avait tourné son attention vers l'intérieur et marmonnait toute seule, planifiant sans doute sa future vengeance contre Daniela. C'était une réaction typique : chaque fois qu'elle croyait que quelqu'un nuisait à Avery, sa réaction était immédiate et impitoyable. Ainsi se manifestait son amitié, et Avery l'acceptait parce qu'elle savait quelle loyauté féroce cela recouvrait. « J'espère ne jamais te mettre en rogne », aimait-elle à plaisanter, et Leda se contentait de lever les yeux au ciel en riant comme si cette idée même était ridicule.

Les deux filles se tenaient sur le palier à l'étage de l'appartement de Cord, juste en haut de l'escalier. Avery balaya du regard la pièce bondée en contrebas. Elle s'y était sentie oppressée un peu plus tôt, comme tous les garçons qu'elle croisait lui disaient à quel point elle était en beauté ce soir. Elle se pencha par-dessus la balustrade et son halo suivit le mouvement grâce aux microhovers programmés pour ça.

Tout le monde était là. Kemball Brown, avec une armure viking détaillée qui faisait ressortir ses belles épaules noires musclées. Laura Saunders, dont le corset de pirate pailleté et très décolleté scintillait dans la lumière. Jamie, le frère aîné de Leda, en uniforme de technicien d'ascenseur avec une barbe clairsemée.

– C'est quoi ce truc sur la figure de Jamie ? demanda Avery, amusée.

– Je sais ! se lamenta Leda en s'arrachant à ses ruminations. Quand je l'ai vu comme ça, l'autre jour, j'ai trouvé ça affreux moi aussi.

– L'autre jour ? répéta Avery, perplexe. Il n'a pas passé l'été avec vous ?

Leda hésita, si brièvement qu'Avery crut l'avoir imaginé.

– Bien sûr que si. Je voulais dire, quand je l'ai vu avec la totale, barbe plus déguisement. Tu sais que c'est un vrai uniforme ? Il l'a acheté à un technicien.

L'explication de Leda était logique, mais Avery trouvait sa voix bizarre. Oh, elle devait se faire des idées…

– J'ai besoin d'un autre cocktail, décida-t-elle en renvoyant son verre vers le bar. Pas toi ?

– Non, c'est bon, répondit Leda, dont le verre était encore presque plein.

À bien y réfléchir, songea Avery, elle n'avait pas bu grand-chose depuis le début de la soirée.

– Tu es en retard, la taquina-t-elle.

De nouveau, cette hésitation presque imperceptible. Les sons qui montaient du rez-de-chaussée lui parurent tout à coup amplifiés.

– Je n'ai pas encore repris l'habitude des soirées, c'est tout, répliqua Leda avec un petit rire étrangement faux.

Avery dévisagea sa meilleure amie, notant la façon dont elle se balançait d'avant en arrière sur ses escarpins noirs ornés d'un nœud minuscule à l'arrière. Elle mentait à propos de quelque chose. Cette certitude serra le cœur d'Avery : elle pensait que Leda et elle se racontaient tout.

– Tu sais que tu peux me parler.

– Je sais, acquiesça très vite Leda, même si elle n'en avait pas l'air convaincue.

– Qu'as-tu fait réellement cet été ? insista Avery.

– Laisse tomber, d'accord ?

– Je te promets que je ne...

Leda pinça les lèvres d'un air dur, et ce fut froidement qu'elle lâcha :

– Sérieusement. Laisse tomber.

Piquée au vif, Avery eut un mouvement de recul.

– Je ne comprends pas pourquoi tu refuses de me parler.

– Le monde ne tourne pas toujours autour de toi, Avery.

Elle allait répliquer quand des éclats de voix montèrent du rez-de-chaussée. La jeune fille baissa les yeux avec curiosité – et découvrit la personne dont l'arrivée avait provoqué cette subite agitation.

Le monde parut se figer et se vider de son air. Avery lutta pour penser. Près d'elle, elle sentit Leda se raidir de surprise, mais ne put détacher son regard du nouveau venu pour jeter un coup d'œil à son amie.

Il était de retour.

– Atlas, souffla Avery, même s'il ne pouvait pas l'entendre.

Elle s'élança à l'aveuglette dans l'escalier, la foule s'écartant pour la laisser passer, des centaines de paires d'yeux l'observant et, sans doute, prenant des photos pour les publier immédiatement sur les flux. Rien de tout ça n'avait la moindre importance. Atlas était rentré.

Quelques secondes plus tard, Avery se jetait dans ses bras, enfouissait son visage dans l'épaule de son frère et humait à pleins poumons son parfum familier l'espace d'une précieuse seconde, avant que les règles du comportement en société ne la forcent à s'écarter de lui.

– Tu es revenu, dit-elle bêtement en le buvant des yeux.

Il portait un pantalon en toile froissé et un pull bleu marine. Il avait l'air un peu plus costaud que dans son souvenir, et ses cheveux châtains étaient plus longs ; ils bouclaient autour de ses oreilles comme quand il était petit. Mais le reste n'avait pas changé : ses prunelles couleur chocolat encadrées par des cils épais, presque trop pour un homme ; le semis de taches de rousseur sur son nez ; une de ses dents du bas légèrement de travers, comme pour rappeler qu'il n'était pas parfait. C'était l'une des choses qu'Avery avait adorées chez lui dès que ses parents l'avaient ramené à la maison douze ans plus tôt – le fait qu'il avait des défauts visibles.

– Je suis revenu, répéta-t-il. (Une ombre de barbe assombrissait ses joues. Avery brûlait de tendre la main pour la toucher.) Comment va ?

– Où étais-tu ?

La jeune fille frémit en entendant sa propre voix et baissa le ton. Hormis Leda, personne ne savait qu'Atlas n'avait pas tenu sa famille au courant de ses déplacements durant son absence.

– Un peu partout.

– Oh, fut tout ce qu'elle trouva à dire.

Elle avait du mal à aligner deux pensées cohérentes alors qu'Atlas se tenait si près d'elle. Elle aurait voulu se jeter à nouveau dans ses bras et le serrer si fort qu'il ne pourrait plus jamais partir, faire courir ses mains sur ses épaules pour s'assurer qu'il était bien là, solide et réel. Elle avait beaucoup progressé cet été, et pourtant elle devait lutter contre son envie familière de tendre la main pour le toucher.

– Eh bien, je suis ravie de te voir, parvint-elle à articuler.

– J'espère bien.

Un sourire franc et chaleureux éclaira le visage d'Atlas, comme si c'était la chose la plus naturelle au monde que de se pointer à une soirée sans avoir été annoncé après une absence de dix mois.

– Atlas…

Avery hésita sans trop savoir ce qu'elle voulait dire. Elle s'était tellement inquiétée ! Pour sa sécurité, bien sûr, mais surtout parce qu'elle craignait qu'il ne revienne jamais. C'était une peur terrible et lancinante qui la tourmentait depuis son départ.

– Oui ? dit doucement Atlas.

Avery fit un pas vers lui. Son corps réagissait instinctivement à la proximité de son frère, comme une plante qui serait restée trop longtemps dans le noir et qu'on aurait enfin exposée au soleil.

– Fuller !

Ty Rodrick leur fonça dessus et donna une grande claque dans le dos du jeune homme. Le reste de l'équipe de hockey les entoura et entraîna Atlas avec force cris de joie.

Avery ravala ses protestations et s'écarta. *Comporte-toi normalement,* s'exhorta-t-elle. Par-dessus l'agitation ambiante, son regard croisa celui d'Atlas, qui lui fit un clin d'œil et articula : *Plus tard.*

Avery hocha la tête. En dépit de toutes les promesses qu'elle s'était faites, elle l'aimait toujours.

Leda

Leda laissa tomber sa pochette de soirée sur le comptoir en marbre de la salle de bains de Cord et observa son reflet dans le miroir en clignant des yeux. Ses cheveux relevés en chignon étaient piqués de plumes, et son costume noir de ballerine la moulait aux bons endroits, réussissant même à créer une illusion de décolleté. De vraies plumes de paon tout à fait illégales bordaient le bas de son tutu. Elle les caressa du bout des doigts. Ça valait carrément la peine de soudoyer les services d'importation.

Leda avait accepté depuis longtemps le fait qu'elle n'était pas belle, avec ses traits saillants et anguleux, son corps trop maigre et sa poitrine quasiment plate. Mais elle avait hérité de la belle peau brune de sa mère et de la bouche pleine de son père, et son visage irradiait une intelligence sévère qui poussait les gens à la regarder à deux fois.

Elle prit une grande inspiration, tentant d'ignorer le malaise qui lui picotait tout le corps. Ça semblait impossible mais, après tout ce temps, c'était enfin arrivé.

Atlas était revenu.

De la musique résonna soudain dans ses auditennes, la mélodie guillerette d'une chanson pop par laquelle Avery et elle étaient obsédées au printemps précédent. La sonnerie d'Avery, encore. Leda secoua la tête pour refuser l'appel. Elle savait que son amie la cherchait, mais elle ne pouvait pas l'affronter, pas après la façon dont elle l'avait rabrouée un peu plus tôt. Elle n'avait pas fait exprès ; simplement, elle était nerveuse et sur la défensive par rapport à son séjour en désintox. Pourquoi Avery refusait-elle de la laisser respirer ? Leda ne voulait pas en parler, point. Surtout pas maintenant, alors que la raison initiale de son pétage de plombs venait de réapparaître, plus renversante que jamais.

Ressaisis-toi, se morigéna Leda. Par réflexe, elle sortit son gloss de son sac et en remit, puis retourna se mêler aux autres invités la tête haute. Elle ne se laisserait pas troubler par la présence d'Atlas. Elle ne pouvait pas se le permettre, pas une seconde fois.

– Leda. (Cord lui emboîta le pas, vêtu d'un costume sombre avec une sorte d'écharpe en travers de la poitrine.) Je ne t'avais pas vue depuis un bail !

– Salut, répondit prudemment Leda.

Elle n'avait jamais su comment se comporter vis-à-vis de Cord. Contrairement à Avery et Eris, il n'était pas un ami d'enfance et, depuis qu'elle lui avait demandé un coup de main pour se procurer de la xenperhédrine quelques années plus tôt, il lui semblait qu'il avait l'avantage sur elle.

– C'était comment, tes vacances ? interrogea le jeune homme en saisissant deux shots d'atomique sur le plateau d'un serveur puis tendant l'un des deux à Leda. Santé ! dit-il avant de siffler le sien.

Les doigts de Leda se crispèrent autour du petit verre rempli d'un alcool clair. Elle avait promis à sa mère qu'elle ne boirait pas ce soir. Cord l'observait. Il avait perçu son hésitation. Rien ne lui échappait. Il haussa un sourcil avec une expression d'amusement sardonique.

Puis Leda entendit un rire familier derrière eux comme Atlas passait à proximité. *Après tout, pourquoi pas ?* songea-t-elle soudain. Ce n'était pas comme si un atomique allait lui refaire gober de la xenperhédrine. Elle porta le verre à ses lèvres et but cul sec. L'alcool lui brûla la gorge, mais d'une manière pas déplaisante.

– Maintenant, je me souviens pourquoi je t'apprécie, dit-elle en reposant le verre vide.

Cord partit d'un rire approbateur.

– Tu m'as manqué cet été, Cole. J'aurais eu bien besoin d'une copine de fumette.

– Pitié. Tu ne manques pas de gens avec qui te défoncer.

– Mais personne d'aussi intéressant que toi, insista Cord. Les autres, fumer les rend cons.

Leda se dandina, mal à l'aise. *Je suis bien assez intelligente sans avoir rien pris*, se raisonna-t-elle, mais cette affirmation sonnait moins vrai que quelques jours auparavant. Marmonnant une excuse, elle se détourna et s'enfonça dans la foule. Les plumes de sa jupe commençaient à tomber, laissant une traîne duveteuse sur le sol derrière elle.

Où es-tu ? texta-t-elle à Avery.

Son amie ne savait pas qu'il lui arrivait de fumer avec Cord, et Leda ne voulait pas le lui dire, mais voir Avery l'aiderait peut-être à se calmer.

– Leda ?

Elle se retourna lentement, en s'efforçant de prendre une mine nonchalante même si elle était loin de l'être.

Atlas se tenait parmi ses vieux potes du hockey. Leda attendit sans bouger tandis qu'il marmonnait une excuse et s'approchait d'elle.

– Salut, dit-il simplement.

Une colère flamboyante embrasa Leda. C'était tout ce qu'il avait à lui dire, alors que la dernière fois qu'ils s'étaient vus ils se trouvaient à l'autre bout du monde, nus dans un jacuzzi ?

– Où étais-tu passé ?

Atlas cligna des yeux.

– J'ai pris une année sabbatique pour voyager un peu.

– Pas de ces conneries avec moi. (Leda croisa les bras.) Je connais la vérité, d'accord ?

– Je ne…

– C'est moche ce que tu as fait, partir comme ça. Surtout après… tu sais bien.

Elle repensa à cette nuit, à la façon dont il l'avait touchée et à la neige qui était tombée sur eux deux, fondant au contact de la chaleur de leur peau. À ce souvenir, elle se sentit rougir.

– Fuller ! mugit Henry Strittmayer. On joue à la roulette ! Ramène ton cul

– Une minute. (Atlas n'avait pas quitté Leda des yeux.) Je suis content que tu m'en parles. J'ai beaucoup pensé à toi pendant mon absence.

– Ah ? dit-elle prudemment, sans oser espérer.

– Je te dois des excuses.

Leda eut l'impression qu'il l'avait giflée.

– Tu ne me dois rien du tout, répliqua-t-elle très vite, sur la défensive.

Idiote, se rabroua-t-elle, d'avoir pensé qu'elle lui avait manqué alors qu'il *culpabilisait* seulement vis-à-vis d'elle. Bon sang qu'elle détestait ce mot. Pouvait-on faire moins romantique ?

Ils se dévisagèrent dans un silence tendu.

– Tu veux jouer à la roulette ? demanda Atlas au bout d'un moment.

– Non. (La dernière chose qu'elle voulait, c'était s'asseoir à côté de lui comme si tout était normal, et jouer à un jeu qui les forcerait peut-être à s'embrasser.) Je vais chercher Avery, se justifia-t-elle. Elle avait l'air un peu bourrée tout à l'heure.

– Je t'accompagne, offrit Atlas.

Mais déjà, Leda s'éloignait.

– Pas la peine, dit-elle très vite en se dirigeant vers le hall. Je gère.

L'attirance qu'Atlas exerçait sur elle était toujours aussi intense qu'à Catyan, quand leurs corps étroitement enlacés lui avaient donné l'impression qu'ils ne faisaient plus qu'un. Mais elle ne le comprenait pas davantage aujourd'hui qu'à l'époque. Peut-être ne le comprendrait-elle jamais.

Son estomac se tordit soudain tandis que la colère lui martelait les tempes. C'était comme si quelque chose pressait contre sa peau de l'intérieur, comme quand elle se tapait une descente trop brutale…

Elle devait foutre le camp d'ici. Tout de suite.

Elle se fraya un chemin parmi la foule massée dans l'appartement de Cord, un sourire figé sur les lèvres, et se glissa dans le premier hover qu'elle put dégoter.

Le temps d'arriver chez elle, Leda était presque hystérique. Elle se précipita le long du couloir, ouvrit à la volée la porte de sa chambre, attrapa son oreiller d'aromathérapie parfumé à la lavande et y enfouit son visage pour prendre plusieurs grandes inspirations. Des larmes lui picotaient le coin des yeux. Ce qu'elle pouvait être conne ! Elle n'arrivait pas à croire que le simple fait d'avoir revu Atlas l'avait mise dans un tel état.

Elle finit par se laisser tomber dans la chaise de sa coiffeuse et entreprit d'ôter son maquillage strié par ses larmes avec des gestes brusques, coléreux. Elle était si tendue que son corps tremblait presque.

Quelqu'un frappa des coups hésitants à sa porte.

– Leda ? (Ilara Cole apparut sur le seuil de la chambre de sa fille.) Comment était ta soirée ?

– Tu n'avais pas besoin de m'attendre.

Leda ne se retourna pas ; elle se contenta de croiser le regard de sa mère dans le miroir. Avant, Ilara se couchait sans attendre son retour.

Sa mère ignora sa remarque.

– J'ai vu des photos sur les flux, insista-t-elle avec une gaieté forcée. Tous les costumes étaient magnifiques ! Surtout le tien et celui d'Avery !

Leda se leva brusquement de sa chaise et fit volte-face en serrant les poings.

– Tu m'espionnes, maintenant ? Tu avais dit que tu me ferais confiance cette année !

– Et toi, tu avais dit que si je te laissais aller à cette soirée tu ne boirais pas d'alcool !

Leda eut un mouvement de recul, et sa mère se radoucit.

– Je suis désolée, reprit-elle. Mais ne me prends pas pour une idiote, Leda. Je sens l'atomique d'ici. Je suis censée le prendre comment ?

– C'était un seul shot, répondit sèchement Leda. La dernière fois que j'ai regardé, ça n'avait pas grand-chose à voir avec une orgie de xenperhédrine.

Ilara voulut poser une main sur son épaule, mais Leda la repoussa, et elle laissa retomber son bras d'un air vaincu.

– Leda, s'il te plaît, dit-elle doucement. Je fais des efforts. Je veux vraiment recommencer à avoir confiance en toi. Mais la confiance, ça se mérite. Et jusqu'ici, tu ne fais rien pour…

– Très bien, coupa Leda sur un ton glacial. La soirée était géniale, merci de m'avoir laissée y aller, et je promets que je ne boirai pas à la prochaine.

Elles se dévisagèrent sans savoir quoi ajouter. Sur leurs traits, on lisait de l'affection mais aussi de la méfiance. Elles ne savaient plus comment se comporter l'une envers l'autre.

Finalement, Ilara soupira et se détourna.

– Ravie que tu te sois bien amusée. À demain matin.

La porte se referma derrière elle avec un cliquetis.

Leda se déshabilla avec des gestes brusques et enfila son pyjama monogrammé. Elle envoya un court texto à Avery pour s'excuser de l'avoir rabrouée un peu plus tôt et pour l'informer qu'elle était déjà rentrée chez elle. Puis elle se glissa dans son lit, l'esprit en ébullition.

Elle se demanda si Avery et Atlas étaient toujours à la soirée. Trouveraient-ils bizarre qu'elle soit partie si tôt ? Avery lui en voulait-elle pour ce qu'elle lui avait dit ? Pourquoi ne pouvait-elle concevoir que Leda n'avait pas envie de parler de certaines choses ? Et, comme si elle n'avait pas déjà assez de soucis, son idiote de mère s'était mise à surveiller le moindre de ses faits et gestes sur les flux. Jusque-là, Leda ne se doutait même pas qu'elle savait s'en servir.

À la pensée des flux, elle décida de consulter celui d'Atlas, même si elle savait déjà ce qu'elle y trouverait. Bien entendu, il était aussi vague que d'habitude. La plupart des garçons que connaissait Leda mettaient toute leur vie en ligne, mais le profil d'Atlas se limitait à une vieille photo de lui prise dans la maison de plage de ses grands-parents et quelques-unes de ses citations préférées. Il était tellement impénétrable, ça la rendait folle !

Si seulement Leda pouvait voir au-delà de son profil public, lire ses messages, accéder à sa géolocalisation et à tout ce qu'il ne partageait pas avec le reste du monde ! Si seulement elle savait ce qu'il pensait, peut-être pourrait-elle enfin tourner la page.

Ou peut-être pourrait-elle le récupérer, chuchotait une petite voix dans sa tête, cette petite voix qu'elle semblait incapable de faire taire.

Leda roula sur le ventre et, frustrée, agrippa les draps à deux mains. Puis elle eut une idée si simple qu'elle devait être forcément brillante ou débile.

Atlas était peut-être difficile à lire, mais… et s'il existait un autre moyen de le déchiffrer ?

Avery

La soirée battait son plein depuis plusieurs heures quand Avery se retrouva dans le placard à alcools à côté de la cuisine de Cord. Elle ne savait pas trop ce qu'elle était venue chercher là : peut-être le bourbon à l'étiquette ornée d'une feuille dorée qui s'alignait sur l'étagère du haut, ou peut-être le stock de rétros illégaux. Elle faisait tourner les glaçons dans son gobelet vide. Ses deux gobelets vides, réalisa-t-elle : elle en tenait un dans chaque main.

Atlas était de retour. Son expression quand il l'avait vue, le *plus tard* qu'il lui avait adressé repassaient en boucle dans sa tête. Elle souhaitait désespérément qu'il revienne depuis si longtemps et, maintenant qu'il était là, elle ne comprenait pas. Donc, elle avait décidé que la meilleure chose à faire était de se soûler méthodiquement. Et de toute évidence, elle avait réussi.

Un rayon de lumière fendit l'obscurité comme quelqu'un ouvrait la porte.

– Avery ?

Cord. La jeune fille soupira. Pour le moment, elle voulait juste qu'on la laisse seule.

– Salut. Chouette soirée, murmura-t-elle.

– À la santé de ton mec, dit Cord en tendant un bras pour se servir du bourbon.

Il but une longue gorgée, ses yeux scintillant dans la pénombre.

– Qui ça ? demanda vivement Avery.

Cord était-il au courant d'une façon ou d'une autre ? Si quelqu'un pouvait deviner, songea Avery, l'air sombre, ce serait bien lui. Il la connaissait depuis toujours. Et il était lui-même assez tordu pour deviner la répugnante vérité.

– Celui qui t'a mise dans cet état, et qui a fait ressortir ta jumelle maléfique. Parce que ce n'est pas Zay Wagner – même moi, je peux le voir.

– Parfois, tu peux être un vrai connard, tu sais, répliqua Avery sans réfléchir.

Cord éclata d'un rire pareil à un aboiement.

– Ouais, je sais. Mais j'organise des soirées tellement fabuleuses que les gens me pardonnent. Comme ils te pardonnent d'être prude et indifférente parce que tu es la plus belle gosse de la Terre.

Avery voulait se mettre en colère contre lui, mais elle n'y arrivait pas. Peut-être parce qu'elle savait qui était réellement Cord sous toutes ces couches de sarcasme.

– Tu te souviens quand on était gamins ? lança-t-elle brusquement. Quand tu m'as mise au défi de monter dans le vide-ordures et que je suis restée coincée ? Tu as attendu avec moi jusqu'à ce que les sécuribots arrivent pour que je ne reste pas toute seule là-dedans.

Les lumières du placard à alcools s'éteignirent. Ils devaient vraiment se tenir immobiles pour que les capteurs de mouvement ne les détectent plus. Cord n'était qu'une ombre face à Avery.

– Ouais, dit-il tout bas. Et alors ?

– On est tous très différents aujourd'hui, pas vrai ?

Secouant la tête, Avery poussa la porte et ressortit dans le couloir.

Elle déambula un moment parmi la foule, saluant tous les gens qu'elle n'avait pas vus depuis la fin du printemps, buvant en continu dans ses deux gobelets. Elle n'arrêtait pas de penser à Atlas – et à Leda. Où avait-elle bien pu passer l'été, pour refuser de lui en parler ? Quoi qu'il en soit, Avery culpabilisait terriblement d'avoir insisté et fâché son amie. Ce n'était pas le genre de Leda de rentrer si tôt.

Avery savait qu'elle aurait dû se rendre chez les Cole pour vérifier que tout allait bien, mais elle ne supportait pas l'idée de partir tant qu'Atlas était là. Après tous ces mois de séparation, elle voulait juste rester près de lui.

Désolée pour tout à l'heure. On se voit demain ? texta-t-elle à Leda en tentant de repousser sa culpabilité.

Elle finit par trouver Atlas dans la bibliothèque du rez-de-chaussée, en train de jouer à la roulette, et s'arrêta près de la porte pour l'observer. Il se penchait sur la table pour faire tourner le cadran, ses cils projetant des ombres subtiles sur ses pommettes. Avery n'avait pas joué à la roulette depuis des années, elle avait alors quatorze ans – c'était durant une autre des soirées de Cord, dans cette pièce même. Si elle fermait les yeux, il lui semblait presque que c'était arrivé la veille plutôt que trois ans auparavant.

Elle était si nerveuse à l'idée de participer ! C'était la première fois qu'elle buvait de l'alcool et, même si elle ne l'avait dit à personne, c'était sa première partie de roulette. Elle n'avait même jamais reçu de baiser. Et si tout le monde pouvait le voir sur son visage ?

« Magne-toi, Fuller ! grogna Marc Rojas, un élève de terminale, en voyant qu'elle hésitait. Fais tourner !

– Fais tourner ! Fais tourner ! » scandèrent le reste des participants.

Avery se mordit la lèvre et tendit la main pour balayer le cadran holographique projeté au milieu de la table.

La flèche fit le tour de la pièce à toute vitesse. Tous se penchèrent en avant pour suivre sa progression. Enfin, elle commença à ralentir et parut s'arrêter devant Breccan Doyle. Avery se raidit sur le bord de son siège.

Puis l'élan résiduel de la flèche la propulsa jusqu'à Atlas.

La console de jeu projeta immédiatement un Cône d'intimité à l'endroit où ils étaient assis, réfractant la lumière pour les dissimuler aux autres occupants de la pièce et déviant toutes les ondes sonores. Au-delà du mur de photos scintillantes, qui ondulaient comme la surface de l'eau d'une mare, Avery distinguait les autres, même si eux ne pouvaient pas la voir. Ils criaient et gesticulaient en direction de la console, sans doute pour réinitialiser le jeu et lui faire tourner de nouveau la roue. Ça n'avait rien d'amusant d'enfermer un frère et une sœur dans le cône, pas vrai ?

« Ça va ? » s'enquit Atlas à voix basse.

Il tenait une bouteille d'atomique à moitié pleine qu'il voulut passer à Avery, mais celle-ci secoua la tête. Elle était déjà désorientée, et l'alcool avivait ses sentiments pour Atlas d'une manière dangereuse.

« Je n'ai jamais embrassé personne. Je vais être nulle », bredouilla-t-elle.

Puis elle frémit. Qu'est-ce qui lui avait pris de dire ça ?

Atlas but une longue gorgée d'atomique avant de poser soigneusement la bouteille. À sa décharge, il ne se moqua pas d'elle.

« Ne t'en fais pas, dit-il enfin. Je suis sûre que tu te débrouilleras très bien.

– Je ne sais même pas comment faire ! »

À l'extérieur du cône, Avery voyait Tracy Ellison, qui en pinçait sévèrement pour Atlas, gesticuler d'un air coléreux.

« Tu as juste besoin d'entraînement. (Atlas sourit et haussa les épaules.) Désolé que ce soit tombé sur moi plutôt que sur Breccan.

– Tu déconnes ? Je préfère… »

Avery s'interrompit, incapable d'aller au bout de sa phrase.

Atlas la dévisagea, curieux, et plissa le front avec une expression qu'Avery ne put déchiffrer.

« Aves », dit-il presque sur le ton d'une question.

Il se pencha vers elle. Avery retint son souffle…

Le Cône d'intimité se dissipa, les ramenant à la réalité.

Avery n'avait jamais su si Atlas avait failli l'embrasser ce jour-là ou si elle l'avait juste imaginé. Submergée par ce souvenir, elle dévisagea son frère adoptif qui leva les yeux vers elle comme s'il avait senti son regard. Mais si lui aussi repensait à cette fameuse soirée, il n'en laissa rien paraître. Il se contenta de l'observer un moment, puis parut prendre une décision.

– Je passe ce tour, dit-il en se retirant du jeu et en s'approchant d'Avery. Hé !

Gentiment, il lui retira les gobelets des mains et les posa sur une table. Avery avait oublié jusqu'à leur existence. Elle vacilla légèrement.

– Tu veux que je te ramène à la maison ? demanda Atlas en tendant un bras pour la rattraper.

Comme toujours, il savait ce qu'elle voulait sans qu'elle ait besoin de le lui dire. À l'exception, bien sûr, de la chose qu'il ne devait jamais savoir.

– Oui, acquiesça Avery un peu trop vivement.

Atlas hocha la tête.

– Allons-y.

Ils sortirent sur le perron de Cord où les attendait le hover qu'Atlas avait appelé. Avery s'abandonna contre le dossier et ferma les yeux, se laissant envelopper par le bourdonnement familier du système de propulsion. Elle tendit l'oreille pour écouter le souffle d'Atlas. Il était vraiment là, se répétait-elle en boucle. Ce n'était pas juste un autre de ses rêves.

Lorsqu'ils atteignirent le penthouse du 1000e, Avery se laissa tomber sur son lit, toujours en costume d'ange. La pièce tournait légèrement autour d'elle.

– Ça va ? demanda Atlas en s'asseyant sur un coin de son épais couvre-lit crème.

– Mmmmh, murmura Avery.

Elle se sentait mieux que depuis des mois, ici, seule avec Atlas dans une semi-obscurité. Son frère se rapprocha un peu d'elle. Avery ferma les yeux. Elle pouvait presque se convaincre que c'était juste un mec qu'elle avait rencontré et ramené chez elle, plutôt que le garçon que ses parents avaient adopté quand elle avait cinq ans parce qu'elle se sentait seule et qu'ils n'avaient pas de temps à lui consacrer.

– Tu te souviens quand tu es arrivé ici ? demanda-t-elle.

Elle était assise par terre dans la salle de jeux, en train de brosser les cheveux de sa poupée, lorsque la porte d'entrée s'était ouverte sur sa mère tenant la main d'un petit garçon à l'air perdu mais plein d'espoir.

– Voici Atlas, avait dit sa mère, et le petit garçon avait eu un sourire hésitant.

Dès cet instant, Avery l'avait adoré.

– Bien sûr que je m'en souviens ! répondit Atlas sur un ton taquin. Tu as exigé que je t'accompagne immédiatement au parc, et que je te traîne sur ton hoverboard pour faire semblant que c'était un bateau pirate.

– Je n'ai pas fait ça ! protesta Avery en se redressant sur les coudes pour le foudroyer du regard avec une colère feinte.

– Pas grave. Ça ne m'a pas dérangé, dit-il doucement.

Avery se laissa retomber sur ses oreillers. C'était si étrange de penser qu'elle avait eu une vie avant Atlas ! Cela ne lui semblait plus possible désormais.

– Aves ? l'entendit-elle dire. S'il y avait quelque chose que je devais savoir, tu me le dirais, pas vrai ?

Elle rouvrit les yeux et le dévisagea. Il avait l'air si franc, si candide ! Il ne sous-entendait pas qu'il avait deviné, tout de même ? Non, comment l'aurait-il pu ? Il ne savait pas ce que c'était, de vouloir quelque chose qu'il ne pourrait jamais avoir – il ignorait combien c'était impossible de nier le désir une fois qu'on s'était laissé aller à le ressentir.

– Je suis contente que tu sois revenu. Tu m'as manqué, dit Avery.

– Toi aussi.

Le silence se prolongea entre eux. Avery luttait pour rester éveillée, pour se repaître de la présence d'Atlas, mais le sommeil menaçait de la submerger. Au bout d'un moment, le jeune homme se leva et se dirigea vers la porte.

– Je t'aime, dit-il en refermant doucement derrière lui.

Moi aussi, je t'aime, chuchota le cœur d'Avery en se recroquevillant autour de cette phrase comme si c'était une prière.

Eris

Je rentre, texta Eris à Cord sans prendre la peine d'attendre sa réponse. L'appartement se vidait comme la soirée touchait à sa fin ; les gens prenaient le chemin du retour d'un pas titubant, seuls ou à deux. Partout où Eris regardait, ce n'était que gobelets épars, accessoires perdus et hallucilums cassés – les vestiges d'une soirée épique.

Elle n'avait pas l'intention de rester si tard, mais à force de passer d'un groupe à l'autre, elle avait perdu toute notion du temps. Elle ne savait pas trop où était Cord et elle se sentait soudain trop épuisée pour partir à sa recherche. Tout ce qu'elle voulait, c'était une vapodouche et ses draps mille fils.

Eris se dirigea vers la porte en faisant distraitement défiler ses messages, et sursauta en réalisant qu'elle avait manqué plusieurs appels en provenance de chez elle. Ils avaient été émis deux heures plus tôt, alors qu'elle s'agitait sur la piste de danse – elle se souvenait avoir remué la tête sans leur prêter attention –, mais sur le coup elle n'avait pas percuté qu'ils venaient de ses parents. Elle se demanda ce qui se passait.

Lorsqu'elle atteignit son appartement au 985ᵉ étage, Eris ouvrit la porte aussi discrètement que possible, ses chaussures noires dans une main et sa pochette de soirée dans l'autre. Elle sut dès l'instant où elle mit le pied à l'intérieur que quelque chose clochait. Les lumières étaient réglées au maximum, et un horrible bruit étranglé venait du salon. *Bon sang.* C'était sa mère, qui pleurait.

Eris laissa bruyamment tomber ses chaussures par terre.

– Eris ?

Roulée en boule sur le canapé, Caroline leva la tête vers sa fille. Elle portait encore sa robe de soirée qui formait comme un point d'interrogation cramoisi contre les coussins blancs.

Eris se précipita pour la prendre dans ses bras et la serrer contre elle. Soudain, elle se revit quand elle était petite et que ses parents rentraient de soirée. Elle entendait les talons de sa mère cliqueter dans le couloir – un son qu'elle avait toujours trouvé étrangement réconfortant – et, quelle que soit l'heure, Caroline venait lui brosser les cheveux et lui raconter les choses d'adultes magiques qu'elle avait vues ce soir-là. Combien de fois Eris s'était-elle endormie en écoutant le son de sa voix ?

– Tout va bien, dit-elle doucement, même si de toute évidence ce n'était pas le cas.

Elle promena un regard nerveux à la ronde. Où était son père ?

– Non, pas du tout. (Caroline prit une grande inspiration et s'écarta de sa fille pour la regarder dans les yeux. Ses larmes traçaient des sillons noirs de mascara le long de ses joues.) Je suis vraiment désolée.

– Que s'est-il passé ? (Avec une brusquerie involontaire, Eris lâcha sa mère.) Où est papa ?

– Il... est parti.

Caroline baissa les yeux pour étudier ses mains crispées dans son giron, sur les plis froissés de sa sublime robe rouge.

– Comment ça, il est parti ?

– Tu te souviens de ce test ADN que tu as fait aujourd'hui ?

Eris acquiesça impatiemment. Bien sûr qu'elle s'en souvenait ; on lui avait fait subir des tas de tests, prélevé de la salive à l'intérieur de la joue avec un coton-tige, demandé d'uriner sur un bâtonnet et de signer tellement de documents papier à l'ancienne, avec un vrai stylo à encre, que le geste peu familier lui avait donné des crampes à la main.

Sans un mot, sa mère tapota la table basse qui, comme toutes les surfaces de leur appartement, possédait aussi une fonction écran tactile. Quelques balayages rapides, et elle ouvrit un fichier dans l'un de ses messages.

Son ADN était cartographié là dans toute sa gloire, avec des brins d'un rose vif peu réaliste, mais Eris ne lui jeta qu'un bref coup d'œil avant de se mettre à parcourir le fatras de termes médicaux et d'histogrammes en dessous. Elle savait qu'on avait comparé son ADN à celui de son père, qui était déjà répertorié ; pourtant, elle n'arrivait pas à comprendre ce qu'elle avait sous les yeux. Quel rapport avec elle ?

Son regard s'arrêta sur la dernière ligne de texte. « Taux de concordance : 0,00 %. » Elle vacilla et se raccrocha au canapé, une hideuse lumière se faisant jour dans son esprit et lui serrant la gorge.

– Je n'y crois pas. (Elle redressa le dos et haussa la voix.) Le laboratoire a dû se planter dans les analyses. Il faut les appeler et leur demander de les refaire.

– Ils les ont déjà refaites. Ils ne se sont pas trompés.

Il semblait à Eris que sa mère lui parlait de très loin, comme si elle se trouvait sous l'eau ou enfouie sous une montagne de sable.

– Non, répéta obstinément Eris.

– C'est vrai, ma chérie.

La certitude dans la voix de Caroline glaça le sang de la jeune fille dans ses veines. Alors, elle comprit pourquoi son ADN ne correspondait pas à celui de son père et pourquoi sa mère n'avait pas l'air surprise. Parce qu'elle n'était pas la fille biologique d'Everett. Sa mère avait trompé son père, et gardé le secret pendant dix-huit ans.

Eris ferma les yeux. Impossible. Ça ne pouvait pas être vrai. Si elle refusait de regarder la réalité en face, celle-ci se dissiperait peut-être comme un mauvais rêve.

Sa mère tendit une main vers elle et Eris se leva d'un bond, renversant la table basse au passage. Aucune d'elles ne jeta le moindre coup d'œil au meuble. Elles se contentèrent de se dévisager. Elles se ressemblaient douloureusement, pourtant Eris avait l'impression de faire face à une étrangère.

– Pourquoi ? demanda-t-elle, son esprit étant incapable de formuler une autre question. Pourquoi m'as-tu menti pendant toutes ces années ?

– Oh, Eris. Je ne voulais pas… Ça ne te concernait pas…

– Tu plaisantes ? Évidemment que ça me concernait !

Caroline frémit.

– Ce n'est pas ce que je voulais dire. C'est juste que… quoi qu'il se passe désormais entre Everett et moi, ce n'est pas ta faute.

– Je sais bien : c'est la tienne !

Sa mère ne répondit pas. Le silence qui suivit écorcha les tympans d'Eris.

– Où est allé papa ? Quand reviendra-t-il ? finit par demander la jeune fille.

– Je n'en sais rien. (Caroline soupira.) Je suis désolée.

– Arrête de dire ça ! hurla Eris.

Elle ne pouvait pas s'en empêcher. Elle ne voulait pas des excuses de sa mère. Les excuses ne signifiaient rien quand la personne en qui vous aviez le plus confiance se révélait vous avoir menti toute votre vie.

Caroline ne bougea pas.

– Je sais que c'est dur pour toi, et que tu dois avoir des tas de questions. Je suis là pour y répondre…

– Va te faire foutre avec tes putains d'explications ! coupa Eris en articulant bien chaque mot.

Choquée, sa mère eut un mouvement de recul, mais Eris l'ignora. Son esprit passait en revue tous ses souvenirs de sa mère. Les matins où Caroline venait la réveiller, quand elle était en primaire, mais se glissait dans son lit avec elle et se rendormait, si bien qu'Everett devait venir les réveiller toutes les deux en riant et en les appelant ses belles au bois dormant. Les Noël où elles préparaient des biscuits à mettre au pied du sapin et où son père se levait au milieu de la nuit pour les manger, longtemps après qu'Eris avait cessé de croire au Père Noël. La veille de ses anniversaires, quand Caroline inventait un rendez-vous chez le docteur pour faire sécher l'école à Eris et l'emmener acheter ses cadeaux puis goûter chez Bergdorf.

« Ta mère est tellement cool ! », disaient toujours les autres filles, dont les parents ne leur auraient jamais fait manquer les cours juste pour s'amuser.

Et Eris riait et répondait : « Ouais, je sais, c'est la meilleure. »

À présent, il lui semblait que tout ça n'était qu'illusion. Chaque geste, chaque *je t'aime…* tout était souillé par le grand mensonge hideux qui sous-tendait son existence. Désorientée, Eris cligna des yeux face au visage familier de sa mère.

– Donc, tu savais depuis le début, lâcha-t-elle amèrement.

– Non, je n'en étais pas certaine. (Les yeux de Caroline brillaient de larmes.) J'ai toujours pensé, et espéré, que tu étais bien la fille d'Everett. Mais je n'ai jamais su ce qu'il en était jusqu'à maintenant.

– Dans ce cas, pourquoi m'as-tu laissée faire ce foutu test ADN ?

– Tu crois que si j'avais su qu'on t'en ferait faire un, je t'aurais laissée y aller ? s'écria Caroline.

Eris ne sut pas quoi répondre. Elle ne comprenait pas comment sa mère avait pu faire ça – à elle, à son père, à leur famille.

– S'il te plaît, Eris. Je veux tout arranger, commença Caroline.

Mais la jeune fille secoua la tête.

– Ne me parle pas, dit-elle avant de se détourner.

Elle se traîna jusqu'à son lit rond, niché d'un côté de son immense chambre circulaire. Le choc et la peur tournoyaient dans sa poitrine. Elle n'arrivait plus à respirer. Elle tira sur le col de son top encore humide des larmes de sa mère et le passa brutalement par-dessus sa tête avant de prendre une inspiration haletante. Elle était à peu près certaine d'avoir entendu une des coutures craquer.

Je peux vous aider ? demandèrent ses lentilles, sentant qu'elle était sur le point de pleurer.

– La ferme, marmonna Eris, et ses lentilles s'éteignirent docilement.

Everett Radson n'était pas son père. Cette vérité ricochait à l'intérieur de son crâne, comme un coup de feu. Son pauvre père… Comment avait-il réagi en recevant le résultat des analyses ? Où était-il maintenant ? Dans un hôtel ? À l'hôpital ? Eris voulait lui parler, et en même temps elle n'était pas prête à l'affronter. Elle savait que quand elle le reverrait, quand elle se déciderait à accepter la situation, tout serait différent, sans possibilité de retour en arrière.

Eris ferma les yeux, mais le monde continua à tanguer autour d'elle. Elle n'était même pas ivre ce soir – c'était juste la sensation de sa vie qui tombait en morceaux, songea-t-elle amèrement.

Elle s'assit et détailla sa chambre avec un curieux détachement. Partout, elle ne voyait que des choses coûteuses : le vase de cristal avec ses roses éternellement fraîches, sa penderie remplie de robes aux couleurs délicates, la coiffeuse sur mesure encombrée de gadgets étincelants. Tous les accessoires qui faisaient d'elle Eris Dodd-Radson.

Elle voulut se rallonger parmi ses oreillers et jura tout haut comme quelque chose de dur lui meurtrissait l'oreille. Les boucles de sa mère. Elle les avait complètement oubliées.

Eris défit la boucle droite et déposa au creux de sa paume la sphère de verre dans laquelle des filaments de couleur tourbillonnaient comme dans l'œil d'un cyclone en approche. C'était si beau ! Un cadeau magnifique, rare et précieux que son père avait fait à sa mère. Soudain, la boucle d'oreille et tout ce qu'elle représentait devinrent insupportables à Eris.

La jeune fille projeta la boucle contre le mur de toutes ses forces. Le bijou explosa en un million de morceaux qui s'éparpillèrent sur le sol tels des éclats de larmes scintillantes.

Rylin

Enfin, les derniers invités titubants sortirent de chez Cord pour monter dans le hover qui les attendait dehors. Rylin poussa un soupir de soulagement. La soirée lui avait paru interminable – nettoyer toutes les saletés faites par ces gamins bourrés, faire semblant de ne pas remarquer la façon dont certains des mecs la regardaient… Elle était épuisée, et son cœur battait encore la chamade d'avoir été arraché si brutalement au communal. Mais, heureusement, c'était enfin terminé.

Étirant ses bras au-dessus de sa tête, elle s'approcha des baies vitrées du salon et détailla d'un regard avide l'horizon lointain. Les écrans paysagers de son appartement étaient si vieux qu'ils ne ressemblaient même plus à des fenêtres, plutôt à des dessins criards d'une fausse vue avec un soleil trop éclatant et des arbres d'un vert peu naturel. Il y avait bien une baie vitrée au boulot – le stand de snacks qu'elle tenait se trouvait sur le côté de l'arrêt de monorail Crayne Boulevard, entre Manhattan et Jersey – mais celle-ci ne permettait de voir rien d'autre que la Tour, accroupie tel un crapaud d'acier géant qui oblitérait le ciel. Prise d'une impulsion, Rylin pressa son visage sur le verre, qui lui parut délicieusement frais contre son front douloureux.

Enfin, elle s'écarta de la baie vitrée et monta à l'étage, histoire de signaler à Cord qu'elle avait fini et de foutre le camp au plus vite. Comme elle se déplaçait, les lumières s'éteignirent derrière elle et s'allumèrent face à elle, révélant un couloir décoré de tableaux antiques. La jeune fille passa devant une immense salle de bains remplie de serviettes à main moelleuses, avec des écrans tactiles sur toutes les surfaces. Elle aurait parié que même le plancher pouvait peser les occupants ou chauffer si on lui en donnait l'ordre. Tout dans cet appartement était ce qui se faisait de mieux, de plus neuf et de plus cher. Partout où son regard se posait, Rylin ne voyait que de l'argent. Elle pressa le pas.

En atteignant l'holosalon, elle hésita. Elle s'attendait à voir une comédie débile ou un film d'action immersif projeté sur le mur ; au lieu de ça, Cord regardait de vieilles vidéos familiales.

– Ne t'avise surtout pas de faire ça, jeune homme ! s'exclamait sa mère en 3D vibrante.

Cord, qui devait avoir quatre ans à l'époque, brandissait un tuyau d'arrosage avec un large sourire. *Où était-ce ?* se demanda Rylin. *Pendant des vacances quelque part ?*

– Oups ! s'écria le petit garçon avec à peine une trace de contrition en braquant le jet d'eau vers sa mère.

Celle-ci éclata de rire en levant au ciel ses bras bronzés, ses cheveux noirs dégoulinant sur ses épaules comme ceux d'une sirène. Rylin avait oublié combien elle était jolie.

Cord se pencha avidement en avant, assis tout au bord de son fauteuil en cuir. Un sourire aux lèvres, il regarda son père poursuivre autour du jardin le petit garçon qu'il était autrefois.

Rylin fit un pas en arrière. Elle pouvait bien…

Le plancher craqua sous ses pieds, et Cord leva brusquement la tête. La vidéo s'interrompit aussitôt.

– Désolée, bredouilla Rylin. Je voulais juste te dire que j'avais fini et que je m'en allais.

Lentement, Cord détailla sa tenue, son jean moulant, son T-shirt décolleté et les bracelets fluo qui ornaient ses poignets.

– Je n'ai pas eu le temps de passer chez moi me changer, ajouta la jeune fille, sans trop savoir pourquoi elle s'expliquait ainsi. Tu m'as prévenue au dernier moment.

Cord continua à la fixer sans rien dire, et Rylin réalisa qu'il ne la reconnaissait pas. D'un autre côté, pourquoi l'aurait-il reconnue ? Ils ne s'étaient pas vus depuis des années, depuis ce Noël où les parents de Cord avaient invité la famille de Rylin à venir manger des biscuits et recevoir des cadeaux. Rylin se rappelait que Chrissa et elle avaient joué dans la neige de la serre, comme dans une version grandeur réelle de la boule à neige que sa mère sortait toujours pendant les fêtes. Elle avait trouvé ça magique, mais Cord, lui, avait passé toute leur visite à jouer à quelque holojeu dans se soucier d'elles.

– Rylin Myers, lança-t-il enfin, comme si elle avait débarqué chez lui par hasard au lieu d'être payée pour venir y travailler. Et comment vas-tu, depuis le temps ?

Il lui désigna le siège voisin du sien, et Rylin se surprit à s'y laisser tomber en repliant ses jambes en tailleur.

– Très bien, à part que tes potes m'ont pelotée toute la soirée, répondit-elle sans réfléchir. Désolée, ajouta-t-elle très vite. La journée a été longue.

Elle se demanda où étaient Hiral et le reste de la bande, s'ils avaient fini par remarquer sa disparition.

– Bah, la plupart d'entre eux ne sont pas mes potes, répliqua nonchalamment Cord.

Il changea de position, et Rylin ne put s'empêcher de remarquer les muscles de ses épaules qui roulaient sous sa chemise. Soudain, elle eut l'impression que sa désinvolture n'était qu'affectée, et qu'en réalité il l'observait attentivement.

Un moment, ils fixèrent l'écran éteint sans rien dire. *C'est drôle*, songea Rylin. Si on lui avait dit un peu plus tôt qu'elle finirait sa soirée en compagnie de Cord Anderton, elle aurait bien ri.

– C'est quoi ? demanda le jeune homme, et Rylin réalisa qu'elle tripotait son collier.

Elle laissa retomber ses mains sur ses cuisses.

– Il appartenait à ma mère, répondit-elle sèchement, dans l'espoir que ça suffirait.

Rylin lui avait offert ce collier pour un de ses anniversaires, et après ça, sa mère ne l'avait plus jamais enlevé. La jeune fille se souvenait combien elle avait eu le cœur serré quand l'hôpital le lui avait renvoyé, enveloppé dans du plastique et accompagné d'une joyeuse étiquette orange. Jusqu'à ce moment-là, la mort de sa mère ne lui avait pas paru réelle.

– Pourquoi la tour Eiffel ? interrogea Cord sur un ton intéressé.

Qu'est-ce que ça peut te foutre ? eut envie d'aboyer Rylin, mais elle se retint.

– C'était une plaisanterie entre nous, répondit-elle simplement. On disait toujours que, si un jour on avait le fric, on prendrait le train jusqu'à Paris et qu'on mangerait au très chic Café Paris.

Elle ne se donna pas la peine d'expliquer que Chrissa et elle avaient l'habitude de changer leur cuisine en café français : elles se confectionnaient des bérets en papier, se dessinaient une moustache avec le rouge à lèvres de leur mère et prenaient un accent horrible pour servir « la spécialité du chef » – à savoir, le plat surgelé qui était en promo cette semaine-là. Ça faisait toujours sourire leur mère après une longue journée de travail.

– Et vous avez fini par y aller ? demanda Cord.

C'était une question si stupide que Rylin faillit éclater de rire.

– C'est à peine si je suis sortie de la Tour.

Des cris et des bruits d'éclaboussures résonnèrent soudain à travers la pièce comme l'écran holovid se rallumait. Cord se hâta de l'éteindre de nouveau. Ses parents étaient morts des années auparavant dans le crash d'un avion de ligne commercial, se souvint Rylin.

– C'est bien que tu aies ces vidéos, lança-t-elle dans le silence qui suivit. (Elle comprenait qu'il ne veuille pas les partager avec quiconque ; à sa place, elle aurait eu la même réaction possessive.) Je regrette qu'on n'en ait pas de ma mère.

– Je suis désolé, dit Cord tout bas.

Rylin haussa les épaules.

– Pas grave, dit-elle, même si c'était un mensonge.

La tension fut brisée par un gargouillis dont Rylin mit quelques secondes à réaliser qu'il venait de son propre estomac. Cord la dévisagea avec curiosité.

– Tu as faim ? demanda-t-il, même si la réponse était évidente. On peut attaquer les restes, si tu veux.

– Volontiers ! dit Rylin avec plus d'enthousiasme qu'elle ne l'aurait voulu.

Elle n'avait rien avalé depuis le déjeuner.

– La prochaine fois, sers-toi dans les plats, dit Cord comme ils sortaient de l'holosalon et descendaient le large escalier de verre. J'aurais dû te dire que tu pouvais.

Rylin se demanda pourquoi il pensait qu'il y aurait une prochaine fois.

Lorsqu'ils entrèrent dans la cuisine, le frigo informa Cord qu'il avait consommé quatre mille calories ce jour-là, dont quarante pour cent sous forme d'alcool, et que selon son « Régime Musclé 2118 », il n'avait plus droit à rien. Un verre d'eau se matérialisa dans l'alcôve d'export.

– Un régime musclé. C'est ça qu'il me faudrait, déclara Rylin sur un ton pince-sans-rire.

– J'essaie d'avoir une bonne hygiène de vie. Exception invité, marmonna-t-il après s'être tourné vers le frigo, puis, plus rouge que Rylin ne l'avait jamais vu, il lui jeta un coup d'œil. Euh, tu pourrais juste poser ta main dessus pour prouver que tu es là ?

Rylin plaqua sa paume sur la porte du frigo, qui s'ouvrit docilement. Cord entreprit de sortir des boîtes en plastique au hasard, barres chocolatées aux graines de citrouille, lasagnes à cent couches, pommes-baies… Rylin lui prit des mains une boîte de cônes de pizza et mordit dans l'un d'eux. C'était frit, plein de fromage et juste parfait – peut-être encore meilleur froid. Quand Cord lui tendit une serviette en papier, elle réalisa que la sauce avait coulé sur son menton, mais qu'elle s'en fichait.

Alors que le jeune homme s'adossait au comptoir, Rylin aperçut quelque chose par-dessus son épaule et poussa un couinement.

– Oh mon Dieu ! Des Nours en gélatine ! C'est vrai qu'ils remuent quand tu leur arraches la tête, comme dans les pubs ?

– Tu n'as jamais mangé de Nours en gélatine ?

– Non.

Un sachet de ces bonbons coûtait plus cher que ce que Chrissa et Rylin dépensaient en nourriture pour une semaine. C'était le premier aliment électronique, chaque Nours contenant un microscopique capteur de fréquence radio.

– Tiens, dit Cord en lançant le sachet à Rylin. Sers-toi.

La jeune fille sortit un bonbon vert vif et le fourra tout entier dans sa bouche. Elle mâcha avec curiosité et foudroya Cord du regard comme il ne se passait rien.

– C'est parce que tu t'y es mal prise, expliqua Cord en faisant un gros effort pour ne pas éclater de rire. Tu dois arracher la tête ou les jambes. Si tu le manges d'un coup, ça ne marche pas.

Rylin prit un autre Nours et en coupa la moitié inférieure avec ses dents. La puce restée dans la moitié supérieure émit un cri aigu.

– Merde ! glapit Rylin en la laissant tomber par terre.

Le demi-bonbon s'agita à ses pieds, et elle fit un pas en arrière.

Cord rit, ramassa le reste du Nours et le jeta dans la poubelle, qui l'envoya au centre de tri avec un bruit de succion.

– Tiens, réessaye, dit-il à Rylin en lui tendant le sachet. Si tu manges d'abord la tête, ils ne crient pas, ils remuent seulement.

– Ça va aller, merci.

Rylin coinça une mèche de cheveux derrière son oreille et leva les yeux vers Cord. Quelque chose dans la façon dont il la regardait la réduisit au silence.

Puis il s'approcha d'elle et inclina la tête.

Au début, Rylin fut trop surprise pour réagir. Cord l'embrassa lentement, presque langoureusement, en la plaquant contre le comptoir. Le bord de celui-ci heurta la hanche de Rylin, la ramenant à la réalité. Elle posa ses deux mains sur la poitrine de Cord et le repoussa violemment.

Le jeune homme tituba en arrière, le souffle court, une lueur amusée dans les yeux et une ébauche de sourire retroussant le coin de ses lèvres. Quelque chose dans son expression fit trembler Rylin de rage. Elle lui en voulait de prendre ça à la rigolade, et elle s'en voulait d'avoir laissé une telle chose se produire – et même, d'y avoir pris du plaisir l'espace d'un bref instant.

Sans se laisser le temps de réfléchir, elle leva le bras et le gifla avec un bruit sec qui claqua comme un coup de fouet.

– Je suis désolé, finit par dire Cord dans le silence tendu qui suivit. De toute évidence, je me suis mépris sur la situation.

Rylin regarda la marque rouge de sa main apparaître sur la joue du jeune homme. Elle avait été trop loin. Il ne la paierait pas, et elle aurait travaillé toute la soirée pour rien.

– Je, euh… je ferais mieux d'y aller.

Elle était à mi-chemin de la porte d'entrée quand elle entendit des pas derrière elle.

– Hé, Myers ! appela Cord. Tiens.

Elle se retourna et attrapa au vol le sachet de Nours en gélatine qu'il venait de lui lancer.

– Merci, dit-elle, perplexe.

Mais déjà, la porte se refermait sur lui.

Rylin s'adossa au battant et ferma les yeux en tentant de mettre de l'ordre dans ses pensées chaotiques. Sa bouche lui semblait meurtrie, presque brûlée. Elle sentait encore les mains de Cord autour de sa taille.

Avec un soupir de colère, elle dévala les trois marches de brique du perron et s'engagea dans la rue pavée de carbone. Pendant les quatre kilomètres qui la séparaient de chez elle, elle dévora des Nours en gélatine, laissant leurs petits cris résonner dans la cabine vide de l'ascenseur.

Watt

– Watt !

Comme le jeune homme rentrait chez lui le lendemain, une minuscule silhouette rose lui fonça dessus dans le couloir.

– Salut, Zahra !

Riant, Watt prit sa sœur de cinq ans dans ses bras. Elle avait quelque chose de collant dans ses boucles noires, et portait un diadème en équilibre précaire sur sa tête. Watt remarqua que son bas de pyjama, qui traînait autrefois par terre, lui arrivait désormais à mi-mollet. Il prit mentalement note de lui en acheter un autre la prochaine fois qu'il serait payé. Zahra gloussa et se tortilla pour qu'il la lâche, puis repartit en courant dans le salon où son frère jumeau Amir construisait quelque chose avec des blocs en plastimousse.

– Watzahn, c'est toi ? appela leur mère depuis la cuisine.

– Oui, maman ?

Ce n'était jamais bon signe quand elle utilisait son prénom entier.

Tu ferais bien de te changer d'abord, lui conseilla Nadia mais, déjà, Watt s'avançait jusqu'au seuil de la cuisine.

Penchée au-dessus de la surface de cuisson, Shirin versait de l'eau sur des nouilles chinoises instantanées. Avant la naissance des jumeaux, elle cuisinait des plats persans sophistiqués, des ragoûts d'agneau, du pain plat doré et du riz saupoudré de sumac. Quand elle était accidentellement tombée enceinte, elle avait arrêté d'un coup sous prétexte que l'odeur des épices lui donnait la nausée.

Mais même après la naissance des bébés, elle ne s'y était jamais remise. Elle n'avait plus le temps.

Shirin régla la surface de cuisson sur la température maximale et se tourna vers Watt.

– Tu as passé la journée chez Derrick ? demanda-t-elle en jetant un coup d'œil à ses vêtements froissés de la veille.

Watt s'empourpra. Nadia garda le silence, mais il l'entendit pratiquement penser : *Je te l'avais bien dit.*

– Ouais, j'ai dormi chez lui la nuit dernière, répondit-il à sa mère, qui continua à le dévisager sans réagir. Hier, c'était le dernier jour des grandes vacances, et on voulait terminer un jeu…

Il se rendait bien compte que ce n'était pas très crédible – pourtant, il ne mentait pas. Il n'avait passé que très peu de temps chez la fille au Martini à l'encre de seiche, la veille. Nadia avait raison : elle n'avait pas grand-chose d'intéressant à raconter, et Watt s'était rapidement senti très bête d'avoir quitté le bar avec elle.

Il s'était échappé dès que possible pour rejoindre Derrick chez lui. Il y avait passé la nuit, et ce matin ils avaient mangé d'énormes sandwichs de l'échoppe de bagels en regardant le foot sur le minuscule écran du salon de Derrick. Watt ne cherchait pas tout à fait à éviter de rentrer chez lui, mais Derrick n'avait pas deux jeunes frère et sœur qui réclamaient une attention constante. Ses parents le laissaient plus ou moins faire ce qu'il voulait du moment qu'il avait des notes correctes.

– J'aurais eu bien besoin de toi aujourd'hui, reprit Shirin sur un ton plus découragé qu'énervé. Les jumeaux avaient une visite médicale cet après-midi. J'ai demandé à Tasha de me remplacer au centre pour pouvoir les emmener, vu que je n'arrivais pas à te mettre la main dessus. Je vais devoir faire des heures sup tout le reste de la semaine pour compenser.

Watt se sentit vraiment minable.

– Tu aurais pu m'appeler, dit-il lamentablement – car il était à peu près certain d'avoir ignoré un appel pendant la soirée de la veille.

– Tu étais trop occupé à jouer à cet holojeu, aboya sa mère avant de soupirer. Tant pis. Va chercher les petits.

Elle posait des bols et des cuillères sur la table quand la porte s'ouvrit de nouveau, suscitant d'autres couinements excités de Zahra. Quelques instants plus tard, le père de Watt entrait dans la cuisine, un jumeau sur chaque hanche. D'habitude, il travaillait beaucoup plus tard que ça – c'était rare qu'il rentre à temps pour le dîner.

– On allait juste manger, dit la mère de Watt en accueillant Rashid d'un baiser fatigué sur la joue.

Ils se serrèrent autour de la petite table. Watt enfourna les nouilles instantanées et les légumes en conserve dans sa bouche sans en sentir le goût – non qu'ils en aient beaucoup de toute façon. Il en voulait à sa mère de le faire culpabiliser. Quel mal y avait-il à aller parfois se détendre dans un bar de la miTour ? Ou à passer le dernier jour des grandes vacances à traîner avec son meilleur ami ?

Quand Zahra bâilla en serrant ses petits poings au-dessus de sa tête, Watt se détendit comme un ressort.

– Le monorail du sommeil va partir ! Tout le monde à bord, annonça-t-il d'une voix trop grave.

– Tchou-tchou !

Zahra et Amir tentèrent d'imiter un train en trottinant à côté de leur grand frère. Bien entendu, le vrai monorail ne faisait aucun bruit, mais les jumeaux regardaient des tas d'holos animés avec des trains à l'ancienne, et ils adoraient les imiter. Le père de Watt les suivit des yeux en souriant. Shirin fit la moue et ne dit rien.

Watt entraîna les jumeaux le long de rails sinueux imaginaires jusqu'au bout du couloir. Leur chambre était minuscule, mais tout de même plus grande que la sienne. En fait, il dormait là avant leur naissance – après, il avait déménagé dans l'alcôve qui servait de bureau.

Une maigre lumière éclairait les lits superposés intégrés au mur. Watt tentait souvent d'amener davantage de courant aux jumeaux, mais ça ne suffisait jamais. Il soupçonnait que c'était sa faute, à cause de tout le matériel qu'il avait installé dans sa chambre.

Il aida les jumeaux à se brosser les dents au laser et les coucha. Bien entendu, ils n'avaient pas de serveur domestique, mais Nadia vérifiait leurs constantes du mieux qu'elle pouvait en observant leur respiration et le mouvement de leurs yeux. Quand elle eut confirmé qu'ils s'étaient endormis, Watt sortit en refermant doucement la porte et longea le couloir jusqu'à son alcôve.

Il se laissa tomber avec reconnaissance dans son fauteuil pivotant ergonomique, piqué dans des bureaux dont le mobilier allait être saisi, et cliqua sur l'écran HD qui occupait la plus grande partie de la pièce. Son lit était cantonné dans le coin du fond, ses vêtements, accrochés à des hoverportants sous le plafond. Bien entendu, Nadia n'avait pas besoin d'écran puisqu'elle pouvait projeter n'importe quoi directement sur les lentilles de Watt. Mais le jeune homme aimait surfer sur l'i-Net de cette façon chaque fois que c'était possible. Même s'il trouvait parfois bizarre de remplacer son champ de vision par une superposition digitale.

Il passa en revue les messages des filles qu'il avait rencontrées au Pulse la veille, puis les referma sans répondre à aucun d'eux. Au lieu de ça, il se connecta à H@cker Haus, son site préféré du darknet pour consulter les annonces de boulot dans l'« information ».

La famille de Watt avait toujours besoin d'argent. Ses parents avaient quitté Isfahan pour s'installer à New York l'année avant sa naissance, quand la Tour était encore neuve et qu'elle enthousiasmait le monde entier – avant que Dubai, Hong Kong et São Paulo ne construisent leurs propres immeubles d'un millier d'étages. Watt savait que ses parents avaient émigré pour lui, pour lui offrir un meilleur avenir.

Mais tout ne s'était pas passé comme ils l'espéraient. En Iran, son père avait fait la meilleure école d'ingénieurs en mécanique, et sa mère étudiait la médecine. À présent, Rashid réparait des systèmes de traitement des ordures et des refroidisseurs industriels pour gagner sa vie. Shirin avait dû prendre un boulot d'aide-soignante dans une maison de retraite juste pour qu'ils puissent garder leur appartement.

Ils ne se plaignaient jamais, mais Watt savait que ça n'était pas facile pour eux, de taper sur des moteurs et de supporter des personnes âgées désagréables pendant de longues heures avant de rentrer s'occuper de leur famille. Et malgré tous leurs efforts, ils avaient toujours du mal à joindre les deux bouts, surtout avec les jumeaux qui grandissaient.

Voilà pourquoi Watt avait commencé à économiser en vue d'aller à la fac. Plus exactement, au MIT. Leur programme d'ingénierie des microsystèmes était le meilleur du monde, et constituait la meilleure chance de Watt de travailler un jour sur un des rares quants légaux restants, ceux qui appartenaient aux

Nations unies et à la NASA. Il ne postulerait même pas à des universités de second choix.

Ses parents le trouvaient obstiné et trop sûr de lui, mais Watt s'en fichait. Il savait que le MIT accepterait sa candidature. La véritable question, c'était de savoir comment il paierait sa scolarité. Il avait rempli des demandes de bourse et réussi à obtenir de petites subventions çà et là, mais rien de suffisant pour financer quatre années d'études dans une coûteuse université privée.

Alors, il avait commencé à gagner de l'argent différemment : en s'aventurant dans la partie la plus sombre de l'i-Net, et en répondant à des annonces de « services d'information », un euphémisme pour le piratage de données. Ensemble, Nadia et lui falsifiaient des dossiers d'employés, modifiaient les notes d'étudiants, et surveillaient même les textos de gens que leurs partenaires soupçonnaient de les tromper. Une seule fois, ils avaient tenté de s'introduire dans le système de sécurité d'une banque, mais l'aventure avait tourné court : détectant un virus qui leur fonçait dessus, Nadia s'était très vite déconnectée.

Après ça, Watt avait évité les trucs trop illégaux – hormis, évidemment, le fait de garder Nadia. Mais il acceptait autant de boulots que possible, déposait le plus gros des sommes gagnées sur un compte épargne et remettait le reste à ses parents. Ceux-ci savaient qu'il était doué en informatique ; quand Watt leur disait qu'il gagnait un peu d'argent en faisant du support technique en ligne, ils ne posaient pas de questions.

Watt fit défiler distraitement les annonces de H@cker Haus en étouffant un bâillement. Comme d'habitude, la plupart d'entre elles concernaient des missions absurdes ou trop dangereuses pour lui, mais il en marqua quelques-unes pour les examiner plus tard. Une annonce en particulier retint son attention : quelqu'un cherchait des renseignements sur une personne disparue. C'était le genre de boulot facile si la personne n'avait pas quitté le pays ; Nadia avait depuis belle lurette piraté le flux des sécuricams nationales et pouvait utiliser leur système de reconnaissance faciale pour retrouver des gens en quelques minutes.

Curieux, Watt lut l'annonce en levant un sourcil. Elle était assez inhabituelle : son auteur voulait des renseignements sur quelqu'un qui avait disparu depuis un an, mais qui était rentré chez lui. *J'ai besoin de savoir ce qu'il a fait pendant son absence et pourquoi il a fini par revenir*, écrivait-il. Ce qui n'avait pas l'air bien difficile.

Watt répondit immédiatement en se présentant sous le nom de Nadia, comme pour tous ses boulots de piratage, et en disant qu'il pouvait sans doute aider l'auteur de l'annonce. Puis il se radossa à son fauteuil en pianotant sur les accoudoirs.

Ça pourrait m'intéresser, répondit son interlocuteur. *Mais j'ai besoin d'une preuve que tu es capable de faire ce que tu dis.*

Tiens, tiens. Un nouveau. Les habitués de ces forums connaissaient assez bien Watt pour savoir que c'était un professionnel. Le jeune homme se demanda qui était cette personne.

Nadia, tu peux… ?

– Oui, répondit le quant, devinant sa question avant même qu'il ait fini de la formuler et franchissant la sécurité de l'expéditeur pour découvrir l'adresse de son matériel. Je l'ai. Là.

Sur l'écran apparut le profil d'une fille de l'âge de Watt qui vivait au 962ᵉ étage de la Tour.

Tu pensais à quoi ? s'enquit Watt, un peu intrigué.

Il s'appelle Atlas Fuller. Dis-moi sur lui quelque chose que j'ignore, et le boulot est à toi.

Nadia trouva immédiatement le dénommé Atlas. Il était chez lui, au 1000ᵉ étage. Watt fut stupéfait. Ce type vivait au dernier étage de la Tour ? Watt ne s'était jamais interrogé sur les occupants du penthouse, mais s'il l'avait fait il n'aurait jamais imaginé qu'un ado vivait là. Quel idiot de s'enfuir quand on menait une telle vie de rêve, songea-t-il.

– On peut pirater leur serveur domestique ? demanda-t-il à Nadia, pensant qu'il pourrait peut-être prendre une photo d'Atlas dans sa chambre.

Mais le quant n'y parvint pas.

– Leur système est incroyablement sophistiqué, rapporta-t-elle – ce qui signifiait que ça pourrait prendre des semaines.

Mieux valait trouver autre chose de disponible tout de suite. Ce boulot était une trop grosse aubaine pour le laisser filer.

Ses messages, alors. Ça, il devrait être facile d'y accéder. Et, de fait, Nadia lui transmit immédiatement les plus récents. Quelques-uns avaient pour destinataires deux types nommés Ty et Maxton ; tous les autres avaient été envoyés à une certaine Avery. Aucun d'eux ne contenait quoi que ce soit d'excitant.

Watt les fit suivre à son interlocutrice, qui mit moins d'une minute à répondre : *Félicitations, tu es engagée. Maintenant, j'ai besoin que tu me trouves le maximum de renseignements sur ce qu'Atlas a fait depuis un an.*

Tes désirs sont des ordres, ne put s'empêcher de répondre Watt.

De plus, ajouta la fille sans relever le sarcasme, *je te paierai pour me faire un rapport hebdomadaire sur lui – je veux savoir ce qu'il fait, où il va, tout ce que tu pourras me dire sur ses faits et gestes. Pour sa propre sécurité*, conclut-elle de façon bien peu convaincante.

Ben voyons, songea Watt avec un rire étouffé. Il était capable de reconnaître une petite amie bafouée quand il en voyait une. Ce devait être l'ex d'Atlas, qui essayait de le récupérer, ou sa copine actuelle qui craignait qu'il ne la trompe. Dans tous les cas, ce boulot serait une putain de mine d'or.

Watt n'avait jamais entendu parler de pirates en contrat à durée indéterminée ; la plupart des annonces de H@cker Haus concernaient des boulots ponctuels, parce que telle était la nature de la plupart des piratages. Mais cette fille voulait le payer chaque semaine juste pour qu'il espionne son chéri ? C'était de l'argent facile, et Watt avait bien l'intention d'en profiter.

– Leda Cole, dit-il tout haut en appuyant sur ENVOI, ce sera un vrai plaisir de traiter avec toi.

Leda

– Bonjour, mademoiselle Cole, dit Jeffrey, le portier du Club Altitude, comme la jeune fille se dirigeait vers les ascenseurs le lendemain.

Bien entendu, l'Altitude avait aussi un service de biosécurité : Leda savait que sa rétine avait été scannée à l'instant où elle avait mis le pied dans le hall d'entrée. Mais Jeffrey était la petite touche personnalisée à l'ancienne qui faisait le cachet de l'Altitude et justifiait le prix si élevé de la cotisation. Depuis le temps, il faisait partie des meubles ; il était pratiquement devenu une institution avec ses gants blancs, sa livrée verte et le sourire chaleureux qui creusait les rides de son visage.

Jeffrey s'écarta, et Leda entra dans l'énorme cabine en laiton réservée aux membres. Les portes se refermèrent derrière elle avec un cliquetis satisfaisant, et l'ascenseur l'emporta depuis le hall d'entrée du 930e étage, au-delà des courts de tennis et des salles de soins du spa jusqu'au niveau principal du club.

Le vestibule de l'Altitude était très imposant avec ses lambris d'acajou sombre et ses portraits de membres défunts. La lumière du soleil pénétrait à flots par les baies vitrées sol-plafond qui se découpaient dans les murs nord et ouest. Leda jeta un coup d'œil aux divers groupes rassemblés devant des cheminées vides et sur des canapés, cherchant Atlas d'un air qui se voulait nonchalant. Si cette soi-disant Nadia avait dit vrai, son match de squash devait se terminer maintenant.

Leda n'arrivait toujours pas à croire qu'elle avait publié une annonce sur ce site louche – ça l'avait rendue nerveuse, mais ça l'avait excitée aussi de faire quelque chose d'illégal et dangereux.

Elle avait d'abord relevé sa sécurité, mais elle se demandait quand même si Nadia n'en savait pas davantage que ce qu'elle laissait paraître à son sujet, et sur les raisons pour lesquelles elle s'intéressait à Atlas. *Bah*, songea-t-elle, a*u fond, quelle importance ?* Nadia ne vivait probablement pas dans la Tour. Ce n'était probablement même pas une fille. Et Leda n'avait aucune intention d'entretenir le moindre contact avec elle ou lui une fois qu'elle aurait obtenu ce qu'elle cherchait.

Un instant plus tard, elle vit Atlas sortir des vestiaires. Il portait un polo bleu clair qui faisait ressortir les mèches caramel dans ses cheveux châtains encore humides. *Bien joué, Nadia.*

– Atlas, lança Leda avec une mine surprise qu'elle espéra convaincante. Qu'est-ce que tu fais ici ?

– Je viens de jouer au squash avec David York, répondit le jeune homme en lui décochant un sourire.

– Tout est donc bel et bien revenu à la normale, commenta Leda sur un ton plus sarcastique qu'elle ne le voulait.

Elle se demanda ce que les Fuller pensaient de la réapparition de leur fils adoptif, de la façon dont il s'était inexplicablement matérialisé à la soirée de Cord et avait repris sa place dans leur vie à tous comme s'il ne s'était rien passé. Après tout, c'étaient ses parents qui voulaient à tout prix préserver les apparences – donc, ils avaient sans doute eux-mêmes eu l'idée de cette illusion de normalité.

– À ce sujet. (Atlas soupira.) Je voudrais tout t'expliquer, mais c'est compliqué.

Comme toujours, avec toi, non ?

– Je suis juste contente que tu sois rentré, mentit Leda.

– Moi aussi, acquiesça doucement Atlas. (Puis il jeta un regard à la ronde comme s'il remarquait les autres membres du club pour la première fois – les gamins qui se rendaient à leur leçon de tennis de l'après-midi, les amis qui se retrouvaient pour boire un verre sur la terrasse fermée.) Désolé, tu attendais quelqu'un ?

– J'allais au bar à jus. Tu veux m'accompagner ? proposa Leda.

Atlas rit et secoua la tête.

– Vous buvez toujours des épinards liquides, Avery et toi ? Merci, mais je passe mon tour. Tu ne préfères pas qu'on aille au Grill ?

– Je suppose que j'ai le temps, concéda Leda sur un ton nonchalant, même si c'était exactement le genre de chose qu'elle espérait.

Ils traversèrent le vestibule et se dirigèrent vers le restaurant-grill où ils s'assirent à une table dans le fond, près de la fenêtre. Même si elle adorait la vue qu'on avait de là, Leda prit le siège qui tournait le dos au flexiverre, parce qu'elle aimait surveiller les allées et venues des gens dans la salle.

– Je ne suis pas venue ici depuis une éternité, avoua-t-elle.

Elle repensa soudain à l'époque où elle était au collège, avant que sa famille ne devienne membre de l'Altitude, quand elle passait parfois la nuit chez Avery et venait bruncher ici le samedi matin avec les Fuller. Avery et elle remplissaient leur assiette de blancs d'œufs et de gâteaux au citron et tentaient de boire en douce à la fontaine à mimosa, pendant qu'Atlas levait les yeux au ciel devant leurs gamineries et envoyait des textos à ses amis.

– Moi non plus, dit le jeune homme en riant. Comme tu t'en doutes.

Drew, qui travaillait au Grill comme serveur depuis aussi longtemps que remontaient les souvenirs de Leda, s'approcha de leur table.

– Mademoiselle Cole. Et monsieur Fuller ! Nous sommes tous ravis que vous soyez revenu.

– Et moi donc, sourit Atlas.

– Je peux vous apporter quelque chose à boire ?

– Je veux bien une bière, répondit Atlas.

Drew lui fit un clin d'œil. Atlas avait dix-huit ans depuis peu et pouvait donc légalement boire de l'alcool, mais Drew leur en servait discrètement depuis des années.

– Un thé glacé, ce sera parfait ; merci, murmura Leda.

– Quoi, pas de crème de whisky ? s'étonna Atlas dès que Drew se fut éloigné.

– Tu sais que c'est un truc que je ne bois que dans les Andes.

Leda tentait de la jouer cool, mais son cœur battait la chamade. Pourquoi faisait-il allusion à ce fameux séjour ?

– Au fait, merci pour l'autre soir, ajouta le jeune homme. Pour Avery, précisa-t-il comme Leda ne semblait pas comprendre. Tu avais raison, elle était vraiment soûle. J'ai fini par la ramener à la maison après cette partie de roulette.

– Oh ! Pas de souci, acquiesça Leda en dissimulant sa confusion.

Elle avait inventé ça pour ne pas avoir à jouer à la roulette, et elle était surprise d'apprendre qu'elle avait mis dans le mille. En temps normal, Avery n'était pas le genre de fille qui avait besoin qu'on la raccompagne. Leda prit mentalement note de répondre à son texto plus tard. Elle espérait que tout allait bien.

– Bref. (Atlas eut un large sourire grimaçant et, de nouveau, Leda fut tout étourdie de se retrouver l'objet de son attention. C'était une sensation si enivrante !) Je suis complètement hors du coup. Raconte-moi tout ce que j'ai loupé cette année.

Leda voyait bien qu'il essayait de détourner l'attention pour éviter qu'elle ne l'interroge sur ce qu'il avait fait en son absence. Mais elle pouvait jouer le jeu.

– Je suis sûre que tu es au courant pour Eris et Cord, commença-t-elle en prenant une inspiration rapide pour se calmer. (Elle tenta de réciter un mantra dans sa tête, mais aucun ne lui vint à l'esprit.) Par contre, on t'a raconté pour Anandra ?

Elle lui parla de la crise de kleptomanie d'Anandra Khemka, des parents de Grayson Baxter qui s'étaient remis ensemble, d'Avery et Zay, et de tout ce qui s'était passé durant son absence. Dieu merci, Atlas ne parut pas remarquer qu'elle glissait très vite sur la période des grandes vacances. Il se contenta d'écouter, de hocher la tête, et suggéra même qu'ils partagent une assiette de nachos.

– Si tu veux, acquiesça Leda en essayant de ne pas se faire des idées.

Mais il y avait quelque chose d'intime à manger dans le même plat, à se frôler la main chaque fois qu'ils tentaient de prendre la même chips de quinoa tartinée d'avocat. Était-ce son imagination, ou cela ressemblait-il de plus en plus à un rencard ?

Drew finit par revenir. L'écran de la table projeta l'addition devant eux, en chiffres holo bleu foncé sur fond blanc.

– Vous voulez que je mette ça sur vos comptes respectifs ? demanda-t-il.

Mais Atlas agita la main pour lui faire signe d'imputer la somme totale sur le compte des Fuller.

– Pas question. C'est moi qui invite.

Peut-être voulait-il juste se montrer galant… ou peut-être Leda avait-elle raison – ça tournait bel et bien au rencard.

– Qu'est-ce que tu as prévu cette semaine ? hasarda-t-elle. Tu veux qu'on fasse quelque chose ?

Le temps parut se figer, comme avant un examen quand elle avait gobé de la xenperhédrine. La main d'Atlas reposait sur la table entre eux. Leda ne pouvait penser à rien d'autre qu'à cette main se glissant dans ses cheveux et lui renversant la tête en arrière dix mois auparavant. Elle se demanda si Atlas repensait lui aussi à cette soirée, s'il se demandait lui aussi ce qui se serait passé entre eux sans son brusque départ.

Elle leva les yeux et croisa son regard. Son cœur battait si fort qu'elle avait du mal à entendre quoi que ce soit d'autre. Atlas ouvrit la bouche pour parler. Leda se pencha en avant…

– Hé ! (Avery tira la chaise voisine de celle de Leda et tendit devant elle un bras parfaitement bronzé et tonique.) Pfiou, le yoga antigrav m'a tuée aujourd'hui ! Vous allez bien ?

– Salut, Avery.

Leda sourit en dissimulant sa déception. Sa meilleure amie ne pouvait pas tomber plus mal. Elle n'arrivait pas à croire qu'elle ne l'avait pas vue arriver ; elle était si concentrée sur Atlas qu'elle en avait oublié de surveiller l'entrée du Grill comme elle le faisait d'habitude.

– Tu m'as manqué en cours, Leda.

Ce n'était pas un reproche, juste une question implicite. Avery dévisagea tour à tour Leda et Atlas, remarquant la chope de bière vide devant son frère et les restes de l'assiette de nachos sur la table entre eux.

Leda se dandina, mal à l'aise. Très excitée par les renseignements que lui avait fournis Nadia, elle avait oublié de répondre au texto envoyé par Avery la veille, lui demandant si elles pouvaient se voir le jour même.

– Ah, oui, dit-elle avec une mine coupable. Je suis juste passée boire un jus. Je n'ai rien fichu de la journée.

– Et puis je l'ai entraînée à manger des nachos, ajouta Atlas en désignant l'assiette vide. Désolé de ne t'avoir rien laissé.

– Pas de souci. (Avery reporta son attention sur Leda.) Vous rentrez à la maison ? Vous voulez partager un hover ?

– Ça me va. Tu viens ? demanda Atlas en se tournant vers Leda.

– D'accord, acquiesça la jeune fille en se disant qu'elle aurait bientôt d'autres occasions de passer du temps avec lui.

Ce que Nadia avait fait une fois, elle pourrait facilement le refaire.

Comme ils rebroussaient chemin vers l'entrée du club, Avery tendit un bras pour retenir Leda.

– On peut parler d'hier soir ?

– Ah, oui. Désolée d'être partie sans te prévenir, dit Leda, comme si elle avait mal compris. Je me suis sentie super fatiguée tout à coup, et je n'ai pas réussi à te trouver pour te dire au revoir. Tu sais comment c'est.

– Non, avant ça. Je ne voulais pas être lourde, à propos de…

– Je t'ai dit que c'était bon, coupa Leda plus sèchement qu'elle n'en avait l'intention.

Mais, sérieusement, Avery ne pouvait pas la lâcher avec ça ?

– D'accord. Si tu veux en discuter, je suis là.

– Merci. (Leda jeta un coup d'œil méfiant à son amie et décida d'inverser le cours de la conversation.) Et toi ? Atlas m'a dit que tu étais vraiment soûle à la fin de la soirée, qu'il avait dû te ramener chez vous.

– J'imagine que je me suis un peu laissé emporter. Ce n'est pas tous les jours que ton frère rentre après presque un an d'absence.

Il y avait quelque chose de bizarre dans la voix d'Avery, même si Leda n'aurait pas su dire quoi.

– Je comprends. C'était une super soirée, convint-elle sans trop savoir pourquoi elle se montrait si conciliante – pour compenser ?

– Grave.

Avery n'arrivait même pas à la regarder en face.

Elles gardèrent le silence jusqu'à ce qu'elles aient rattrapé Atlas près de l'entrée. Leda ne se souvenait pas de la dernière fois où Avery et elle n'avaient rien trouvé à se dire.

Après tout, c'est la première fois que je lui cache quelque chose, songea Leda alors qu'Atlas se retournait pour leur sourire à toutes les deux. Et elle réalisa que, bien entendu, elle se trompait : son plus grand secret se tenait juste devant elle.

Elle espérait juste qu'il n'était pas aussi sa plus grosse erreur.

Avery

– Donc, j'étais là, toute seule au milieu d'une rue pavée sous la pluie, et je n'avais pas de réseau parce que, ben, à Florence, c'est le bordel zéro-tech, et voilà qu'une bande de jeunes de la miTour se pointe !

Avery racontait son histoire en pilotage automatique, parlant sans se rendre vraiment compte de ce qu'elle disait, une compétence héritée de sa mère. Elle ne parvenait pas à se débarrasser du malaise qui s'était emparé d'elle quand elle avait vu Atlas et Leda ensemble. *Ça ne signifie rien*, se répétait-elle, mais une partie d'elle savait que c'était faux. Ça signifiait quelque chose pour Leda.

Quand elle avait aperçu son frère et son amie de l'autre côté de la salle du restaurant, Avery avait souri et agité la main, puis baissé celle-ci avec une certaine gêne. Ils étaient trop absorbés par leur conversation pour la remarquer. Un bref instant, Avery s'était demandé de quoi ils parlaient, puis elle avait vu l'expression de Leda, et ça lui avait fait comme un coup de poing dans le ventre.

Atlas lui plaît.

Pourquoi Leda ne lui avait-elle jamais rien dit ? *Parce que c'est ton frère,* répondit la partie rationnelle de son esprit, mais Avery était trop choquée et blessée pour penser rationnellement. *Leda et moi, on est censées n'avoir pas de secrets l'une pour l'autre*, songea-t-elle amèrement, oubliant qu'elle-même lui dissimulait un secret identique.

Sans parler de la réaction agressive exagérée de Leda quand Avery l'avait accusée de mentir à propos de ses vacances. Le comportement de Leda l'inquiétait. Elle éprouva une soudaine bouffée de colère. Parce qu'elle se faisait du souci pour son amie, elle comptait s'arrêter chez les Cole en rentrant du yoga – et pendant tout ce temps, Leda était en train de manger des nachos et de flirter avec Atlas.

Quand avaient-elles commencé à se cacher mutuellement autant de choses ?

– Et ensuite, que s'est-il passé ? interrogea Atlas.

Avery pivota dans son siège pour répondre. De façon aussi égoïste que stratégique, elle avait pris la place du milieu dans le hover.

– Ils ont proposé de m'aider à trouver mon dortoir ! Parce que je portais ton vieux sweat de hockey, et qu'apparemment leur équipe a joué contre la nôtre l'an dernier. Tu y crois, toi ? Des alt-un-km, en vacances en Italie ? Quelles étaient les chances ?

– C'est dingue, commenta sèchement Leda, et Avery eut honte de la façon dont elle avait raconté son histoire.

« Alt-un-kahem » était l'expression que les jeunes de la haute-Tour employaient pour désigner les faubourgs désolants des étages médians, qui se trouvaient littéralement à un kilomètre d'altitude. Leda avait vécu à alt-un-kahem fut un temps.

– Je n'arrive pas à croire que tu aies emporté ce vieux sweat en vacances, la taquina Atlas.

– Ouais, j'avais l'air ridicule.

Avery haussa les épaules et se tut, gênée de s'être introduite dans la chambre de son frère pour lui piquer une fringue. Mais alors qu'il était parti depuis des mois, le sweat sentait toujours son odeur.

Le hover sortit du couloir vertical au 962e étage et se dirigea vers Treadwell, la communauté d'accès privé où habitaient les Cole.

– Hé, Avery, commença Leda. (Le hover s'immobilisa devant le portail de l'entrée et la jeune fille se pencha à l'extérieur pour laisser le scanner balayer sa rétine, afin de confirmer qu'elle habitait bien là.) Tu retournes au yoga antigrav demain ? Tu veux qu'on y aille ensemble ?

Avery haussa les épaules.

– Peut-être, répondit-elle sans se mouiller. Je risque d'avoir des courbatures à cause du cours d'aujourd'hui.

Le hover tourna dans un large boulevard bordé d'arbres, qui semblait encore plus spacieux grâce au plafond surélevé à cinq étages de hauteur. Treadwell s'inspirait des anciennes bâtisses de pierre brune du vieil Upper East Side. Certaines de ses maisons avaient même été récupérées dans ce quartier et reconstruites à l'intérieur de la Tour.

Avery aimait bien Treadwell, dont les bâtiments lui semblaient tous uniques avec leurs ornements de fer forgé et leur façade individuelle. Chacune d'elles reflétait la lumière du soleil d'une façon différente. Cela lui rappelait Istanbul, ou Florence, n'importe quel endroit où les gens donnaient encore de la personnalité à leur maison – rien à voir avec la plupart des quartiers de la hauteTour, où les rues bordées de portes blanches ressemblaient à de grosses tranches de pièce montée couvertes de glaçage.

Enfin, ils s'arrêtèrent devant chez les Cole. Leda appuya sur un bouton au-dessus de sa tête pour déverrouiller le magnétron de sécurité qui la maintenait dans son siège.

– Bon, ben à plus. (Son regard se posa sur Atlas et son sourire s'adoucit très légèrement.) Merci de m'avoir raccompagnée.

Le hover entreprit de grimper les trente-huit derniers étages jusqu'au penthouse des Fuller.

– Vous vous êtes bien amusés avec Leda ? demanda Avery, qui s'en voulait de poser cette question mais ne pouvait pas s'en empêcher.

– Ouais, c'était super. En fait, elle m'a plus ou moins proposé un rencard, répondit Atlas.

Avery tourna la tête vers la fenêtre. Elle savait qu'elle péterait les plombs si elle regardait Atlas.

– Tu trouves ça bizarre ? s'inquiéta celui-ci.

Avery réalisa qu'elle devait dire quelque chose si elle ne voulait pas se trahir.

– Non, bien sûr que non. Sors avec elle si ça te fait plaisir, réussit-elle à articuler.

– D'accord.

Atlas la dévisagea avec curiosité. Sans Leda, ils avaient plus de place dans le hover, et pourtant, jamais celui-ci n'avait semblé plus exigu à Avery.

– C'est une très bonne idée, ajouta la jeune fille tout en pensant : *C'est une idée affreuse, pitié, ne fais pas ça.*

– Alors c'est cool.

Avery se pinça le bras pour s'empêcher de se mettre à pleurer. Sa meilleure amie et le garçon à qui elle ne pourrait jamais avouer son amour. C'était comme si l'univers lui faisait une farce cruelle.

Le silence s'installa dans le hover. Avery chercha quelque chose à dire, n'importe quoi, mais en vain. Chaque fois qu'Atlas l'avait appelée durant l'année écoulée, elle avait eu tant de choses à lui raconter ! Les anecdotes se déversaient dans un désordre essoufflé, jusqu'au moment où Atlas devait raccrocher. Maintenant, il était là en personne, et elle ne trouvait rien à lui dire.

– Hé, fit son frère en se tournant vers elle comme s'il venait d'avoir une idée. Tu sors toujours avec ce Zay ? Vous ne voudriez pas nous accompagner ?

– Je ne suis jamais sortie avec lui, répliqua automatiquement Avery.

Zay ne lui avait pas adressé la parole depuis la soirée à l'Aquarium et, de toute façon, elle l'avait vu avec Daniela la veille. Quoi qu'il en soit, elle n'avait aucune envie de se taper un double rencard avec Atlas et Leda.

Cependant… ce n'était peut-être pas une si mauvaise idée.

– Mais je pourrais inviter d'autres gens, dit-elle très vite.

– Tu penses à qui ?

– Eris, évidemment. Risha, Ming et Jess. Tyen, Maxton, Andrew et même Cord.

– Je ne crois pas qu'un grand groupe soit une bonne idée, protesta Atlas, mais Avery avait hoché la tête en récitant sa liste de noms et composait déjà un texto.

– Ça ne dérangera pas Leda, fais-moi confiance, affirma-t-elle. Et ce sera sympa. On pourrait aller dîner, ou voir un film – ce que tu voudras.

– Ça pourrait être amusant, concéda Atlas. Et tu connais Leda mieux que personne. Si tu penses que ça lui plaira, tu dois avoir raison.

Avery ignora la culpabilité suscitée par ce commentaire. Franchement, elle rendrait service à sa meilleure amie en l'aidant à voir qu'Atlas n'était pas du tout fait pour elle avant que Leda ne s'investisse trop dans cette relation et n'ait le cœur brisé.

Elle aurait bien voulu pouvoir lui en parler directement, mais Leda avait compromis leur relation en gardant tous ces secrets – à propos des vacances et d'Atlas. Avery ne voyait même pas comment elle aborderait le sujet avec son amie.

– Bien sûr que j'ai raison, dit-elle sur un ton léger. Comme toujours.

Eris

Eris était allongée sur le ventre, la tête penchée sur le côté, les yeux fermés tandis qu'un dessin animé pour enfants jouait sur la face interne de ses paupières. C'était la façon la plus paresseuse de regarder quelque chose, mais pour le moment elle n'en avait cure. Elle ne savait même pas quelle heure il était. Elle n'avait pas quitté son lit de la journée, depuis que sa mère avait frappé à la porte de sa chambre ce matin-là pour lui demander comment elle allait. Elle ne lui avait pas répondu.

– Eris ?

Encore sa mère. Eris s'enfouit plus profondément sous les couvertures tel un animal tapi dans son terrier et augmenta le volume de ses auditennes. Pour l'instant, elle refusait de voir Caroline. Mieux valait rester dans son lit où elle pouvait considérer la soirée de la veille comme un simple cauchemar.

– S'il te plaît, Eris. Il faut que je te parle.

Les coups à la porte persistèrent. Quelque chose dans le ton de sa mère poussa Eris à taper sur l'écran tactile près de son lit pour déverrouiller la porte de sa chambre.

– Qu'est-ce que tu veux ? aboya-t-elle sans se lever.

Elle éprouva une satisfaction perverse à voir combien sa mère avait l'air lessivée, ses yeux soulignés de cernes profonds.

– Comment te sens-tu ?

Sa mère fit mine de s'asseoir sur le bord incurvé du lit d'Eris, mais celle-ci la foudroya du regard, et elle battit en retraite d'un pas.

– À ton avis ?

Eris savait qu'elle se comportait comme une enfant gâtée, mais elle s'en fichait.

Caroline ignora sa question.

– Il faut qu'on parle d'un truc, dit-elle en observant la réaction de sa fille. (Elle se tordit les mains et prit une grande inspiration.) Je sais que c'est sans doute la dernière chose que tu as envie d'entendre, là tout de suite, mais nous ne pouvons pas rester dans cet appartement.

– Quoi ?

Eris s'assit brusquement en serrant un de ses coussins brodés à la main contre sa poitrine.

– Il vaut mieux qu'on déménage. Ton père doit pouvoir revenir ici sans avoir à affronter… la situation.

Une bouffée de colère saisit Eris. Il lui semblait qu'en formulant sa phrase ainsi Caroline rejetait sa responsabilité.

– Ton père appréciera de ne pas nous avoir sous les yeux pour le moment, acheva sa mère.

– De ne pas t'avoir, toi, sous les yeux, rectifia Eris sur un ton venimeux. Tu l'as dit hier : ce n'est pas ma faute.

– Oui, mais…

– Vas-y, toi, coupa la jeune fille en se détournant. (Tout son corps lui paraissait étrangement engourdi. Elle réalisa qu'elle se fichait de ce que sa mère pouvait bien faire maintenant.) Moi, je vais attendre papa.

– J'ignore ce qu'il veut pour le moment, insista Caroline d'une voix douce. Je sais qu'il t'aime, mais c'est à lui de décider comment tout ça va fonctionner à partir de maintenant. Et juste au cas où, nous devrions nous préparer au pire.

Au *pire* ? N'était-ce pas déjà ça, le pire ?

– Maintenant, c'est toi et moi, Eris, acheva Caroline avec l'ombre d'un sourire.

Eris aurait voulu protester, mais elle n'en avait pas le courage.

– Où allons-nous habiter ?

– Je nous ai trouvé un appartement dans la basseTour.

– La basseTour ? On ne peut pas juste aller au Nuage ?

– On n'a pas les moyens, murmura sa mère.

Soudain, Eris comprit. Sa mère, ancien mannequin, et son père, beaucoup plus vieux. La révélation que la première avait trompé le second.

– Tu ne vas rien demander à papa, pas vrai ? Tu veux lui prouver que tu ne l'as pas épousé pour son argent.

Caroline acquiesça.

– C'est la meilleure chose à faire. Et je lui dois bien ça. Ne t'en fais pas, ajouta-t-elle très vite, je vais faire en sorte que les choses restent aussi normales que possible pour toi. J'ai des économies, et tes frais de scolarité sont déjà payés pour cette année, donc tu n'auras pas à changer de lycée. Je te promets que ça ira.

Eris éprouva une vague nausée. L'idée qu'elle puisse devoir fréquenter un lycée de la basseTour ne l'avait même pas effleurée.

Sa mère resta plantée là un moment, comme si elle voulait la serrer dans ses bras, mais Eris ne fit pas un geste dans sa direction. Au bout d'une minute, Caroline renonça et se dirigea vers la porte.

– Prends une seule valise pour le moment. On reviendra chercher le reste plus tard.

Comme la porte se refermait derrière sa mère, Eris se replongea dans son dessin animé en souhaitant de tout son cœur pouvoir s'y évader pour toujours.

Une heure plus tard, Eris était assise dans un hover en face de sa mère, des sacs et des cartons entassés autour d'elles dans l'espace exigu. L'appréhension lui picotait la peau tandis que les nombres gravés dans les murs en titane du couloir vertical diminuaient à chaque seconde. Elle s'attendait à ce que leur hover ralentisse et sorte très prochainement à un étage, mais il poursuivait sa descente.

– Maman, dit-elle sèchement, on va jusqu'où comme ça ?

– C'est le mieux que j'ai pu faire en si peu de temps, se justifia Caroline, sur la défensive.

– Ce n'est pas une réponse, insista Eris.

Les nombres chutèrent sous la barre des 300. Caroline soupira.

– Moi aussi j'ai été pauvre un jour, tu sais.

La maigre lumière des murs se reflétait sur son bracelet, le seul bijou qu'elle avait emporté. Il avait l'air faux, sans doute parce qu'il datait d'avant sa rencontre avec Everett. *Il y a des millions de nanodollars en bijoux dans le coffre*, songea Eris avec une frustration grandissante. Mais apparemment, sa mère avait décidé de s'en tenir à un code moral très strict cette fois.

Eris regarda par la fenêtre en croisant et en décroisant les jambes. Soudain, ses jambes la grattaient dans son jean Denna, comme si sa peau était devenue trop petite pour elle. Sortant sa tablette, elle consulta de nouveau ses messages – elle ne voulait pas le faire sur ses lentilles au cas où sa mère entendrait l'ordre verbal et lui en voudrait.

Toujours rien. Comme toutes les fois où elle avait relevé son courrier depuis ce matin.

Enfin, Eris sentit la pression familière de la décélération du hover, qui pivota légèrement sur lui-même comme sa propulsion magnétique diminuait. Elle leva les yeux vers le numéro de l'étage dans lequel elles venaient de s'engager et crut qu'elle allait vomir. Sa mère l'emmenait vivre au 103e ?

Ici, les rues étaient si étroites que le hover arrivait tout juste à tourner aux carrefours. Elles ne ressemblaient même pas à des rues, ou en tout cas pas aux larges rues des étages supérieurs, conçues pour convaincre les gens qu'ils étaient dehors grâce à leurs arbres vivants et à l'air que la soufflerie pompait à un rythme irrégulier pour simuler une brise. On se serait plutôt cru dans un couloir, avec des murs blancs déprimants et des ampoules fluorescentes qui grésillaient au plafond. Plusieurs têtes se tournèrent pour les regarder passer, et Eris eut l'impression que personne ici ne prenait de hover bien souvent.

Elles s'arrêtèrent devant une porte décrépite marquée 2704. Eris déglutit. Elles étaient si bas, à un niveau si grand que le numéro de chaque appartement ne commençait même pas par celui de l'étage. Le 103e devait être presque aussi large que la base de la Tour. Au 985e, il n'y avait qu'une dizaine d'appartements en tout, et Eris connaissait chacun de ses voisins individuellement.

Caroline ouvrit la portière du hover et se mit à chercher une puce d'identité quelconque dans son sac. Ici, il ne risquait pas d'y avoir de bioscanners.

Eris attendit jusqu'au dernier moment, quand le hover se mit à biper et l'informa sèchement qu'il facturerait le délai supplémentaire, pour s'arracher à son siège et entrer dans l'appartement avec des pieds de plomb.

C'était encore pire que ce qu'elle imaginait : bas de plafond, avec un éclairage chiche et rien qui ressemble même vaguement à une fenêtre. La tête lui tourna. Eris porta son poignet à son nez et inspira son parfum au jasmin, mais cela ne suffit pas à masquer les odeurs de poubelle qui imprégnaient cet endroit. Plusieurs cartons renfermant les rares affaires que Caroline avait pu expédier par avance s'entassaient dans ce qui devait être sa chambre, flanquée d'une minuscule salle de bains. Il y avait également une cuisine étroite, même si ni Eris ni sa mère ne savaient préparer à manger.

Caroline se mit à trier les cartons.

– C'est juste temporaire, Eris, dit-elle sans lever les yeux. Je vais trouver un boulot, et tout s'arrangera.

Quel genre de boulot ? songea Eris en donnant un coup de pied dans la dernière porte, celle qui devait donner sur sa chambre.

La pièce était poussiéreuse et minuscule – à peine la moitié de la surface de son ancien dressing. Une fois qu'elles y auraient installé un lit, il n'y aurait de place pour rien d'autre ou presque.

Quelque chose rampa sur le bout de sa chaussure. Eris baissa les yeux et vit un cafard géant dont les antennes s'agitaient. Elle bondit en arrière avec un glapissement, et l'insecte détala.

– Eris ? appela sa mère depuis la pièce voisine. Ça va ?

– Bien sûr que non, ça va pas !

Caroline rejoignit sa fille, mais Eris était lancée, et il n'y avait plus moyen de l'arrêter.

– J'espère que ça en valait la peine ! s'époumona-t-elle. Tromper papa avec un type de passage ! J'espère vraiment que ça valait le coup de foutre nos vies en l'air !

– Ce n'était pas un type de passage, commença Caroline, mais Eris l'interrompit en plaquant ses mains sur ses oreilles.

– Oh mon Dieu, je ne veux pas le savoir !

– Eris…

– Comment je pourrais encore te croire ?

La jeune fille sortit de l'appartement et claqua la porte derrière elle, sans se soucier de savoir où elle allait du moment que c'était loin de sa mère.

À ce moment, ses auditennes se mirent à sonner, et ses lentilles lui signalèrent un appel entrant. *Avery.* Eris déclina. Bien entendu, Avery n'avait aucune idée de ce qui se passait : Eris n'en avait parlé à personne. Mais quoi que son amie veuille lui raconter,

Eris ne le supporterait pas. Les problèmes des étages supérieurs lui semblaient beaucoup trop lointains à présent.

Elle s'affaissa contre le mur du couloir en ravalant un hurlement.

– Je te connais.

Eris se retourna, furieuse contre la personne qui avait osé s'adresser à elle. Une Hispanique de son âge se tenait devant une porte quelques numéros plus loin. Elle portait un pantalon en similicuir, un top bandeau doré et de grosses boucles d'oreilles. Dans une main, elle tenait un hallucilum noir tout simple, qu'elle porta à sa bouche pour aspirer longuement quelque chose. Puis, formant un O avec ses lèvres, elle exhala une fumée vert vif. Des tirs groupés, donc.

– Je ne crois pas, répondit sèchement Eris.

– Tu es membre du club où je travaille. L'Altitude.

Eris détailla la fille : son visage en forme de cœur surmonté d'une frange noire, ses jambes nonchalamment croisées se terminant par des bottes de cow-boy bleu vif. Elle ne la reconnaissait pas.

– En fait, tu n'as pas été très polie avec moi, poursuivit la fille, les yeux plissés.

Eris ne répondit pas. Si cette fille attendait des excuses, elle pouvait toujours se brosser.

– Alors. (La fille étudia la tenue d'Eris, son jean de couturier et les perles à ses oreilles.) Qu'est-ce que tu fiches ici ?

– C'est une longue histoire.

La fille haussa les épaules.

– Comme tu voudras.

Eris lorgnait son hallucilum. Il ne contenait sûrement pas la bonne came qu'elle fumait habituellement, mais soudain elle fut saisie par l'envie désespérée d'une taffe. *Et puis merde !* Sa vie était déjà foutue, pourquoi ne pas fumer avec une serveuse de l'Altitude qui, apparemment, la détestait ?

– Je viens juste d'apprendre que mon père n'est pas mon père, dit Eris tout de go en s'approchant de la fille. (Celle-ci lui tendit l'hallucilum, révélant un petit tatouage à l'encre sur son poignet.) C'est censé représenter quoi ? demanda distraitement Eris, qui ne reconnaissait pas la forme anguleuse.

– C'est un morceau d'un tout.

– Où sont les autres ?

La fille rit en secouant ses boucles noires. Elle sentait la fumée et le parfum bon marché et, en dessous, quelque chose d'épicé, comme les bougies à l'ambre.

– Aucun risque que tu tombes dessus un jour.

Eris ne prit pas la peine de mordre à l'hameçon. Elle se contenta de tirer longuement sur l'hallucilum et de recracher la fumée en formant un anneau parfait. Impressionnée, la fille haussa un sourcil.

– Bref, reprit Eris, c'est mon père qui avait tout le fric, donc maintenant… je suis seule avec ma mère.

– Ouah ! Je ne m'attendais pas à ça.

– Moi non plus, de toute évidence.

Elles continuèrent à se passer l'hallucilum dans un étrange silence. Eris s'attendait à ce que quelqu'un les engueule – au 985e, elle avait toujours dû fumer près des bouches d'aération pour empêcher les régulateurs de se pointer –, mais la fille semblait insouciante. Peut-être que personne ne se préoccupait de ce qui se passait aussi bas dans la Tour.

Lorsque l'herbe fut presque consumée, la fille laissa tomber son hallucilum sur le sol et le réduisit à une fine poudre noire qu'elle éparpilla du talon. C'était un de ces hallucilums jetables qui ne coûtaient presque rien, réalisa Eris.

– Bon ben, à plus. Au fait, je m'appelle Mariel.

– Eris.

– Eris, répéta Mariel sur un ton amusé, comme si elle ne pouvait croire qu'une fille comme elle se retrouverait au 103e. Bienvenue à Baneberry Lane !

– Ça s'appelle vraiment comme ça ?

Eris n'en revenait pas que quelqu'un ait donné un nom aussi joli (et aussi trompeur !) à un endroit aussi déprimant.

– Cherche « baneberries », suggéra Mariel avant de disparaître dans son appartement.

Poussée par la curiosité, Eris suivit son conseil. C'était des baies hautement toxiques, souvent utilisées pour les suicides au Moyen Âge.

– Vu comme ça… marmonna Eris.

Elle voulut rebrousser chemin vers le 2704 mais hésita en entendant des voix dans l'appartement de Mariel, notamment les tonalités graves d'un adulte qui devait être son père. Le son produisit un déclic en elle. Elle ne pouvait pas attendre là en fumant et se demandant ce que pensait Everett. Elle devait lui parler.

Tournant le dos à son nouvel appartement, elle se dirigea vers le plus proche des ascenseurs express montants.

C'était dimanche, aussi le département de chirurgie plastique de l'hôpital Vensonn-Seyun, situé au 890e étage, n'était-il pas débordé.

– Salut, Eris, lança Slaite, la réceptionniste, en voyant approcher la jeune fille. Il est dans son bureau.

Ce fut tout juste si Eris la gratifia d'un signe de tête en poursuivant son chemin d'un pas pressé.

Elle longea le centre expérimental où diverses formes d'ADN étaient recombinées dans de minuscules boîtes de Petri, le laboratoire de culture où l'on faisait pousser des moelles épinières dans d'énormes caissons translucides, et atteignit enfin le bureau de son père situé au bout du couloir.

DR EVERETT RADSON, DIRECTEUR, PROCÉDURES ET MODIFICATIONS COSMÉTIQUES, était-il écrit sur la plaque au-dessus de la porte. Eris prit une grande inspiration et entra.

Son père était affalé derrière son bureau, vêtu d'un sweat-shirt de golf avec une fermeture Éclair au niveau du col et d'un pantalon de chirurgie bleu. Dans sa main, il tenait une bouteille de scotch presque vide. La lumière peu flatteuse faisait ressortir les fils gris dans sa chevelure, et de nouvelles rides d'inquiétude creusaient les coins de ses yeux et de sa bouche. Pour la première fois, Eris trouva qu'il avait l'air vieux.

– Eris, soupira-t-il en agrippant sa bouteille plus fort.

Il avait prononcé son nom d'une drôle de façon, comme s'il avait du mal à articuler les syllabes.

La jeune fille ouvrit la bouche sans trop savoir ce qu'elle allait dire maintenant qu'elle se trouvait face à lui.

– J'attendais que tu m'appelles, lâcha-t-elle sur un ton accusateur.

– Je suis désolé. J'avais juste besoin de prendre un peu de distance.

Ils gardèrent le silence.

Eris promena un regard à la ronde, depuis les écrans 3D dans le coin jusqu'au placard contenant le véritable squelette humain qui la fascinait quand elle était à l'école primaire, jusqu'à ce qu'Avery lui dise qu'elle trouvait ça morbide. Pourtant, le squelette n'avait jamais effrayé Eris. Elle n'avait jamais eu peur de grand-chose jusqu'à maintenant, réalisa-t-elle.

Elle reporta son attention sur son père. Il contemplait quelque chose dans sa main, les yeux écarquillés, comme s'il ne comprenait pas de quoi il s'agissait ou ce que ça faisait là. Son alliance.

Tout ce qu'Eris avait voulu lui dire s'envola.

– Tu vas faire quoi par rapport à maman ? demanda-t-elle.

– Je n'en sais rien. (Son père soupira et posa l'anneau en or sur son bureau, puis leva enfin les yeux vers la jeune fille.) Tu lui ressembles tellement, dit-il d'une voix chargée de tristesse.

Jamais Eris n'avait autant détesté ressembler à sa mère. C'était sans doute tout ce que son père voyait quand il la regardait, à présent – la preuve vivante de la trahison de Caroline. Rien ne la reliait plus à lui, réalisa-t-elle, choquée, sinon le fait que la même personne leur avait menti pendant les dix-huit dernières années.

– Je suis désolée, chuchota Eris.

– Moi aussi.

Everett fit mine de reprendre sa bouteille de scotch et s'interrompit comme s'il venait de se rappeler la présence d'Eris.

– Papa… ou… Everett…

– Excuse-moi, Eris, mais j'ai besoin de temps, coupa-t-il d'une voix tremblante. Je… suis complètement paumé, là.

Eris se mordit la lèvre. Elle était venue à l'hôpital dans l'espoir que son père arrangerait tout comme d'habitude, mais il semblait encore plus affecté qu'elle.

– Tu me manques, dit-elle, impuissante.

– Notre famille telle qu'elle était jusqu'ici me manque, répliqua son père, et le cœur d'Eris se serra.

Une partie d'elle voulait le secouer et lui crier dessus. *Regarde-moi ! Moi aussi, j'ai mal et je ne veux pas te perdre !* Ses yeux pailletés d'ambre se remplirent de larmes, mais son orgueil la poussa à retenir celles-ci et à ravaler les mots qui se bousculaient dans sa gorge.

– Je suis désolé. J'ai juste besoin de temps, répéta Everett. S'il te plaît.

Eris acquiesça avec l'impression de tomber de très haut. Elle ignorait ce que deviendrait le mariage de ses parents, et quand son père serait prêt à la revoir – s'il l'était un jour.

Elle rebroussa chemin vers l'ascenseur bondé. Mais même au milieu de la foule qui l'enserrait de toute part, jamais elle ne s'était sentie aussi seule.

Rylin

Quand faut y aller… songea Rylin en s'approchant de la porte de Cord Anderton pour la deuxième fois en trois jours. Difficile à croire qu'après tout ce qui s'était passé, elle revenait ici, et de son plein gré.

La veille, quand l'effet résiduel des communaux s'était enfin dissipé et que sa colère était quelque peu retombée, Rylin avait activé sa tablette et découvert qu'elle était plus riche de deux cent cinquante nanodollars. Elle s'était demandé si les cinquante en trop étaient le pourboire standard de Cord, ou une manière de s'excuser pour son attitude en fin de soirée.

Rylin avait hésité entre payer le loyer et la banque, avant d'opter pour la seconde option. Leur dette était incroyablement élevée, et puis, elle pourrait toujours convaincre leur propriétaire de lui accorder un délai supplémentaire : comme il avait connu leur mère, il se montrait plus indulgent envers Rylin et Chrissa.

Hé Fenton, lui avait texté Rylin. *Je voulais juste te dire que je te paierai le loyer de ce mois-ci dans quelques semaines.* Elle n'avait déjà pas réglé celui du mois précédent, s'était-elle souvenue avec un pincement de culpabilité, mais trop tard : le virement à la banque était parti. *Je suis vraiment désolée. Ça ne se reproduira pas*, avait-elle ajouté en espérant que Fenton serait de bonne humeur quand il recevrait son message.

Puis, ravalant sa fierté, elle avait appelé Cord.

Il avait décroché à la cinquième sonnerie. Rylin s'était lancée en essayant d'avoir l'air aussi normale que possible.

– Salut, c'est Rylin. Myers, avait-elle ajouté, gênée, après un instant de silence.
– Rylin. Je ne m'attendais pas à avoir de tes nouvelles, avait répondu Cord sur un ton amusé.
Et Rylin n'avait pu s'empêcher de revoir la marque rouge vif sur sa joue quand elle l'avait giflé.
– À propos d'hier soir…
Assise à la table de la cuisine, elle lissait du doigt une publicité froissée pour les céréales Ali Gators, dont l'instapapier était si vieux et de si mauvaise qualité que les alligators de dessin animé ne dansaient même plus. Seuls leurs yeux remuaient encore de façon vaguement flippante, tandis que leur queue frémissait. Rylin prit une grande inspiration et fit une nouvelle tentative.
– Je voulais m'excuser. J'étais crevée et j'ai réagi trop vivement. Je suis désolée.
– Les paroles ne valent rien, répliqua Cord. Si tu es vraiment désolée, prouve-le.
Rylin frappa du plat des mains sur la table.
– Tu crois vraiment qu'après… ?
– N'aie pas l'esprit si mal tourné, Myers, coupa Cord en étirant son nom comme il le faisait toujours. J'allais te demander si tu voulais bien revenir faire le ménage. Je ne sais plus si tu as rencontré mon frère Brice, mais il est là cette semaine, et c'est un grand bordélique.
– Je pourrais, oui. Même tarif ? demanda prudemment Rylin.
C'était le but de son appel : en voyant l'argent sur son compte le matin, elle avait réalisé qu'elle devrait soutirer le plus de fric possible à Cord. Mais bizarrement, il lui semblait que le jeune homme avait repris l'avantage.
– Pas de problème. Je te fais envoyer un uniforme. Tu n'es pas obligée de le porter, évidemment, gloussa Cord.
Rylin leva les yeux au ciel et voulut répliquer, mais il avait déjà raccroché.
Voilà pourquoi, en ce lundi matin, elle se tenait devant la porte de Cord Anderton en attendant qu'il la laisse entrer. Un peu gênée, elle tira sur le bas de la robe noire informe et du tablier blanc que le drone lui avait livrés la veille au soir. Elle avait déjà appelé Buza, son chef à l'arrêt de monorail, pour l'informer qu'elle prenait un congé maladie – elle avait même un justificatif,

puisque Chrissa et elle avaient, longtemps auparavant, réglé leur médicapteur pour donner un faux diagnostic de rhinopharyngite. Rylin ne savait pas combien de temps elle pourrait conserver son emploi officiel sans y aller, mais elle ne pouvait pas se permettre de laisser passer cette opportunité.

Comme la porte s'ouvrait avec un cliquetis, la jeune fille entra – et se figea, stupéfaite. Le samedi soir, l'appartement était surchauffé et bondé, plein de gens, de bruit et de lumière. À présent, il lui semblait immense et désert. Son regard se posa sur la serre avec son sol pavé et ses lampes chauffantes en forme d'insectes, puis sur la cuisine high-tech et le salon haut de deux étages avec son escalier en verre qui décrivait une courbe.

– Tu veux bien me dire ce que tu fais là ?

Rylin sursauta, fit volte-face et manqua heurter un inconnu aux cheveux noirs qui arborait un costume bleu marine et un rictus moqueur.

– Où est Cord ? demanda-t-elle sans réfléchir.

Elle le regretta instantanément.

– Qui sait ? (La grimace du type s'accentua.) Mais je peux peut-être t'aider. Je suis son frère, Brice.

Évidemment, songea Rylin. Ils se ressemblaient, même si Brice avait presque dix ans de plus.

– Rylin Myers, se présenta-t-elle. Désolée de vous déranger, ajouta-t-elle très vite. Je vais me mettre au travail.

– Au travail ?

– Cord m'a demandé de venir faire le ménage.

Mal à l'aise, la jeune fille se dandina.

– Ah, lâcha Brice à voix basse en détaillant sa silhouette. Eh bien, je suis ravi de voir que ses goûts s'améliorent. Tu es nettement mieux que la précédente.

Sans rien dire, Rylin se dirigea vers le placard à produits d'entretien dont elle sortit un seau plein de pulvérisateurs et de chiffons jetables. Mais quand elle revint dans le salon, Brice était toujours là, vautré sur le canapé, la cravate défaite et les bras croisés derrière la tête.

– Ne te gêne pas pour moi, dit-il sur un ton lubrique. Ça ne me dérange pas que tu nettoies autour de moi.

Les dents serrées, Rylin monta à l'étage en l'ignorant.

Plus tard dans l'après-midi, elle s'approcha de la chambre de Cord et rassembla son courage.

Ce n'est pas si bizarre, se raisonna-t-elle. *C'est juste un mec comme les autres.* Mais même si elle avait souvent été dans la chambre d'Hiral, entrer dans celle d'un inconnu la mettait mal à l'aise – elle trouvait ça beaucoup trop intime.

Elle commença par le lit, dont elle changea les draps et fit bouffer les oreillers, puis nettoya les vitres et la moquette aux UV. Enfin, alors qu'elle passait le plumeau sur la lourde commode en bois, elle hésita, submergée par une puissante curiosité. Qui était Cord Anderton, au fond ?

Impulsivement, Rylin ouvrit le tiroir du haut et en examina le contenu – un assortiment d'accessoires très masculins qu'elle ne reconnut même pas tous. Mais ça faisait bien longtemps que son père était parti ; elle ne se souvenait que d'avoir vécu dans une maison de femmes.

Elle écarta des boutons de manchettes, un petit flacon d'eau de Cologne, un porte-billets en cuir aux initiales WEA – celles du père de Cord, supposa-t-elle. Elle fut légèrement impressionnée de voir qu'il contenait des tas de vieux billets en papier vert, tout à fait illégaux mais qui continuaient à circuler sur le marché noir puisque, contrairement aux nanodollars, ils étaient intraçables. Peut-être s'agissait-il juste d'un héritage ? Mais si Cord payait vraiment des gens avec, il était plus couillu que Rylin ne l'imaginait.

Dans le tiroir du bas, elle trouva quelque chose qui la fit hésiter : une boîte en métal antique remplie à ras bord de Custos personnalisés. Rylin n'en avait jamais vu autant à la fois et quand elle souleva le couvercle, ce fut comme si elle avait découvert un coffre au trésor. Toutes ces petites enveloppes noires portant chacune l'étiquette jaune caractéristique, et contenant un seul cachet !

Le prix des Custos était délirant, plus élevé que ce que Rylin gagnait en plusieurs semaines à l'arrêt de monorail, sans doute parce qu'il s'agissait d'une drogue légale, prescrite par un médecin après d'innombrables scanners du cerveau et évaluations psychiques. On les fabriquait sur mesure pour « soulager le stress et calmer l'anxiété » des riches clients. Rylin jeta un coup d'œil à la date de l'ordonnance d'origine. C'était bien ce qu'elle pensait – juste après la mort des parents de Cord.

Elle pensa combien c'était étrange que Cord et elle aient tous les deux perdu leurs parents si jeunes. Mais tandis qu'elle travaillait pour un salaire de misère et ne parvenait pas à joindre les deux bouts, ce qui lui laissait à peine le temps de pleurer sa mère, Cord avait reçu des médicaments de luxe pour soulager son propre chagrin.

Ce n'était pas juste, songea amèrement Rylin. Puis elle eut un peu honte d'avoir pensé ça. Cord aussi avait perdu ses parents. Elle était bien placée pour ne pas juger la façon dont il gérait son deuil.

Refermant le tiroir avec un soupir, elle jeta un dernier coup d'œil à la ronde avant de descendre au rez-de-chaussée. En ouvrant la porte d'entrée, elle tomba sur Cord qui se tenait en haut du perron.

– Oh. Euh, salut, bredouilla-t-elle.

Elle ne savait pas quoi lui dire. Jamais encore elle n'avait été confrontée à quelqu'un qu'elle avait giflé peu de temps auparavant.

– Tu rentres chez toi ?

Cord portait une tenue de sport comme s'il revenait juste du club de gym. À moins qu'il ne soit allé courir : il y avait de la boue sur ses chaussures, qui laissait des traces sur la pierre blanche des marches.

– Il est seize heures.

Rylin croisa les bras sur sa poitrine, soudain gênée par son uniforme qui la serrait un peu à ce niveau.

– Oui, bien sûr, je ne voulais pas…

– Au fait, merci pour les Nours en gélatine. Ma sœur les adore.

Rylin ne savait pas pourquoi elle avait dit ça. Elle n'était pas payée pour rester plantée là et faire la conversation. Elle descendit une marche, si bien qu'elle se retrouva au même niveau que Cord, et allait s'éloigner quand le jeune homme lança :

– Chrissa, c'est ça ?

Choquée, Rylin s'arrêta. Elle n'arrivait pas à croire qu'il se souvienne du nom de sa sœur.

– Oui. Elle a trois ans de moins que moi, dit-elle à voix basse.

Cord hocha la tête.

– C'est super que tu ne sois pas seule.

Rylin pensa à Brice et se demanda si les frères Anderton étaient proches.

– Désolé, reprit Cord au bout d'un moment. Je ne voulais pas te retenir. Visiblement, tu as des choses à faire.

– En fait, je vais rejoindre… rejoindre Chrissa, balbutia Rylin.

Elle voulait dire « mon petit ami » mais, sans qu'elle sache pourquoi, son instinct l'en avait empêchée.

– Dis-lui qu'il y aura d'autres Nours en gélatine pour elle, à condition qu'elle promette de ne pas les torturer comme tu l'as fait.

Rylin ne put s'empêcher de sourire.

– À demain, dit-elle.

Mais Cord avait déjà refermé doucement la porte derrière lui.

Bah, qu'est-ce que ça peut me foutre ? songea Rylin en se dirigeant vers l'ascenseur F. Cord était impossible à comprendre, et ça ne servait à rien d'essayer.

En atteignant l'intersection de Park et Central, au centre exact de la Tour, elle franchit la double porte métallique marquée RÉSERVÉ À L'ENTRETIEN.

Elle n'attendit que quelques minutes avant qu'Hiral ne sorte du vestiaire des techniciens, vêtu d'un jean et du fin T-shirt noir qu'il portait sous sa combinaison de travail, les cheveux encore humides de sueur à cause de son casque.

– Salut, bébé. Je ne savais pas que tu passais aujourd'hui.

Rylin se laissa aller dans ses bras. Il avait une odeur familière de métal et de transpiration, qu'elle trouvait réconfortante.

– Je voulais te voir.

– C'est quoi, ce déguisement ? rigola Hiral.

– Oh, ça. (Riley baissa les yeux vers l'uniforme de soubrette qu'elle avait à moitié oublié.) J'ai bossé pour Cord Anderton aujourd'hui. Tu sais, l'ancien boulot de ma mère. Et…

– Sérieusement ? coupa Hiral sur un ton sec, toute bonne humeur envolée. (Il vouait aux gens de la hauteTour une haine qui choquait parfois Rylin.) Pourquoi tu bosses pour ce connard ?

– Ça paie mieux que le monorail. J'ai pris un congé maladie. C'est juste temporaire, se justifia-t-elle impatiemment.

– Oh. Je vois. Bon, tant que tu ne plaques pas ton vrai boulot. (Hiral lui passa un bras autour de la taille.) Des sous en plus, ça se fête. Tu veux aller au Habanas ?

C'était leur bouge cubain préféré, qui servait du maïs épicé et du queso frit.

– Volontiers.

Rylin suivit son petit ami dans l'avenue où les lumières avaient baissé comme toujours en début de soirée.

À cet instant, un message arriva sur sa tablette : la réponse de Fenton.

Rylin, j'ai vraiment essayé de me montrer généreux envers toi et ta sœur, mais je ne peux pas continuer à faire une exception pour vous. Tu as deux mois de loyer en retard. Si tu ne paies pas d'ici la fin de la semaine, je vous mets à la porte.

Rylin fut prise de nausée. Elle essaya immédiatement d'appeler son propriétaire, mais celui-ci ne décrocha pas.

– Un problème ?

Hiral l'observait. Rylin ne répondit pas. Il lui semblait que le monde tanguait. C'était sa faute : pourquoi avait-elle payé la banque plutôt que le loyer ? Elle était tellement sûre de pouvoir soutirer un autre mois de délai à Fenton ! Elle l'avait déjà fait des tas de fois. Mais à présent tout s'écroulait, et elle ne savait pas comment y remédier.

Tu auras ton fric d'ici vendredi, répondit-elle, les mains tremblantes, même si elle n'avait pas la moindre idée de la façon dont elle pourrait bien le trouver. Peut-être en l'empruntant à Hiral ? Non, sa famille comptait aussi le moindre sou. En demandant une avance à Cord, alors ?

Cord. Rylin repensa à ce qu'elle avait trouvé dans le tiroir du bas de sa commode en début d'après-midi. Elle tenait sa réponse.

– Ça va aller, promit-elle à Hiral.

Elle détestait ce qu'elle envisageait de faire. Mais surtout, elle détestait ne pas vraiment avoir le choix.

Avery

La nervosité tordit l'estomac d'Avery comme Atlas et elle approchaient de l'appartement des Cole. Elle avait réussi à transformer le rencard de son amie et de son frère en un jeu de réalité augmentée en groupe. Elle tentait de se convaincre que ce n'était pas grave, qu'elle n'avait rien fait de mal mais, tout au fond, elle savait combien son comportement était égoïste.

Arrivée devant la porte, elle leva les yeux et se rappela soudain la première fois que Leda et elle s'étaient soûlées. Enfin, qu'elles avaient essayé de se soûler – elles étaient juste excitées et ridicules, à peine légèrement éméchées par le vin additionné d'eau gazeuse que Cord leur avait servi. Mais elles avaient décidé de ne pas rentrer chez elles avant d'être redevenues complètement sobres, au cas où leurs parents les entendraient. Du coup, elles avaient passé la moitié de la nuit assises ensemble sur le perron de Cord, à se raconter des histoires et à glousser bêtement.

– Tu veux prévenir Leda qu'on est là ? demanda Atlas.

– Hein ? Ah, oui.

On est dehors, texta Avery, réalisant alors qu'elle envoyait son message combien leur fil de discussion s'était tari. D'habitude, Leda et elle étaient en communication permanente ; elles s'envoyaient des selfies, se plaignaient de leurs cours au lycée, se faisaient suivre des messages de garçons pour les analyser. Mais, ces deux derniers jours, c'était à peine si elles avaient été en contact.

– Merci d'être venus me chercher, dit Leda comme la porte du hover glissait sur le côté.

Elle portait un haut en soie bleu marine, un jean blanc et des espadrilles compensées rouges. Avery se poussa pour lui faire de la place en jetant un coup d'œil à sa propre tenue – vêtements artech noir et baskets turquoise confortables.

– Pas de souci, dit Atlas en souriant.

– Tu vas vraiment faire de la RA avec ça ? lâcha Avery en fixant les chaussures de Leda.

Son amie partit d'un rire brusque.

– Tu m'as déjà vue courir en talons.

– C'est vrai. Je suis vraiment contente qu'on ait organisé ça aujourd'hui, ajouta Avery sur un ton faussement réjoui, saisie par un brusque désir de dissiper la tension entre elles, de faire comme si c'était une initiative de groupe à la base. Je ne suis pas allée à l'Arène depuis une éternité !

– Prépare-toi, parce qu'on va te botter les fesses, Aves, promit Atlas, une lueur taquine dansant dans ses yeux d'un brun si chaud.

– C'était comment, le shopping avec Eris ? demanda Leda. Tu as acheté quelque chose ?

Avery éprouva un pincement de culpabilité. Quand Leda lui avait envoyé un texto la veille, elle lui avait dit qu'elle faisait les magasins avec Eris, sachant que ça la découragerait. Mais Eris n'avait pas répondu à ses messages, et quand Avery était passée chez elle, il n'y avait personne au penthouse.

– Oh, euh, je me suis pris un jean, marmonna Avery en citant la première chose qui lui traversait l'esprit. Chez Denna.

– Tu ne les as pas déjà dans toutes les teintes ? s'étonna Leda.

Prise au dépourvu, Avery ne sut pas quoi répondre.

– Comme si ce genre de détails vous arrêtait, plaisanta Atlas sans se rendre compte de quoi que ce soit.

Ils stoppèrent devant l'Arène, qui occupait tout un coin du 623e étage, au moment où ses murs massifs viraient du vert camouflage à la reproduction des pierres noires d'un donjon. Risha, Jess et Ming attendaient déjà dehors, toutes vêtues comme Leda de jeans moulants et de chaussures à talons. Avery se retint de lever les yeux au ciel. Elle aurait voulu qu'Eris soit là ; elle aurait eu bien besoin d'une dose de son esprit sarcastique et irrévérencieux. Encore qu'à bien y réfléchir, la dernière fois qu'ils avaient fait de la RA tous ensemble, elle s'était pointée en combinaison de cuir noir moulante juste pour le fun.

– Les garçons sont à l'intérieur, lança Risha comme ils se rassemblaient devant les portes qui montraient à présent un dragon plongeant vers un pic de montagne gelé.

– Probablement en train de se disputer pour savoir s'ils vont jouer aux cow-boys ou aux extraterrestres, dit Atlas en tenant la porte aux filles.

Avery réprima son envie de rester en arrière avec lui et de lui prendre la main.

– J'ai entendu, lança Ty Rodrick depuis le guichet. (Un groupe de collégiens brandissant tous un sabre-laser en édition limitée faisait la queue derrière lui.) Les cow-boys, c'est dépassé, Fuller. On va jouer à Invasion Extraterrestre. Qui est dans mon équipe ?

Il tapa quelque chose sur l'imprimante 3D, qui cracha des tickets codés électroniquement pour chacun d'eux – quatre blancs et quatre noirs. En forme de tête d'extraterrestre miniature, ils étaient spécifiques à cette partie et impossibles à contrefaire. Les gens étaient si obsédés par la RA qu'ils les collectionnaient, même si ces tickets ne servaient plus à rien une fois le jeu terminé.

– Garçons contre filles, non ? proposa très vite Avery.

C'était ce qu'ils faisaient toujours à l'époque. Et la dernière chose qu'elle voulait en ce moment, c'était imaginer Atlas et Leda dans la même équipe, tout proches l'un de l'autre dans l'obscurité chargée d'adrénaline.

– Ce serait inégal, fit remarquer Maxton Feld. Cinq contre trois.

Avery maudit silencieusement Cord de leur avoir fait faux bond.

– On peut peut-être tirer ça au sort ? suggéra-t-elle en faisant apparaître l'icône en forme de dé sur sa tablette.

– Atlas et moi avons déjà décidé de nous mettre dans la même équipe, intervint Leda.

Avery garda le silence tandis que le reste des équipes se formait – elle, Ty, Ming et Jess contre Maxton, Risha, Atlas et Leda –, et qu'ils se dirigeaient vers leurs vestiaires respectifs pour se préparer. Ty jacassait déjà à propos de leur stratégie, expliquant son plan pour « encercler et submerger » l'adversaire, mais Avery ne l'écoutait pas. En proie à une brusque et étrange apathie, elle se contenta de hocher la tête.

Ils pénétrèrent dans l'antichambre, un gilet tactile leur moulant le torse, pistolet radar en plastique dans un holster sur la hanche. Avery enfila les gants en maille fine qui transmettraient les mouvements de ses mains au serveur. Son casque de réalité virtuelle émit un bip sonore, réclamant son attention : il voulait qu'elle sélectionne un avatar, l'image que les autres participants au jeu verraient une fois dans l'arène. Les autres gesticulaient et pointaient l'index pour s'ajouter des cheveux et choisir les traits de leur visage. Avery opta pour l'avatar de base, dépourvu de caractéristiques particulières. Les gens accordaient déjà beaucoup trop d'importance à son apparence dans la vraie vie pour qu'elle se donne la peine d'améliorer celle-ci dans une réalité virtuelle.

3… 2… Le panneau du compte à rebours s'alluma. Près d'Avery, Ming se balançait sur ses talons avec impatience. Ty se retourna et adressa un sourire grimaçant à la jeune fille.

– Prête, Fuller ? demanda-t-il avec un clin d'œil.

Avery ne releva pas. Elle l'avait embrassé une fois pendant une soirée que les parents de Jess avaient organisée durant les vacances, et il se comportait comme s'il pensait que ça se reproduirait.

Les portes s'ouvrirent, révélant un vaisseau spatial en alerte rouge. Des signaux lumineux clignotaient tout le long des couloirs abandonnés. Si elle ôtait son casque, Avery ne verrait qu'un entrepôt industriel vide, avec des tas de bouches d'aération et des murs mobiles en mousse de carbone. Quelque part, l'équipe adverse sortait de sa propre antichambre dans une zone différente de l'arène.

Avery appuya sur un bouton de son bracelet pour s'adresser aux autres.

– Ming et moi, on prend à gauche, chuchota-t-elle en poussant une porte argentée qui donnait sur une salle latérale.

Habillée en princesse-fée rose – il n'y avait aucune restriction sur les avatars, même si la jeune fille avait l'air ridicule avec ce costume dans un vaisseau spatial –, Ming acquiesça et lui emboîta le pas.

Quelque chose explosa sur leur gauche. Avery s'accroupit près d'un énorme tuyau, puis se releva d'un bond et s'élança sans plus se soucier de Ming. Elle tira au pistolet radar dans la brume opaque qui occupait les coins de la salle. Une échelle pendait en l'air devant elle, lui rappelant celle qui menait au toit-terrasse de son appartement. *Pourquoi pas ?* songea-t-elle en sautant dessus et en commençant à grimper. C'était bon de se mouvoir ainsi dans l'anonymat obscur de l'arène, le sang circulant vite et fort dans ses veines. Si elle bougeait assez vite, elle parviendrait à oublier Atlas et Leda, et tout ce qui n'était pas le jeu lui-même.

Arrivée en haut de l'échelle, Avery se hissa au niveau supérieur et commença à tirer sur deux silhouettes devant elle, que des flèches lumineuses désignaient comme des membres de l'équipe adverse. Les joueurs plongèrent derrière une pile de caisses marquées du symbole de la radioactivité, l'un d'eux s'emmêlant les pinceaux au passage. Ce devait être Leda avec ses foutues espadrilles.

Avery s'avança lentement, les contournant du côté opposé pour qu'ils ne la voient pas arriver – et se figea.

Atlas était accroupi près de Leda. Avery pouvait l'identifier au tatouage à l'intérieur de son poignet, le symbole yin-yang qu'il n'inscrirait jamais sous sa peau dans la réalité, mais dont il dotait toujours son avatar dans les jeux de RA. Avery vit Leda poser une main sur son épaule. Atlas ne s'écarta pas.

Avery retint son souffle, s'exhortant à détourner les yeux – mais en vain. Le geste de Leda était chargé de signification, extrêmement possessif. On ne touchait ainsi que quelqu'un qu'on avait déjà touché, ou qu'on voulait toucher, de façon beaucoup plus intime. D'une façon dont Avery ne pourrait jamais toucher Atlas.

– Pause, chuchota-t-elle en tirant la languette rouge sur son bracelet.

Aussitôt, l'ordinateur désactiva ses armes, et elle devint invisible pour les autres participants, incapable de faire quoi que ce soit hormis regagner l'antichambre jusqu'à ce qu'elle ait réintégré la partie. C'était comme si elle ne se trouvait même pas là, comme si elle s'était effacée de son propre chef. Ce qui correspondait parfaitement à ce qu'elle ressentait.

Watt

Fric facile, tu parles, songea Watt en pénétrant dans l'Arène du 623e étage. Il ne travaillait pour elle que depuis quelques jours et, déjà, il savait que Leda Cole était une emmerdeuse de première.

En acceptant ce boulot, il ne s'était pas rendu compte à quel point sa cliente se montrerait exigeante. Elle passait son temps à lui réclamer des nouvelles d'Atlas Fuller ; elle voulait savoir où il allait, ce qu'il écrivait dans ses messages, quelles séries holo il regardait et s'il les trouvait drôles. Watt lui répondait de son mieux, mais il n'avait pas encore réussi à pirater le serveur domestique des Fuller, aussi ignorait-il ce qui se passait entre les murs du penthouse à moins qu'Atlas n'en parle à un ami dans un message.

Là, il gérait la dernière demande de Leda, qui lui avait réclamé de l'aide pendant ce jeu de RA en groupe. Watt avait bêtement accepté de pirater le système de l'Arène et de manipuler la partie pour s'assurer que Leda et Atlas finissent ensemble, mais c'était avant que Nadia et lui examinent vraiment l'architecture du système en question. L'Arène gérait un volume de données si important que même Nadia n'avait pas réussi à franchir son pare-feu. Watt avait fini par admettre que le seul moyen de satisfaire Leda et de tenir sa promesse idiote, c'était d'infiltrer le système de l'intérieur.

Comment on a hérité de ce boulot merdique, Nadia ?

Si je me souviens bien, ce n'est pas moi qui ai signé le contrat, répliqua le quant.

Watt s'approcha de l'imprimante de tickets en 3D et étudia les options. Malgré lui, l'excitation le gagna. Il y avait des tas de jeux de fantasy, des aventures dans la jungle aztèque et même un truc qui s'appelait « Cavaliers Dragons ». Le jeune homme se demanda comment on pouvait bien simuler une chose pareille. Néanmoins, puisqu'il devait acheter un ticket pour entrer, autant tester un jeu, pas vrai ? Si seulement Derrick était là ! Il adorerait cet endroit.

Alors qu'il venait de choisir un jeu de sorciers et commençait à imprimer son ticket, Watt leva les yeux vers la zone d'attente et retint son souffle en voyant passer la plus belle fille qu'il ait jamais vue – et de loin.

Nadia, qui est-ce ? demanda-t-il. Le quant consulta le flux de la fille, et Watt faillit éclater de rire. C'était Avery Fuller, la sœur du type qu'il était censé espionner et la meilleure amie de Leda Cole.

Hypnotisé, Watt la regarda défaire sa queue-de-cheval et laisser ses cheveux blonds se répandre dans son dos avec un geste agacé. Il crut voir des larmes dans ses yeux bleu azur.

Qu'est-ce que je lui dis ?

Achète un paquet de M & M's pamplemousse au distributeur, assieds-toi à côté d'elle et commence à les manger, répondit Nadia.

Vraiment ? C'était un drôle de conseil, même de la part du quant, qui suggérait souvent des solutions inventives et indirectes à ses problèmes.

T'ai-je jamais induit en erreur ?

Watt devait reconnaître que non. Alors, il acheta les bonbons et alla s'asseoir sur le banc à côté d'Avery en l'ignorant délibérément. Il sortit les M & M's pamplemousse de sa poche et commença à les enfourner un par un.

Il sentit Avery tourner son regard vers lui, l'entendit se racler la gorge et perçut le poids de son regard sur le paquet de bonbons. Il fit semblant de rien. Et comme prévu, au bout d'un moment…

– Excuse-moi, dit la jeune fille en lui tapant sur l'épaule. Je me demandais juste si… tu m'en donnerais un ?

Watt cligna des yeux, un peu surpris qu'elle lui ait adressé la parole même s'il aurait dû s'y attendre. Elle était vraiment d'une beauté stupéfiante. Il se ressaisit suffisamment pour dire : « Pardon ? » en désignant ses oreilles comme s'il était en train d'écouter quelque chose dans ses auditennes, même si ce n'était évidemment pas le cas. Du moins, cela expliquerait pourquoi il l'avait dévisagée en clignant des yeux comme un abruti.

Avery répéta sa question, et Watt lui passa le sachet en réprimant un sourire. *Merci, Nadia.*

Homme de peu de foi.

– Qu'est-ce que tu écoutes ? demanda poliment Avery en lui rendant le sachet de bonbons.

Mais Watt vit bien qu'elle avait la tête ailleurs.

– Un chanteur qui s'appelle Jake Saunders. Je doute que tu le connaisses.

– Pas possible ! Tu aimes la country ? s'exclama Avery.

Watt acquiesça, même s'il n'avait jamais entendu un seul morceau de country de toute sa vie.

– Comment tu trouves son nouvel album ? interrogea avidement Avery.

– J'aime bien, répondit prudemment Watt, en récitant presque mot pour mot le commentaire que la jeune fille avait envoyé à Atlas quelques semaines auparavant. Mais c'est moins bien que ses premiers albums. La chanson de lui que je préfère, c'est *Crash and Burn*.

– Moi aussi ! se pâma Avery, qui le surprit en entonnant le refrain tout bas. *« I'm not comin' over, you and I are long done, you can crash and burn… »*

Quand elle chantait, elle avait une voix plus grave, un peu rauque et très séduisante.

– *« … with another one »*, entonna Watt, terminant le refrain avec elle, et Avery éclata de rire.

– Alors, qu'est-ce qui t'amène ici ? demanda-t-elle au bout d'un moment.

Elle était fascinante : ses yeux, son rire, cette chanson si inattendue…

– J'ai rendez-vous avec des amis pour jouer aux Sorciers, répondit Watt.

– Oh, c'était mon préféré avant. Tu vois le moment où tu arrives devant l'épée dans la pierre et où tu dois la retirer ?

Watt ouvrit la bouche pour mentir – Nadia venait d'ouvrir un plan de l'Arène et de lui fournir une description de la scène piochée sur le site Internet d'un amateur enthousiaste du jeu – mais se ravisa.

– En fait, c'est la première fois que je viens ici, avoua-t-il.

– Vraiment ? (Avery parut surprise.) Alors, je ne vais pas te gâcher la surprise. Juste un petit conseil : quand l'alchimiste t'offre les potions, prends le plus petit gobelet.

– Parce qu'il m'aidera à gagner ?

– Oh, non ! Tous les gobelets te donnent accès au niveau suivant. Mais celui-là a meilleur goût que les autres, répondit très sérieusement la jeune fille.

Watt sourit.

– Au fait, je m'appelle Avery, se présenta-t-elle.

– Avery, répéta-t-il comme s'il n'était pas branché sur son flux depuis le début de leur conversation. Moi, c'est Watt.

Elle reporta son attention sur la porte, et il se rendit compte qu'il allait peut-être la perdre.

– Tu jouais à quoi là-dedans ? demanda-t-il en désignant du menton le pistolet à sa ceinture.

– Aux extraterrestres, répondit Avery en haussant les épaules. J'ai eu besoin de prendre l'air.

Watt acquiesça et suivit le conseil de Nadia, même s'il lui semblait qu'il aurait dû dire quelque chose. Mais Nadia surveillait le pouls et la respiration d'Avery, et elle était d'avis que celle-ci allait poursuivre si Watt lui en laissait l'occasion.

– Parfois, tout est si... épuisant, tu vois ce que je veux dire ?

Avery détourna les yeux en tripotant son gant tactile.

Watt hésita. *Nadia ?* Il n'avait pas l'habitude que des filles le plongent dans une telle perplexité, surtout des filles aussi canon. Pour ce qu'il avait pu voir, dans la plupart des cas, leur complexité était inversement proportionnelle à leur beauté.

– Comment ça ?

– Tu n'as jamais l'impression que les gens croient te connaître mais qu'ils se trompent, parce qu'ils ignorent le truc le plus important à ton sujet ?

– Si, carrément !

Personne ne connaissait l'existence de Nadia, alors qu'elle était si intimement liée à tout ce que Watt pensait, savait et faisait. Il se demanda quel énorme secret Avery avait le sentiment de cacher. Quoi que ce soit, ça ne pouvait pas être pire que planquer un quant dans sa tête.

– Désolée. Je ne sais pas pourquoi j'ai dit ça.

La jeune fille avait repris un ton et une attitude plus distants, comme quand elle lui avait demandé un bonbon. Watt leva les yeux et vit qu'elle rassemblait ses cheveux d'une main. Une odeur de shampoing à la lavande lui chatouilla brièvement les narines. Avery était en train de se refermer, de dissimuler le côté vulnérable dont elle venait de lui donner un bref aperçu. Watt chercha frénétiquement des moyens de la retenir. Elle ne pouvait pas s'en aller, pas déjà.

– Avery, commença-t-il au moment où le bracelet de la jeune fille bipait, indiquant qu'elle était déjà restée trop longtemps hors du jeu.

Si elle s'attardait davantage en zone d'attente, l'ordinateur ne la laisserait plus rentrer dans l'arène.

– Ah, il faut que j'y retourne.

Elle lui adressa un sourire qui n'était déjà plus aussi chaleureux.

– Avant que tu partes, on peut échanger nos contacts textos ? demanda maladroitement Watt en se levant.

Aucune fille ne l'avait rendu aussi nerveux depuis qu'il avait Nadia.

– Oh. Si tu veux. (Avery attendit que leurs flux se connectent, leur permettant de s'appeler et de s'envoyer des messages.) À plus, ajouta-t-elle avant de remettre son casque.

Les portes coulissèrent, laissant Watt apercevoir l'arène telle qu'elle était vraiment – une suite de murs gris couverts de brumisateurs et de capteurs de mouvement.

– Bonne chance pour ta partie ! lança-t-il, mais Avery se trouvait déjà dans un autre monde.

Eris

– Tu es là ! s'exclama Avery en se dirigeant vers Eris. (Instinctivement, la foule s'écarta sur son passage dans le couloir.) Je me disais que tu allais peut-être sécher. Je ne t'ai pas vue depuis une éternité !

Sa voix monta sur la fin de sa phrase, lui donnant une note interrogative.

– Même moi, je ne sécherais pas le premier jour, répliqua Eris sur un ton léger – alors qu'en fait ça avait été la pire rentrée scolaire de sa vie.

Elle avait dû monter de bonne heure, vêtue d'un coupe-vent noir par-dessus son uniforme pour ne pas attirer les regards dans les étages inférieurs, et se doucher dans les vestiaires du lycée – tout plutôt que de devoir se préparer dans la salle de bains minuscule qu'elle partageait avec sa mère.

Normalement, le jour de la rentrée, les parents d'Eris lui faisaient prendre une pose guindée devant la porte de leur appartement pour ajouter à la collection qu'ils avaient commencée le jour où elle était entrée à l'école maternelle.

« Bonne chance ! » s'exclamaient-ils tous les deux en la serrant dans leurs bras jusqu'à ce qu'elle réussisse à s'échapper pour gagner l'ascenseur.

Elle se moquait d'eux et de leur tradition idiote mais, en secret, elle adorait ça.

Ce matin, évidemment, il n'y avait pas eu de photo. Eris se demanda si son père savait seulement que c'était la rentrée. À cette pensée, elle sentit une brusque et vive douleur derrière ses yeux. Elle les ferma un moment pour apaiser la tempête de douleur et d'incompréhension qui se déchaînait en elle. Elle ne pouvait pas laisser Avery voir combien elle se sentait mal.

– Eris... il se passe quelque chose ? demanda son amie comme elles se dirigeaient ensemble vers la sortie.

La cloche de fin des cours venait juste de sonner. Les élèves se massaient dans les couloirs telles des nuées d'oiseaux monochromatiques, tous vêtus de la même jupe plissée ou du même pantalon à pinces et de la même chemise. Pour la première fois de sa vie, Eris se réjouissait qu'ils doivent porter un stupide uniforme : elle ne savait pas trop combien de tenues elle pourrait composer avec les quelques vêtements qu'elle avait apportés au 103e. Pas assez, sûrement.

– Pourquoi tu me demandes ça ? répliqua-t-elle d'une voix qu'elle fut ravie de trouver normale.

– Je ne t'ai pas vue du tout depuis la soirée déguisée chez Cord, tu n'es pas venue à l'Arène hier et, quand je suis passée chez toi, il n'y avait personne.

Eris ne voulait pas parler de ça. C'était une blessure encore trop fraîche et douloureuse. Et puis, dès qu'elle raconterait la vérité à quelqu'un, la situation deviendrait irrévocablement réelle. Mais elle avait déjà trouvé l'excuse parfaite.

– Mes parents ont décidé de rénover notre appartement une fois de plus. Tu sais comment ils sont. (Elle leva les yeux au ciel.) On loge au Nuage pour le moment. Désolée pour hier, ajouta-t-elle.

– Pas grave. Je suis contente que tout aille bien. Bon, je ne m'inquiétais pas vraiment : je me doutais que tu devais faire un truc fabuleux. Comme la fois où tu es rentrée de vacances une semaine après la rentrée parce que ta mère et toi aviez pris « le chemin des écoliers » pour rentrer du Myanmar, la taquina Avery.

À ce souvenir, le cœur d'Eris se serra. Sa mère et elle s'étaient tellement amusées pendant ces vacances, à se promener à travers l'Asie en robes à motifs colorés sans le moindre souci !

– Mais j'avoue, je suis jalouse que tu loges au Nuage, poursuivit Avery. On devrait faire des soirées pyjama dans ta chambre pour pouvoir porter leurs peignoirs super moelleux et commander des pancakes ricotta-mûres au petit déjeuner !

– Tout à fait, acquiesça Eris avec un enthousiasme feint.

Elles sortirent sur la pelouse soigneusement entretenue qui descendait en pente douce vers Madison Avenue. Aussitôt, un chœur de voix les enveloppa comme Ming, Risha et Leda débattaient de la meilleure façon de passer l'après-midi et échangeaient les ragots et les anecdotes de la journée.

Eris les laissa parler sans prendre part à la conversation. Quand ses amies décidèrent d'aller faire du yoga et boire des smoothies à l'Altitude, elle se laissa entraîner en hochant la tête et en souriant. Elle avait besoin de passer du temps avec Avery et le reste de la bande, de faire ce qu'elles faisaient tout le temps. De se comporter comme si tout était normal, comme si sa vie ne s'était pas écroulée autour d'elle. Comme si elle était toujours Eris Dodd-Radson.

Dès qu'elles franchirent le filet tech – la barrière entourant le campus qui empêchait les lentilles, les tablettes et tous les autres appareils non scolaires de fonctionner –, Eris consulta sa boîte de réception. Elle savait qu'elle se berçait d'illusions, mais elle continuait d'espérer que son père la contacterait. Elle avait bien compris qu'il avait besoin de prendre un peu de distance, mais… jusqu'à quand ? Et s'il ne lui parlait plus jamais ?

Le premier message en haut de la liste la fit frémir. Il venait du secrétariat du Club Altitude, et il l'informait que son adhésion avait été révoquée.

Eris fut submergée par un brusque accès de colère. C'était la faute de sa mère. C'était elle qui avait insisté pour que toute la famille devienne membre du Club Altitude, elle qui gérait leur agenda social et tout ce qui était amusant ou luxueux dans leur vie. Bien entendu, Eris comprenait que Caroline ne veuille plus dépenser l'argent d'Everett – c'était pour ça qu'elles avaient déménagé en premier lieu. Mais quel mal cela pourrait-il faire qu'Eris reste sur son compte à l'Altitude ?

Puis la jeune fille repensa à ce que sa mère avait dit, qu'il appartenait à son père de décider quelle forme prendrait leur relation désormais, et elle réalisa que c'était peut-être pour ça que Caroline ne voulait pas qu'elle aille à l'Altitude : parce qu'elle risquait d'y croiser Everett.

Ce n'est pas un mauvais rêve, songea-t-elle, un peu étourdie, même si elle se doutait que ça finirait par arriver. Son existence dorée tombait en morceaux sous ses yeux, un petit bout après l'autre.

Elle ouvrit la bouche pour dire quelque chose, mais aucun son n'en sortit. De toute façon, quelle excuse aurait-elle bien pu invoquer ? « Désolée, les filles, je ne peux pas vous accompagner à l'Altitude parce que je suis trop pauvre ? »

Toute la bande s'entassa dans l'ascenseur qui montait au 930ᵉ, entraînant une Eris impuissante. Elle continuait de hocher la tête sans prêter attention à ce que disaient ses amies. Son esprit bourdonnait de prétextes tous plus fous les uns que les autres pour s'échapper. Elle devait retourner en stage au bureau de son père. Cord venait de l'appeler pour un plan cul. Ses parents l'avaient privée de sortie après la soirée de samedi dernier et avaient mis un mouchard sur ses lentilles pour être tenus au courant du moindre de ses déplacements.

Elles s'engagèrent dans l'allée pavée et ombragée par des chênes qui conduisait à l'entrée de l'Altitude. La tête d'Eris lui tournait, elle avait du mal à respirer. Elle ne pouvait pas mettre les pieds à l'intérieur ; elle ne supporterait pas de voir de la pitié sur le visage de Jeffrey quand il l'informerait poliment mais fermement qu'elle n'avait plus le droit d'entrer, et encore moins les regards entendus et les chuchotements que ses amies échangeraient en comprenant la vérité. Mais c'était comme si ses pieds avançaient tout seuls, la conduisant à sa propre perte, un sourire mécanique plaqué sur la figure.

Elle regarda Risha et Leda pénétrer dans l'ascenseur pour monter jusqu'à la salle de yoga. Ming attendait Avery, qui regardait Eris avec une expression interrogatrice…

– Je ne me sens pas bien, bredouilla la jeune fille. Je crois que je vais rentrer.

Avery fronça les sourcils.

– Tu es sûre ?

Ming laissa échapper un rire amer.

– Ne t'en fais pas pour elle, Aves. Elle va juste se faire une séance d'entraînement très privée – chez Cord.

Eris frémit. En temps normal, elle ne se laissait pas atteindre par les petites piques de Ming, mais avec tout ce qui se passait d'autre, elle avait du mal à garder son calme. Et pourquoi Ming appelait-elle Avery « Aves » ? Tout le monde savait que c'était le surnom que lui donnait Atlas.

– Ce n'est pas très gentil de ta part, dit Eris en s'efforçant de ne pas montrer combien elle était blessée. Je ne me sens vraiment pas bien.

– Inutile de flipper, je plaisantais, fit Ming en plissant les yeux. Mais tu as raison, tu as vraiment une sale gueule.

– Oh pitié, fous-moi la paix ! aboya Eris, tout semblant de courtoisie envolé.

Ming se tourna vers Avery comme si elle s'attendait à ce que celle-ci s'en mêle, mais leur amie se contenta de soupirer.

– On se retrouve en haut, dit-elle en fouillant dans son sac hobo rouge vif pour ne pas avoir à soutenir son regard.

Ming leva le menton d'un air coléreux et pénétra dans l'ascenseur.

– Ah, le voilà ! s'écria Avery, triomphante, en sortant un médicapteur en argent.

Eris eut un mouvement de recul.

– Non mais c'est bon, bredouilla-t-elle.

Déjà, Avery brandissait le capteur devant sa tête et son torse en l'agitant comme une baguette de fée. Au bout d'un moment, il bipa pour indiquer qu'il avait détecté et mesuré toutes les constantes d'Eris, et l'ampoule située à son extrémité s'alluma en vert – le signe d'une parfaite santé.

– Bon, tu es juste fatiguée, annonça Avery avec un calme horripilant. Pourquoi tu ne viendrais pas plutôt à la piscine ? Ou bien, tu pourrais aller te faire masser le visage pendant qu'on est au yoga, et nous retrouver pour boire un smoothie après.

– Non, merci, déclina Eris d'une voix tendue.

– Tu n'étais pas obligée d'envoyer promener Ming, lui reprocha gentiment Avery. Je sais que sa blague était nulle, mais je ne crois pas qu'elle voulait te blesser.

Eris secoua la tête, submergée par une colère amère. Avery ne pouvait pas comprendre. Elle était toujours la même que d'habitude ; elle continuait à survoler sans effort les petits problèmes sordides des autres depuis son appartement au 1000e étage tandis qu'Eris avait tout perdu. Elles étaient amies depuis toujours, et jamais Eris n'en avait voulu à Avery jusqu'à cet instant.

– Je ne me sens vraiment pas bien, répéta-t-elle en accentuant chaque mot. Je vais rentrer.

Elle vit Jeffrey lui jeter un regard entendu et eut envie de crier.

– D'accord. Tu m'appelles plus tard ? demanda Avery, inquiète.

Mais elle n'insista pas davantage, et Eris se détourna en redoutant d'avance la longue descente déprimante jusqu'au 103e.

Elle n'avait pas parcouru la moitié du pâté de maisons que sa vue se brouilla. Elle essuya ses larmes d'un geste rageur mais, très vite, celles-ci se muèrent en sanglots déchirants, et la seule chose que put faire Eris fut de tourner dans une ruelle au hasard le temps de se ressaisir.

Qui était-elle désormais ? Elle ne pouvait pas devenir Eris Dodd. Ce nom ne lui convenait pas davantage que le petit appartement miteux du 103e. Elle croisa les bras sur sa poitrine comme pour s'étreindre elle-même et prit quelques grandes inspirations afin de se calmer. Au moins, cette ruelle était suffisamment en retrait de l'avenue pour qu'aucun membre de l'Altitude n'ait assisté à son craquage.

– Je n'aurais pas pensé que tu étais du genre à te lamenter sur ton sort.

Levant les yeux, Eris découvrit Mariel plantée devant elle, une main sur la hanche, vêtue d'un jean et d'une brassière moulante.

– Tu me suis ou quoi ?

– Je sais que c'est choquant, mais le monde ne tourne pas autour de toi. (Mariel désigna quelque chose derrière Eris.) Tu bloques l'entrée de service.

Eris s'écarta en cherchant vainement une repartie spirituelle ou cinglante.

– Merci. (Mariel passa devant elle.) Si tu cherches un meilleur endroit où pleurer parce que ton adhésion a été révoquée, je connais un chouette placard.

– Tu n'as aucune idée de ce que je traverse, d'accord ? répliqua Eris. Tu ne sais pas ce que c'est de voir ta famille et tout ton monde s'écrouler autour de toi.

Mariel resta plantée sur le seuil, dévisageant Eris qui se dandina, mal à l'aise, sous le poids de son regard. Au bout d'un moment, elle secoua la tête.

– Tu serais surprise, lâcha-t-elle.

La porte se referma derrière elle.

Quatre heures plus tard, Eris était restée dans la hauteTour aussi longtemps qu'elle pouvait. Elle avait écumé ses boutiques préférées en faisant semblant de s'interroger au sujet de robes et de sacs à main qu'elle ne pouvait plus s'offrir. Au début, elle avait trouvé ça fantastique que les vendeuses se précipitent pour aller lui chercher les articles repérés ; le cliquetis rassurant de leurs talons hauts, les verres d'eau parfumée à l'orange qu'elles lui avaient servis pendant qu'Eris passait en revue le scan de chaque modèle sur la projection en 3D de son corps lui avaient fait un bien fou… jusqu'à ce qu'elles commencent à parler de passer une commande, et que la jeune fille doive marmonner une excuse avant de s'enfuir.

Elle était allée chez Hyacinthe, son épicerie bio préférée, pour goûter les échantillons gratuits qu'ils proposaient à l'heure du dîner. Elle avait même traîné au magasin de téléchargement et commandé un latte mousseux juste pour pouvoir se prélasser un moment dans un fauteuil en feuilletant des magazines sur leurs tablettes. C'était vraiment bizarre de passer l'après-midi seule. Mais il se faisait tard, et Eris était à court d'endroits où aller.

Elle avait texté Cord deux ou trois fois, mais il ne lui avait pas répondu. Il faisait sans doute la sieste, ou jouait à un holojeu, ou fumait avec des potes. Eris n'avait pas dormi chez lui depuis sa soirée costumée, réalisa-t-elle ; moins d'une semaine s'était écoulée depuis, mais après tout ce qui était arrivé il lui semblait que c'était une éternité.

Eris se leva en soupirant, prête à rentrer chez elle. Mais la pensée de l'odeur de poubelle, des cafards et surtout de devoir parler à sa mère la cloua sur place. Avant même de changer consciemment d'avis, elle tournait les talons et se dirigeait vers l'appartement de Cord.

La porte s'ouvrit à son approche : elle était sur la liste des invités autorisés depuis des mois. Eris entra.

– Cord ? appela-t-elle en déambulant dans l'appartement.

Mais le jeune homme n'était pas dans le salon, et elle aperçut sur le canapé tout un tas d'affaires qui ne lui appartenaient pas. Brice devait être dans le coin.

Elle trouva Cord dans sa chambre, vautré parmi ses oreillers en plumes et lisant quelque chose sur une tablette. Bizarre – elle ne l'avait pas souvent vu lire depuis qu'elle le connaissait. Peut-être était-ce même la première fois.

– Eris, dit-il en l'apercevant. Qu'est-ce que tu… ?

– Je voulais te voir, répondit-elle en refermant la porte derrière elle.

– En fait, tu tombes mal.

Le regard de Cord était distant, comme perdu dans ses pensées. Eris éprouva un papillonnement d'anxiété. Elle se demanda si elle avait toujours les yeux rouges d'avoir pleuré un peu plus tôt.

Oh et puis merde, songea-t-elle en portant une main au bouton du haut de son chemiser. Elle se dirigea vers le lit en les défaisant un à un, lentement et avec des gestes sensuels. Mais cette fois, aucune lueur gourmande ne s'alluma dans les yeux de Cord.

Lorsqu'elle eut déboutonné son chemisier, révélant le soutien-gorge de dentelle rose qu'elle portait en dessous, Eris grimpa sur le lit près de lui. Cord ne réagissait pas, constata-t-elle, un peu paniquée – il n'éteignait pas la lumière, ne faisait pas mine de la toucher ni quoi que ce soit.

– Eris… commença-t-il.

Mais elle se pencha en avant pour plaquer sa bouche sur celle du jeune homme, tout en attrapant le bas de son T-shirt pour le soulever.

Cord la laissa faire un petit moment, puis posa les mains sur ses épaules et la repoussa doucement sur le côté.

– Je suis sérieux, dit-il sur un ton un peu plus sec. Pas maintenant.

Eris savait qu'elle aurait dû partir – rire et reboutonner son chemisier comme si tout allait bien, mais elle n'y arrivait pas. En la rejetant, Cord avait brisé le maigre contrôle qui lui restait. Des larmes lui brûlèrent le coin des yeux. Elle s'efforça furieusement de les chasser. La dernière chose qu'elle voulait, c'était que Cord la voie pleurer.

– Je peux quand même rester un peu ? demanda-t-elle d'une petite voix.

Elle n'avait pas envie de coucher avec Cord ; elle voulait juste se fourrer sous ses draps de luxe, dormir sur son matelas en ultramousse et être réveillée par le soleil matinal entrant à flots par les fenêtres.

– Tout va bien ? Tu veux que j'appelle Avery ? interrogea Cord.

Eris eut l'impression qu'il l'avait giflée. Le message était clair : *Quoi que tu traverses, je n'ai pas envie de gérer.* Cord ne s'intéressait qu'à l'Eris joyeuse, marrante et provocatrice, pas aux autres facettes de sa personnalité. Elle savait bien qu'ils ne sortaient pas officiellement ensemble, qu'il n'était pas son petit ami ni rien, mais elle pensait qu'à ce stade il se souciait un peu d'elle, au moins autant qu'un ami.

– Est-ce que tu tiens seulement à moi ? ne put-elle s'empêcher de bredouiller d'une voix geignarde qui la fit frémir. Laisse tomber, ajouta-t-elle très vite, mais trop tard.

Cord s'assit dans son lit et la regarda dans les yeux.

– Eris, je suis vraiment désolé, dit-il sur un ton sincère. Je croyais qu'on voyait les choses de la même façon.

– C'est le cas, lui assura-t-elle.

Mais Cord secoua la tête.

– Je croyais qu'on s'amusait juste. Je ne suis pas prêt à avoir une relation sérieuse en ce moment. Je suis désolé, répéta-t-il avec des accents de regret. Il vaut mieux qu'on en reste là avant de faire plus de dégâts.

Eris voulut répondre, lui dire que ça ne la dérangeait pas de poursuivre leur relation sur un mode décontracté, mais quelque chose l'en empêcha. Elle ne supporterait pas de perdre le peu de fierté qui lui restait. Avec des gestes rapides et précis, elle reboutonna son chemisier et rejeta ses cheveux en arrière.

– Comme tu voudras. À plus ! lâcha-t-elle de la voix la plus normale qu'elle put.

– À plus, répondit Cord avec une sorte de respect involontaire, comme s'il ne s'attendait pas à ce qu'elle le prenne aussi bien.

En se dirigeant vers la porte, Eris réalisa qu'elle ne serait probablement plus sur la liste d'admission du scanner rétinien à compter du lendemain. *Bah, tant pis,* songea-t-elle avec une surprenante absence d'émotion. Elle était moins touchée par cette rupture – si on pouvait parler de rupture quand on ne sortait pas vraiment avec quelqu'un – qu'elle ne s'y attendait.

Peut-être parce que ce n'était pas si important comparé à tout ce qu'elle avait déjà perdu.

Leda

Le lendemain après-midi, Leda se trouvait au jardin de rocaille est-asiatique à la lisière du campus, un endroit froid et calme où il ne venait presque jamais personne. On n'entendait que le bruit du minuscule jardibot qui ratissait les pierres selon un motif ondulé, et une fontaine qui glougloutait joyeusement dans un coin.

Leda attendait Avery. Elles avaient toutes les deux labo de chimie ; elles s'en étaient assurées en choisissant leurs matières au printemps dernier. Elles faisaient toujours en sorte d'être ensemble dans les cours scientifiques, et elles se retrouvaient toujours au jardin zen avant la première séance, pour arriver en même temps et pouvoir se mettre à la même table. C'était leur tradition depuis la quatrième.

Leda marchait en cercle autour du jardin, consultant l'heure sur sa tablette scolaire pour ne pas prendre le risque d'être en retard. Ses lentilles ne fonctionnaient pas dans l'enceinte du lycée, aussi ne pouvait-elle pas joindre Avery. Le jardibot commença à défaire ses ondulations pour les remplacer par de petits carrés. De la lumière du soleil naturelle, filtrée par un système de miroirs, se déversait à l'intérieur de la Tour par la verrière au-dessus de sa tête. Frustrée, Leda se mordit la lèvre. Quel jardin débile. Comment se sentir zen avec ce stupide robot qui passait son temps à ratisser les cailloux ?

Avery ne viendrait pas. Leda devait aller en cours – mais d'abord, elle s'avança et décocha au bot un coup de pied aussi soudain que brutal. La petite machine décrivit un arc dans les airs et atterrit sur le dos avec un crissement gratifiant, ses roues tournant en vain dans le vide. Si Avery avait été là, elle aurait ri. À cette pensée, Leda se sentit encore plus énervée. Abandonnant le bot à son sort, elle se hâta de gagner l'aile de sciences.

Elle arriva au labo de chimie alors que le carillon à trois notes sonnait le début du cours et découvrit qu'Avery était déjà assise au deuxième rang, ses longues jambes croisées nonchalamment devant elle.

– Hé, siffla Leda en s'asseyant sur le siège vide à côté de son amie. Je t'ai attendue au jardin zen. Tu avais oublié ?

– Ah oui, c'est vrai. Désolée.

Avery se tourna vers le tableau, son stylet au-dessus de sa tablette pour prendre des notes.

Ravalant une réplique, Leda tenta de se concentrer sur les remarques préliminaires du Pr Pitkin. Il avait un doctorat en science des matériaux et était l'auteur du manuel de chimie utilisé dans tous les lycées du pays. Voilà pourquoi les parents payaient pour envoyer leurs enfants à Berkeley : parce que les enseignants étaient des autorités dans leur domaine, ceux qui créaient les vidéos magistrales au niveau national plutôt que de simples précepteurs de l'école publique. Mais en regardant Pitkin, tout ce à quoi songea Leda, ce fut qu'avec sa calvitie et son teint rougeaud il ressemblait à un fruit violacé trop mûr. On aurait dû l'appeler le Pr Prune. Leda voulut l'écrire à Avery pour la faire rire, mais reposa son stylet en soupirant.

Leur relation était tendue en ce moment. Leda ne savait plus trop si c'était à cause de la soirée déguisée de Cord, si Avery lui en voulait toujours de ne pas lui avoir dit la vérité à propos de ses vacances, ou si c'était en rapport avec Atlas. Elle s'était comportée bizarrement pendant la session de RA, quittant même la partie à un moment.

Leda se demanda si elle lui en voulait de ne pas lui avoir demandé son feu vert avant de proposer à Atlas de sortir avec elle, parce que ça la mettrait dans une drôle de position si son frère et sa meilleure amie devenaient un couple. Néanmoins, sa réaction semblait exagérée.

Exagérée par rapport au fait que je pourrais sortir avec lui, mais pas que j'ai couché avec lui, songea soudain Leda. Cette idée lui donna la nausée. Avery était-elle au courant de ce qui s'était passé dans les Andes ? Pour le coup, ça expliquerait son attitude : elle devait en vouloir à Leda d'avoir perdu sa virginité avec son frère et de ne même pas avoir daigné lui en parler alors qu'elle était sa meilleure amie. Cependant, comment Leda aurait-elle pu lui dire une chose pareille alors qu'Avery se montrait si protectrice envers Atlas ?

Elle jeta un coup d'œil à son amie, essayant de deviner à quoi celle-ci pensait. Devait-elle s'excuser ? Elle ne voulait pas le faire à moins qu'Avery soit bel et bien au courant. Et elle n'avait aucun désir d'aller demander à Atlas s'il avait raconté ce qui s'était passé à sa sœur.

Le besoin familier de xenperhédrine la tenailla, lui chuchotant que la drogue contenait toutes les réponses, qu'elle dissiperait toutes ses insécurités. *Je me suffis à moi-même*, se répéta silencieusement Leda, mais le mantra ne l'apaisa pas autant qu'à Silver Cove.

Nadia pourrait peut-être découvrir quel était le problème d'Avery. La pirate surveillait les mouvements d'Atlas depuis quelques jours, fournissant à Leda une copie de ses messages et des reçus de sa bitbanque, même si rien de tout ça ne l'aidait beaucoup. Ce n'était pas la faute de Nadia mais d'Atlas, qui protégeait beaucoup trop son intimité.

Avery leva la tête et planta son regard dans celui de Leda qui détourna les yeux, agacée d'avoir été surprise en train de la fixer. Cela lui rappelait désagréablement le début de leur année de cinquième, quand elle se demandait avec tant d'anxiété ce que tout le monde pensait d'elle.

Par comparaison avec ceux de la miTour, les étages supérieurs lui semblaient modernes, épurés et d'un luxe oppressant. Et ses camarades faisaient tout tellement vite, échangeant des blagues à la vitesse de la lumière dans une espèce de code ! Leda aurait bien voulu savoir ce qu'ils se racontaient, à qui ils faisaient allusion. Elle observait un groupe de filles en particulier, qui exsudaient la conviction absolue de leur propre importance et dont la chef semblait être une grande blonde trop parfaite pour être réelle nommée Avery Fuller. Leda voulait désespérément faire partie de leur bande.

Elle n'avait pas tardé à apprendre que certains de ses camarades prenaient de la xenperhédrine, les mêmes comprimés que sa mère utilisait pour soigner son anxiété, afin de les aider à étudier.

Piquer les médicaments de sa mère avait été beaucoup trop facile. Ses parents étaient si confiants qu'ils n'activaient jamais la biosécurité des surfaces tactiles de leur nouvel appartement. Ce soir-là, Leda s'était glissée dans leur salle de bains pendant qu'ils regardaient des holos, et elle avait pris la xenperhédrine de sa mère dans l'armoire à pharmacie. Elle avait fait tomber deux cachets dans sa main et était ressortie dans le couloir quelques secondes plus tard. Le lendemain, elle en avait avalé un avant d'aller en cours.

Aussitôt, le monde était devenu plus vif, mieux découpé. Le cerveau de Leda réagissait à la vitesse de la lumière, déterrant de sa mémoire à long terme des faits que la jeune fille avait oubliés, observant avec vigilance tous les détails qui l'entouraient. Jamais Leda n'avait éprouvé une telle assurance. Quand elle s'était approchée d'Avery pendant l'heure du déjeuner et avait demandé à s'asseoir à sa table, Avery avait souri et acquiescé. Enhardie par la xenperhédrine, Leda avait ri quand il le fallait et dit exactement ce qu'il fallait. À la fin de la pause, elle avait su qu'elle était acceptée dans la bande.

Au fil des années suivantes, sa consommation de xenperhédrine avait augmenté jusqu'à ce que Leda finisse par les acheter à un dealer du nom de Ross pour ne pas se faire prendre en train de voler dans les réserves de sa mère. Elle avait essayé d'espacer ses prises, de ne gober de cachet qu'avant les examens ou les soirées importantes – socialement, elle n'en avait plus besoin maintenant qu'elle était amie avec Avery. Mais elle aimait la Leda que la xenperhédrine faisait ressortir, une Leda plus vive, plus maligne et plus clairvoyante, qui parvenait à saisir la moindre nuance d'une situation et à la manipuler dans son intérêt. Cette Leda-là trouvait toujours un moyen d'obtenir ce qu'elle voulait.

Sauf Atlas, évidemment.

Leda s'arracha à ses pensées comme tous les élèves autour d'elle se levaient pour former des binômes. Elle se tourna vers Avery, mais celle-ci discutait déjà avec Sid Pinkelstein.

– Avery ? lança Leda en lui tapant sur l'épaule. On est ensemble, pas vrai ?

– Je viens juste de dire à Sid que je me mettais avec lui, répondit son amie sur un ton d'excuse. (Sid se tenait là, l'air quelque peu hébété par la chance qui lui tombait dessus.) On est en première, on doit commencer à envoyer des demandes d'inscriptions en fac. Il faut absolument que j'aie une bonne note, ajouta-t-elle très vite. Je suis désolée.

Ouah ! Avery voulait tellement l'éviter qu'elle préférait choisir comme partenaire le mec qu'elles avaient toujours appelé Sid Face-de-Mercerie ?

– Pas de souci, mentit Leda. Risha ?

Elle prit le bras de l'autre fille et, fulminant, la traîna jusqu'à une paillasse.

– Alors voyons…

Risha ouvrit les instructions sur sa tablette. Son regard faisait discrètement la navette entre Leda et Avery, qui s'affairait avec Sid deux tables plus loin. Mais Leda commençait déjà à mélanger les ingrédients, jetant au hasard des poudres et autres substances chimiques dans le mortier pour les écraser avec un pilon.

– D'après ce qui est marqué là, on n'a pas besoin de magnésium, fit prudemment remarquer Risha en ajustant ses lunettes de laboratoire sur ses yeux.

– Trop tard, répliqua Leda.

On s'en fout, songea-t-elle, sur les nerfs. Avec un peu de chance, elle provoquerait une explosion.

Rylin

Le samedi après-midi, Rylin pénétra dans la chambre de Cord et referma rapidement la porte derrière elle. Elle avait attendu cette opportunité toute la journée. Cord était déjà parti à son arrivée le matin – à bien y réfléchir, il n'avait pas souvent été chez lui cette semaine, même si Rylin ignorait où il se rendait tous les après-midi. Peut-être l'évitait-il après l'échange bizarre qu'ils avaient eu sur son perron, raisonna Rylin. Puis elle se sentit bête d'avoir pensé ça. Cord Anderton n'avait sans doute jamais pris aucune décision à cause d'une fille, et encore moins d'une fille qui bossait pour lui.

Mais même en son absence, Rylin ne s'était pas sentie à l'aise pour mettre son plan à exécution jusqu'à ce que Brice quitte l'appartement. Il avait traîné pendant des heures à la regarder nettoyer, puis il était enfin sorti « taper du cardio », quoi que ça puisse signifier. Rylin frissonna en se souvenant de la façon dont il l'avait détaillée en passant devant elle, suivant ses courbes du regard et s'humectant les lèvres tel un lézard. Pas étonnant que Cord soit aussi perturbé quand la seule famille qui lui restait était un frère de vingt-six ans complètement débauché, qui ne faisait rien d'autre que ricocher d'un terrain de jeu luxueux à un autre.

Mais Rylin avait déjà eu affaire à pire ; elle pourrait maintenir Brice à distance un petit moment encore. Franchement, elle avait une dette envers lui : il était la raison pour laquelle elle avait gardé ce boulot toute la semaine. Elle commençait à redouter son inévitable retour au snack de l'arrêt de monorail, avec ses trains hurlants et son flot ininterrompu de clients désagréables. Mais pour une fille de dix-sept ans qui avait arrêté le lycée, les emplois possibles n'étaient guère nombreux.

Travailler chez Cord constituait un changement agréable. L'appartement était frais et silencieux, et Rylin pouvait faire les choses à son propre rythme, seule avec ses pensées pour une fois dans sa vie. Sans compter que Cord la payait mieux. Et si son plan fonctionnait, ce serait grâce à lui que Chrissa et elle éviteraient l'expulsion.

Le cœur battant la chamade, Rylin s'agenouilla pour ouvrir le tiroir du bas de la commode et s'empara de trois Custos emballés individuellement dans un épais papier à la texture cireuse. *Cord n'en a pas autant besoin que moi.* Il en avait tant ; il ne remarquerait même pas qu'il en manquait quelques-uns. Et puis, s'il tombait à court, il pourrait toujours aller voir l'un des docteurs de sa longue liste et obtenir une ordonnance de remplacement.

Soudain, Rylin revit l'expression de Cord pendant qu'il regardait les vieilles vidéos de sa famille. Tout son scepticisme et son sarcasme habituels envolés, il avait quelque chose de si vulnérable et de si jeune ! Et elle, elle volait les médicaments qu'on lui avait prescrits après les obsèques de ses parents. Que dirait sa mère si elle savait ce que fabriquait Rylin ?

La porte s'ouvrit. Rylin se leva d'un bond, dissimulant les Custos volés derrière son dos. Cord se tenait sur le seuil.

– Salut, lança-t-il d'un air quelque peu surpris.

Rylin ouvrit la bouche, mais aucun son n'en sortit. Elle se rendit bien compte qu'elle devait avoir l'air louche, plantée au milieu de sa chambre sans le moindre produit de nettoyage, mais elle ne savait vraiment pas quoi dire. Elle dévisagea Cord d'un air hébété, s'efforçant de lire les émotions qui se succédaient à la vitesse de l'éclair sur ses traits. S'il la surprenait en train de voler, elle ne serait pas seulement virée, mais arrêtée.

Alors Rylin fit la seule chose qui lui traversa l'esprit. Elle se pencha vers le jeune homme, un poing toujours serré sur les cachets, et l'embrassa.

Elle se sentait paniquée et désespérée, aussi terrifiée que la fois où elle avait suivi Hiral jusqu'à une cage d'ascenseur et baissé les yeux vers le gouffre apparemment insondable. Au bout d'un moment infini, Cord lui rendit son baiser, mais avec une certaine réserve – rien à voir avec la façon dont il l'avait embrassée le week-end précédent.

Le temps qu'ils s'écartent l'un de l'autre, Rylin avait réussi à fourrer les Custos dans sa poche. Cord l'observait avec curiosité. Sa silhouette large d'épaules semblait aspirer tout l'air de la pièce. Avait-il remarqué ? Rylin se raidit, prête à nier, à s'enfuir…

– Tu sais que tu es difficile à suivre ? lança-t-il. Un jour tu me gifles, un jour tu m'embrasses…

– Que veux-tu que je te dise ? répliqua Rylin sur un ton désinvolte malgré son pouls frénétique. Je suis une fille compliquée.

– Apparemment. (Cord la dévisagea encore un instant, puis sortit quelque chose de sa poche.) Au fait, je voulais te donner ça.

Rylin prit une inspiration sifflante. C'était une instaphoto de sa mère, prise dans ce qui ressemblait à la serre des Anderton. Hypnotisée, Rylin regarda l'image animée de la défunte se pencher pour humer une amaryllis rose en fleur avec un sourire éblouissant.

– Comment tu as… ? chuchota-t-elle en luttant pour ravaler ses larmes.

– C'est ma mère qui l'a prise. Elle faisait ça tout le temps, expliqua Cord. Je me suis souvenu que tu m'avais dit que tu n'avais pas de vidéos de ta mère et… bref, elle est pour toi.

– Je l'adore !

– Ma mère avait des tas de vieux fichiers. Tu peux fouiller dedans si tu veux. Qui sait, tu en trouveras peut-être d'autres avec ta mère, suggéra Cord, la voix enrouée par une émotion que Rylin ne parvint pas à identifier.

– Merci.

Touchée, elle se tut.

Cord et elle restèrent plantés là sans trop savoir comment enchaîner. Rylin réalisa qu'elle regardait la poitrine du jeune homme se soulever et s'abaisser rapidement au rythme de son souffle, louchant sur son col entrouvert qui laissait voir la peau lisse et bronzée de sa poitrine.

– Il faut que j'y aille, marmonna-t-elle en faisant un pas de côté pour le contourner.

Cord acquiesça sans rien dire. Il se contenta de la suivre des yeux tandis qu'elle dévalait l'escalier en serrant la photo à deux mains.

– Tu ne vas jamais croire ce qui m'est arrivé aujourd'hui, lança Rylin en entrant dans l'appartement.

– Tu as été arrêtée. Tu as eu une promotion. Tu t'es trouvé un nouveau copain, énuméra Chrissa, debout devant le plan de cuisson de leur coin cuisine dont elle tournait le bouton pour passer du mode grill au mode vapeur.

Ouvrant le tiroir à produits frais, elle en sortit plusieurs têtes de brocoli, qu'elle jeta sur le plan de cuisson avant de les pulvériser de sriracha au miel. La vapeur fit boucler ses cheveux autour de son visage.

– Hein ? Non, répondit Rylin, trop excitée pour s'offusquer de cette pique contre Hiral.

Chrissa l'aimait bien au début, mais depuis que le jeune homme avait commencé à dealer l'année précédente, elle ne manquait jamais de faire des remarques désapprobatrices.

– Regarde ça ! s'écria Rylin en brandissant l'instaphoto.

Elle n'avait pas réussi à en détacher ses yeux pendant tout le chemin du retour.

Chrissa se retourna impatiemment et faillit laisser tomber la boîte de bouchées de feta qu'elle tenait.

– Oh, Ry !

Elle se précipita pour mieux voir.

– Je sais.

Toutes deux fixèrent l'image un moment, comme hypnotisées.

– Elle a l'air si heureuse ! J'avais presque oublié combien elle était belle avant… (Chrissa renifla.) Tu as trouvé ça où ?

– C'est Cord qui me l'a donnée, répondit Rylin.

Chrissa et elle cherchaient des photos de leur mère depuis un an, mais la plupart de celles qu'elles possédaient étaient des clichés que Rose avait pris d'elles deux. Sur les rares photos où leur mère figurait, elle avait toujours l'air fatiguée ou malade. Mais c'était ainsi que Rylin se souvenait d'elle : souriante et en bonne santé, avec des yeux verts pétillants et un visage comme éclairé de l'intérieur.

Chrissa se mit à pleurer, pas tout bas comme pendant les derniers jours de la vie de leur mère, quand celle-ci souffrait dans la chambre voisine et que ses filles ne voulaient pas qu'elle les entende, mais à gros sanglots qui secouèrent ses épaules osseuses.

– Chut, murmura Rylin en l'attirant contre elle.

Elle éprouvait la douleur de Chrissa comme si c'était la sienne – et pour cause. Depuis que leur père était parti quand Chrissa était encore toute petite, et que leur mère avait dû commencer à travailler tout le temps, c'était elles deux contre le reste du monde.

– Elle me manque tellement, chuchota Chrissa.

– Je sais, moi aussi.

La porte d'entrée s'ouvrit. Surprises, les deux filles se retournèrent, mais ce n'était qu'Hiral.

– Hé, vous préparez quoi ? demanda-t-il. (Puis il s'interrompit en voyant qu'elles pleuraient.) Désolé. Qu'est-ce qui s'est passé ? Quelqu'un est mort ?

Rylin tenta de lui pardonner sa maladresse.

– Rien de grave, dit-elle, sentant Chrissa se hérisser contre elle. C'est juste que Cord m'a donné ça aujourd'hui.

Elle désigna l'instaphoto posée sur la table, l'image animée de sa mère souriant et humant une fleur pour une joyeuse éternité.

– Oh… C'est chouette !

– Il faut qu'on l'accroche quelque part. Là, bien au milieu de la pièce, proposa Chrissa en tendant un doigt vers le mur.

Rylin acquiesça avec enthousiasme. Elle se dirigea vers un placard et commença à fouiller dans les tiroirs jusqu'à ce qu'elle trouve un paquet d'adhésifs ronds.

– Hiral, tu peux t'en occuper ?

Son petit ami haussa les épaules et colla des adhésifs au dos de la photo, puis positionna celle-ci à l'endroit indiqué par Chrissa et appuya bien fort.

– Je vais prendre l'air, annonça brusquement Chrissa avant de sortir.

Rylin se demanda si elle allait recommencer à pleurer.

– Au fait, j'ai quelque chose pour toi, dit-elle à Hiral en sortant les Custos de sa poche.

Les yeux du jeune homme s'écarquillèrent.

– Tu as les piqués à Anderton ? La classe !

– Il en a tellement qu'il ne remarquera rien, expliqua Rylin, brusquement mal à l'aise. (Elle espéra qu'elle avait raison.) Il te faudra combien de temps pour les écouler ?

– Je ferai le plus vite possible. (Hiral leva un des cachets dans la lumière et l'étudia sous plusieurs angles avec un léger sifflement.) Mais on devrait en goûter un avant de vendre les autres.

– Non ! s'exclama Rylin. (Elle prit une inspiration pour se calmer.) J'ai besoin de ce fric pour payer le loyer.

– Tu es toujours en retard pour payer ton loyer, répliqua nonchalamment Hiral. Allez, quoi. Les Custos de Cord Anderton – ils doivent être drôlement balèzes. Ce type est complètement à côté de ses pompes, non ?

– Pourquoi, parce que ses parents sont morts ?

Hiral s'empourpra.

– Ce n'est pas ce que je voulais dire. Mais ce serait un trip d'enfer, et après on pourrait…

Il glissa les mains plus bas sur les hanches de Rylin.

– Je suis sérieuse, aboya celle-ci en le repoussant.

– D'accord, d'accord. (Hiral leva les mains et tenta d'en rire.) C'est toi qui les as piqués, c'est toi qui décides ce qu'on en fait. Je les porterai à V avec ma prochaine livraison.

– Merci, dit Rylin à voix basse.

– On pourra peut-être en prendre un la prochaine fois, suggéra Hiral en empochant les Custos.

Rylin se rembrunit.

– Il n'y aura pas de prochaine fois. Je ne le volerai plus.

– Pourquoi ? Tu l'as dit toi-même : ce connard ne s'en apercevra pas.

– Ce n'est pas un connard. Il m'a donné cette photo, répliqua Rylin, même si elle ne savait pas trop pourquoi elle défendait Cord Anderton.

Elle ne put s'empêcher de repenser à leur baiser et de rougir légèrement, en espérant que ça ne se lisait pas sur son visage.

Hiral eut un geste désinvolte.

– Comme tu voudras.

– C'est quoi ton problème ? demanda sèchement Rylin alors que Chrissa revenait, les yeux rouges.

Rylin croisa le regard de sa sœur et reporta son attention sur Hiral en se demandant ce qui lui prenait. Se pouvait-il qu'il soit jaloux ?

– Rien. Je suis désolé. (Le jeune homme se passa une main sur le visage et reprit son habituelle expression indifférente.) Je les donnerai à V ce soir. En parlant de ça, tu veux te changer ? On devrait ne pas trop tarder.

Ah oui, c'est vrai. Ils étaient censés se rendre à une soirée organisée par un ami d'Indigo. Mais, pour la première fois depuis un an, Rylin n'éprouvait pas une envie désespérée de sortir le samedi soir et de se droguer pour oublier. Elle se sentait épuisée, et sa sœur lui manquait.

– En fait, je suis crevée, avoua-t-elle. Tu ne veux pas y aller sans moi pour une fois ?

– Comme tu veux, bébé. (Hiral lui donna un baiser rapide.) Mais tu nous manqueras. On se voit demain ?

Dès que la porte se referma derrière lui, Rylin se tourna vers Chrissa.

– Alors, dit-elle comme s'il était parfaitement normal qu'elle passe la soirée là. Je vais enfiler un jogging et mettre la table. Tu as envie de regarder des vidéos ?

Sa sœur la dévisagea, incrédule, puis leva les yeux vers l'instaphoto, et il sembla à Rylin qu'elles pensaient la même chose – qu'elles essayaient de rembobiner jusqu'à avant l'arrivée d'Hiral. Au bout d'un moment, Chrissa sourit.

– Mais oui, dit-elle en français avec cet accent horrible dont Rylin ne s'était pas rendu compte qu'il lui manquait tellement. Le Café Paris est ouvert pour la soirée.

Eris

Eris s'approcha du 2704 Baneberry Lane et ouvrit la porte aussi discrètement que possible. La dernière chose qu'elle souhaitait, c'était que sa mère l'entende et qu'elle tente d'entamer une conversation. Eris lui avait à peine parlé de la semaine. Ses sentiments étaient encore trop meurtris et douloureux, comme une ecchymose sur laquelle elle ne cesserait d'appuyer.

Tandis que le battant pivotait vers l'intérieur, la jeune fille leva une main pour se couvrir la bouche et réprima un haut-le-cœur. Leur appartement dégageait de nouveau cette puanteur d'égout qui descendait parfois de chez leurs voisins du dessus. Elle poussa la porte en grand afin de créer un courant d'air et la maintint ouverte à l'aide d'un de ses escarpins noirs brillants. Puis elle fit le tour de l'appartement en vaporisant son parfum au jasmin dans les bouches d'aération jusqu'à ce que ses yeux commencent à larmoyer. Au moins pouvait-elle de nouveau respirer.

Entendant un bruit en provenance de la chambre de sa mère, elle fit un pas dans cette direction et réalisa que c'étaient des sanglots étouffés. La culpabilité et la honte l'assaillirent brusquement. Toute la semaine, Caroline s'était montrée pleine d'optimisme, parlant à Eris des emplois pour lesquels elle avait postulé et tentant d'égayer cet horrible appartement de toutes les façons possibles. Pas une fois elle n'avait pleuré devant sa fille. Maintenant, elle se laissait aller uniquement parce qu'elle ignorait que cette dernière était rentrée.

Eris passa rapidement devant la porte de sa chambre. Elle détestait savoir sa mère dans cet état, mais elle n'était pas non plus prête à aller la voir et à la prendre dans ses bras pour la réconforter. Elle ne lui avait pas encore pardonné ce qui s'était passé. Comme son père, elle avait besoin d'un peu de temps pour digérer tout ça.

Avec un soupir, elle ouvrit le frigo. Elle n'avait même pas faim : c'était un geste gratuit et mécanique parce qu'elle ne savait pas quoi faire d'autre. Pour la première fois depuis des années, elle n'avait pas de projets pour ce samedi soir. Elle allait rester seule dans un appartement pourri pendant que ses amis feraient des trucs fabuleux qu'elle n'avait plus les moyens de s'offrir.

Du moins avait-elle réussi à monter dans les étages supérieurs un peu plus tôt dans la journée. Elle avait passé l'après-midi à faire les magasins avec Avery et les filles – non qu'elle ait acheté quoi que ce soit, mais cela lui avait permis d'échapper à sa claustrophobie des étages inférieurs. Après, elles étaient allées manger des glaces, et Eris avait dû puiser dans son solde bitbanque qui fondait à vue d'œil pour se payer un citron givré, histoire de ne pas être la seule à se retrouver sans rien. Quand elle l'avait fini, elle avait dû se retenir de lécher le pot en plastique rose vif recyclable. Dire qu'autrefois elle achetait ce genre de trucs, en mangeait deux bouchées et jetait le reste sans y penser !

Après ça, les filles avaient voulu aller dîner chez Amuse-Bouche puis prendre un verre au nouveau tiki bar Painkiller. Eris avait entendu dire qu'il donnait sur un océan simulé à l'horizon duquel le soleil se couchait toutes les quarante minutes. Dans son ancienne vie, elle aurait filé chez elle pour se changer. Elle s'autorisa brièvement à fantasmer sur la tenue qu'elle aurait choisie : son débardeur en crochet blanc et la jupe ample avec une fente sur le côté, plus une énorme fleur d'hibiscus dans les cheveux. Elle aurait dû passer une commande spéciale chez le fleuriste, mais ça en aurait valu la peine rien que pour faire regretter aux autres filles de ne pas avoir eu la même idée.

Elles avaient toutes été choquées quand Eris avait dit qu'elle ne pouvait pas les accompagner.

– Tu es sûre ? avait imploré Avery.

Et Eris avait bien failli lui avouer la vérité. Mais elle savait que, dès l'instant où elle le ferait, tout changerait, et elle n'était pas encore capable de gérer ça. Bien entendu, aucune de ses amies ne se moquerait d'elle, mais à partir de ce moment elles se sentiraient mal à l'aise en sa présence et cesseraient peu à peu de l'inviter. Personne ne voudrait lui faire de peine en lui proposant de manger dans des endroits très chers ou d'aller prendre des cours de yoga qu'elle ne pouvait plus s'offrir. Or, Eris avait besoin de ce semblant de normalité – c'était la seule chose qui l'aidait à ne pas devenir folle.

Alors elle avait dit aux autres que ses parents la forçaient à rentrer pour un dîner en famille. *En famille, ha ha !*, songea-t-elle amèrement. Pour être gentilles, ses amies avaient proposé de la raccompagner jusqu'au Nuage. Eris avait dû agiter la main pour leur dire au revoir et monter dans l'ascenseur, puis errer dans les couloirs de l'hôtel pendant un quart d'heure avant d'oser redescendre. Mentir devenait épuisant.

Elle se dirigea vers sa chambre mais s'arrêta en entendant des éclats de voix dans le couloir extérieur, qui lui parvenaient très nettement par la porte d'entrée restée ouverte.

– Je sais, je sais, je lui dirai ! criait une fille qui aurait pu être Mariel.

Eris jeta un coup d'œil dehors, et c'était bien Mariel qui leva les yeux au ciel en refermant la porte de son appartement.

– Tu sors ? demanda Eris sans réfléchir.

Mariel portait une robe moulante à l'ourlet asymétrique, des escarpins rouges et un petit sac chromé.

– Pas toi ? répliqua-t-elle.

– Probablement pas, concéda Eris. Il n'y a pas grand-chose à faire dans le coin, non ?

Mariel haussa un sourcil.

– Désolée si nos soirées ne sont pas du genre champagne à gogo et musique de nazes.

– Tu vas à une soirée ?

Eris ne savait pas pourquoi elle demandait ça, à part qu'elle ne voulait pas rentrer chez elle et se retrouver seule.

Mariel la dévisagea avec une incrédulité visible.

– Tu veux venir ?

– Oui, souffla Eris avec une rapidité pathétique.

Mariel fit la moue et s'approcha d'elle. En un geste théâtral, elle fit sauter tous les boutons du chemisier en soie d'Eris, révélant le caraco blanc en dessous.

– Qu'est-ce qui te prend ? protesta Eris en reculant.

Mais Mariel s'esclaffa. Pour quelqu'un de si brusque, elle avait un rire étonnamment doux, qui flottait en l'air tels les anneaux de fumée d'un hallucilum. Eris eut envie de l'entendre de nouveau.

– Désolée, dit joyeusement Mariel, mais ce n'est pas une soirée costumée. Tu ne peux pas y aller déguisée en pétasse riche. Tiens. (Elle ôta un des longs sautoirs métalliques qu'elle portait autour du cou et le lui tendit.) Ça fera déjà moins coincée.

– Merci.

Eris baissa les yeux vers son jean, ses chaussures compensées couleur sable et son caraco blanc décolleté bien trop bas pour être porté en guise de top. Le collier attirait l'attention sur sa poitrine d'une façon vulgaire. Mais peu importait de quoi elle avait l'air dans les étages inférieurs. Et, malgré tout, la perspective d'une soirée la requinquait un peu.

– On va où ? demanda-t-elle en trottinant pour rattraper Mariel, qui s'éloignait dans le couloir.

– Tu as déjà pris le monorail ?

Une seule fois, pour une sortie scolaire en primaire, mais Mariel n'avait pas besoin de le savoir. Eris se demanda avec une pointe d'appréhension où elles allaient. Les monorails étaient des trains de navetteurs qui ne desservaient que des endroits déprimants comme le New Jersey ou le Queens. Dans la hauteTour, tout le monde se déplaçait en hélico quand il fallait sortir.

– Bien sûr, répondit Eris avec plus d'assurance qu'elle n'en éprouvait.

– Bienvenue à Brooklyn ! claironna Mariel quand elles finirent par descendre.

Elles s'engagèrent dans une rue bordée de magasins dont quelques-uns restaient obstinément ouverts malgré le manque de piétons, leurs lumières halogènes clignotant tristement. Mariel sortit sa tablette et se mit à texter, le front plissé par la concentration. Eris ne dit rien.

Elle n'avait encore jamais mis les pieds à Brooklyn, mais elle savait que c'était un quartier assez populaire avant qu'on ne construise la Tour qui, désormais, en plongeait une bonne partie dans une ombre perpétuelle. La municipalité était toujours en procès avec la firme d'architecture qui avait conçu la Tour, mais personne ne pensait qu'ils gagneraient. Et en attendant, les gens désertaient le voisinage depuis deux décennies. Eris ne savait même pas qui vivait encore là.

– Nous y voilà, annonça Mariel en montant les marches d'une vieille maison en brique à la fois majestueuse et décrépite.

SAISIE IMMOBILIÈRE : PROPRIÉTÉ DE FULLER WEALTH MANAGEMENT, clamait une pancarte rouge vif scotchée sur la porte d'entrée, qui avait été barrée et grossièrement forcée. Eris entendit des basses vibrer à l'intérieur. Elle eut un rire sans joie à la pensée de se rendre à une soirée dans une maison dont le père d'Avery était propriétaire. Son amie aurait trouvé ça hilarant ; dommage qu'Eris ne puisse pas lui en parler.

Mariel frappa une série de coups à la porte qui pivota vers l'intérieur, révélant un type costaud avec des tatouages à l'encre et une barbe. Son froncement de sourcils céda la place à un sourire quand il vit Mariel.

– Où t'étais passée ? demanda-t-il en la serrant dans ses bras. Ma mère n'arrête pas de me demander de tes nouvelles !

– Dis-lui qu'on viendra bientôt la voir, promit Mariel en s'écartant de lui pour le contourner.

Eris tenta de la suivre, mais le type tendit un bras pour lui bloquer la route.

– Trente nanos, réclama-t-il fermement.

– Oh, euh…

Il lui restait peut-être trente nanos dans sa bitbanque, mais tout juste.

– Elle est avec moi, Jose, lança Mariel par-dessus son épaule.

– Désolé. (Jose baissa le bras.) Je n'avais pas capté. Amuse-toi bien.

Mariel passa un bras sous celui d'Eris et l'entraîna vers ce qui ressemblait à un salon, dépourvu de meubles mais bourré d'ados souriants dans des fringues bon marché. Des bars se dressaient aux deux extrémités de la pièce, et il y avait des haut-parleurs dans chaque coin, dont certains qui flottaient au-dessus de la plus grande concentration de gens. Eris trouvait ça plutôt pas mal.

– Jose est mon cousin, expliqua Mariel.

– C'est lui qui donne cette soirée ?

Eris ne comprenait toujours pas pourquoi elles se trouvaient dans une maison sous saisie immobilière.

– On peut dire ça comme ça. C'est son deuxième boulot, organiser des teufs dans des maisons abandonnées et faire payer l'entrée. Il se fait pas mal de thunes.

– Oh. Alors, merci de m'avoir fait entrer sans payer, dit maladroitement Eris.

Elle détestait l'idée d'avoir une dette envers quiconque, et surtout cette fille.

– Ne me remercie pas trop. Du coup, tu ne peux flirter avec personne d'autre ce soir, vu que j'ai dit à Jose qu'on était ensemble.

– Hein ?

Eris dévisagea Mariel, de plus en plus paumée.

– Désolée, mais il ne veut plus laisser entrer mes amis gratos parce que j'ai trop abusé. Maintenant, ça ne marche plus que pour les gens avec qui je sors. J'ai pensé que tu étais fauchée en ce moment, donc...

Mariel n'acheva pas sa phrase.

– Merci. (Eris ne savait pas comment réagir. Elle regarda autour d'elle.) Qui sont tous ces gens ?

– Des amis du lycée ou du quartier. Il se peut que tu en connaisses quelques-uns – j'ai invité plusieurs de mes collègues de l'Altitude, répondit Mariel avec une grimace moqueuse.

Eris détailla les gens et s'aperçut que, de fait, plusieurs d'entre eux lui disaient quelque chose. La grande brune là-bas n'était-elle pas la prof de barre avec qui elle avait flirté tout l'été précédent ?

– Il faut que je boive un coup, annonça-t-elle en se dirigeant vers le bar tandis que Mariel rigolait derrière elle.

La soirée se déroula agréablement. Eris se présenta à presque tous les autres invités, qui se montrèrent amicaux et semblaient tous connaître Mariel, comme si celle-ci était le lien du groupe. Pourtant, une barrière invisible se dressait entre Eris et eux, leur rire facile et leur énergie explosive. Peut-être était-ce le ressentiment brûlant dans sa poitrine, ou juste le fait qu'elle venait de la hauteTour. Mais pour une raison ou une autre, elle se sentait en marge. Elle n'arrêtait pas de boire dans l'espoir que l'alcool gommerait la distance, qu'elle aussi se mettrait à rire et à danser avec insouciance. C'était bon de se balader dans cette maison abandonnée sans se soucier de ce que les autres pensaient d'elle ! Elle avait besoin d'une soirée comme celle-là.

À un moment, Eris découvrit l'escalier qui montait jusqu'au toit. La maison n'était pas haute, à peine trois étages. Aucun résident de la Tour n'aurait considéré qu'on avait une vue décente depuis son sommet. Eris s'accouda au garde-fou pour détailler les formes sombres des bâtiments alentour. De la lumière dessinait des cercles dorés dans la rue en contrebas. Eris pouvait voir dans le salon de la maison d'en face, où un couple assis à une table minuscule mangeait en se tenant la main. Se sentant comme une voyeuse, elle détourna très vite les yeux.

De l'autre côté de l'eau se dressait la silhouette immense de la Tour. Eris renversa la tête en arrière et se demanda lesquelles des lumières scintillantes étaient celles de son ancien appartement du 985e. *Oublie ça*, s'exhorta-t-elle pour ne pas raviver la brûlure du ressentiment. Ils l'avaient tous si mal traitée – sa mère, Everett et même son père biologique, qui qu'il soit. Elle n'avait plus besoin d'eux. Elle n'avait besoin de personne. Elle se débrouillait très bien toute seule.

Son regard remonta par-delà le sommet de la Tour pour scruter l'étendue sombre du ciel nocturne. Elle se souvint de toutes les soirées où elle s'était introduite en douce à Greenwich Park, main dans la main avec son partenaire du moment, pour contempler l'immense holoécran d'étoiles. Quels que soient ses progrès, la technologie holo ne pourrait jamais rivaliser avec la réalité.

– Te voilà ! (Mariel apparut en haut de l'escalier. Des bribes de musique s'échappèrent de la porte ouverte derrière elle.) Je vais rentrer, si tu veux venir avec moi.

– Je n'ai pas envie de partir tout de suite, dit Eris sans détacher son regard des étoiles.

– Vraiment ? Tu vas prendre le monorail toute seule en pleine nuit ? la taquina Mariel.

– Bon, d'accord…

Avec un soupir théâtral, Eris se détourna en titubant un peu sur ses semelles compensées.

– Gaffe ! (Mariel tendit une main pour la retenir.) Boire pour oublier, ça ne marche pas. Fais-moi confiance, j'ai essayé, dit-elle avec une franchise surprenante.

– Mmmh.

Eris n'écoutait pas vraiment. Elle étudiait les cils noirs épais de Mariel, ses lèvres rouge cerise, la douce courbe de son cou.

Elle avait envie de la toucher ; alors, elle tendit la main et le fit. Mariel resta plantée là sans réagir.

Eris se pencha pour l'embrasser.

Mariel avait exactement le goût qu'elle imaginait, un mélange de fumée, de rhum et de rouge à lèvres. Une main posée légèrement dans son cou, Eris savoura la sensation de son pouls qui accélérait et passa l'autre main dans sa nuque.

Puis Mariel s'écarta et recula d'un pas.

– Eris ! Qu'est-ce que tu... ? Laisse tomber, tu es bourrée, dit-elle. Il faut que tu rentres chez toi.

– Oui, c'est ça, rentrons.

Eris voulut l'entraîner dans l'escalier, mais Mariel résista.

– Eris...

– Allez. Je veux voir tous tes tatouages, insista-t-elle sur un ton séducteur.

En réalité, elle se fichait que Mariel la repousse. Elle se fichait de tout. Mais elle trouvait ça amusant de la provoquer, de lui voler un baiser et de la voir rougir. Elle adorait ces petits jeux ; elle était très douée pour ça. *Exploite tes atouts,* disait souvent son père. Eris avait toujours supposé qu'il parlait de sa beauté. Tout le monde savait que son physique était sa plus grande qualité.

Non. Il ne fallait plus qu'elle pense à son père.

– Bon, d'accord, céda Mariel dans un éclat de rire. Allons-y. Après tout, tu es ma cavalière.

Eris acquiesça dans un brusque élan d'audace. Plus rien ne comptait sinon ce moment.

Elle avait mal au crâne. Elle voulut remonter les draps qu'elle avait écartés d'un coup de pied et se figea en clignant des yeux dans la pénombre inhabituelle. L'horloge numérique rose vif dans le coin de ses lentilles indiquait 4:09. Le souffle doux et régulier de quelqu'un résonnait à côté d'elle.

Lentement, Eris se retourna. Mariel était allongée là, ses cheveux noirs épars sur l'oreiller blanc et plat.

Merde, merde, merde !

Eris se figea et, respirant à peine, recolla les morceaux de la soirée de la veille. Elle se souvenait d'avoir bu des tas de shots de liqueur bon marché... d'avoir embrassé Mariel sur le toit...

puis d'être sortie avec elle dans la tiède nuit estivale pour revenir ici, dans sa chambre…

Mariel s'agita dans son sommeil, et le cœur d'Eris bondit de panique dans sa poitrine. Elle devait s'en aller. Elle se glissa hors du lit et ramassa ses vêtements épars sur le sol. Boutonnant son jean d'une main et tenant ses chaussures compensées de l'autre, elle sortit de la chambre de Mariel.

Dans le couloir de l'appartement, elle hésita quelques secondes, désorientée. Elle n'avait pas fait attention quand elles étaient arrivées un peu plus tôt. Puis elle entendit des bruits de pas étouffés et quelqu'un qui parlait à voix basse. Elle ne voulait surtout pas se retrouver nez à nez avec les parents de Mariel. Paniquée, elle fonça vers ce qu'elle imaginait être la porte d'entrée et se faufila dehors dans la lumière fluorescente de Baneberry Lane.

Quelques instants plus tard, elle se trouvait en sécurité dans sa propre chambre, trois numéros plus bas. Elle ne prit même pas la peine d'enfiler un pyjama ; elle se recroquevilla juste dans son lit et ferma les yeux. Que leur ancien appartement lui manquait ! Surtout son lit, si confortable avec ses oreillers d'aromathérapie et son luxueux Tisse-Rêves.

Cette soirée avait été une erreur. Eris en imputait la faute à tous les shots qu'elle avait bus, ainsi qu'à son humeur bizarre. Heureusement, elle s'était réveillée au milieu de la nuit, s'épargnant ainsi une conversation gênante le lendemain matin. Et aucun de ses amis ne savait ce qu'elle avait fait.

Donc, elle avait couché avec Mariel… alors qu'elle ne connaissait même pas son nom de famille ! Eris frémit. Bref, ça ne comptait pas, songea-t-elle en se rendormant d'un sommeil agité. Ce serait comme s'il ne s'était jamais rien passé.

Avery

Plus tard dans la semaine, Avery se tenait au milieu de son dressing, des jupes, des robes et des tops de la saison précédente jonchant le sol autour d'elle comme autant de feuilles mortes multicolores.

– Pour Leda, marmonna-t-elle en composant un texto sur ses lentilles.

Je fais du vide dans ma penderie avant le Designer Day, tu veux passer ?

Elle voulut tourner la tête vers la droite, le mouvement qu'elle avait programmé pour envoyer ses messages, mais changea d'avis et leva le menton pour l'enregistrer en brouillon. En fait, elle n'était pas sûre de vouloir d'un tête-à-tête avec Leda tout de suite.

Son amie n'avait toujours rien dit au sujet de leur éloignement. Avery savait qu'elle aurait dû faire des efforts mais, depuis quelque temps, leur relation lui paraissait froide et forcée. Elle ne pouvait s'empêcher de penser à ce qui se passait entre Leda et Atlas. S'étaient-ils revus depuis le rencard qu'elle avait réussi à saboter ? S'étaient-ils embrassés ? Avery ne pouvait pas les interroger, aussi se torturait-elle en les imaginant ensemble.

Et puis, songea-t-elle de façon assez injuste, c'était Leda qui avait commencé en se comportant bizarrement à son retour de vacances, en lui mentant sur ce qu'elle avait fait pendant l'été et en lui dissimulant qu'elle en pinçait pour Atlas. Et Leda non plus ne faisait pas beaucoup d'cfforts vis-à-vis d'elle en ce moment.

Avec un soupir, Avery reporta son attention sur les vêtements de marque épars sur la moquette bleu pâle. Elle faisait de la place dans son dressing avant le Designer Day de la semaine suivante, où les meilleurs couturiers internationaux installeraient des boutiques dans la Tour et dévoileraient leur prochaine collection. Depuis le temps, ils connaissaient tous Avery. Beaucoup d'entre eux l'invitaient dans leurs cabines d'essayage sous Cône d'intimité pour que la jeune fille puisse essayer les prototypes qu'ils avaient apportés – ce qui était beaucoup plus marrant que de projeter des fringues sur un scan en 3D de son corps.

Mais cela pouvait aussi se révéler embarrassant. Chaque année, il se trouvait au moins un couturier pour clamer qu'Avery était sa muse, qu'elle avait inspiré toute sa collection, et la jeune fille se sentait obligée d'acheter un exemplaire de chaque pièce jusqu'à ce que Leda l'entraîne fermement. C'était l'avantage de faire les magasins avec Leda : hormis Atlas, elle était la seule personne à qui Avery pouvait faire confiance pour lui dire non.

À un moment, les deux amies avaient institué cette tradition de faire du vide dans leur dressing la semaine précédant le Designer Day, histoire d'avoir la place de ranger leurs futures emplettes. C'était toujours amusant d'essayer leurs vieilles fringues et de se moquer de leurs erreurs d'achat respectives en se remémorant leurs aventures passées. Avery éprouva un pincement au cœur. Elle regrettait son amitié avec Leda à l'époque où tout était facile entre elles. Mais ça reviendrait, se promit-elle, dès que les choses se calmeraient entre Leda et Atlas – ce qui finirait forcément par arriver.

Avery enfila une robe ample jaune et blanche qu'elle avait portée au mariage de sa cousine deux ans plus tôt et tapa sur le miroir intelligent, de façon à ce que son reflet arbore un chignon tressé plutôt que des cheveux lâches et ondulés. Mais même un changement de coiffure ne pouvait sauver cette robe.

– Trop datée, décréta Avery à voix haute.

Et elle la suspendit sur la tringle des entrées qui l'expédia dans le bac à donner.

Puis elle saisit une robe de soirée Oscar de la Renta couleur mandarine, dotée d'une longue traîne et d'un nœud sur une hanche – elle l'avait portée au gala des jeunes membres du Whitney l'été précédent, si ses souvenirs étaient exacts. Elle se battait contre la fermeture Éclair quand on frappa à la porte de sa chambre.

– Entre, maman, lança Avery, qui croyait avoir entendu la voix de sa mère. J'ai besoin que tu m'aides à fermer…

Mais ce fut Atlas qui franchit le seuil de la pièce.

– Je croyais que tu étais sorti, bredouilla Avery en plaquant maladroitement le haut de sa robe contre elle.

– Maintenant, je suis rentré, répondit son frère. (Avery se demanda s'il était sorti avec Leda mais n'osa pas poser la question.) Je peux t'aider avec ta fermeture Éclair, si tu veux, offrit-il.

Avery se retourna. Les mains chaudes d'Atlas effleurèrent son dos, et l'intimité du geste la fit frissonner.

– Tu es superbe, commenta le jeune homme comme elle lui faisait face, sa jupe longue balayant la moquette. Mais il manque quelque chose.

– Quoi donc ?

– Je voulais te donner ça.

Atlas sortit une bourse de sa poche. Avery la prit en retenant son souffle. Elle contenait un collier orné de pierres brillantes que la jeune fille ne reconnut pas. On aurait presque dit des diamants noirs, mais avec en leur centre une arabesque orange qui lui fit penser à des charbons ardents.

– Du verre volcanique du Kilimandjaro, expliqua Atlas. Dès que je l'ai vu, j'ai pensé à toi.

Il passa le collier au cou d'Avery, soulevant son rideau de cheveux blonds par en dessous avec des gestes assurés. Il n'eut pas besoin de tâtonner avec le fermoir, et Avery se demanda à combien d'autres filles il avait déjà fait ça. Son cœur se serra un peu.

Elle pivota pour se regarder dans la glace. Atlas se tenait toujours derrière elle, sa grande silhouette large d'épaules entourant la sienne. Leurs yeux se croisèrent dans le miroir à l'instant où le jeune homme lâchait le fermoir et laissait retomber ses mains. Avery aurait voulu qu'il la prenne par ses épaules nues, qu'il lui chuchote des mots doux à l'oreille et l'embrasse dans la nuque à l'endroit qu'il venait de toucher.

Elle s'écarta très vite comme pour examiner le collier de plus près. Il était vraiment magnifique. D'habitude, Avery avait l'air gaie et ensoleillée, mais les pierres noires faisaient ressortir quelque chose d'autre en elle, projetant leur ombre sur son visage et le long de ses clavicules.

– Merci, dit-elle en se retournant vers Atlas. Quand es-tu allé au Kilimandjaro ?

– Quelques jours en avril. Je suis remonté depuis l'Afrique du Sud jusqu'en Tanzanie. Tu aurais adoré, Aves. La vue est encore plus belle qu'ici.

Il désigna les baies vitrées qui occupaient deux des murs et révélaient un coucher de soleil orange vif.

– Mais pourquoi tu as fait ça ? Pourquoi tu es parti sans rien dire ? chuchota Avery.

Elle s'était promis de ne pas l'interroger là-dessus, mais elle ne pouvait plus s'en empêcher. Elle en avait assez de garder le silence et de faire comme si tout allait très bien dans leur famille parfaite.

Atlas détourna les yeux.

– Pour beaucoup de raisons. Je n'ai pas envie d'en parler.

– Atlas… (Avery tendit une main pour lui agripper le bras, prise par la peur soudaine qu'il disparaisse de nouveau si elle ne le retenait pas.) Promets-moi de ne pas recommencer. Tu ne peux pas t'enfuir comme ça, d'accord ? Je me suis fait du souci.

Atlas la dévisagea. Un instant, Avery crut voir une lueur de méfiance, ou tout au moins de prudence, dans ses yeux, mais celle-ci s'évanouit presque immédiatement.

– C'est promis, répondit son frère. Désolé de t'avoir inquiétée. C'est pour ça que je t'appelais régulièrement, pour que tu saches que tout allait bien.

Mais tout ne va pas bien, songea Avery. Maintenant, Leda voulait sortir avec Atlas, et elle-même se retrouvait coincée dans une situation impossible, plus amoureuse de lui que jamais. Elle n'aurait pas cru dire cela un jour, mais elle regrettait presque le temps où il arpentait le monde sans donner de nouvelles à personne d'autre qu'elle. À ce moment-là, il lui appartenait.

– Bon, je te laisse à ta penderie. On dirait que tu as beaucoup de tri à faire, commenta Atlas, percevant comme toujours la subtile altération de l'humeur de sa sœur.

– Attends, protesta Avery. (Il s'immobilisa sur le seuil.) Euh, merci. Pour le collier, dit-elle, sans trop savoir pourquoi elle l'avait retenu – hormis le fait qu'elle ne voulait pas qu'il s'en aille. Ça me fait très plaisir que tu aies pensé à moi.

– Je pense toujours à toi, Aves.

Atlas referma la porte derrière lui.

Avery porta une main au verre froid des pierres volcaniques. Soudain, le silence de sa chambre lui paraissait assourdissant. Il fallait qu'elle sorte.

– Appeler Eris, dit-elle tout haut, mais son amie ne décrocha pas.

Avery lui envoya un texto en ôtant la robe de soirée mandarine – qu'elle était obligée de garder maintenant – pour enfiler un jean blanc et un top marine. Elle voulut enlever le collier, mais hésita et le laissa retomber sur sa gorge.

Pourquoi Eris ne répondait-elle pas ? Avery savait que ses parents faisaient des travaux chez eux, mais ça n'expliquait pas ses absences répétées des derniers jours.

Peut-être devrait-elle lui rendre une visite surprise au Nuage. Mais oui, c'était une idée fantastique. Plus Avery y pensait, plus elle en était convaincue. Eris et elle pourraient dîner au bar à sashimis ou se rendre au hammam. Tout plutôt que rester seule dans son dressing à penser à Atlas.

Un quart d'heure plus tard, Avery descendait au 940e et pénétrait dans le hall immense du Nuage – de tous les hôtels de luxe de la Tour, celui qui était situé le plus haut et où les chambres coûtaient le plus cher. Des touristes et des hommes et femmes d'affaires étaient assis sur les canapés moelleux et incroyablement doux malgré les fils de polymère de carbone intégrés au tissu, dont ils changeaient la couleur pour la faire correspondre à celle du ciel. Par les fenêtres sol-plafond, Avery vit le soleil disparaître à l'horizon. Les canapés avaient le même bleu cobalt intense strié de rouge.

En quatrième, pendant leur phase aspirantes mannequins, Leda et elle venaient ici au crépuscule. Vêtues de robes blanches, elles se filmaient en train de poser sur les canapés pendant la demi-heure où ils changeaient de couleur, puis en tiraient une vidéo accélérée de trente secondes qu'elles publiaient sur les flux. C'était idiot, embarrassant mais très amusant à faire.

Avec un gros soupir, Avery s'approcha du comptoir de la réception, une plaque de granit blanc de Toscane suspendue dans les airs par de puissants microhovers.

– Je peux vous aider ? demanda un type en chemise blanche impeccable et pantalon assorti.

Il portait un badge marqué « Pierre », ce qui signifiait que c'était probablement un garçon des étages inférieurs appelé Peter.

– Je cherche Eris Dodd-Radson, répondit Avery. Ses parents et elle logent ici depuis une semaine environ.

– Je suis navré, mais nous ne pouvons pas communiquer le numéro de chambre de nos clients.

– Bien entendu. (Avery lui décocha son sourire le plus éblouissant, celui qu'elle gardait en réserve pour ce genre d'occasions, et le vit flancher.) Je comprends. Je me demandais juste si vous pourriez appeler sa chambre pour lui transmettre un message ? C'est ma meilleure amie, et je suis sans nouvelles depuis un moment. Je commence à m'inquiéter.

Pierre se mordit la lèvre, puis agita les mains devant lui pour étudier un holoécran visible de lui seul.

– Je ne vois pas d'Eris Dodd-Radson dans notre fichier. Vous êtes sûre qu'elle est descendue ici ?

– Elle est avec ses parents, Caroline Dodd et Everett Radson.

– Ah, je vois bien un Everett Radson…

– C'est lui ! coupa Avery. Vous pouvez l'appeler ?

Pierre se rembrunit et la toisa de haut.

– M. Radson s'est enregistré seul. Vous devez vous tromper à propos de votre amie. Peut-être est-elle descendue dans un autre hôtel ?

Avery hésita.

– D'accord. Merci, dit-elle pour dissimuler sa confusion.

Elle s'éloigna de la réception et se laissa tomber sur un des canapés, dont les quelques fils rouge orangé restants viraient au bleu encre. Puis elle utilisa l'écran tactile devant elle pour commander une limonade. Elle ne voulait pas rentrer chez elle tout de suite. Elle avait besoin d'un peu de temps pour réfléchir.

Sa limonade arriva presque immédiatement, et Avery but une longue gorgée en se demandant pourquoi Eris lui avait menti au sujet des travaux dans son appartement, et pourquoi son père logeait seul au Nuage. Everett Radson avait déjà divorcé deux fois. Avait-il également quitté Caroline ? Et si oui, où était Eris ?

– Tu picoles seule ? lança Cord en prenant place sur le canapé d'en face et en s'affalant parmi les coussins.

– C'est de la limonade, répondit Avery sur un ton las.

– Quelle déception ! s'exclama le jeune homme en souriant, révélant ses dents parfaites. Tu étais plus marrante autrefois, Fuller.

– Et toi, tu étais plus supportable, répliqua Avery, même s'ils savaient tous les deux qu'elle ne le pensait pas – elle connaissait Cord depuis trop longtemps pour ne pas lui pardonner quasiment n'importe quoi. Toi aussi, tu cherches Eris ? poursuivit-elle, se demandant s'il pourrait lui fournir des réponses.

– Tu n'es pas au courant ? Eris et moi, on ne... on ne se voit plus.

– Oh ! Elle ne m'en a pas parlé.

L'inquiétude d'Avery augmenta encore d'un cran. Pourquoi son amie ne l'avait-elle pas appelée ? Elle venait toujours la voir après une rupture ; Avery compatissait, mangeait de la glace avec elle et l'aidait à préparer sa conquête suivante. Quelque chose clochait sérieusement.

– Que s'est-il passé ? demanda-t-elle à Cord.

Elle n'était pas vraiment surprise qu'Eris et lui aient rompu – aucun des deux ne semblait particulièrement investi dans leur relation –, mais elle voulait quand même avoir sa version des faits. Cord haussa les épaules sans répondre.

– Il y a quelqu'un d'autre ? insista Avery en l'observant.

Elle connaissait tous les tics qui le trahissaient.

– Non, on commençait à s'ennuyer, c'est tout.

Cord mentait bien, Avery devait le concéder. Elle se demanda qui était sa nouvelle copine.

– Je cherche Brice, poursuivit le jeune homme. Tu ne l'as pas vu ?

– Brice est en ville ?

Avery n'appréciait guère le frère aîné de Cord. Elle le tenait responsable de l'attitude imbuvable que ce dernier avait adoptée depuis quelque temps.

– Qui sait ? lança Cord sur un ton désinvolte. (Mais Avery vit bien qu'il s'inquiétait.) Il a débarqué le week-end dernier, et ses affaires sont toujours à l'appart, mais lui n'y a pas mis les pieds depuis hier. Je me suis dit que j'allais passer dans certains de ses endroits préférés avant de commencer à fouiller dans ses dépenses.

– J'espère que tu le trouveras, dit Avery, sincère, même si elle s'inquiétait bien davantage pour Eris. Hé, ajouta-t-elle, réalisant qu'elle avait faim, tu veux qu'on se commande des frites à la truffe ? J'en ai super envie.

Autrefois, Cord et elle venaient au Nuage exprès pour en manger, parfois avec Atlas, tard dans la nuit après une soirée. C'était la meilleure bouffe réconfortante dans toute la Tour.

Cord secoua la tête. Derrière lui, quelques fils du canapé restaient écarlates, produisant un étrange effet de halo.

– Ça ne me dit rien. Mais commandes-en, toi. (Son regard s'adoucit quelque peu.) Tu as l'air fatiguée, Avery.

– Merci beaucoup, railla-t-elle.

Mais, d'une certaine façon, elle était reconnaissante qu'au moins une personne dans sa vie ne la complimente pas toujours sur son apparence.

Cord éclata de rire.

– À ton service.

Et il s'en alla.

Avery resta assise encore quelques minutes. Elle tenta à nouveau d'appeler Eris, même si elle avait perdu espoir que son amie décroche, et finit sa limonade. Sous ses yeux, le bar de l'hôtel se remplissait d'hommes et de femmes d'affaires qui parlaient à voix basse. Un groupe de clientes trinquaient au champagne. L'attention d'Avery fut attirée par un couple qui semblait en être à son premier rendez-vous – ils étaient visiblement intéressés l'un par l'autre, mais encore un peu gauches. La fille se pencha en avant comme si elle voulait poser une main sur le bras du garçon mais n'osait pas. Cela attrista Avery, qui prit le chemin du retour.

Un sac en papier brun l'attendait dans le toboggan de livraison de la cuisine. Avery consulta l'étiquette en se demandant si Atlas avait commandé quelque chose, mais c'était son nom qui figurait sur le paquet. Perplexe, elle l'ouvrit – et une odeur de graisse parfumée à la truffe s'en échappa. *Cord.* Effectivement, le reçu indiquait que c'était lui qui avait réglé la note.

Avery mordit dans une frite chaude et croustillante. Malgré elle, elle sourit. Son année de première commençait bien mal si le seul ami sur qui elle pouvait encore compter était Cord Anderton.

Eris

Eris marchait dans le couloir du lycée en saluant ou en ignorant les gens selon que leur apparence lui plaisait ou non. Elle affichait le même calme glacial et inébranlable que d'habitude mais, à l'intérieur, elle perdait complètement les pédales.

Elle n'arrivait toujours pas à croire qu'elle était rentrée avec Mariel le samedi soir. Elle avait tenté de faire comme s'il ne s'était rien passé, mais Mariel ne semblait pas capter le message. Elle lui avait envoyé deux textos, le premier pour demander à Eris si elle était bien rentrée, le second faisant allusion à une chanson qu'elles avaient écoutée ce soir-là. Eris les avait effacés sans répondre. Elle avait déjà tourné la page, et plus vite Mariel s'en rendrait compte, mieux ça vaudrait.

Elle entra dans la cafétéria et fit la queue en pilotage automatique. Au bar à blender, elle demanda au robot de lui préparer un smoothie framboise-beurre d'amande, puis attrapa une barre protéinée pour plus tard. Ces derniers temps, elle tentait de profiter au maximum de la cantine du lycée, car à la maison elle mangeait surtout des nouilles japonaises et des sandwichs bon marché. Elle ne savait pas ce que sa mère et elle feraient quand elles n'auraient plus d'argent.

– Eris. (Avery lui emboîta le pas, et elles se dirigèrent vers leur table habituelle.) Il faut qu'on parle.

– Oh oh… plaisanta Eris. Tu veux rompre avec moi, c'est ça ?

Mais son cœur battait la chamade. Le ton solennel d'Avery lui faisait craindre que son amie n'ait tout découvert.

– Allons nous mettre là-bas, on sera plus tranquilles, suggéra Avery en l'entraînant vers la cour intérieure ombragée.

On se serait presque cru dehors avec les vrais chênes qui poussaient dans de la terre et le hamac suspendu entre deux d'entre eux (même si personne ne l'utilisait jamais). Les deux filles s'installèrent les jambes repliées sur le côté comme une queue de sirène sortant de leur jupe d'uniforme.

Avery prit un minuscule haut-parleur rose dans son sac et le régla sur le mode silence, une technologie similaire à celle du Cône d'intimité qui bloquait tous les sons dans un rayon de deux mètres. Le monde se tut soudain, comme si elles avaient mis la tête sous l'eau.

– Super, dit Avery en ouvrant sa salade au kale et à la mangue et en la posant sur ses genoux. Maintenant, on peut discuter tranquillement. Eris, qu'est-ce qui se passe ?

– Comment ça ? demanda la jeune fille, mal à l'aise.

– Hier, je suis allée au Nuage pour te voir. (Le cœur d'Eris se serra. Elle aurait dû trouver un meilleur mensonge.) On m'a dit que tu ne logeais pas là, que ton père y était bien, mais seul.

– Oui, euh… Le truc, c'est que…

Avery la dévisageait, attendant une explication. Et Eris se rendit compte qu'elle ne pouvait plus faire comme si de rien n'était. Elle éclata en sanglots. Son amie passa ses bras autour de ses épaules et la laissa pleurer tout son soûl en murmurant :

– Ça va aller. Je ne sais pas ce que tu as, mais ça va s'arranger.

Eris se redressa et secoua la tête, le visage baigné de larmes.

– Non, justement, chuchota-t-elle.

– Tes parents se séparent ? suggéra Avery.

– C'est pire que ça. (Eris prit une inspiration tremblante et lâcha enfin la chose qu'elle ne supportait pas de dire tout haut.) Il s'avère que mon père n'est pas mon père.

Là, la vérité était sortie.

Lentement, tandis qu'elles mangeaient leur déjeuner comme si tout était normal, Eris raconta tout à Avery. Comment elle avait appris la vérité à cause du test ADN qu'elle avait dû faire dans le cadre des formalités pour son fonds fiduciaire. Que son père avait le cœur brisé, et qu'il se sentait tellement trahi qu'il ne supportait même plus de l'avoir sous les yeux. Que sa mère et elle avaient emménagé au 103e et n'avaient presque plus d'argent. Que son ancienne vie avait disparu à jamais.

Avery l'écouta en silence. Une expression horrifiée passa brièvement sur son visage à la mention du 103e, mais elle se hâta de la masquer.

– Je suis vraiment désolée, dit-elle lorsque Eris eut fini.

La jeune fille ne répondit pas. Elle n'avait plus de mots.

Avery fit tourner un brin d'herbe entre le pouce et l'index en réfléchissant à quelque chose.

– Et ton père biologique ? lança-t-elle.

– Il ne m'intéresse pas, répliqua sèchement Eris.

– Désolée, s'excusa Avery en faisant immédiatement marche arrière. Je ne voulais pas… laisse tomber.

Elles gardèrent le silence un moment. Mais la curiosité d'Eris finit par avoir raison de ses réticences.

– Tu crois que je devrais le rencontrer ou un truc du genre ?

– Oh, Eris, soupira Avery. C'est à toi de décider. Je sais juste qu'à ta place je voudrais savoir. Et puis, il aura peut-être davantage envie de te voir que ton père – je veux dire, qu'Everett.

– Ça ne sera pas difficile, grogna Eris.

Et, sans savoir pourquoi, elle se mit à rire – d'un rire bizarre, ironique et amer, mais auquel Avery se joignit. Après coup, Eris se sentit un peu mieux, comme si le nœud dans sa poitrine s'était desserré.

– Alors, demanda enfin Avery, qu'est-ce que je peux faire pour t'aider ?

– N'en parle à personne. Je ne veux pas que les autres… tu sais. *Qu'ils me prennent en pitié.*

– Évidemment. Mais n'hésite pas à venir dormir chez moi ou à m'emprunter des fringues, tout ce que tu voudras. J'ai encore du mal à y croire. (Eris hocha la tête.) Attends, reprit Avery. Et ton anniversaire ?

– Tu veux dire, le truc qui a tout déclenché ? Je n'en ai pas reparlé avec ma mère. Je crois qu'on va le passer sous silence cette année.

– Certainement pas.

La cloche signala la fin de l'heure du déjeuner, et Avery se leva en tendant une main à Eris pour l'aider à se mettre debout. Elle portait au poignet un élégant bracelet de tennis en diamants, plus une manchette Hermès. Ses ongles étaient fraîchement manicolorés. Par comparaison, le vernis d'Eris était tout écaillé. Elle serra les poings contre ses cuisses pour le cacher.

– S'il te plaît, laisse-moi t'organiser une soirée, réclama Avery. Au Bubble Lounge, samedi soir ?

– Je ne peux pas accepter, protesta faiblement Eris.

Mais son cœur avait fait un bond à la mention d'une soirée, et Avery le voyait dans ses yeux.

– Allez, laisse-moi m'occuper de tout, insista-t-elle gentiment. Et puis, j'ai bien besoin d'une distraction en ce moment.

Eris ne savait pas trop ce qu'elle voulait dire par là.

– D'accord, céda-t-elle. Si tu es sûre. Merci.

– Tu en ferais autant pour moi.

Elles quittèrent la cour et s'engagèrent dans le couloir.

– On va t'acheter une robe tout à l'heure ? reprit Avery en s'arrêtant devant la porte de son cours suivant. Je te l'offre, bien entendu.

– Avery, tu en fais déjà beaucoup, je ne peux pas... protesta Eris.

– Eris, coupa fermement Avery. C'est à ça que servent les amies.

Et elle entra dans sa salle de classe au moment où sonnait la seconde cloche.

Eris s'éloigna lentement dans le couloir désormais désert. Elle allait être en retard à son cours d'algèbre, et elle s'en fichait. Elle se sentait plus légère que depuis des semaines.

Cet après-midi-là, en rentrant chez elle, Eris trouva sa mère dans le salon, assise en tailleur au milieu d'une mer de documents scannés. Caroline portait un pantacourt artech et un pull drapé ; la masse de ses cheveux roux doré était relevée par une énorme pince blanche, et des lunettes à l'ancienne trônaient sur son nez. Elle semblait maigre et fatiguée, à peine plus âgée que sa fille. Eris réprima une forte envie de la serrer dans ses bras.

– Pourquoi tu portes ces reliques ? ne put-elle s'empêcher de demander en enjambant des tas de paperasse pour gagner la cuisine.

Les lunettes étaient démodées et donnaient à Caroline l'air d'autant plus idiot qu'elle avait fait corriger sa vue au laser depuis belle lurette.

– Elles datent de la fac. J'ai pensé qu'elles m'aideraient à me concentrer sur toutes ces demandes d'emploi, répondit Caroline avec un haussement d'épaules un peu triste.

C'est vrai. Eris oubliait toujours que sa mère avait fait une année d'université avant de lâcher ses études pour s'installer à New York.

– Alors, tu veux quoi pour le dîner ? poursuivit Caroline aussi joyeusement que possible, comme à l'époque où elles devaient choisir entre des sushis hors de prix et de la pizza à la truffe noire. Je pensais à…

– Qui est mon père biologique ? coupa Eris.

Elle fut à moitié surprise de s'entendre demander ça mais, dès que les mots eurent franchi ses lèvres, elle se réjouit de l'avoir fait. La question était tapie dans un coin de sa tête et se faisait de plus en plus pressante depuis qu'Avery lui en avait parlé au déjeuner.

– Oh, souffla Caroline, stupéfaite. Je croyais que tu ne voulais pas le rencontrer…

– Peut-être. Je ne sais pas.

Caroline dévisagea sa fille en hésitant.

– Je vais le contacter et tout lui raconter. Je ferai de mon mieux, promit-elle.

Eris mit quelques instants à comprendre ce que ça signifiait.

– Tu veux dire qu'il n'est pas au courant de mon existence ?

– C'est assez compliqué, tu comprends.

– Justement, non, je ne comprends pas !

– Eris…

– Tu as menti à tout le monde ! C'est pour ça qu'il faut que je rencontre mon père biologique ! Parce que j'ai besoin d'une relation parent-enfant fonctionnelle, et visiblement ce n'est pas avec toi que je l'aurai !

Caroline frémit.

– Je suis désolée.

Elle semblait minuscule et brisée mais, déjà, Eris se dirigeait vers la porte de sa chambre.

La jeune fille ignorait pourquoi ça l'attristait tellement de savoir que son père biologique n'était même pas au courant de son existence. Mais ajouté à tout ce qu'elle avait déjà perdu – son père, Cord et le reste de son ancienne vie –, c'était plus qu'elle n'en pouvait supporter.

Elle se sentait comme ces détritus compactés avec lesquels elle avait vu des gamins du 103e jouer au foot : indésirable et inutile.

Watt

Watt filait sur la piste de course à travers la forêt, ses pieds martelant l'épaisse polyrésine noire du sol et de la musique électronique à fond dans ses auditennes. Il n'était pas venu à Redwood Park et n'avait pas couru depuis une éternité, à moins de compter les matchs de foot improvisés auxquels il participait à l'occasion. Ces jours-ci, son truc, c'était plutôt la boxe. Mais il courait presque tous les jours depuis qu'il avait rencontré Avery à l'Arène, la semaine précédente. Pour retrouver la forme, se disait-il, même si ce n'était absolument pas une coïncidence qu'il emprunte le parcours dont la jeune fille parlait tout le temps sur son flux.

Ce n'était pas le genre de Watt de se donner autant de mal pour une fille. Mais il ne voyait pas quoi faire d'autre. Il n'arrêtait pas de penser à Avery ; il lui avait envoyé deux ou trois textos, et même si elle répondait toujours la conversation ne dépassait jamais le stade amical.

Même Nadia ne savait pas trop quoi lui raconter, ce qui intriguait encore davantage Watt. Toute la semaine, il avait épluché lui-même le flux d'Avery. Elle était brillante ; il adorait entendre ses pensées et chercher à comprendre comment fonctionnait son esprit.

Et, la cerise sur le gâteau, bien entendu, c'était sa beauté quasi terrifiante. Watt avait reconstitué l'histoire d'Avery ; il savait que ses parents l'avaient conçue par sélection génétique à partir de leur ADN combiné. Il était fou de croire qu'il pourrait avoir une chance avec elle. Un type de la basseTour, avec la plus belle fille de la Terre – une fille qui vivait littéralement au sommet du monde ? Elle devait avoir des dizaines de garçons à ses basques, tous plus grands et plus riches que Watt.

Mais aucun de ses prétendants n'avait Nadia.

Watt accéléra tandis que les arbres s'éclaircissaient devant lui et que le ruban noir de la piste s'incurvait pour suivre la berge d'un lac illusoire. Contrairement à l'eau, les séquoias alentour étaient bien réels ; leurs racines plongeaient profondément dans les agricouches du sol et leur cime culminait très haut au-dessus de sa tête. Watt prit une grande inspiration, savourant la brûlure de ses mollets. L'air était chargé d'une forte odeur d'aiguilles de pin sèches. Pas étonnant qu'Avery adore cet endroit. Redwood Park était techniquement ouvert au public, mais du fait de son emplacement au 811ᵉ étage, sur une ligne d'ascenseur locale, la plupart des gens qui venaient ici étaient originaires des étages supérieurs.

Un message arriva sur ses lentilles. *Tu sais où est Atlas ?*

Elle est complètement cinglée, cette fille, fit remarquer Watt à Nadia tandis que le quant localisait Atlas et envoyait ses coordonnées à Leda. D'un autre côté, il s'en fichait : grâce à l'obsession de Leda, il avait plusieurs centaines de ND supplémentaires sur le compte épargne destiné à financer ses études, et il avait pu acheter des vêtements neufs aux jumeaux.

Je ne vois pas en quoi ton comportement diffère du sien, répliqua Nadia.

Moi au moins, je ne suis pas constamment en train de surveiller Avery, songea Watt avec une pointe de colère.

Je peux le faire pour toi, si tu veux.

Soudain, le jeune homme eut honte. Nadia avait raison ; il devrait laisser tomber et rentrer chez lui.

Ce fut alors qu'il la vit.

Elle arrivait en sens inverse, vêtue d'un T-shirt vert citron et d'un pantalon de jogging à imprimé camouflage. Même en courant elle restait élégante, ses cheveux négligemment rabattus par-dessus une épaule.

Elle ne le reconnut que lorsqu'ils ne furent plus séparés par quelques mètres.

– Hé, souffla-t-elle en clignant des yeux et en ralentissant. Watt, c'est bien ça ?

Un instant, le jeune homme fut déçu qu'elle n'ait pas pensé à leur rencontre à l'Arène autant que lui. Et, de toute évidence, ses textos ne l'avaient pas impressionnée non plus. Peut-être qu'il avait raison et qu'elle discutait avec des tas de garçons en même temps. Tant pis, se dit-il, repoussant le doute qui menaçait de s'infiltrer en lui, il n'aurait qu'à se montrer plus mémorable.

– Avery. (Il fit demi-tour et se mit à marcher près d'elle.) Je ne savais pas que tu courais dans le coin. Tu t'entraînes pour quelque chose ?

Une question logique : c'était un très long circuit. Watt se souvenait d'avoir lu dans son flux qu'Avery avait participé à un semi-marathon deux ans plus tôt.

– Pas pour le moment. J'aime cet endroit, c'est tout. (D'un geste, elle désigna les arbres vert vif, l'atmosphère fraîche et boisée, la lumière qui dansait sur l'eau artificielle. Ici au cœur du parc, les murs n'étaient même pas visibles.) C'est agréable de pouvoir faire des kilomètres sans croiser personne, tu vois ce que je veux dire ? demanda-t-elle. (Puis elle se ressaisit.) Je ne parlais pas pour toi.

– Je comprends très bien, acquiesça Watt. Difficile de croire qu'on est à l'intérieur, hein ?

Avery sourit.

– Et toi, tu t'entraînes pour quelque chose ?

– Juste ma prochaine partie de Sorciers, répondit Watt sur un ton léger. Et…

– Tu veux qu'on fasse la course ?

– Hein ?

Mais déjà, Avery fonçait sur le chemin. Après une brève hésitation, Watt s'élança pour la rattraper en se félicitant d'avoir tellement joué au foot. Avery était drôlement rapide. Il se demanda si les médecins avaient trouvé un gène de haute efficacité musculaire dans l'ADN de ses parents.

Finalement, la jeune fille ralentit et s'arrêta sur le chemin qui menait à l'ascenseur, à l'endroit où se dressait une petite fontaine déguisée en souche d'arbre.

– Merci, dit-elle avec un large sourire en s'aspergeant le visage. (Quelques gouttes coulèrent le long de son cou et sur le devant de son T-shirt.) Je n'avais pas fait ça depuis longtemps.

– Moi non plus, acquiesça Watt sans mentir.

Les pupilles d'Avery se dilatèrent ; elle regardait quelque chose sur ses lentilles, probablement un texto qui venait d'arriver. *C'est maintenant ou jamais,* intervint Nadia.

– Hé, Avery ? commença Watt en se maudissant d'avoir mis une inflexion interrogatrice dans son nom. Tu veux faire quelque chose ce week-end ?

– Impossible : j'organise une grande soirée pour l'anniversaire de mon amie Eris, répondit la jeune fille en étirant sa jambe derrière elle. (Un instant, Watt crut qu'il s'était pris un râteau, mais elle ajouta :) Tu veux venir ?

Il tenta de dissimuler son excitation.

– Ouais, pourquoi pas. Je veux dire, j'adorerais.

– Génial. C'est samedi soir au Bubble Lounge. (Avery se pencha pour boire une dernière gorgée d'eau de la fontaine, puis repartit dans l'autre sens.) On se voit là-bas.

– J'y serai, promit Watt en la regardant disparaître entre les arbres.

Rylin

Rylin se tenait derrière le comptoir de son snack de l'arrêt de monorail, sans se douter que, plusieurs kilomètres au-dessus d'elle, les jeunes des étages supérieurs s'agitaient pour préparer le dix-huitième anniversaire d'Eris Dodd-Radson qu'Avery Fuller comptait célébrer ce soir-là. De toute façon, le nom de ces filles ne lui aurait rien dit. La seule chose qu'elle savait pour le moment, c'est qu'il était beaucoup trop tôt pour être debout un samedi matin. Pourtant, non seulement elle était debout, mais elle faisait un boulot qui ne lui avait jamais semblé aussi pénible.

Rylin avait travaillé chez Cord toute la semaine. Elle ne lui avait pas piqué d'autres Custos après avoir manqué se faire prendre et dû l'embrasser pour se couvrir. D'ailleurs, il fallait vraiment qu'elle cesse de penser à ce baiser. Ce qui ne l'avait pas empêchée de prolonger son congé maladie tous les matins avant de prendre un ascenseur montant pour se rendre chez les Anderton. Elle avait dit à Chrissa et à Hiral qu'elle le faisait pour le fric, grâce auquel elle avait pu payer leurs deux mois de loyer en retard et leur éviter une expulsion. Hiral n'avait pas encore réussi à refourguer les Custos, mais elle s'en fichait. En fait, elle regrettait de les avoir pris.

Mais si elle voulait être honnête avec elle-même, ce n'était pas seulement pour l'argent que Rylin retournait chaque jour chez Cord. Quelque chose avait changé entre elle et lui, quelque chose de perturbant. Cord rentrait plus tôt l'après-midi et bavardait toujours quelques minutes avec elle avant son départ, l'interrogeant sur sa famille, son boulot au snack et la raison pour laquelle elle avait arrêté le lycée. Il avait acheté d'autres Nours en gélatine et les avait laissés sur le comptoir. Une fois, Rylin l'avait surpris en train de faire la sieste sur le canapé du salon, un sourire nostalgique aux lèvres – le même que quand elle l'avait trouvé en train de regarder de vieilles vidéos de sa famille.

Il ne se comportait différemment qu'en présence de Brice, comme s'il voulait donner une image de gros dur à son frère aîné. *J'ai trop hâte qu'il s'en aille*, s'était surprise à penser Rylin une fois. Mais, bien entendu, ça n'avait pas d'importance, parce que le temps que Brice s'en aille, elle aurait repris le boulot à l'arrêt de monorail.

Puis la veille, son patron Buza l'avait appelée, refusant de lui accorder davantage de congés maladie, quoi que dise son médicapteur.

– Va à l'hôpital ou reviens au travail ! avait-il aboyé avant de raccrocher.

Rylin avait envoyé un message à Cord pour l'informer qu'elle ne pourrait plus venir, et elle s'était sentie déçue.

À présent, elle était de retour dans sa réalité déprimante qui empestait le graillon. Mais c'était pour le mieux, tenta-t-elle de se convaincre. Elle devait partir pendant qu'elle avait encore un vrai boulot, plutôt que de se faire renvoyer quand Brice quitterait la ville et se retrouver sans rien.

– Myers ! Essaie d'avoir l'air un peu plus vivante ! lança Buza en passant près d'elle.

Rylin serra les dents et ne répondit pas. Un monorail entrait juste dans la station. La jeune fille s'autorisa un bref coup d'œil par la baie vitrée située sur le mur d'en face, puis redressa les épaules et se prépara à affronter l'affluence typique du samedi matin.

Elle détestait les week-ends, quand la foule se composait essentiellement de touristes. Au moins, les navetteurs de la semaine savaient ce qu'ils voulaient, commandaient très vite et repartaient de même. Parfois, ils lui laissaient un pourboire parce qu'ils la connaissaient et qu'ils allaient la revoir. Les touristes hésitaient, posaient un milliard de questions et ne lui disaient jamais de garder la monnaie.

De fait, le premier groupe qui s'approcha en descendant du train bondé était une famille dont tous les membres portaient le même sweat-shirt I ♥ NYC orné de la silhouette de la Tour.

Les deux enfants se disputèrent l'unique muffin banane-noix que leur mère avait consenti à leur acheter pendant qu'elle-même harcelait Rylin au sujet de la quantité exacte de mousse qu'elle voulait dans son caféccino.

Les clients suivants se révélèrent tout aussi affreux. Rylin se demandait parfois si les gens oubliaient qu'elle était un être humain et pas un bot. D'ailleurs, Cord lui avait demandé pourquoi ce n'étaient pas des bots qui faisaient son boulot à chaque arrêt de monorail, comme c'était déjà le cas dans les stations d'ascenseurs des étages supérieurs. « Parce que je coûte moins cher qu'un bot », lui avait répondu Rylin, ce qui était la stricte vérité.

Elle tendit un paquet de bouchées de pommes au four à un vieil homme, puis se tourna vers le client suivant et ouvrit la bouche pour lui demander ce qu'il voulait. Mais, lorsqu'elle le vit, elle en resta muette de stupéfaction.

– J'avoue que c'est la première fois que je viens ici, dit Cord, accoudé au comptoir comme si c'était la chose la plus naturelle du monde. Qu'est-ce que tu me recommandes ?

– Tu sais bien qu'on ne vend que de la merde, lâcha Rylin sans faire attention à ce qu'elle disait.

Elle n'arrivait pas à croire que Cord soit capable de se rendre à un arrêt de monorail, et encore moins qu'il se souvienne auquel elle travaillait.

– C'est ce qu'on m'a dit, ouais. (Les yeux du jeune homme brillaient de malice.) Mais j'essaie de parler à la fille qui bosse là, et tant pis si ça m'oblige à acheter de la merde.

– Myers ! rugit Buza depuis l'arrière-boutique, où il boulottait méthodiquement un sachet de chips parfum bacon. Arrête de discuter !

Rylin se mordit la lèvre pour ne pas répondre et reporta son attention sur Cord.

– Apparemment, il faut nous dépêcher, dit-elle d'une voix tendue. Alors, qu'est-ce que tu prendras ?

Elle ne comprenait toujours pas ce qu'il faisait là.

– Le truc le plus long à préparer, décida Cord en jetant un coup d'œil à Buza, qui se rembrunit.

Rylin entreprit de confectionner un frappé à la noisette et à la crème fouettée, jetant les ingrédients dans le blender en choisissant le réglage le plus bruyant.

– Alors, c'est ici que tu exerces ta magie, commenta Cord en se balançant en arrière sur ses talons.

– Cord, qu'est-ce que tu fais là ? demanda Rylin tout de go.

– Tu me croirais si je te disais que tes services me manquent ?

– Qu'est devenue ton ancienne bonne ?

– Elle n'était pas aussi intéressante que toi.

– Cord…

– Tu veux faire l'école buissonnière ?

– Je croyais que Brice repartait bientôt.

Rylin saisit le bol du blender et versa son contenu crémeux dans un gobelet en élastimousse blanc orné d'un smiley jaune.

– Je ne parlais pas de venir faire le ménage, la détrompa Cord. Je pars à l'aventure, et je veux que tu m'accompagnes.

– Je ne sais pas trop. (Les gens qui attendaient derrière Cord commençaient à protester bruyamment.) Quinze ND, dit Rylin en poussant le frappé à la noisette vers lui.

– Si tu viens, je te promets de boire cette horreur que tu me forces à acheter, insista Cord en levant les yeux vers le scanner rétinien et en hochant la tête pour confirmer le paiement.

– Myers ! tonna Buza. Magne-toi !

Ce fut la goutte d'eau proverbiale. Le sang bouillant dans les veines, Rylin fit volte-face et alla se planter sur le seuil de l'arrière-boutique, les mains sur les hanches.

– Vous savez quoi ? Je ne me sens pas bien. Je crois que je suis revenue travailler trop tôt. Probablement parce que mon patron a fait pression sur moi et menacé de me virer, lança-t-elle, furieuse.

Buza leva les yeux, la lèvre supérieure maculée de poudre bacon-chili.

– Si tu t'en vas maintenant, tu es virée, siffla-t-il.

Rylin arracha son badge en un geste théâtral.

– Très bien, adieu ! dit-elle en le jetant par terre. Cassons-nous d'ici, lança-t-elle à Cord par-dessus son épaule.

Et elle fonça vers l'entrée de service, riant à la pensée de Buza tentant de gérer seul la foule des clients furieux. *Qu'est-ce que c'était bon !* Rylin rêvait de démissionner depuis son premier jour de boulot ici. Elle savait qu'elle flipperait le lendemain, quand elle devrait commencer à chercher un autre travail, mais, pour le moment, elle éprouvait une profonde satisfaction.

– Cul sec, lança Cord en prenant une gorgée de sa boisson glacée et sirupeuse.

Il faillit s'étrangler mais réussit à avaler, et Rylin partit d'un gloussement limite hystérique.

– Où on va ? demanda-t-elle en montant avec Cord à bord du monorail qui retournait vers la Tour.

– Je pensais aller dîner, répondit le jeune homme. Tu as faim ?

Rylin le dévisagea, les sourcils froncés, mais pour une fois il n'avait pas l'air de plaisanter.

– Il n'est que dix heures du matin, fit-elle remarquer.

Cord eut un sourire malicieux.

– Pas là où je t'emmène.

Rylin ne comprit pas ce qu'il voulait dire jusqu'à ce qu'ils descendent du monorail à Grand Central, la gare sur six étages qui occupait une portion massive du flanc est de la Tour. La jeune fille laissa Cord l'entraîner dans l'escalier de marbre iconique récupéré au Grand Central originel, le long des lignes de monorails et des rangées d'ascenseurs, vers la partie la plus éloignée de la gare.

– Attends un peu, dit-elle lentement comme la lumière se faisait dans son esprit. Tu n'as pas… Je ne vais pas…

– Trop tard, l'embarquement a déjà commencé, répliqua Cord en la guidant vers la plate-forme Hyperloop et à bord d'un wagon aux courbes aérodymaniques au-dessus duquel un panneau clignotant indiquait PARIS GARE DE L'OUEST.

Trop choquée pour protester, Rylin le suivit. Le wagon contenait quatre paires de sièges, d'immenses fauteuils violet foncé que l'on pouvait allonger complètement et qui possédaient chacun ses propres parois d'isolement.

– 1A et 1B, on est là, dit Cord en trouvant leur rangée.

Rylin se campa dans l'allée.

– Cord, je ne peux pas accepter. C'est trop.

Elle ne savait pas combien coûtait un billet Hyperloop de première classe, et elle avait l'impression qu'elle préférait ne pas le savoir.

– Comme tu voudras, répondit Cord en se laissant tomber dans le siège près de la fenêtre. Si tu ne veux pas venir, ne viens pas. Moi, je vais à Paris de toute façon. Mais décide-toi vite, ajouta-t-il tandis qu'un compte à rebours s'élevait des haut-parleurs, parce que dans une minute et demie, ce train filera sous l'Atlantique à mille deux cents kilomètres à l'heure à destination de l'Europe.

Rylin fit volte-face, prête à sauter sur le quai et à jeter toute cette folle journée aux oubliettes, voire à retourner à la station de monorail pour supplier Buza de lui rendre son boulot. Mais quelque chose l'arrêta. Les yeux rivés à l'écran, elle regarda le compte à rebours descendre en dessous de soixante secondes. Puis elle se retourna vers la première rangée.

– Laisse-moi le siège près de la fenêtre.

– Tu sais qu'il n'y aura rien à voir hormis les parois du tunnel, dit Cord.

Mais déjà, il défaisait sa ceinture de sécurité magnétique pour se glisser côté couloir.

– Je me fiche du tunnel. Je veux juste voir Paris dès la première seconde où ce sera possible, répliqua Rylin en s'asseyant au moment où le train s'ébranlait.

Le voyage de trois heures passa plus vite qu'elle ne l'aurait imaginé. Cord commanda des croissants et du café au lait, et Rylin regarda un vieux film 2D en français dont elle ne comprit pas grand-chose – l'histoire d'un Français à gros nez amoureux d'une femme brune.

– Tu sais que tu peux le mettre en anglais, chuchota Cord.

Mais Rylin agita la main pour rejeter sa proposition. Elle aimait les sonorités douces du français, du miel pour ses oreilles.

Lorsqu'ils émergèrent au niveau du sol et commencèrent à filer à travers la campagne française, Rylin pressa son visage contre la vitre en se repaissant du paysage. Pour l'instant, rien ne lui semblait réel. *J'aurais tellement voulu que maman voie ça*, songeait-elle. *Elle non plus, elle n'en aurait pas cru ses yeux.*

– Où veux-tu aller ? interrogea Cord quand ils finirent par descendre du train et eurent franchi le bioscanner réservé aux touristes étrangers, qui compara leur rétine au profil de leur passeport numérique avant de les laisser passer.

Le soleil de l'après-midi se répandait en flaques dorées dans les rues d'aspect vieillot.

– À la tour Eiffel, répondit Rylin en portant une main à son collier.

– D'une Tour à une autre. Je vois ce que c'est, la taquina Cord. Mais le geste de la jeune fille ne lui avait pas échappé.

Les rues parisiennes n'avaient jamais été excavées et équipées des rails magnétiques nécessaires pour maintenir des hovers en suspension ; aussi, ils prirent un auto-taxi qui enfila de drôles d'artères pavées en direction de la tour Eiffel.

Ils arrivèrent juste à temps pour monter les marches. À la fin, Rylin se mit à courir comme une gamine, et elle haletait lorsqu'elle atteignit la plate-forme supérieure. En contrebas, le crépuscule envahissait les rues de Paris, leur donnant une atmosphère enchantée.

– Ça ressemble à ce que tu imaginais ? s'enquit Cord en la rejoignant.

Rylin repensa aux casques de réalité virtuelle à la bibliothèque de l'école, à tous les après-midi passés à faire la queue juste pour pouvoir revisionner la simulation de la tour Eiffel. Elle l'avait regardée tant de fois qu'elle la connaissait par cœur. Agrippant la rambarde, elle inspira profondément par la bouche pour pouvoir goûter l'air frais de Paris.

– C'est mille fois mieux. C'est… magnifique, souffla-t-elle en regardant les derniers rayons du soleil couchant illuminer le dôme blanc du Sacré-Cœur.

Au-dessous d'elle, les rues grouillaient de gens qui allaient et venaient et de voitures électriques qui bipaient, un joyeux bordel qui ne ressemblait en rien à l'organisation implacable de la circulation à l'intérieur de la Tour.

– C'est vrai, acquiesça Cord.

Mais c'était Rylin qu'il regardait.

Ils traînèrent là jusqu'à la fermeture, à dix-huit heures, puis longèrent la Seine en direction de Saint-Germain-des-Prés. Comme ils passaient devant des dizaines de boulangeries qui sentaient le sucre filé et le glaçage, Rylin supplia Cord de s'arrêter pour acheter des éclairs à Chrissa.

– Je connais un meilleur endroit, répliqua Cord en continuant à l'entraîner dans les rues sinueuses.

Ils finirent par s'arrêter devant une porte bleue quelconque. Rylin hoqueta quand ils entrèrent dans un vestibule exigu, décoré de papier peint doré à la feuille et d'exquis miroirs antiques.

– Bonsoir, mademoiselle, monsieur, lança en français un maître d'hôtel à gants blancs. Bienvenue au Café Paris.

Rylin jeta un coup d'œil intrigué à Cord.

– Comment tu as su ?

– Tu m'en as parlé, tu ne te souviens pas ?

Ils suivirent le maître d'hôtel jusqu'à la salle à manger éclairée par des centaines de bougies qui flottaient dans des chandeliers en étain soutenus par des microhovers invisibles. La lumière douce se reflétait sur les assiettes dorées, les flûtes en cristal et les bijoux qui étincelaient aux poignets et au cou des autres clientes. Dans un coin, un violon orné de volutes jouait tout seul. Rylin savait qu'il était juste là pour faire joli, et que la musique sortait en réalité de minuscules haut-parleurs à haute fréquence disposés un peu partout à travers la pièce, mais c'était quand même un spectacle magique.

Peut-être un peu trop magique, songea la jeune fille comme son cerveau rationnel reprenait le dessus. Soudain, elle culpabilisa en réalisant qu'il était tard et qu'elle se trouvait à l'autre bout du monde avec un garçon qu'elle ne connaissait pas si bien que ça. Elle se mit à additionner mentalement tout ce que Cord avait dépensé pour elle et fut prise de nausée. Qu'attendait-il en retour ?

– Cord. Pourquoi fais-tu tout ça ?

– Parce que j'en ai envie. Parce que je peux me le permettre.

Le jeune homme saisit une bouteille de champagne et commença à la servir, mais Rylin refusa de se laisser distraire. Elle repensait à sa rencontre avec Brice, à la remarque de celui-ci selon laquelle les goûts de Cord s'amélioraient, et qu'elle était « nettement mieux que la précédente ».

– Si tu crois que je vais coucher avec toi pour te remercier, tu te fourres le doigt dans l'œil.

Elle attrapa sa serviette, dont le matériau intelligent avait changé de couleur pour s'harmoniser avec le mauve de son jean, et voulut se lever.

– Enfin, Rylin, mais pas du tout ! se récria Cord.

Un peu rassurée, elle se rassit, et le jeune homme se fendit d'un large sourire.

– Je te promets que si tu couches avec moi un jour, ce ne sera pas à cause de « tout ça » – il répéta ses mots en écartant les mains pour désigner le restaurant, Paris et le reste – mais parce que tu ne pourras pas résister à mon physique avantageux et mon fabuleux sens de la repartie.

– Ce fabuleux sens de la repartie qui me laisse muette chaque fois, acquiesça Rylin, impassible.
– Si je deviens trop entreprenant, surtout n'hésite pas à me gifler.
Elle éclata de rire.
– Si je te pose une question, tu me répondras sincèrement ? demanda Cord sur le même ton irrévérencieux que d'habitude.
Mais Rylin sentit qu'il était sérieux.
– Seulement si tu réponds aussi aux miennes.
– Normal. (Cord appuya ses coudes sur la table et se pencha en avant. Il avait roulé ses manches de chemise comme pour défier la solennité du lieu, révélant les poils sombres de ses avant-bras.) Qu'est-ce que tu désires le plus dans la vie ?
– Être heureuse, répondit Rylin sans réfléchir.
Cord eut un geste dédaigneux.
– C'est trop vague. Bien sûr que tu veux être heureuse. Tout le monde veut être heureux. Je reformule ma question : qu'est-ce qui te rendrait le plus heureuse ?
Rylin fit tourner le champagne dans sa flûte pour gagner du temps. Soudain, elle ne savait plus trop.
– De quoi rêves-tu ? insista Cord, qui avait perçu son hésitation.
– Facile : de ma mère.
– Qu'elle est toujours en vie ?
– Oui.
Le jeune homme acquiesça.
– Moi aussi, je rêve de ça, dit-il tout bas, d'un air grave que Rylin ne lui avait encore jamais vu.
– À mon tour. (Rylin ne voulait pas s'attarder sur le sujet. Après tout, ils étaient à Paris.) Où vas-tu quand tu sèches les cours ? demanda-t-elle, sincèrement intéressée.
– Que… comment sais-tu que je sèche les cours ? demanda Cord sur un ton tranchant.
– J'ai des yeux pour voir. Allez, tu dois répondre.
Il secoua la tête en riant un peu.
– Désolé, je ne peux pas. Pose-moi une autre question.
Malgré sa curiosité, Rylin n'insista pas.
– Qu'aurais-tu fait si j'avais refusé de t'accompagner aujourd'hui ?

– C'était évident que tu viendrais. Pourquoi s'embêter avec des hypothèses ?

– Mais si je n'avais pas voulu ?

– J'aurais sans doute essayé de me faire rembourser les billets. Ou bien, je serais peut-être venu seul. Il faut bien que quelqu'un rapporte des éclairs à Chrissa.

– Tu n'es pas le trou du cul pour lequel tu essaies de te faire passer, lança Rylin.

– Et tu n'es pas la dure à cuire pour laquelle tu essaies de te faire passer. Et puis, ajouta Cord avec un sourire en coin, vrai ou faux trou du cul, j'ai quand même réussi à te convaincre de venir.

– C'est Paris qui m'a convaincue de venir, rectifia Rylin, et Cord rit.

– Alors, à Paris !

Il leva son verre.

– À Paris, répéta doucement Rylin.

Elle trinqua avec lui dans la lumière vacillante des bougies, en se demandant ce qu'elle était en train de faire. Mais elle ne parvenait pas à éprouver le moindre regret.

Deux heures plus tard, bourrés de frites soufflées au poivre et de fabuleux steak d'origine animale – pas la variété qui poussait en laboratoire, mais un morceau d'une vraie vache qui avait vécu et mangé de l'herbe –, Rylin et Cord retournaient à pied vers la gare. À un moment, ils s'étaient pris par la main et avaient entrelacé leurs doigts. Cord caressait du pouce le dos du poignet de Rylin, lui provoquant de délicieux frissons dans tout le corps. La jeune fille savait qu'elle aurait dû se dégager, pourtant elle n'en faisait rien.

– Oh, le pont des cadenas ! s'exclama-t-elle en apercevant le pont des Arts, qui avait été restauré des années auparavant avec les mêmes composites de carbone ultrarésistants que ceux utilisés pour la construction de la Tour.

Le clair de lune parait de reflets d'argent tous les cadenas accrochés aux balustrades, à l'endroit où tant d'amoureux avaient verrouillé leur cœur et jeté la clé dans la Seine. Au-dessus de leur tête, le ciel s'étirait à l'infini sans qu'aucun gratte-ciel ne vienne le masquer. Le fleuve clapotait au-dessous de leurs pieds.

Rylin s'arrêta au milieu du pont et tourna lentement sur elle-même, les bras étendus. Elle espéra mais un peu tard que ce n'était pas trop romantique d'avoir entraîné Cord ici. *Idiote. Bien sûr que c'est romantique. C'est le pont des amoureux !*

Comme il fallait s'y attendre, le jeune homme s'approcha et la prit par les épaules. Rylin pivota vers lui en laissant retomber ses bras. *Tu peux encore faire marche arrière*, se rappela-t-elle. Mais non, elle ne pouvait pas, ou peut-être n'en avait-elle tout simplement pas envie. Il lui semblait qu'elle était dans une sorte de transe, que le temps s'était arrêté et que le monde entier retenait son souffle.

Les lèvres de Cord se posèrent sur les siennes, et Rylin s'embrasa. Sans réfléchir, elle se dressa sur la pointe des pieds pour lui rendre son baiser, s'accrochant à ses épaules comme s'il était la seule chose stable dans un monde qui tanguait follement. Elle savait qu'elle n'aurait pas dû, mais Hiral lui semblait si loin qu'elle aurait aussi bien pu l'avoir imaginé.

Elle n'aurait su dire combien de temps ils restèrent là, enlacés sur le pont des amoureux à Paris. Cord finit par s'écarter doucement. Il avait les cheveux ébouriffés, souriait de toutes ses dents et n'avait toujours pas lâché la main de Rylin.

– Maintenant, dit-il, allons chercher ces éclairs pour Chrissa avant de rater le dernier train de retour.

Un bruit d'éclaboussures résonna derrière eux comme un autre couple d'amoureux jetait une clé du pont et que la nuit l'avalait.

Watt

Il faisait noir à l'intérieur du Bubble Lounge.

Watt entra lentement, essayant de regarder autour de lui sans trahir le fait qu'il n'était jamais venu auparavant. L'espace immense possédait des murs couleur sable et un bar laqué noir derrière lequel s'agitaient des serveurs aussi pâles que minces. La lumière ultraviolette au plafond faisait ressortir des taches de couleur fluo : les serviettes, les paillettes sur les bras et le visage de la plupart des filles, leurs ongles vernis…

Mais le plus stupéfiant, c'était les dizaines de bulles phosphorescentes de la taille d'une assiette qui flottaient autour de la pièce à hauteur d'yeux. D'où le nom de Bubble Lounge, réalisa tardivement Watt. Il pensait que ce serait un bar à champagne – ce qui montrait bien qu'il ne connaissait rien aux étages supérieurs.

– Une paille ? murmura une serveuse en lui présentant un plateau de pailles blanches d'environ cinquante centimètres de long.

En regardant autour de lui, Watt vit que tous les autres invités en avaient une. Ils les utilisaient pour boire dans les bulles flottantes qui, apparemment, servaient de bols à punch communs.

– Euh, merci, répondit le jeune homme en prenant une paille qu'il laissa pendre gauchement le long de sa cuisse.

Tu n'as pas fait de recherches sur cet endroit, Nadia ?

Je ne pensais pas que tu avais besoin qu'on t'explique comment boire de l'alcool, vu ta maîtrise du sujet.

Watt ne releva pas la pique. Il s'enfonça dans la foule en cherchant du regard la grande silhouette blonde d'Avery. Mais avant de l'apercevoir, il tomba sur un autre visage familier.

– Atlas, dit-il en souriant et en s'approchant du frère d'Avery, qui se tenait sous une bulle ambrée. Ça fait un bail !

Si tu savais quelle place tu occupes actuellement dans mon flux partagé grâce à ta folle d'ex ou je ne sais quoi !

Le jeune homme fronça les sourcils, luttant de toute évidence pour replacer Watt. Celui-ci lui tendit la main.

– Watt Bakradi. On s'est rencontrés à la soirée croisière de Carter Hafner l'an dernier, mentit-il.

– Watt, évidemment. Désolé. (Atlas lui serra la main.) Pour être honnête, je ne me rappelle pas grand-chose de cette soirée, ajouta-t-il d'un air penaud.

– Ne m'en parle pas, compatit Watt. C'est quoi, le nom de la rhumerie où on a fini par échouer ? Et où Carter est tombé dans le bassin à poissons ?

– Ed's Chowder Shack ! s'exclama Atlas en riant. J'avais complètement oublié. Quelle soirée. (Il leva sa paille et but dans la bulle ambrée.) Celle-là, c'est du whisky et du ginger ale, révéla-t-il. Probablement le seul truc buvable que tu trouveras ici. J'ai supplié Avery pour en avoir. Les bulles bleues contiennent de l'atomique-soda, et les roses, du champagne.

– Mon père dit toujours que c'est impossible d'avoir l'air viril en buvant de l'alcool à la paille. (Ce qui était la pure vérité. Watt gloussa en pensant à la réaction de Rashid Bakradi s'il pouvait voir son fils en ce moment, en train de discuter avec un milliardaire et de boire du whisky dans une bulle flottante.) Mais bon. Tu sais ce qu'on dit : à Rome…

Il but une grande gorgée.

– Je suis d'accord avec ton père ! s'esclaffa Atlas. On a l'air ridicule. Mais les filles adorent cet endroit, donc on est coincés.

Watt hocha la tête.

– Alors, il paraît que tu avais disparu cette année. Parti en voyage, c'est ça ?

Il sentit Atlas se raidir près de lui, leur connivence envolée.

– J'avais besoin de souffler un peu, se contenta de répondre le jeune homme. J'avais bouclé mon programme de terminale pendant le premier semestre, donc je pouvais avoir mon diplôme.

– Tu es allé où ? Tu as visité des endroits que tu recommanderais ? tenta Watt.

– Un peu partout. En Europe, en Asie…

Atlas s'en tint là. *Désolé, Leda. J'ai essayé*, songea Watt avant de prendre congé et de s'éloigner. Atlas était aussi renfermé et ennuyeux que son piratage le lui avait fait soupçonner.

Watt aperçut Avery debout au centre d'un groupe de gens, avec une autre fille qu'il reconnut pour l'avoir souvent vue en photo avec elle. Eris Dodd-Radson portait une robe en cuir noir moulante ; ses longs cheveux cascadaient sur ses épaules nues et ses yeux très maquillés brillaient d'un éclat doré comme ceux d'un chat. Oui, elle était magnifique dans le genre voyant. N'importe quel autre soir, Watt aurait tenté de l'approcher. Mais lorsque Avery se retourna et le vit, le reste de la pièce pâlit par comparaison.

– Watt. (Un sourire éblouissant éclaira son visage.) Je suis tellement contente que tu aies pu venir !

– Géniale, la soirée que tu as organisée.

– C'est l'endroit préféré d'Eris, dit Avery en guise d'explication.

– Et toi, tu ne voudrais pas fêter ton anniversaire ici ?

– Je préférerais quelque chose d'un peu moins…

La jeune fille détourna les yeux et n'acheva pas sa phrase.

– Quoi, tu n'aimes pas boire des cocktails phosphorescents qui flottent dans des bulles ? Ni torturer des animaux ?

Du menton, Watt désigna les escarpins de Monica Salih, dans les talons desquels nageaient des méduses fluorescentes. Avery pouffa et secoua la tête.

– Pas trop, non. Mon truc, ce serait plutôt de fêter ça en petit comité, avec de la bonne bouffe, et peut-être d'aller se balader à l'extérieur de la ville sans consulter nos lentilles une seule fois de la journée.

– Vraiment ? (Watt n'aurait pas dû être surpris, après ce qu'elle lui avait dit à Redwood Park quelques jours plus tôt.) Et tu voudrais aller où ?

– Dans un endroit vert.

– Je croyais que tu avais un jardin dans ton appartement ? (Watt frémit : il n'était pas censé le savoir.) Enfin, je supposais, se hâta-t-il de rectifier, mais Avery n'avait pas relevé sa bourde.

– Oui, mais c'est dur de faire pousser certaines plantes à cette altitude. Beaucoup de variétés ont besoin de développer leurs racines en profondeur. (Elle eut un petit soupir nostalgique.) Cet été, j'étais à Florence le jour de mon anniversaire, poursuivit-elle, même si bien entendu Watt savait déjà qu'elle était née un 7 juillet. Avec des amis, on a loué un bateau pour aller sur le lac et glander toute la journée. J'ai adoré ça. Ici, j'ai toujours l'impression de courir dans tous les sens.

– Ça devait être super, commenta Watt en la dévisageant avec curiosité.

Plus il parlait avec Avery, plus elle lui semblait compliquée. Ils avaient tous les deux dix-sept ans mais, parfois, il lui semblait qu'elle était beaucoup plus vieille, comme si elle était déjà allée partout, qu'elle avait tout vu et que ça l'avait épuisée. Puis elle fit signe à une bulle rose d'approcher, éclata d'un rire ravi et parut de nouveau très jeune.

– Tu as déjà… ? commença-t-elle.

Et avant même que Nadia ne le lui dise, Watt sut qu'elle allait lui demander s'il était déjà allé à Florence.

– Parle-moi de ce que tu as fait en Italie, réclama-t-il pour esquiver la question.

Avery but une gorgée de champagne et commença à lui décrire les cours qu'elle avait pris, la drôle de pension où elle logeait, la longue route qu'elle prenait chaque jour pour se rendre en cours, et la boutique de bagels new-yorkais à la déco ringarde qui la faisait toujours rire quand elle passait devant. Watt adorait l'écouter. Il aurait probablement adoré aussi qu'elle lise le dictionnaire à voix haute.

Watt faisait attention à ce qu'il disait – techniquement, il ne mentait pas, mais il citait assez de noms, d'endroits et d'incidents vécus pour qu'Avery ne doute pas qu'il appartenait à son monde. De manière générale, il faisait en sorte que la conversation reste centrée sur elle. Et, grâce à Nadia, il posait toutes les bonnes questions, assez spécifiques pour avoir l'air perspicaces et réfléchies, mais pas au point d'éveiller les soupçons de son interlocutrice. Chaque fois qu'Avery souriait, c'était une petite victoire pour lui. Il se sentait au sommet de son art.

Puis soudain, la jeune fille pâlit en apercevant quelque chose dans la foule. Watt se retourna pour regarder derrière lui en se demandant ce qui avait pu la bouleverser à ce point mais, bien entendu, il ne vit qu'une masse compacte de gens.

– Au fait, tu connais Ming ? demanda Avery tandis qu'une fille aux cheveux noirs mi-longs et au rouge à lèvres bordeaux s'approchait d'eux. Elle aussi, elle adore cette série.

Watt se souvint qu'ils étaient en train de parler d'une holo-émission qu'il n'avait même jamais vue ; il n'en avait parlé que parce que Avery la suivait.

– Ming, je te présente Watt. (Avery leur força la main avec un grand sourire.) Désolée, je dois aller vérifier quelque chose. Je reviens tout de suite, promit-elle, même si c'était un mensonge et qu'ils le savaient tous les trois.

– Salut, Watt. Alors, où… ? commença Ming.

– Excuse-moi, l'interrompit Watt en fonçant vers la sortie.

Il avait besoin d'un moment pour réfléchir, pour s'éclaircir les idées et comprendre ce qui avait bien pu clocher avec Avery.

Il l'intéressait, il en était sûr. Sans ça, elle aurait trouvé un prétexte pour s'éclipser beaucoup plus tôt. Elle lui avait parlé au moins vingt minutes, ce qui était pratiquement une éternité dans ce genre de soirée. Elle avait ri de ses blagues, écouté attentivement ses réponses, jusqu'à ce que quelque chose ou quelqu'un détourne son attention. Peut-être une amie, supposa Watt, ou un problème d'organisation. *Ou un autre mec*, suggéra la partie la plus cynique de lui.

Adossé au mur, il regarda les bulles phosphorescentes tourner lentement dans la pièce. En temps normal, il aurait déjà abandonné et, considérant sa mise comme perdue, serait passé à autre chose. Mais cette fois, non. Il ne voulait parler à aucune autre fille.

Elle te plaît vraiment, constata Nadia comme il ne disait rien pendant un long moment.

Ouais, peut-être. Watt continua à suivre Avery du regard tandis qu'elle se déplaçait dans la salle bondée tel un rayon de lumière doré.

Leda

Leda faisait le tour du Bubble Lounge, serrant si fort sa ridicule paille blanche que celle-ci creusait un sillon dans sa paume. C'était une soirée fabuleuse – elle n'en attendait pas moins d'Avery –, et Leda savait qu'elle avait de l'allure avec sa nouvelle robe qui dénudait une de ses épaules. Pourtant, elle se sentait mal à l'aise. Et cela lui donnait envie de boire, même si elle s'était juré de ne pas avaler d'alcool ce soir. Une promesse qu'elle avait réussi à tenir… jusqu'à maintenant.

Apercevant Avery et Eris ensemble au milieu de la salle, elle fut momentanément submergée par une jalousie familière. Avery était parfaite comme toujours. Mais Leda enviait aussi Eris, qui pouvait se tenir là dans une robe en cuir beaucoup trop courte et avoir quand même l'air d'être la reine du monde. Sa façon de bouger, l'assurance qu'elle exsudait, le mépris hautain qui résonnait dans chacun de ses ordres… Leda serait morte plutôt que de l'avouer mais, en cinquième, elle essayait d'imiter les gestes d'Eris devant la glace. Et elle n'y arrivait jamais.

Elle envisagea de rejoindre les deux filles mais se ravisa. L'étrange hostilité d'Avery commençait à lui taper sur les nerfs. Et pourquoi n'avait-elle pas encore vu Atlas de la soirée ?

Elle ne savait toujours pas ce qui se passait entre eux exactement. Quand leur rendez-vous s'était transformé en partie de RA avec toute la bande, elle avait cru qu'il n'était pas intéressé. Mais depuis, ils ne cessaient de s'échanger des textos – à propos de trucs idiots comme les cours de Leda, leur holosérie préférée, *Mike Drop*, ou les matchs que leur équipe de hockey jouait à l'extérieur : cela valait-il ou non la peine d'y aller ? Leda était certaine qu'il flirtait parfois avec elle. Pourtant, presque deux semaines s'étaient écoulées depuis leur quasi-rencard à l'Altitude, et Atlas n'avait toujours pas passé la vitesse supérieure. Qu'attendait-il ?

Leda avisa une bulle ambrée qui flottait non loin d'elle. Une petite gorgée ne pouvait pas lui faire de mal, non ? Elle s'en autorisa une grande, savourant la chaleur plaisante que le whisky diffusait dans tout son corps et jusqu'à ses orteils recroquevillés au fond de ses escarpins argentés à talons hauts.

La foule s'écarta devant elle, et Leda aperçut Atlas à l'autre bout de la pièce. Sans réfléchir, elle se dirigea vers lui.

– Salut, dit-elle, ravie de le voir sourire à son approche. Ta soirée se passe bien ?

– Bof, tu sais, c'est très…

Atlas eut un geste pour englober la salle, la foule et les bulles phosphorescentes.

– Très Eris ? suggéra Leda, et il rit.

– Exactement !

– J'ai entendu dire que tu avais un nouveau boulot, ajouta Leda en regrettant le côté superficiel de cette conversation.

– Ouais. Pour l'instant, ça se passe très bien. (Atlas avait commencé à travailler dans une des sociétés d'investissement de son père et reporté son entrée à Columbia à l'automne suivant. Il haussa les épaules.) Et puisque j'ai le temps, je me demande si je ne vais pas aussi postuler pour d'autres facs.

– Tu veux encore quitter New York ? s'étonna Leda.

Elle avait beau connaître Atlas depuis des années, il lui semblait qu'elle ne le comprendrait jamais.

– Il y a d'autres villes dans le monde, tu sais.

– Bien sûr, et maintenant que tu as passé une semaine dans chacune d'elles avec ton sac à dos, tu es un expert en la matière, répliqua Leda, piquée au vif.

À sa grande surprise, Atlas éclata de rire.

– Tu as raison, je n'y connais pas grand-chose. Tu sais ce qu'on dit : plus tu en vois, moins tu en sais.

Leda n'avait jamais entendu cette expression, et elle en avait assez de tenter de deviner à quoi pensait Atlas, ce qu'il voulait vraiment.

– Tu es difficile à suivre.

– Toi aussi.

Elle le regarda boire une gorgée dans la bulle ambrée. Soudain, il lui sembla que la musique accélérait pour se mettre au diapason des battements frénétiques de son cœur.

Elle n'y tenait plus. Impulsivement, comme dans les Andes, elle se pencha vers lui et l'embrassa. Atlas lui rendit son baiser. Leda se rapprocha de lui et glissa une main dans ses cheveux, les nerfs subitement en feu, les veines chargées d'ocytocine pure. *Enfin !*

Au bout d'un moment, ils s'écartèrent l'un de l'autre. Leda leva les yeux pour jauger la réaction d'Atlas – et à la place, ce fut Avery qu'elle vit. Son amie se tenait à un mètre seulement, blême, les sourcils arqués par un mélange de dégoût et d'horreur.

Leda cligna des yeux et fit un pas vers elle, mais avant qu'elle puisse dire quoi que ce soit, Avery avait tourné les talons et disparu dans la foule.

Eris

Pour la première fois depuis des semaines, la vie d'Eris était redevenue comme avant.

C'était une soirée incroyable. Avery s'était surpassée sur chaque détail, depuis le diaporama projeté dans l'arrière-salle jusqu'aux pailles personnalisées qui disaient « bon anniversaire, Eris ! » en minuscules lettres phosphorescentes. Jamais Eris n'avait vu autant de monde au Bubble Lounge. Tous les gens qui comptaient étaient venus discuter, boire et fêter son existence.

La seule absence qui l'ennuyait quelque peu était celle de Cord. Elle ne s'attendait pas à repartir avec lui ce soir, mais elle pensait qu'il viendrait peut-être en tant qu'ami. Les soirées étaient toujours plus marrantes quand il était là. Elle envisagea brièvement de lui envoyer un texto, mais après la façon dont ils s'étaient séparés, ce n'était peut-être pas une bonne idée.

Une autre partie d'elle – une petite partie stupide – se demandait si elle n'aurait pas dû inviter Mariel. Non qu'elle veuille recoucher avec elle. Mais Mariel avait été sympa avec elle à un moment où elle en avait bien besoin ; Eris ne pouvait s'empêcher de penser qu'elle avait profité d'elle et de culpabiliser un peu.

Arrête, se dit-elle en mettant fermement ses souvenirs de côté. C'était sa soirée, et rien ne viendrait la gâcher.

– Eris ?

Elle se retourna et fut quelque peu surprise de voir Leda s'approcher d'elle seule, sans Avery. Ce n'était pas qu'elle n'aimait pas Leda ; simplement, elles n'avaient jamais eu grand-chose à se dire. Eris avait toujours l'impression que Leda disait une chose tout en en pensant une autre, comme si elle s'amusait secrètement aux dépens de son entourage. Même ses compliments semblaient à double tranchant.

Mais face à elle, pour une fois, Leda paraissait sincère.

– Joyeux anniversaire ! Quelle soirée fantastique ! s'écria-t-elle.

– Merci, mais c'est Avery qui a tout fait, répondit Eris avec un sourire perplexe.

– Je me demandais… (Leda hésita et prit une grande inspiration.) Enfin, je voulais te demander si Avery t'avait dit quelque chose à propos de…

– Eris ! s'écria Ming qui se dirigeait vers elle en fendant la foule, un sourire étrange sur ses lèvres peintes en rouge bordeaux. Avery a besoin de toi dans l'arrière-salle.

Eris commença à se détourner, puis reporta son attention sur Leda.

– Tu veux… ?

Leda secoua la tête avec une lueur impossible à déchiffrer dans les yeux.

– Pas grave. Va jouer ton rôle d'héroïne de la soirée.

Eris acquiesça, son corps vibrant d'excitation comme elle emboîtait le pas à Ming. Elle sentait les invités la suivre du regard, murmurer leurs commentaires sur la soirée ou admirer sa robe. Elle jeta un coup d'œil à Ming, qui marchait d'un pas raide. Elle avait toujours trouvé irritante sa façon de leur coller aux basques, à Avery et à elle, en copiant tout ce qu'elles faisaient.

– Cette robe te va vraiment bien, dit-elle en désignant du menton la tunique lamée dorée que portait Ming.

– Mmmh, acquiesça cette dernière sans se mouiller.

Un peu irritée, Eris fit une nouvelle tentative.

– Tu t'amuses bien ?

– Évidemment, pas toi ? (Comme Eris opinait, Ming sourit de nouveau.) Cette soirée s'annonce pleine de surprises, commenta-t-elle mystérieusement.

– Je savais qu'Avery avait préparé autre chose ! s'exclama Eris en atteignant l'arrière-salle.

Bouche bée, elle contempla la scène décorée de paillettes roses qui flottait au centre de la pièce. Avery, Risha et Jess se tenaient là, autour d'une pièce montée aussi haute qu'elles. Eris et Ming montèrent rejoindre leurs amies.

– Je n'arrive pas à y croire ! s'esclaffa Eris, ravie par la surprise que lui avait concoctée sa meilleure amie.

Avery sourit et la prit dans ses bras.

– Tu le mérites, dit-elle.

Et elle poussa doucement Eris vers le centre tandis que la scène s'élevait au-dessus de la tête des invités et pénétrait dans la salle principale du Bubble Lounge.

La musique diffusée par les haut-parleurs s'interrompit soudain. Les gens se turent et levèrent les yeux vers Eris, attendant qu'elle prenne la parole. La jeune fille souriait si fort qu'il lui semblait que son visage allait se fendre en deux.

– Merci à tous d'être venus, dit-elle dans le micro. (Des vivats éclatèrent ; elle les savoura pleinement et, lorsqu'ils retombèrent, ajouta :) Et merci à Avery d'avoir tout organisé.

Avery s'avança.

– Joyeux anniversaire, Eris ! lança-t-elle d'une voix amplifiée à travers la pièce.

– Il y aura une after tout à l'heure ! intervint Ming en s'insinuant entre les deux filles et en jetant un regard entendu à Eris. Mais pas chez toi, j'imagine ?

Avery fut la première à se ressaisir.

– Eris n'a pas organisé d'after, mais je peux peut-être…

– Logique, vu que son père envisage de vendre leur appartement. C'est à ma mère qu'il a demandé de faire l'évaluation, poursuivit Ming. (Elle se tourna vers Eris en écarquillant de grands yeux innocents.) J'imagine que vous ne faites pas de travaux, contrairement à ce que tu as raconté à tout le monde ?

Le cœur d'Eris se serra comme elle comprenait ce qui se passait. C'était à cause de Cord, et du commentaire narquois qu'elle avait fait au yoga la semaine précédente, et de toutes les autres microagressions qu'elle avait infligées à Ming. D'une certaine façon, elle l'avait bien cherché.

– Euh, il en a été question un moment, mais en fin de compte…

– Je voulais t'organiser une after au Nuage, insista Ming, impitoyable, mais je suis allée voir leur service événementiel, et on m'a dit que vous n'étiez pas descendus là-bas. (Quelques murmures s'élevèrent de la foule. Eris sentit son visage s'empourprer.) Alors, où loges-tu en ce moment, Eris ?

– Eh bien, on est en plein déménagement et…

– Joyeux anniversaire ! coupa Avery en levant les bras au ciel pour allumer les bougies, dont jaillirent des flammes roses.

Les invités reprirent la chanson en chœur, mais sans grand enthousiasme. Eris vit qu'ils murmuraient entre eux et consultaient leurs lentilles. Ming avait éveillé leur curiosité, et mis en branle l'insatiable machine à ragots.

Des larmes picotèrent le coin des yeux d'Eris. Elle balaya du regard la foule si bien habillée, les bulles remplies d'alcool coûteux qui l'avaient tant excitée jusque-là et, tout à coup, elle se sentit comme un imposteur. Son ancienne vie ne lui appartenait plus. Elle était une moins-que-rien qui, la soirée terminée, rentrerait dans un appartement minuscule et infesté de cafards, trois kilomètres plus bas. Même si elle l'avait voulu, elle n'aurait pas pu retourner à son ancien appartement puisque son père avait apparemment décidé de le vendre. Elle savait qu'il logeait au Nuage, mais n'avait pas réalisé combien l'appartement devait lui faire horreur avec tous les souvenirs qui y flottaient comme autant de fantômes.

Eris éprouva un sentiment de perte aiguë à la pensée qu'elle ne mettrait sans doute plus jamais les pieds dans ce qui avait été son seul foyer jusque-là. Le dernier fragment de son ancienne vie allait disparaître pour de bon. Elle n'était plus Eris Dodd-Radson.

La chanson se termina.

– Fais un vœu, Eris ! lança Avery avec une gaieté forcée.

Mais elle secoua la tête, incapable de parler.

– Eris…

Avery tendit une main vers elle. Trop tard. Eris s'était détournée et fonçait à l'aveuglette vers la sortie du Bubble Lounge, des larmes ruisselant sur ses joues au vu et au su de tous ses invités.

Leda

– Te voilà !

Leda fonça à grandes enjambées furieuses vers Avery qui buvait dans une bulle bleue. La lumière de celle-ci se reflétait sur son visage, faisant briller la poudre phosphorescente sur ses lèvres et ses paupières, lui donnant une apparence presque surnaturelle. La plupart des filles présentes à la soirée portaient ce genre de maquillage, à l'exception de Leda – avec sa peau foncée, ça lui donnait l'air d'un clown.

– Salut, Leda, répondit Avery sur un ton las.

Elle voulut se détourner, mais Leda lui prit le poignet.

– Sérieusement ?

Elle en avait assez de faire comme si de rien n'était. Un peu plus tôt, elle avait tenté de parler à Avery, juste après qu'elle avait embrassé Atlas et que son amie avait eu l'air si horrifiée en les voyant, mais elle l'avait perdue dans la foule. Elle avait dû attendre jusqu'à ce qu'Avery descende du gâteau d'anniversaire flottant sur lequel elle n'avait pas invité Leda à la rejoindre. Leda était si désespérée qu'elle avait même tenté de demander conseil à *Eris* ! Elle ne savait plus quoi faire.

Avery plissa les yeux.

– J'essayais de rappeler Eris, si tu voulais bien me lâcher.

Leda laissa retomber son bras comme si elle s'était brûlée.

– Pourquoi tu m'évites ?

– Je ne t'évite pas, répondit Avery d'une voix étrangement calme.

– C'est à cause d'Atlas, pas vrai ? Tu trouves que je ne suis pas assez bien pour lui, dit Leda – et ce n'était pas une question. Tu as eu l'air tellement fâchée en nous voyant ensemble !

Avery frémit. Elle semblait avoir du mal à trouver quoi répondre.

– Je suppose que c'est un peu bizarre, oui. Ma meilleure amie et mon frère…

– Je comprends. Mais tu ne crois pas que tu en fais un peu trop ?

« Un peu bizarre », ça n'expliquait pas pourquoi Avery ignorait Leda depuis la rentrée. Il se passait autre chose.

– Tu aurais au moins pu me dire qu'il te plaisait.

– Visiblement, j'ai eu raison de me taire, vu la façon dont tu le prends, aboya Leda, frustrée.

Avery croisa les bras sur sa poitrine.

– Je ne veux pas que tu sois blessée, c'est tout.

– Tu ne vois pas que je le suis déjà ?

Avery ouvrit la bouche, mais aucun son n'en sortit.

– Je suis désolée, articula-t-elle d'une voix tendue.

– Je veux juste que les choses redeviennent normales.

Leda observait sa meilleure amie. Elle détestait avoir l'impression de la supplier. Mais à ce stade, elle ne se souciait plus de sa fierté. Avery lui manquait, et elle s'excuserait autant qu'il le faudrait pour tout arranger entre elles.

Avery soupira.

– Leda, c'est toi qui as commencé à faire des mystères et à me cacher des choses.

– Oh merde, souffla Leda. (Elle comprenait enfin. Avery était au courant.) Atlas t'a tout raconté, c'est ça ? À propos de ce qui s'est passé dans les Andes ?

Avery fit la moue et ne répondit pas. Leda enchaîna si vite que les mots se bousculaient en franchissant ses lèvres.

– Je suis désolée de ne pas t'en avoir parlé plus tôt. Mais tu étais déjà à New York pour ton opération, et ce n'est arrivé qu'une seule fois. Puis Atlas a disparu, et c'est devenu tellement insignifiant…

C'était si bon de vider enfin son sac, de mettre les choses au clair avec Avery une bonne fois pour toutes !

– Ouais, lâcha son amie prudemment.

Leda baissa les yeux.

– Je sais que c'est idiot et cliché de perdre sa virginité avec le frère de sa meilleure amie. C'est un peu pour ça que je ne voulais rien te dire. J'avais honte, tu vois ? Je croyais que ça signifiait quelque chose pour lui aussi, mais vu la façon dont il s'est enfui tout de suite après…

Avery avait pâli et ne disait toujours rien. Leda hésita.

– C'est juste que… il me plaît vraiment, insista-t-elle. Même si tu penses que c'est une mauvaise idée. Je veux au moins essayer.

– D'accord. Je veux dire, c'est normal, lâcha Avery avec raideur.

– Je suis désolée, répéta Leda. Je sais que j'aurais dû t'en parler. Je te promets qu'il n'y aura plus de secrets entre nous.

La désintox exceptée, chuchota son esprit, mais Leda mit ça de côté. Ce n'était pas important pour le moment.

Avery acquiesça lentement.

– Je comprends pourquoi tu ne m'as rien dit. Et même si je continue à trouver ça… bizarre… (Elle eut un petit rire sans joie.) je suis contente pour vous deux. Maintenant, il faut vraiment que j'appelle Eris, si ça ne t'ennuie pas.

Elle se tourna vers la sortie.

– D'accord, murmura Leda.

Mais quelque chose lui disait que ses excuses, sa confession, ou peu importe le nom qu'on leur donnait, n'avaient pas produit l'effet escompté. Les choses restaient tendues entre Avery et elle.

Son cœur se serra. *Ce n'est pas juste*, songea-t-elle amèrement. Qu'est-ce qu'Avery voulait de plus ? Leda devait-elle se contenter de rester éternellement un second rôle, accepter le fait qu'Avery ne la laisserait jamais sortir avec son frère adoré ? Et pourquoi était-ce à elle de décider ?

Leda resta plantée au milieu de la salle, la colère irradiant d'elle en vagues de plus en plus intenses. Elle sortit la paille blanche de son sac et partit en quête d'une bulle ambrée.

Avery

Le souffle court, Avery longea le couloir en titubant. Elle trébucha sur un aspibot et jura. Elle savait qu'elle n'aurait pas dû quitter une soirée qu'elle organisait elle-même, mais elle était incapable de rester une seconde de plus.

Ça avait déjà été assez affreux de voir Leda et Atlas s'embrasser. Elle avait planté Watt au milieu de leur conversation pour se réfugier dans l'arrière-salle, où elle avait envoyé un serveur lui chercher un plateau de shots d'atomique – elle avait besoin de quelque chose de plus fort que le contenu des bulles. Seule, elle en avait descendu plusieurs d'affilée. Puis elle avait rassemblé les autres d'une main tremblante pour la surprise d'Eris. Qui avait elle aussi viré au désastre.

Néanmoins, elle arrivait encore à gérer à peu près jusqu'à ce que Leda lui offre le clou du spectacle en lui racontant comment elle avait couché avec Atlas. Cette nouvelle avait dissipé les derniers lambeaux de son self-control.

Avery avait fui le Bubble Lounge pour rentrer chez elle. Elle s'engouffra dans le garde-manger, ouvrit la porte à la volée et tira l'échelle d'un coup sec qui détacha son chignon compliqué. Puis elle poussa la trappe et, dangereusement à bout, sortit sur le toit.

Une tempête approchait ; Avery le sentait. Le vent prenait déjà de la force, arrachant ses dernières épingles à cheveux et faisant claquer sa robe autour de ses jambes. L'air était chargé d'une odeur de pluie. Avery s'accouda au garde-fou. Ses pensées s'agitaient frénétiquement dans sa tête, pressant si fort contre son crâne qu'il lui semblait que celui-ci allait exploser.

Un faucon perché un peu plus loin sur la rambarde tourna vers elle un œil rond et curieux. Avery le regarda déployer ses ailes et s'envoler. Elle se sentit une soudaine affinité avec l'oiseau qui s'éloignait à tire-d'aile avec un hurlement sauvage. Elle aurait tellement voulu le suivre dans la tempête qui approchait…

– Avery ? lança la voix d'Atlas derrière elle.

Paniquée, la jeune fille réalisa qu'elle avait laissé la trappe ouverte. Mais sa peur fut aussitôt remplacée par un soulagement pervers : Atlas n'était pas rentré avec Leda.

– Qu'est-ce qui se passe ? demanda-t-il en s'approchant d'un pas chancelant.

– Tu vois bien : je suis debout sur le toit.

Atlas hocha la tête. Il devait vraiment être soûl pour ne pas avoir capté le sarcasme.

– On devrait redescendre.

– Vas-y, toi. Moi, j'aime venir ici.

Il lui jeta un coup d'œil alarmé.

– Attends. Tu veux dire que ce n'est pas la première fois ?

Avery ne répondit pas, se contentant de scruter la ligne noire de l'horizon.

– Comment tu as trouvé cette échelle ? insista Atlas.

Elle haussa les épaules.

– N'en fais pas toute une histoire, d'accord ?

Elle lui en voulait d'avoir couché avec Leda, même si elle savait que c'était injuste.

– On devrait appeler la maintenance et leur faire barrer l'accès.

Avery fit volte-face, en proie à une panique grandissante.

– Non ! Sinon, je n'aurai plus nulle part où aller !

– Comment ça, tu n'auras plus nulle part où aller ? (Atlas la rejoignit devant la rambarde, une expression nerveuse passant sur ses traits lorsqu'il vit à quelle altitude ils se trouvaient.) Tu as plein d'endroits où aller.

– Oui, bon, mais venir ici, ça m'aide à m'éclaircir les idées.

Avery fixa les ombres en contrebas pour s'empêcher de pleurer. Ce toit, c'était tout ce qui lui restait. Elle était en train de perdre Leda, elle avait déjà perdu Atlas, et maintenant elle allait perdre son seul refuge.

– Tu vas bien, Aves ? s'inquiéta Atlas.

– Oui, oui.

– Avery. (Il lui toucha le bras.) Que se passe-t-il ?

– Leda m'a raconté, répondit-elle sèchement, toujours sans regarder son frère. (Elle savait qu'elle n'aurait pas dû lui en parler, mais la partie la plus stupide d'elle en avait envie.) Ce que vous avez fait en janvier, dans les Andes.

Atlas garda le silence un moment.

– Désolé de ne pas te l'avoir dit plus tôt, finit-il par lâcher, faisant écho à Leda quelques heures auparavant. (C'était si absurde qu'Avery eut envie de rire.) Je sais que c'est ta meilleure amie, poursuivit-il en choisissant soigneusement ses mots.

Il devait être plus soûl qu'elle ne le pensait.

– Mais tu n'es pas rentré avec elle ce soir.

– Non, en effet.

– Tu l'aimes ? lança Avery tout de go.

La réponse lui faisait peur, mais elle avait désespérément besoin de l'entendre.

Il y eut un nouveau silence. Avery distinguait mal le visage d'Atlas dans l'obscurité.

– Je ne…

Il n'acheva pas sa phrase. Avery se demanda s'il avait failli dire qu'il n'aimait pas Leda, ou qu'il ne savait pas.

– Comment as-tu pu ? chuchota-t-elle.

Atlas se tourna vers elle, son expression impossible à déchiffrer dans la nuit.

Puis il se pencha vers Avery et l'embrassa.

La jeune fille se figea, osant à peine respirer. Le contact des lèvres d'Atlas sur les siennes était léger comme une plume, hésitant. Elle ferma les yeux tandis qu'un frisson lui parcourait le corps. Il lui semblait que ses cheveux se dressaient sur sa tête, que son corps tout entier était un câble à nu, bourdonnant d'électricité. Elle voulait enlacer Atlas, le serrer contre elle et ne jamais le lâcher. Mais elle avait trop peur de briser le sort. Alors, elle ne bougea pas.

Finalement, Atlas s'écarta d'elle.

– Bonne nuit, Aves, dit-il avant de descendre bruyamment l'échelle et de disparaître à sa vue.

Avery resta plantée là, hébétée. Venaient-ils vraiment d'échanger un baiser ? La tête lui tourna, et elle posa les mains sur la rambarde pour se retenir.

Au-dessus d'elle, le ciel s'ouvrit, et une averse s'abattit brusquement. Des gouttes froides cinglèrent le visage d'Avery. Mais celle-ci était toujours incapable de bouger. Elle demeura sur le toit tel un paratonnerre tandis que la tempête enflait autour d'elle, les pieds rivés au sol, le bout des doigts effleurant sa bouche. L'air émerveillé.

Rylin

Rylin se tenait debout à l'arrière de la voiture STIE, agrippée à la barre métallique au-dessus de sa tête, quand le train ralentit et s'arrêta à Bedton. Contrairement à l'étage de Cord qui n'abritait que quelques pâtés de maisons, le 32e était immense. Il occupait la même surface que la base de la Tour, depuis la 42e Rue jusqu'à la 145e dans un sens, et depuis East Avenue jusqu'à Jersey Highway dans l'autre. Hiral habitait au même étage que Rylin, mais près de trente blocs plus loin, soit au moins quinze minutes en STIE.

Une bande de filles de douze ans s'entassa dans la voiture, et Rylin monta sa musique pour couvrir leurs gloussements. Elle avait besoin de réfléchir. C'était le chaos dans sa tête ; tout ce qui s'était passé depuis la veille se mélangeait et se brouillait, mais la jeune fille avait au moins compris une chose.

Ellc n'aimait plus Hiral.

Elle ne l'aimait plus depuis un petit moment déjà. Peut-être ne l'avait-elle jamais aimé. Elle avait cru que oui, du temps où ils étaient si jeunes que les mots « aimer » et « souffrir » s'appliquaient uniquement aux burgers et aux examens. Ce temps où leurs plus gros problèmes, c'était quand l'air conditionné avait cessé de fonctionner chez Rylin (Hiral l'avait réparé en grimpant dans le conduit de ventilation), ou encore la fois où Hiral avait oublié l'anniversaire de son frère et où Rylin l'avait aidé à préparer un gâteau à la dernière minute. Avant que la mère de Rylin ne meure et qu'ils ne deviennent des versions plus dures d'eux-mêmes.

La veille au soir, à son retour de Paris, Rylin, épuisée, avait filé tout droit au lit. Pour une fois, les ronflements de Chrissa ne l'avaient même pas empêchée de s'endormir. Ce matin, en se réveillant, elle avait découvert que sa sœur était déjà partie à son entraînement de volley en lui laissant un bagel dans le grille-pain et une capsule de café dans la machine. Elle avait traîné à la table de la cuisine en arrachant les petits bouts de bacon du bagel comme elle le faisait toujours et en repensant à tout ce qui s'était passé. Puis elle s'était levée en soupirant pour aller s'habiller.

Après tout ce temps, elle allait rompre avec Hiral. Pourtant, elle ne se sentait pas coupable ni même très triste, juste soulagée et vaguement nostalgique de ce qu'ils avaient été autrefois. Elle savait qu'Hiral ne le prendrait pas bien. Il n'aimait pas le changement ; il aurait pu rester avec elle jusqu'à la fin de sa vie, ne serait-ce que par pure inertie. Mais il finirait bien par comprendre, pas vrai ?

Le STIE ralentit de nouveau et Rylin se sentit poussée en avant. Elle porta une main à son collier tour Eiffel. Elle ne comprenait pas ce qui se passait entre elle et Cord mais, quoi qu'il en soit, elle voulait voir où ça les mènerait. Elle avait été surprise de s'amuser autant avec lui la veille – évidemment, elle avait adoré Paris, mais il n'y avait pas que ça. Elle avait adoré être à Paris avec lui.

Sortant son encombrante tablette MacBash, elle tenta à nouveau d'appeler Hiral, mais celui-ci ne décrocha pas. *Tu es réveillé ? Je viens te voir*, écrivit-elle en se mordant la lèvre avec impatience. Elle envisagea d'attendre l'après-midi, voire le lendemain. Mais, une fois sa décision prise, elle détestait reporter à plus tard. Comme le disait souvent sa mère, le plus tôt serait le mieux.

Rylin descendit du STIE à Niale, l'arrêt le plus proche de chez la famille d'Hiral. La plupart des boutiques qui bordaient l'avenue principale étaient encore fermées, leur enseigne au néon signalant qu'on y vendait des spiritueux ou des vêtements de toutes sortes, ou qu'on y rachetait des gadgets technologiques à bas prix – et que le sous-sol était probablement plein de matériel holo volé, comme tout le monde s'en doutait.

Un chat de gouttière urinait sur un pas de porte. En principe, il fallait un permis pour avoir un animal domestique dans la Tour, et les permis coûtaient cher, mais malgré tous les efforts des Services de contrôle animal, les chats de gouttière réapparaissaient toujours.

Rylin se souvint de la fois où Chrissa avait ramené à la maison un chaton roux dont les côtes saillaient sous sa fourrure pelée. Leur mère l'avait laissée le nourrir mais, plus tard ce jour-là, Rylin l'avait surprise en train de mettre le petit animal à la porte. « On n'a pas les moyens », avait-elle expliqué, sur la défensive, à sa fille de dix ans qui avait acquiescé. Le lendemain matin, elles avaient dit à Chrissa que le chaton s'était enfui.

Tête baissée, Rylin tourna à droite en direction de la zone résidentielle, puis s'engagea dans la rue d'Hiral. De temps en temps, elle croisait un ouvrier en route pour son boulot dans les étages supérieurs – impossible de se méprendre à son uniforme amidonné et à son air d'épuisement hébété.

– Rylin ! (Davi, la mère d'Hiral, vint ouvrir la porte alors que Rylin frappait encore. Elle se fendit d'un grand sourire.) Entre, entre !

Rylin se dandina sur place.

– Je me demandais si…

– Hiral ! rugit Davi – non qu'elle en eût besoin : son appartement était à peine plus grand que celui de Rylin, et abritait deux fois plus de gens.

Sandeep, son fils aîné, avait déménagé l'année précédente, mais Hiral partageait toujours sa chambre avec son frère Dhruv, qui était dans la classe de Rylin avant qu'elle n'arrête le lycée.

– Je crois que les garçons dorment encore. (Davi se tourna vers la visiteuse.) Je te prépare un petit déjeuner en attendant qu'ils se lèvent ?

J'ai déjà mangé, dit très vite Rylin.

– Un thé, au moins, insista Davi sur un ton qui n'admettait pas de réplique.

Prenant Rylin par les épaules, elle la poussa de force vers la cuisine. Des instaphotos de la famille étaient affichées sur le frigo. Le regard de Rylin se posa sur celle qui la montrait avec Hiral à un bal du collège en quatrième, avant qu'ils ne deviennent bien trop cool pour assister à ce genre de soirée. Elle portait une robe vert vif dont la couleur faisait ressortir ses yeux, et enlaçait étroitement Hiral dont le visage était plus rond et plus juvénile que maintenant. Elle avait complètement oublié cette soirée et cette photo.

Depuis combien de temps n'était-elle pas venue chez les Karadjan ? Désormais, quand Hiral et elle se voyaient, c'était toujours dehors.

– Je ne t'ai pas vue depuis un moment, dit Davi qui avait dû se faire la même réflexion. Comment vas-tu ? Et ta sœur ?

– Ça va.

Rylin aurait bien voulu qu'Hiral se dépêche. Elle était sur le point de rompre avec lui, et sa mère se montrait si gentille !

– Tu sais que si tu as besoin de quoi que ce soit, je suis toujours là.

Davi lui mit une chope de thé fumant entre les mains.

– Je…

– Ry ? (Hiral entra dans la cuisine, uniquement vêtu du bas de jogging en polaire noire qu'elle lui avait offert l'année précédente.) Quoi de neuf ?

– Combien de fois je t'ai dit de ne pas te promener torse nu devant les invités ! s'exclama Davi.

– Rylin n'est pas une invitée, contra son fils.

– Je voulais qu'on aille se promener, se hâta de dire Rylin avant que Davi puisse protester.

Elle n'avait aucune envie de faire ça chez lui.

Hiral haussa les épaules.

– Si tu veux. Bon, ben je vais chercher un T-shirt, du coup.

Mais alors qu'il rebroussait chemin dans l'étroit couloir, des coups violents résonnèrent à la porte d'entrée.

– Police ! cria quelqu'un.

– Ne restez pas là, siffla Davi, poussant les deux jeunes gens en arrière et redressant le dos d'un air déterminé.

Rylin jeta un coup d'œil à Hiral, qui avait blêmi.

Davi ouvrit la porte d'entrée.

– Puis-je vous aider, messieurs ? demanda-t-elle en se plantant sur le seuil pour dissimuler Rylin et Hiral.

Les deux agents tentèrent de la contourner en se tordant le cou pour voir à l'intérieur.

– Nous cherchons Hiral Karadjan. Il est là ?

– Je suis désolée, que… ?

– Nous avons un mandat d'arrestation à son nom.

Rylin émit un bruit de gorge étranglé. Hiral lui jeta un regard paniqué, mais trop tard : les policiers bousculaient sa mère et lui fonçaient dessus.

– Hiral Karadjan, vous êtes en état d'arrestation pour vente et distribution de substances illégales. Vous avez le droit de garder le silence. Tout ce que vous direz pourra être retenu contre vous, récita l'un d'eux sur un ton bourru.

Pendant ce temps, son partenaire brandissait un mandat de perquisition et entrait en trombe dans la chambre des garçons, où Dhruv marmonna des protestations ensommeillées. Sans en tenir compte, l'agent commença à renverser les meubles, à soulever les matelas et à fouiller les tiroirs. Rylin savait qu'il ne trouverait rien. Elle ignorait où Hiral planquait la marchandise, mais il était trop malin pour la garder chez lui.

Sur le côté, Davi se tordait les mains. Rylin sentit Dhruv venir se planter à côté d'elle ; elle lui prit la main et la serra en un geste de réconfort. Elle ne pouvait détacher son regard d'Hiral. La lèvre supérieure du jeune homme se retroussa en un rictus, et les muscles de ses épaules nues roulèrent sous sa peau comme l'agent lui tirait les poignets dans le dos et lui passait des menottes magnétiques. Il y avait dans ses yeux une lueur presque effrayante.

Rylin regarda les policiers l'emmener, tremblant de tout son corps sous l'effet du choc.

Dhruv se tourna vers elle.

– Qu'est-ce qu'on va faire ?

– Je ne sais pas, chuchota Rylin.

Elle n'était plus certaine de rien.

Leda

Leda était plantée devant la porte de chez les Fuller, se demandant si elle devait sonner ou entrer directement. Si elle venait voir Avery, elle serait déjà à l'intérieur ; son amie l'avait mise sur la liste d'accès autorisé de leur scanner rétinien des années auparavant. Mais cette fois, Leda venait voir Atlas.

Elle décida d'appuyer sur le bouton en calant la veste d'Atlas dans le creux de son coude. Le jeune homme la lui avait posée sur les épaules la veille au soir, alors que Leda frissonnait dans le hover qui les ramenait du Bubble Lounge. Ça lui avait paru bon signe. Jusqu'à ce que le hover s'arrête devant chez elle, et qu'Atlas lui dise bonne nuit avant même qu'elle puisse l'inviter à entrer. Il n'avait même pas tenté de l'embrasser.

Peut-être qu'elle ne lui plaisait pas, chuchota une voix pleine de doute dans sa tête. Peut-être qu'il avait des vues sur quelqu'un d'autre. Après tout, c'était elle qui l'avait embrassé à la soirée d'Eris. Mais il s'était laissé faire sans protester… Néanmoins, Leda se réjouissait qu'il ait oublié de reprendre sa veste : c'était une excuse parfaite pour passer le voir chez lui.

Comme personne ne venait ouvrir, elle soupira et leva les yeux vers le scanner rétinien. La porte pivota docilement sur ses gonds.

– Atlas ? appela Leda en pénétrant dans l'immense vestibule.

Elle jeta un coup d'œil involontaire aux murs couverts de miroirs, où son reflet lui parut presque sexy avec sa robe portefeuille, ses sandales de gladiateur, ses cheveux soigneusement coiffés et son maquillage impeccable.

– Leda ?

Avery sortit de la cuisine, vêtue d'une robe de chambre monogrammée et de pantoufles en alpaga, ses cheveux follement ébouriffés formant un nuage blond autour de son visage parfait. Leda éprouva une bouffée d'irritation en songeant au temps qu'elle avait passé à se préparer ce matin-là – tout ça pour qu'Avery soit quand même plus belle au saut du lit.

– Salut, dit-elle prudemment.

Elle ne savait plus comment elle devait se comporter vis-à-vis d'Avery.

– Tu es matinale. (Avec un haussement d'épaules embarrassé, Avery baissa les yeux vers sa robe de chambre.) Ou c'est peut-être moi qui ai du mal à décoller.

– C'était une super soirée, dit bêtement Leda.

Avery frotta le sol d'une pantoufle duveteuse.

– Merci. Au fait, je voulais te dire, j'adore la robe que tu portais. Elle était neuve ?

– Oui.

Au secours, songea Leda, *on dirait deux parfaites inconnues.* Leurs rapports allaient-ils désormais se résumer à cette politesse forcée ? C'était encore pire que de ne plus se parler du tout.

Elles se firent face dans un silence bizarre. Leda réalisa qu'elle n'avait pas remis les pieds chez les Fuller depuis la rentrée des classes. En temps normal, elle était toujours fourrée chez eux, faisant comme chez elle et se servant dans le frigo sans demander. À présent, elle n'oserait plus s'asseoir sur le canapé sans y avoir été invitée.

– Tu veux t'asseoir ? lança Avery comme si elle avait lu dans ses pensées.

Son regard se posa sur la veste d'Atlas.

– Non, c'est bon, répondit très vite Leda. Je cherchais juste Atlas.

– Je peux lui donner ça de ta part.

Avery tendit une main pour prendre la veste, mais Leda recula en la serrant contre elle.

– En fait, je…

– Leda ?

Atlas apparut dans le couloir, l'air encore plus mal en point qu'Avery. Il avait les yeux injectés de sang, le visage blême sous un début de barbe, et il portait encore sa chemise blanche froissée de la veille, même s'il avait réussi à enfiler un short de sport rouge. Leda éprouva un étrange soulagement. C'était sans doute pour ça qu'il n'avait rien tenté en la raccompagnant chez elle : il était trop bourré.

– Salut, lui dit-elle, ignorant Avery. On a un peu abusé hier soir, hein ?

– Ne m'en parle pas.

Comme Atlas s'avançait, Leda vit quelque chose sur son col : l'éclat inimitable d'une tache de phosphofard, à peine visible dans la lumière du jour.

Le monde tangua autour d'elle. *Atlas a embrassé quelqu'un d'autre hier soir.* Quelqu'un qui était aussi au Bubble Lounge. Sans ça, comment se serait-il fait cette tache ?

– Bref. Je voulais juste te rendre ça.

Elle lança sa veste à Atlas en se réjouissant d'avoir parlé aussi calmement.

– Merci. (Bien qu'un peu surpris, le jeune homme rattrapa le vêtement au vol.) Alors, euh…

– Il faut que j'y aille, dit très vite Leda. À plus.

Avery et Atlas lui dirent au revoir tous les deux, mais Leda rebroussait déjà chemin, le regard droit devant elle pour éviter de regarder dans les miroirs du vestibule les autres Leda. Elle n'avait pas besoin qu'on lui rappelle ses tentatives pathétiques de se pomponner pour un garçon qui se fichait d'elle.

– À Nadia, marmonna-t-elle en pénétrant dans l'ascenseur pour composer un nouveau message. Je crois qu'Atlas est sorti avec quelqu'un la nuit dernière. Je veux savoir qui.

Tes désirs sont des ordres, répondit aussitôt Nadia. Un instant plus tard, une autre ligne de texte apparut sous la première. *Mais si je dois pirater quelqu'un d'autre que lui, je devrai facturer un supplément.*

– Tu sais quoi ? Trouve-moi le nom de la fille, et je quadruple ton tarif de base, aboya Leda.

Les portes de la cabine s'ouvrirent et la jeune fille entra d'un pas vif. Déjà, elle se sentait un peu mieux. Elle n'avait encore jamais rencontré de problème qu'elle n'ait réussi à résoudre si elle était bien décidée à le faire.

Hormis Atlas.

Mais elle n'avait pas encore dit son dernier mot.

Avery

Avery regarda sa meilleure amie s'en aller. Elle savait qu'elle aurait dû dire quelque chose, ne pas laisser leur entrevue se terminer sur cette note, mais elle était trop préoccupée par Atlas pour avoir les idées claires.

Toute la matinée, elle avait attendu qu'il se réveille, le corps en proie à un délicieux picotement. C'était tout juste si elle avait pu se retenir de se précipiter dans sa chambre et de sauter sur son lit comme elle le faisait autrefois le matin de Noël. Leur baiser de la veille sur le toit repassait en boucle dans sa tête, et elle se posait un millier de questions. Comment géreraient-ils la suite ? Que diraient-ils à Leda ? Et à leurs parents ?

– Atlas ? lança Avery sans trop savoir par où commencer.

Puis elle réalisa qu'il ne la regardait pas : il fixait la porte d'entrée qui venait de se refermer sur Leda.

– Oui ? répondit-il en se tournant lentement vers elle.

La résolution d'Avery flancha. Pourquoi ne lui souriait-il pas, maintenant qu'ils étaient seuls ?

– Je me demandais si, euh…

Un bip résonna dans la cuisine, signalant l'arrivée d'une livraison de nourriture. Immédiatement, Atlas s'en fut la réceptionner sans même un regard pour Avery. Celle-ci le rejoignit en se dégonflant un peu au moment où il s'emparait de la boîte en carton en provenance de leur boulangerie préférée.

– Attends. Tu as passé une commande chez Bakehouse ?

– Ouais. Tu en veux ? proposa Atlas.

Avery secoua la tête. Elle n'en croyait pas ses yeux. Toute la matinée, elle avait fait les cent pas dans sa chambre, le cœur prêt à exploser, et pendant ce temps Atlas se prélassait au lit en commandant des gaufres ?

– Désolé. Qu'est-ce que tu voulais me demander ?

– Oh, je... (Prise de nausée, Avery renonça.) Laisse tomber, dit-elle sur un ton qui se voulait désinvolte.

Tout allait de travers. Elle avait envie de hurler. Elle touilla un cachet réhydratant dans un verre de jus d'orange juste pour avoir quelque chose à faire.

– Tu m'en donnes un ? réclama Atlas, gêné, au bout d'un moment.

Sans un mot, Avery lui lança le flacon.

– Merci, dit-il en faisant tomber deux cachets dans sa main. Bon sang, j'ai une de ces gueules de bois...

– C'était complètement dingue, pas vrai ? lança Avery en espérant le provoquer.

Elle n'arrivait pas à croire qu'il faisait comme si ce baiser n'avait jamais eu lieu.

– Les soirées que tu organises sont toujours démentes, Aves. (Le micro-ondes bipa et Atlas en sortit sa gaufre réchauffée, qu'il arrosa de sirop d'érable en continuant à éviter le regard d'Avery.) Je n'arrive pas à me souvenir de la dernière fois où je me suis réveillé si mal en point. Ces bulles de whisky-soda... (Il secoua la tête et mordit à pleines dents dans sa gaufre.) Qu'est-ce que ça cogne, se plaignit-il.

– Pareil pour moi, acquiesça Avery, faute de savoir quoi dire d'autre.

Que se passait-il ? Assis au comptoir, Atlas petit-déjeunait comme n'importe quel autre matin, comme s'ils ne s'étaient pas embrassés la veille. Comme si le monde entier n'avait pas basculé sur son axe, comme si la trame de l'existence même d'Avery n'avait pas irrémédiablement changé.

Se pouvait-il qu'Atlas ait été soûl au point de ne plus se rappeler ce qui s'était passé entre eux ? Ou pire, faisait-il semblant qu'il ne s'était rien passé parce que ça ne signifiait rien pour lui, ou parce qu'il regrettait ?

– Avery ? On vient juste de livrer ça pour vous.

Leur femme de ménage, Sarah, se tenait sur le seuil de la pièce, tenant contre elle une composition florale dans un bac métallique. Avery jeta un coup d'œil à Atlas en se demandant si ça venait de lui. Peut-être qu'il voulait jouer la prudence, et que ce bouquet était sa façon d'exprimer ses sentiments à Avery tout en les dissimulant au reste du monde.

Avery s'approcha, les pans de sa robe de chambre serrés autour d'elle, et sortit le carton crème épais niché parmi les fleurs. *Avery*, était-il écrit en arabesques à l'ancienne sur le devant. La jeune fille éprouva un frisson de plaisir à cette vue. Atlas s'était souvenu de son style préféré de calligraphie ! Elle ouvrit l'enveloppe en réprimant un sourire.

Mais le bouquet ne venait pas d'Atlas. *Des plantes à racines longues pour ta serre*, disait le message. C'était signé : *Watt.*

Watt ? s'étonna Avery. Elle repensa à leur conversation de la veille. Qui était ce garçon, au juste, et pourquoi ne savait-elle presque rien de lui ?

Elle enfouit son visage dans le bouquet pour masquer sa confusion et inspira profondément. Les fleurs avaient un parfum enivrant, léger et sucré. Avery réalisa qu'elles avaient été choisies très soigneusement : des pivoines, du gypsophile et une unique rose blanche au milieu. Toutes des variétés à racines longues. Et il y avait du terreau dans le bac, qui était large et profond. Ces fleurs n'étaient pas coupées, mais toujours vivantes et, si Avery le désirait, elle pouvait tenter de les planter en terre.

Watt avait visiblement apporté beaucoup de soin à la confection de ce cadeau, et, malgré tout le reste, Avery fut touchée.

– Vous voulez que je les mette dans votre chambre ? interrogea Sarah.

– Pourquoi pas plutôt ici, sur la table de la cuisine ? répliqua Avery en fixant Atlas.

Elle espérait que les fleurs provoqueraient une réaction chez lui – de la jalousie, ou au moins de la curiosité. Mais il se contenta de mâcher sa gaufre sans même la regarder.

– Comment tu les trouves, Atlas ? lança Avery, irritée.

– Très belles.

Il n'avait même pas demandé qui les lui avait envoyées. Le cœur meurtri, Avery posa ses coudes sur la table et détailla les fleurs. Oui, elles étaient belles pour le moment, mais condamnées, songea-t-elle, maussade : leurs racines minuscules se heurteraient bientôt aux limites de leur pot.

Avery cassa une brindille de gypsophile et la fourra dans sa poche, puis battit en retraite dans sa chambre et referma doucement la porte derrière elle.

Eris

Eris faisait la queue à l'épicerie du coin, un panier minuscule pendu au bras, la main crispée sur une poignée de bons de réduction imprimés sur l'instapapier bon marché qu'on trouvait dans les étages inférieurs. Sa mère lui avait transféré quelques nanodollars afin qu'elle puisse s'acheter de quoi dîner. Caroline avait rendez-vous avec « quelqu'un de très important », avait-elle dit en enfilant un chemisier blanc repassé et un rang de perles pour la première fois depuis des semaines.

Eris s'était demandé brièvement s'il s'agissait d'Everett. Non qu'elle s'en souciât encore. Et puis, c'était plus probablement un entretien pour du boulot, avait-elle conclu, perdant tout intérêt pour la réponse. Le bon côté des choses, c'est qu'elle aurait l'appartement pour elle toute seule ce soir, au lieu de rester assise face à sa mère à la table sous laquelle leurs genoux se touchaient, mangeant des nouilles et du bouillon de légumes dans un silence de mort.

Eris était très seule ces derniers temps. Depuis sa désastreuse soirée d'anniversaire, durant laquelle tous les gens qu'elle connaissait avaient appris combien elle était devenue pauvre, elle se sentait isolée et mise à l'écart. Bien entendu, ses amis prétendaient que rien n'avait changé ; ils lui avaient tous envoyé des messages de soutien le lendemain, lui parlaient encore au lycée et lui demandaient souvent si elle avait besoin de quelque chose. Mais Eris ne les croyait pas vraiment. Même si ses liens avec Avery lui permettaient d'éviter le pire, quand elle marchait dans les couloirs, elle sentait les regards qui suivaient le moindre de ses mouvements, entendait les murmures qui s'élevaient sur son passage. Les gens chuchotaient sur un ton compatissant que ça devait être terrible mais, en réalité, Eris savait que beaucoup d'entre eux se réjouissaient probablement de sa disgrâce.

Chaque jour depuis une semaine, elle rentrait directement chez elle après la fin des cours, faisait ses devoirs faute de mieux et allait se coucher tôt. Pendant des heures, elle contemplait le plafond de sa chambre dans le noir, et quand elle finissait par s'endormir, elle rêvait de pièces verrouillées, de poursuites haletantes dans des couloirs sombres et sans fin, bien loin des fantasmes de vol et des aventures en Technicolor qu'elle chargeait autrefois sur son Tisse-Rêves.

Globalement, ça avait été une semaine assez horrible. Eris aurait voulu avoir quelqu'un d'autre qu'Avery à embêter avec ses problèmes. Si seulement elle couchait toujours avec Cord, elle aurait au moins pu se réfugier chez lui. Elle s'arrêtait toujours devant la porte de Mariel en rentrant, mais soupirait et passait son chemin. Vu la façon dont elle l'avait ignorée après la nuit passée ensemble deux week-ends plus tôt, elle ne pouvait pas frapper comme si de rien n'était pour lui proposer de faire un truc.

Eris trépignait. Tout allait tellement plus vite dans les étages supérieurs, où des robots scannaient les articles et prélevaient le montant correspondant par lien-contact en quelques secondes avant de les faire livrer par un drone ! Mais elle découvrait peu à peu que rien ici n'était automatisé ou efficace.

Lorsque vint son tour, un vieux caissier grisonnant se mit à scanner ses articles avec un appareil manuel antique. Eris laissa vagabonder son regard sur les présentoirs à fromage poussiéreux, le distributeur de beurre de cacahuètes aux rouages bruyants et la caissière d'à côté qui avait une longue tresse blonde, de grands yeux tristes et l'air d'avoir treize ans.

– Ça fera soixante-deux nanodollars et vingt-six cents, entonna le type grisonnant.

Eris sortit sa tablette de son sac pour l'agiter au-dessus du scanner, qui émit un bip coléreux.

– Transaction refusée, lâcha le caissier sur un ton irrité. Vous avez un autre compte pour payer ?

– Oh, euh…

Eris baissa les yeux et tapota sur l'écran de sa tablette pour faire apparaître le solde de son compte. La nausée la saisit. Il lui restait moins de cinquante ND. Comment était-ce possible ?

– Désolée, marmonna-t-elle en virant à l'écarlate. Je vais enlever quelques trucs, et vous pourrez refaire le total.

Elle entendit les protestations étouffées des clients qui attendaient derrière elle et voulut s'enfoncer dans le sol pour disparaître.

Elle garda les meganouilles et la sauce tomate, hésitant à renoncer au poulet ou à la glace chocolat-citron vert. Avec un petit soupir vaincu, elle écarta cette dernière.

– Ça devrait passer cette fois, dit-elle comme une main se tendait derrière elle pour saisir le pot de glace.

– Tu sais que tu peux additionner les prix pendant que tu fais tes courses. (Mariel leva les yeux au ciel.) Et si tu ne sais pas calculer de tête, tu as une application pour ça sur ta tablette.

– Salut, lança Eris tout bas, sans manifester la moindre surprise. Ça va ?

La transaction fut approuvée cette fois ; elle prit son sac et attendit sur le côté pendant que le caissier scannait les quelques articles de Mariel.

– Comme si tu en avais quelque chose à foutre, répliqua l'autre fille en passant son doigt sur sa tablette et en lançant le pot de glace à Eris. Tiens !

Déconfite, Eris la suivit dans le couloir. Elle n'avait pas réalisé que Mariel achetait sa glace pour elle.

– Tu n'étais pas obligée, tu sais.

– Un peu, quand même. Tu avais l'air tellement pathétique ! (Mariel haussa les épaules.) Considère ça comme un cadeau d'anniversaire en retard. J'ai vu sur les flux que tu l'avais fêté le week-end dernier.

La culpabilité poignarda Eris.

– Écoute, je ne…

– Laisse tomber. Tu ne me dois rien.

– Je suis désolée ! (Quelques têtes se tournèrent vers elles, et Eris baissa la voix.) Je suis désolée, répéta-t-elle en butant sur les mots. (Elle n'avait pas l'habitude de s'excuser.) Ce que j'ai fait… c'était nul. Je viens de vivre un mois difficile, mais je ne voulais pas… (Elle ne sut comment achever sa phrase.) Bref, je suis vraiment désolée. Merci pour la glace.

– Pas de souci.

Elles avaient atteint l'appartement de Mariel. Celle-ci poussa la porte qui n'était pas fermée à clé, et fit mine de disparaître à l'intérieur.

– Attends ! (Eris détestait supplier, mais elle était déjà là de toute façon, alors…) Tu veux qu'on fasse quelque chose ce soir, peut-être ?

Mariel eut un rire bref et sans joie.

– Désolée, Eris, je ne peux pas annuler mes plans chaque fois que tu as envie de t'envoyer en l'air.

Eris tenta de ne pas le prendre mal.

– Je voulais dire, en amies. C'est juste que… je ne connais personne d'autre ici. Je me sens seule.

– J'ai des trucs prévus ce soir. Et non, ce n'est pas une teuf cette fois, répliqua Mariel.

Mais sa voix s'était radoucie, et Eris se demanda si elle avait touché une corde sensible.

– Je peux venir ?

Mariel haussa un sourcil et la dévisagea.

– Tu ne manges pas ta glace ?

– S'il te plaît.

Elle prit le pot de glace des mains d'Eris, arracha le couvercle et plongea un ongle laqué de rouge à l'intérieur.

– Mmmh, dit-elle en léchant son doigt. Chocolat-citron vert. Excellent choix ! (Eris ouvrit la bouche.) Oui, tu peux venir. Mais cette fois, pas question de t'éclipser avant la fin. Ni de boire tout le vin.

– Ha ha ! Je savais bien que c'était une teuf, triompha Eris.

Mariel éclata de rire et ne répondit pas.

– Tu m'as amenée à l'église ? siffla Eris, plantée devant les immenses portes en bois sculpté de la cathédrale Saint-Paul. Tu sais que c'est vendredi, hein ?

– Ma mère travaille le week-end, donc on va toujours à la messe le vendredi soir plutôt que le dimanche matin, expliqua Mariel. Tu peux rentrer chez toi, si tu veux.

Eris hésita. Elles n'étaient pas loin de l'appartement – même si la jeune fille ne l'avait jamais remarquée, l'église se trouvait à peine à dix pâtés de maisons de leur rue.

– Non, décida-t-elle.

– Si tu viens, tu restes jusqu'au bout, lui rappela Mariel avant de pousser un des lourds battants, qui pivota vers l'intérieur.

Elle trempa le bout de ses doigts dans le bénitier en marbre près de l'entrée. Comme Eris passait à côté sans l'imiter, Mariel soupira et se retourna pour lui frotter son pouce encore humide sur le front tandis qu'Eris restait parfaitement immobile.

Elle suivit Mariel le long d'une allée latérale et se glissa avec elle sur un banc où étaient déjà assis un couple d'âge mûr aux cheveux noirs et un garçon de douze ans environ. Les parents et le frère de Mariel, devina Eris. Une fille leur chuchota quelque chose qu'Eris n'entendit pas en la désignant d'un geste. Ils sourirent et la saluèrent du menton avant de reporter leur attention sur l'avant de l'église comme le chœur se mettait à chanter.

Curieuse, Eris regarda autour d'elle. Il faisait frais et sombre dans l'église ; le plus gros de la lumière filtrait par les fenêtres en vitrail. Eris savait qu'ils étaient loin des flancs de la Tour, aussi devait-il s'agir non pas de la lumière du jour, mais de lampes solaires installées à l'extérieur. Au-dessus de sa tête, le plafond décrivait une arche deux, voire trois étages plus haut. Des statues de pierre représentant des gens en robe coiffés d'une auréole s'alignaient contre les murs.

Eris réalisa avec un temps de retard que tout le monde s'agenouillait. Elle se hâta d'imiter le mouvement, se laissant glisser sur le coussin prévu à cet effet. Autour d'elle, les gens entonnèrent un chant dont elle ne connaissait pas les paroles.

– Contente-toi de prier, lui chuchota Mariel.

Alors, Eris ferma les yeux et se laissa submerger par le chant.

Pendant le reste du service, elle imita les mouvements de la congrégation : assise, à genoux, debout, assise de nouveau. Elle fredonna pendant que les autres chantaient et garda le silence pendant les prières. Les voix enchanteresses du chœur se mêlaient aux enregistrements de piano pour tisser une sorte de magie autour d'elle. Eris se sentait plus calme, presque apaisée. Elle laissa vagabonder son esprit. Elle pensa à ses parents – comment ils étaient à l'époque de leur rencontre, quand sa mère n'était qu'un jeune mannequin qui avait laissé tomber sa carrière pour un homme plus âgé et qu'Everett sortait tout juste de son deuxième divorce. Elle se laissa aller à imaginer son père biologique, où il était en ce moment et ce qu'elle avait hérité de lui.

Elle jeta un coup d'œil à Mariel et sa famille, qui se tenaient par la main, et se surprit à espérer que tout irait bien pour eux. Et aussi pour sa propre famille brisée. C'était peut-être en ça que ça consistait, prier : souhaiter du bien aux autres, songea-t-elle.

Le prêtre dit quelque chose et, soudain, tous les gens se levèrent, se serrèrent la main et se murmurèrent des bons vœux. C'était très étrange pour Eris, de toucher des inconnus de la sorte. Cependant, c'était agréable de se trouver dans un endroit où personne ne la jugeait, ne se souciait de son passé ni ne connaissait son nom. Après avoir serré la main des parents de Mariel, de son frère et de tous les occupants du banc de devant, Eris se tourna enfin vers sa voisine.

– Que la paix soit avec toi, chuchota-t-elle d'une voix un peu éraillée.

– Et avec ton esprit, répondit Mariel en lui agrippant la main.

Et au lieu de la lâcher quand elles se rassirent, elle entrelaça ses doigts avec ceux d'Eris. Celle-ci ne dit rien et garda le regard fixé droit devant elle, mais ne se dégagea pas. Au bout d'un moment, elle pressa doucement la main de Mariel, qui en fit autant en retour.

Elles restèrent ainsi jusqu'à la fin du service.

Quand la messe s'acheva, Eris se joignit avec Mariel et sa famille au flot des paroissiens qui sortaient. Après le calme serein à l'intérieur de l'église, le monde du dehors lui parut tout à coup bruyant et bondé. Elle sursauta légèrement quand un médihover la dépassa en faisant un écart dans le hurlement coléreux de sa sirène.

– Merci de m'avoir laissée t'accompagner, dit-elle.

Mariel hocha la tête.

– Eris, lança la mère de la jeune fille, rompant le silence. Parle-nous un peu de toi. Qu'est-ce qui vous amène à Baneberry Lane, ta famille et toi ?

Eris jeta un coup d'œil à Mariel, surprise que celle-ci n'ait rien dit.

– En fait, je suis avec ma mère seulement, avoua-t-elle. Mes parents se séparent.

Chaque fois qu'elle le disait, ça devenait un peu plus facile, réalisa-t-elle. Peut-être qu'un jour ça ne lui donnerait même plus envie de pleurer.

– Je suis navrée de l'apprendre, répondit la mère de Mariel.

Et, au grand étonnement d'Eris, elle la serra dans ses bras. Jamais les parents de ses amis ne l'avaient étreinte ainsi, pas même ceux d'Avery.

– Vous voulez venir dîner à la maison toutes les deux ? demanda la mère de Mariel comme ils arrivaient en vue de leur appartement.

Eris hésita, surprise de se rendre compte combien elle avait envie d'accepter.

– Ma mère est sortie, mais moi, j'aimerais beaucoup, admit-elle.

La mère de Mariel sourit et entra. Mariel resta plantée dehors, dévisageant Eris d'un air perplexe.

– Qu'y a-t-il ? Tu ne veux pas que je reste ? s'inquiéta Eris.

Mariel secoua la tête.

– Non, c'est juste que… chaque fois que je crois t'avoir cernée, tu fais quelque chose d'inattendu.

Eris rit.

– Bonne chance pour réussir à me comprendre. Je n'y suis toujours pas arrivée, et ça fait dix-huit ans que j'essaie !

Mariel leva les yeux au ciel et la suivit à l'intérieur.

Eris fut très heureuse de rester assise à la table de cuisine des Valconsuelo – le nom de famille de Mariel, apprit-elle à cette occasion – pendant que les parents de son amie s'agitaient dans la petite pièce chaude encombrée par un tas de casseroles et de poêles. Bientôt, elle entendit le grésillement des saucisses et des tomates, et elle se mit à saliver. Hormis à la cafétéria du lycée, elle n'avait rien mangé d'autre que des conserves et de la bouffe de traiteur depuis son arrivée au 103e.

Le dîner fut délicieux et joyeusement bordélique. Eris adora la façon dont les Valconsuelo ne cessaient de se taquiner et de s'envoyer des vannes, ou de se disputer à propos d'un match de basket en nommant des joueurs dont elle n'avait même jamais entendu parler. Finalement, le père de Mariel se leva pour prendre un appel dans la chambre, et sa mère emmena Marcos se coucher – il bâillait depuis un moment déjà.

– Eris et moi, on fait la vaisselle, offrit Mariel en guettant la réaction de son amie.

– Eris est notre invitée, protesta sa mère depuis le couloir.

– Non, je tiens à participer, dit la jeune fille en se levant pour débarrasser la table.

Elle trouva très gratifiante l'expression stupéfaite de Mariel. *Non mais quand même*, songea-t-elle, amusée. *Je peux laver quatre assiettes.*

Elles firent la vaisselle en silence.

– Pourquoi tu m'as laissée venir tout à l'heure ? demanda Eris au bout d'un moment.

Mariel haussa les épaules.

– Tu as dit que tu te sentais seule. Moi, ça me fait toujours du bien d'aller à la messe quand je suis comme ça.

Lorsqu'elles eurent terminé, Mariel éteignit le plafonnier et alluma une bougie.

– Désolée, dit-elle en la posant au milieu de la table, on essaie de faire des économies d'électricité.

– C'est une manière subtile de me mettre dehors ? s'enquit Eris, d'humeur audacieuse.

La bougie faisait danser des ombres étranges sur le visage de Mariel, soulignant son ossature forte et volontaire, changeant ses yeux en deux lacs de ténèbres au regard indéchiffrable. Jamais Eris n'avait eu l'impression que quiconque lui était à la fois aussi familier et complètement étranger. Elle voulut prendre la main de Mariel par-dessus la table, mais cette dernière la retira en secouant la tête.

– Oui, c'est une manière subtile de te mettre dehors, soupira-t-elle. Je ne veux pas remettre ça avec toi sachant comment ça se terminera, Eris.

Eris aurait dû s'en aller sans insister, mais Mariel se pencha un peu en avant sans la quitter des yeux. Elle n'était pas encore tout à fait décidée.

– Ce sera différent cette fois, s'entendit dire Eris.

– Pourquoi je te croirais ?

– Et si on prenait notre temps ? suggéra-t-elle en se levant.

Elle ne savait pas pourquoi elle proposait ça ; elle savait juste qu'elle en avait envie.

Mariel pencha la tête sur le côté en réfléchissant. La lumière de la bougie fit étinceler les pierres rouges de ses boucles d'oreilles fantaisie, telles deux étincelles contre le rideau noir de ses cheveux.

– Peut-être, lâcha-t-elle enfin.

Eris opina.

– Tu sais où me trouver, lança-t-elle avant de refermer la porte derrière elle.

Eris Dodd-Radson, reine autoproclamée du plan cul d'un soir, proposant à quelqu'un de prendre son temps, songea-t-elle. *Qui l'eût cru ?*

Rylin

Dans sa cuisine, sa tablette pressée contre l'oreille, Rylin tentait une fois de plus de joindre le poste de police. Une semaine s'était écoulée depuis l'arrestation d'Hiral, et le jeune homme n'avait toujours pas l'autorisation de recevoir des visites. Pourquoi cela prenait-il si longtemps ?

– Bonjour, lança Rylin dès l'instant où l'agent préposé à l'accueil décrocha. J'appelle à propos d'Hiral…

– Mademoiselle Myers, comme je vous l'ai déjà dit hier, votre petit ami n'est pas visible pour le moment, aboya l'homme en reconnaissant sa voix. On vous préviendra, d'accord ?

Sur ce, il raccrocha.

Rylin s'accouda au comptoir, la tête dans les mains. Même si elle n'était plus amoureuse d'Hiral, elle détestait le savoir en train de souffrir en prison. Elle était passée chez ses parents tous les soirs de la semaine juste pour voir comment ils allaient, leur assurer qu'Hiral était innocent et que tout s'arrangerait. Dhruv la dévisageait, un sourcil levé, et Rylin rougissait parce qu'il avait éventé son mensonge. Mais que pouvait-elle dire aux Karadjan – que c'était sans espoir ?

Avec un soupir, elle se remit à entasser des boissons et des barres énergétiques dans la petite glacière argentée de Cord. Malgré tout ce qui se passait d'autre, elle était bien décidée à assister au tournoi de volley de Chrissa ce matin-là. Elle n'avait pas vu sa sœur jouer depuis des mois. Elle comptait même apporter des snacks à toute l'équipe, comme le faisaient parfois les mères des autres joueuses. En fait, c'était une idée de Cord ; il avait insisté pour lui prêter sa glacière parce que, bien entendu, Rylin n'en avait pas.

Un sourire flotta sur ses lèvres à la pensée de Cord. C'était bizarre la facilité avec laquelle son employeur était devenu… elle ne savait pas encore quoi. Bizarre, mais aussi naturel et comme inévitable.

Cord avait insisté pour lui payer toute la semaine, affirmant que c'était sa faute si elle avait été virée de son boulot à l'arrêt de monorail. Rylin avait pris l'argent – elle ne pouvait pas vraiment se permettre de refuser – mais, en échange, elle avait continué à faire le ménage même si Cord disait que ça n'était pas nécessaire. Elle ne s'absentait que pour passer des entretiens pour d'autres boulots. Jusqu'ici, ça n'avait rien donné : on lui en avait refusé cinq dans la semaine.

– Je ne comprends pas pourquoi tu ne veux pas rester ici, ne cessait de répéter Cord. Tu devrais retourner au lycée au lieu de prendre un autre boulot minable. Tu es trop intelligente pour ça, Rylin.

C'était tentant d'accepter son aide, mais le déséquilibre dans leur relation mettait déjà Rylin mal à l'aise. Il avait peut-être raison sur le fait qu'elle devrait décrocher son diplôme, mais avant ça, il fallait qu'elle en trouve le moyen financier.

Néanmoins, Cord et elle avaient passé du temps ensemble depuis leur retour de Paris : l'après-midi quand il rentrait du lycée, ou de cet endroit mystérieux où il disparaissait dans la journée. En général, ils traînaient chez lui à regarder des holovidéos, à rire et à s'embrasser – beaucoup. Ils n'étaient pas encore allés plus loin, surtout parce que Rylin culpabilisait. Elle devait rompre avec Hiral avant de coucher avec Cord, et elle avait hâte de pouvoir le faire – elle se sentait toute nouée à l'intérieur, comme si elle vivait un mensonge.

On frappa à la porte. Surprise, Rylin leva les yeux et alla ouvrir.

– Lux ! s'exclama-t-elle en étreignant son amie.

Celle-ci portait un pantalon souple gris et soyeux, noué à la taille par une ficelle, et un débardeur du même vert pomme que sa queue-de-cheval.

– Tes cheveux de cette semaine iraient super bien avec mes yeux, commenta Rylin.

Lux eut un demi-sourire sans joie. Elle était toujours au lycée mais travaillait l'après-midi dans un salon de coiffure du 90e étage, où elle nettoyait les colocônes et balayait les mèches coupées. Les stylistes la laissaient utiliser le matériel ; résultat, ses cheveux étaient un kaléidoscope de couleurs perpétuellement changeantes.

– C'est à peine si tu réponds à mes textos depuis une semaine. Je m'inquiétais, dit-elle.

– Je sais. C'est un peu la folie.

Rylin éprouva un pincement de culpabilité. Elle ne savait pas quoi lui répondre. Lux ne cessait de lui envoyer des messages depuis l'arrestation d'Hiral, sans doute parce qu'elle supposait que Rylin avait besoin qu'on lui remonte le moral. Si seulement elle connaissait la vérité, songea la jeune fille. Oh, et au fait, elle commençait à tomber amoureuse du type des étages supérieurs pour qui elle bossait.

– C'est justement pour ça que j'essayais de te joindre, dit Lux. (Elle leva la main en un geste exaspéré, et Rylin vit qu'elle tenait un sac d'épicerie en papier brun recyclable.) J'ai apporté de quoi faire des pancakes chocolat-nambo. Je me disais que tu aurais sans doute besoin d'un petit déjeuner réconfortant. Mais apparemment, tu as d'autres projets.

Elle jeta un coup d'œil à la glacière, puis aux cheveux bien coiffés de Rylin et à sa jolie robe bleue.

Rylin sourit en se rappelant toutes les fois où sa mère avait préparé ces pancakes quand Chrissa et elle étaient petites. Ce n'était rien de spécial, juste un mélange tout prêt à la banane dans lequel on ajoutait des pépites de chocolat. Chrissa adorait ça et en réclamait tout le temps, mais comme elle n'arrivait pas encore à prononcer le mot « banane », elle courait autour de la cuisine en criant : « Nambo ! Nambo ! » jusqu'à ce que Rylin et Lux sortent la boîte, et qu'un grand sourire illumine son visage de petite fille.

– Des pancakes chocolat-nambo, ce serait super, dit Rylin, sincère. Mais je partais assister au tournoi de Chrissa. Tu veux venir avec moi ? Et on pourrait prendre le petit déjeuner en guise de dîner ce soir ?

Lux hésita, puis acquiesça.

– Si tu veux, dit-elle en dévisageant Rylin comme si quelque chose lui échappait.

– Comment vont les autres ? demanda son amie alors qu'elles quittaient l'appartement. (Elle venait juste de se rendre compte qu'elle ne les avait presque pas vus depuis qu'elle avait commencé à bosser pour Cord.) Tu as vu Andrés ou V ces derniers temps ?

Elle ne comprenait pas comment Hiral avait pu se faire prendre alors que V, qui fourguait des volumes bien supérieurs, n'avait pas été inquiété.

– On est allés à la forêt d'acier hier soir. Le DJ était naze, alors on s'est vite barrés pour fumer des hallucilums dans le coin sombre près de la sortie de la 70e Rue.

Rylin connaissait cet endroit. C'était là qu'ils avaient tous fumé pour la première fois, quelques années auparavant. Elle avait eu si faim tout à coup qu'elle avait craint de vomir. « Ça passera, lui avait assuré Lux en gloussant, et après, tu te sentiras trop bien. » Elle avait raison.

– Ce n'était pas la même chose sans Hiral et toi, ajouta-t-elle.

– Ouais. Je m'inquiète pour lui. Je voudrais juste lui parler, mais on ne me laisse pas le voir, soupira Rylin comme elles descendaient du STIE, la glacière roulant derrière elles.

Lux lui jeta un coup d'œil mais ne dit rien.

Elles atteignirent le gymnase du collège Irving. Une étrange appréhension noua le ventre de Rylin. Ça faisait un bail qu'elle n'avait pas mis les pieds dans un établissement scolaire.

Elles entrèrent juste au moment où le tournoi débutait. C'était comme dans les souvenirs de Rylin : un sol en polyrésine plein de rayures, une odeur de renfermé et de transpiration… La jeune fille ne comprenait pas comment ce gymnase, qui à l'instar du reste de la Tour n'avait qu'une vingtaine d'années, pouvait déjà avoir l'air vieux d'un siècle. Probablement parce que personne ne le nettoyait ni ne l'entretenait jamais.

Les gradins étaient bondés. Rylin savait que c'était un tournoi de district, mais elle n'avait pas réalisé qu'il y aurait tant de monde. Chrissa et les autres filles de l'équipe d'Irving étaient regroupées d'un côté du filet. La mascotte holographique de leur collège, un énorme loup gris, faisait le tour des gradins en tirant des glapissements à certains des plus jeunes spectateurs. Rylin aperçut même une mini-hovercam qui flottait derrière les meilleures joueuses, projetant leur image sur les écrans géants fixés en hauteur.

Lux et elle prirent place sur un banc. Chrissa s'apprêtait à servir, soupesant le ballon dans sa main et portant le poids de son corps sur ses talons. Sa queue-de-cheval noire se balançait derrière elle. Impressionnée, Rylin la regarda lancer le ballon en l'air et le propulser par-dessus le filet.

– Elle est vraiment douée, chuchota Lux.

Rylin opina.

– Ouais.

Elle adorait voir Chrissa jouer. Parfois, sa sœur se tenait ramassée sur elle-même, complètement immobile, et soudain elle bondissait telle une machine. Elle avait la grâce d'une danseuse ; on aurait dit qu'elle était dans une chambre basse grav et que ses pieds touchaient à peine le sol. Le cœur de Rylin gonfla de fierté. Dans des moments comme celui-là, tous ses sacrifices prenaient un sens.

Sa tablette vibra. Elle avait reçu un message de Cord. *On dîne ensemble ce soir ?*

Je ne suis pas libre, répondit Rylin avec un coup d'œil à Lux, dont l'attention était rivée sur le terrain. Elle avait besoin de passer du temps avec son amie. *On va se faire un petit déjeuner à la place du dîner. Tu sais ce que c'est.*

Le petit déjeuner à la place du dîner, ce n'est marrant que si on le prend au lit, affirma Cord. Rylin réprima un sourire et remit sa tablette dans sa poche, mais pas avant que Lux n'aperçoive son expression.

– Tu as reçu une bonne nouvelle ? demanda-t-elle.

Rylin aurait vraiment voulu pouvoir tout lui raconter, mais elle n'était pas certaine que son amie comprendrait. Comment l'aurait-elle pu, alors que Rylin elle-même avait du mal ?

– Pas vraiment, répondit-elle en espérant que Lux n'insisterait pas.

Quand le buzzer sonna, signalant la fin du match, Rylin emporta la glacière vers l'endroit où l'équipe d'Irving s'était rassemblée, Lux sur les talons. Rouges et victorieuses, les joueuses se tapaient dans la main.

– Rylin ! Je ne savais pas que tu venais. Et Lux ! s'écria Chrissa en donnant à sa sœur une étreinte humide de transpiration.

Un petit patch rouge était collé sur son avant-bras, un MoniConstantes, réalisa Rylin, pour surveiller son rythme cardiaque, son métabolisme et la composition de sa sueur.

– Où tu as eu ça ? demanda-t-elle.

Chrissa haussa les épaules.

– On en donne à toutes les candidates au recrutement, répondit-elle, et Rylin se revit soudain dans la forêt d'acier la dernière fois qu'elle-même avait porté un patch.

Il lui semblait que c'était une éternité auparavant.

– Tu as apporté des snacks ? reprit Chrissa en apercevant la glacière.

Un sourire ravi éclaira son visage.

– Je sais, je suis la meilleure grande sœur du monde.

Rylin poussa la glacière en avant et souleva le couvercle. Les joueuses saisirent des boissons énergétiques d'une main avide. Chrissa but lentement et longuement, puis baissa la bouteille et dévisagea Rylin.

– Tu as l'air différente. Tu as fait quelque chose à tes cheveux ?

– Tu me confonds avec Lux, répliqua Rylin sur un ton léger.

Et sa cadette éclata de rire

– Tu as raison. C'est sans doute juste parce que tu portes une robe.

Mais Rylin savait ce que Chrissa voyait, même si elle n'arrivait pas à mettre le doigt dessus. D'une façon ou d'une autre, malgré tout ce qui se passait, Rylin était heureuse.

Leda

– Maman ? Tu es là ? appela Leda en entrant.

Humide de transpiration, elle frissonna. Elle portait encore les bracelets blancs bloqueurs de nausée du yoga antigrav. Ce jour-là, seules Ming et elle avaient assisté au cours. Avery n'était pas venue depuis plus d'une semaine. Elle disait qu'elle essayait de courir plus souvent, mais Leda savait qu'elle l'évitait – et qu'elle évitait aussi Ming, à qui elle n'avait toujours pas pardonné son intervention le soir de l'anniversaire d'Eris.

Leda et Avery s'étaient à peine parlé depuis leur curieux échange du lendemain matin, quand Leda était allée chez les Fuller pour rapporter la veste d'Atlas. Elles ne déjeunaient même plus côte à côte. Un jour, Avery s'était assise au bout de leur table, près d'Eris, laissant Leda entre Risha et Jess. Personne n'avait fait de remarque, mais Leda avait eu l'impression que tout le monde l'observait en attendant une réaction.

Et puis, il y avait Atlas. Nadia affirmait qu'il n'avait vu aucune autre fille ce soir-là : elle avait même piraté les archives du central des hovers, et trouvé le véhicule qui l'avait ramené directement chez lui après qu'il avait déposé Leda. D'après l'itinéraire enregistré, il n'était pas retourné au Bubble Lounge, et ne s'était pas non plus rendu chez une autre fille. Pourtant… Leda ne pouvait se défaire de l'impression qu'il se passait quelque chose, et qu'elle devait découvrir quoi.

Elle aurait bien voulu que cesse cette obsession vis-à-vis des Fuller. Mais ils étaient partout – en allant au bar à jus de l'Altitude après son cours de yoga, elle avait failli bousculer toute la famille qui repartait après avoir brunché. Instinctivement, elle s'était planquée dans un coin en attendant qu'ils passent, juste pour ne pas avoir à leur parler. Elle se rendait compte qu'elle se comportait comme une folle, mais elle ne pouvait affronter ni Avery ni Atlas. Du moins, pas avant d'avoir un peu repris le contrôle.

– Leda ? (La voix de sa mère provenait de son bureau.) Qu'est-ce que tu veux, chérie ?

Leda passa dans la cuisine et se mit à appuyer sur les boutons du liquifuseur pour se préparer le smoothie de cajou qu'elle comptait à l'origine prendre au bar de l'Altitude. Que voulait-elle ? Arranger les choses avec Avery. Coucher de nouveau avec Atlas. Et, de toute évidence, il allait falloir qu'elle s'y prenne autrement pour atteindre ses objectifs, parce que sa stratégie actuelle faisait un flop.

– Rien, merci, répondit-elle sans trop savoir pourquoi elle avait appelé sa mère.

Le smoothie s'écoula dans un verre réfrigéré. Leda saupoudra un peu de cannelle sur le dessus avant de boire une gorgée. Elle ne pouvait se défaire de l'image d'Avery, Atlas et leurs parents traversant l'Altitude tous ensemble, fiers et féroces comme une bande de fauves.

Ilara Cole apparut sur le seuil de la pièce.

– C'était comment, ce cours de yoga ?

– Très bien, répondit Leda avec impatience.

– Ton père et moi allons à la soirée des Hollenbrand tout à l'heure, lui rappela sa mère. Je ne sais pas trop ce que fait Jamie. Et toi, tu vois Avery ?

– Non, je crois que je vais rester là. Je suis un peu fatiguée, se hâta de dire Leda.

La lueur de soulagement qui passa dans les yeux de sa mère eut le don de l'irriter. Ilara n'avait pas été ravie que sa fille aille à l'anniversaire d'Eris le week-end précédent, mais Leda lui avait promis que ça irait, qu'elle ne boirait pas. Et elle n'avait pas enfreint sa promesse tant que ça, songea-t-elle. Même si c'était difficile à dire avec ces bulles absurdes.

– Pourquoi tu ne demandes pas à Avery de passer ? Je peux dire à Haley de rester pour vous faire des pizzas maison, suggéra sa mère.

Elle voulut coincer une boucle rebelle derrière l'oreille de Leda, mais celle-ci eut un mouvement de recul.

– C'est bon, pas la peine, aboya-t-elle.

– Leda, dit sa mère d'une voix basse, inquiète. Tout va bien ? Tu veux que je te prenne rendez-vous avec le Dr Vanderstein ?

Un bip de la porte d'entrée épargna à Leda la peine de répondre. Sans doute son père qui rentrait. Dieu merci, parce que la dernière chose qu'elle voulait, c'était voir le psy de sa mère.

– Salut vous deux, lança son père en pénétrant dans la cuisine. (Il semblait vidé.) Comment ça va ?

– Où étais-tu ? s'enquit Leda.

D'habitude, le samedi, son père s'endormait sur le canapé du salon – ou passait des coups de fil dans son bureau s'il avait du travail.

– Je suis allé jouer au golf avec Pierson et un nouveau client, chez Links, dit son père, la tête dans le frigo, en prenant un vin pétillant au citron.

– M. Fuller ?

Une alarme interne se déclencha dans la tête de Leda.

– Oui, M. Fuller, répéta sèchement son père comme si la question était ridicule.

Leda retint son souffle pour s'empêcher de dire quoi que ce soit. Elle avait croisé la famille d'Avery sortant de son brunch vingt minutes auparavant. M. Fuller n'avait pas pu passer la matinée à jouer au golf. Pourquoi son père mentait-il ?

– Comment c'était ? interrogea Ilara en contournant le plan de travail central pour donner un rapide baiser à son époux.

– Bah, on a laissé gagner le client. C'est le plus important.

Le père de Leda rit de sa propre plaisanterie, mais la jeune fille trouva que ça sonnait un peu faux, comme s'il avait l'esprit ailleurs. Que cachait-il ? Mais sa mère se contenta de sourire et d'acquiescer sans rien remarquer.

– Je vais me doucher, annonça sèchement Leda.

Emportant le reste de son smoothie, elle fonça dans le couloir et claqua la porte de sa chambre derrière elle. Très vite, elle ôta sa tenue de yoga humide et la jeta dans le panier à linge, qui l'enverrait directement à la buanderie. Elle entra sous la douche et régla le jet sur le mode pluie tropicale, avec vapeur maximum. Pourtant, elle continuait à frissonner.

Leda se laissa glisser sur le sol de la douche, carrelé de tommettes rouges récupérées dans une villa de Capri. Elle les avait choisies elle-même pendant les vacances d'été, deux ans plus tôt. Ses cheveux se mirent à friser dans la vapeur d'aromathérapie. Elle ramena ses genoux contre sa poitrine et tenta de réfléchir. Ses pensées tourbillonnaient, et elle ne parvenait à se concentrer sur aucune d'elles.

Son baiser avec Atlas au Bubble Lounge. Avec qui d'autre sortait-il. Pourquoi son père mentait-il sur ce qu'il avait fait le matin. L'expression d'Avery depuis quelque temps quand elle la voyait approcher. Le détachement qu'elle-même affectait. Tout lui pesait tellement ! L'eau la piquait comme un million d'aiguilles minuscules.

Elle avait besoin d'un trip.

Elle avait encore les coordonnées de son ancien dealer, Ross. C'était Cord qui les avait mis en contact. Leda avait déjà failli se faire choper plusieurs fois à force de piquer la xenperhédrine de sa mère, et pendant une soirée elle avait décidé de lui demander de l'aide. Elle ne savait pas à qui d'autre s'adresser. Elle se rendait bien compte que c'était risqué de remettre ainsi son secret entre les mains de Cord, mais elle sentait que sous ses fanfaronnades il était fiable.

– Pas de problème, avait-il dit.

Et, tout de suite, il lui avait envoyé un lien simplement nommé *Ross*.

Ross avait bel et bien fourni de la xenperhédrine à Leda, autant qu'elle en voulait. Mais il lui avait également donné d'autres trucs qu'elle n'avait même pas eu à payer.

– J'ai des relaxants en rabe, lui avait-il dit une fois alors qu'elle venait de lui acheter plusieurs cachets de xenperhédrine juste avant ses examens. Prends-en deux ou trois. Tu en auras sans doute besoin après.

Et Leda avait accepté.

Elle s'était aussi mise à fumer avec Cord et son entourage – dont Brice, parfois. En deux ou trois occasions, elle avait essayé des drogues plus dures, sans autre raison que la simple curiosité, mais elle avait refusé d'en faire une habitude. C'était sympa d'en prendre une fois de temps en temps pour lâcher prise. Elle trouvait ça reposant de ne plus devoir tout contrôler l'espace de quelques heures.

Et tout s'était bien passé jusqu'à l'hiver précédent – jusqu'à Catyan et à la disparition d'Atlas. C'est à ce moment-là que Leda avait commencé à perdre les pédales.

Salut, comment va ?

Leda leva brusquement la tête. Un message d'Atlas. *Salut,* répondit-elle en essayant d'ignorer l'excitation qui coulait dans ses veines. *Bien, merci, et toi ?*

Je me demandais si tu voulais m'accompagner au truc à l'University Club.

Submergée par un soulagement enivrant, Leda ferma les yeux. *Oui, volontiers.*

Elle se détendit pour la première fois depuis des semaines, lui sembla-t-il, inspirant à pleins poumons la vapeur parfumée à la rose. Peu importait qu'elle consomme des litres et des litres d'eau : tout était récupéré et filtré pour servir à autre chose ensuite. Alors, elle resta sous la douche, laissant la tension s'écouler de son corps las.

Au bout d'un moment, elle se leva, versa des perles de shampoing dans ses cheveux et commença à se masser le cuir chevelu. Elle se sentait réconfortée et de nouveau en paix, comme dans la tente de méditation de Silver Cove

Avery

Le dimanche soir, Avery tentait de se concentrer sur ses asperges plutôt que sur le garçon exaspérant assis face à elle à table.

– Atlas, j'ai parlé à James aujourd'hui, et il dit que tu t'en sors très bien. Que tu es resté tard tous les soirs de cette semaine, rapporta Pierson Fuller en raclant son assiette avec sa fourchette pour prendre une bouchée de saumon aux amandes.

– Ouais. J'essaie de tout apprendre le plus vite possible, de prouver que je suis capable de faire le boulot même si je n'ai pas… tu sais. Mon diplôme de fin d'études secondaires.

– Tu as ton diplôme ! s'exclama son père. Simplement, tu n'as pas assisté à la cérémonie de remise avec le reste de ta classe.

En même temps, sa mère s'écria :

– Tout le monde sait que tu as pris une année sabbatique ! C'est très courant de voyager à ton âge ! Moi aussi, je l'ai fait !

Sans leur prêter attention, Atlas demanda :

– Hé, Aves, tu me passes le poivre ?

Ne crois pas qu'il te suffit d'utiliser mon diminutif pour que tout revienne à la normale, songea Avery en faisant la moue et en poussant l'autoassaisonneur vers lui. C'était typique d'Atlas, cette façon de mettre leurs parents dans tous leurs états pour tenter de la faire sourire. Mais ça ne marcherait pas cette fois.

Pour être sûre de ne pas croiser le regard de son frère, Avery tourna la tête vers la fenêtre. C'était une soirée brumeuse ; des gouttelettes d'humidité perlaient sur les vitres sol-plafond qui composaient trois des murs de la pièce, dissimulant la vue sur l'East River.

Depuis le retour d'Atlas, les Fuller mangeaient plus souvent en famille. Ils dînaient ensemble presque chaque soir, et ils étaient même allés bruncher la veille, un samedi, jour où Pierson allait généralement jouer au golf et où sa femme en profitait pour enchaîner massages et soins de beauté. Au début, Avery avait adoré ça. Mais depuis le baiser du week-end précédent, elle était paumée. Atlas avait toujours été son confident, et elle ne savait même plus comment lui parler. Il semblait impossible que leurs rapports puissent redevenir normaux ; pourtant, de son côté, Atlas ne semblait avoir aucun problème à la traiter comme il l'avait toujours fait.

Avery souhaitait presque qu'ils ne se soient jamais embrassés – presque, mais pas tout à fait. Maintenant au moins, elle avait un souvenir à chérir et à se repasser aussi souvent qu'elle le voulait. Parfois, c'était une torture que d'évoquer le contact des lèvres d'Atlas, la tiédeur de son souffle, la sensation de ses mains sur sa taille. Mais Avery ne pouvait se résoudre à le regretter. Si elle n'embrassait plus jamais personne, elle pourrait subsister grâce au souvenir de ce baiser jusqu'à la fin de ses jours.

– Au fait, Atlas, je t'ai commandé un nouveau smoking aujourd'hui, lança Elizabeth en fronçant ses sourcils parfaitement dessinés au laser.

De toute évidence, elle aurait bien voulu savoir ce qui était arrivé au précédent, mais refusait d'aborder le sujet. En temps normal, Avery aurait été curieuse elle aussi mais, pour le moment, elle s'en fichait. Atlas l'avait sans doute oublié sur un yacht où il avait fait la fête en Croatie. Son regard croisa celui de sa mère, et elles échangèrent une mimique entendue.

Avery avait souvent du mal à croire que la moitié de ses gènes lui venaient d'Elizabeth. Bien entendu, il s'agissait de gènes récessifs, ceux que sa mère portait sans qu'ils s'expriment chez elle. Parce qu'elles ne se ressemblaient absolument pas.

Elizabeth Fuller n'était pas belle. Elle avait une silhouette solide et trapue, des bras trop courts et des cheveux qui frisaient malgré tout le temps et l'argent qu'elle consacrait à les discipliner. Mais elle soignait son apparence avec autant de détermination que s'il s'était agi d'un boulot à plein temps, s'infligeant des plastichirurgies chaque année et une quantité punitive de cours de Pilates. Pourtant, Avery savait qu'elle était affreusement complexée.

C'était pour ça qu'elle avait insisté pour investir autant d'argent dans la conception de sa fille, afin que celle-ci n'ait jamais à se soucier de son apparence.

– Il sera prêt pour le gala d'automne de l'University Club, poursuivit Elizabeth. Au fait, vous emmenez des cavaliers, tous les deux ?

– J'irai avec Leda, mais ses parents sont membres de toute façon, donc inutile de lui prendre un billet, répondit Atlas.

C'était nouveau pour Avery. Elle saisit son verre de merlot – par chance, ses parents étaient assez indulgents pour servir du vin à leurs enfants adolescents – et but une longue gorgée, la lumière se reflétant sur le liquide rubis dans son écrin de flexiverre incassable. Elle était consternée qu'Atlas continue à fréquenter Leda après l'avoir embrassée, elle.

– Oh, c'est merveilleux, commenta Elizabeth, visiblement un peu surprise. Pierson, doit-on mettre les Cole à notre table, dans ce cas ? J'avais déjà invité les Reed et les Delmond, mais je pense qu'on peut aller jusqu'à dix personnes…

– Comme tu veux, murmura le père d'Avery, sans doute en train de lire ses messages sur ses lentilles.

Génial, songea Avery. *Maintenant, les parents s'en mêlent.* Ça donnait plus de réalité à la situation, comme si Leda était devenue la petite amie officielle d'Atlas.

– Et toi, Avery, tu y vas avec quelqu'un ? s'enquit Pierson sur un ton frémissant d'inquiétude.

Il demandait toujours à sa fille pourquoi elle ne sortait avec personne, comme si son célibat était le mystère le plus perturbant auquel il ait jamais été confronté.

Avery hésita. Elle n'avait pas beaucoup réfléchi au gala d'automne, mais puisque Atlas y allait avec Leda, elle voulait s'y rendre aussi, et accompagnée, histoire de prouver que ce baiser avait aussi peu d'importance pour elle que pour lui. Mais Zay en avait eu assez de l'attendre et sortait officiellement avec Daniela à présent. Elle envisagea brièvement de demander à Cord – il était toujours de bonne compagnie dans ce genre de soirée – mais Atlas savait qu'elle et lui étaient juste amis, donc ça ne le rendrait pas jaloux.

Le regard d'Avery se posa sur les fleurs que Watt lui avait envoyées, et qui trônaient toujours sur la table de la cuisine dans leur jardinière en métal. Quelques branches de gypsophile s'étaient fanées, mais la rose blanche au centre était à l'apogée de sa beauté avec ses pétales veloutés largement épanouis.

Pourquoi pas ? se dit Avery. Watt avait eu l'air de connaître plusieurs des invités à l'anniversaire d'Eris – elle ne s'attendait pas réellement à ce qu'il vienne, même si elle se réjouissait maintenant qu'il l'ait fait. En fait, ne l'avait-elle pas vu bavarder avec Atlas à un moment ?

– J'amène Watt Bakradi. Le garçon qui m'a envoyé ce bouquet, dit-elle en le désignant.

Elle jeta un coup d'œil à Atlas, guettant sa réaction, mais il ne se départit pas de son air nonchalant.

– Ah, justement, je me demandais d'où elles venaient ! s'exclama Elizabeth. Bon, j'ajouterai un billet à notre commande. Comment as-tu fait sa connaissance ?

– Je ne le connais pas vraiment, la détrompa Avery. Mais Atlas, si. (Surpris, son frère leva le nez vers elle.) Je t'ai bien vu discuter avec lui l'autre soir au Bubble Lounge, non ? insista-t-elle afin qu'il pense qu'elle n'avait eu d'yeux que pour Watt toute la soirée.

– Ah, oui. Watt. Très sympa, acquiesça Atlas avant de reporter son attention sur son risotto.

– Eh bien, j'ai hâte de le rencontrer. Ce sera une merveilleuse soirée, sourit Elizabeth.

Ce sera… quelque chose, songea Avery en se demandant dans quoi exactement elle s'était fourrée.

Watt

Paresseusement appuyé sur un coude, Watt envoyait les réponses à son examen d'histoire américaine de milieu de trimestre. Tous ses camarades avaient passé des jours à réviser ; il entendait grincer les rouages dans leur tête tandis qu'ils fouillaient leurs souvenirs en quête de dates et d'événements qu'ils ne connaissaient pas, leur stylet hésitant à choisir une réponse au hasard. Pauvres nuls. Ils devaient s'en remettre à leur mémoire humaine défaillante pour avoir une bonne note. Contrairement à Watt.

Même le filet tech qui entourait le lycée, neutralisant les lentilles et les tablettes de tous les autres élèves, n'affectait pas Nadia : elle était bien trop sophistiquée. En ce moment même, elle faisait apparaître les réponses correctes sur les yeux de Watt, allant jusqu'à suggérer à quelles questions le jeune homme ferait bien de se tromper. Il savait qu'il ne pouvait pas avoir une note maximale dans toutes les matières sans attirer l'attention.

Il posa son stylet et regarda par la fenêtre le jardin vertical qui entourait son lycée, fougères et succulentes rampant sur les murs en une explosion végétale.

– Plus que deux minutes, annonça la préceptrice, Mme Keeley, en secouant son casque de cheveux exagérément laqués.

Les vingt autres élèves émirent des petits bruits affolés. Grâce aux écrans d'invisibilité qui les séparaient les uns des autres les jours d'examen, Watt ne pouvait pas les voir ; aussi continua-t-il à regarder par la fenêtre.

Si seulement il pouvait trouver un moyen de prouver qu'Atlas ne sortait avec personne d'autre ! Depuis le message de Leda la semaine précédente – celui où elle offrait de quadrupler son tarif de base s'il découvrait le nom de sa rivale –, Watt s'acharnait à surveiller les déplacements d'Atlas et à les croiser avec ceux de toutes les filles qu'il pouvait connaître. Jusqu'ici, ça n'avait rien donné. Et Watt avait le pressentiment que ça ne donnerait rien, parce que Leda était juste folle et parano.

Surtout maintenant qu'il savait qu'elle avait été accro à la xenperhédrine, et qu'elle avait fait une cure de désintox. Au début, il n'avait guère fouillé dans son passé, se contentant de consulter son flux le jour où elle l'avait engagé. Jusqu'à l'autre jour où, dans un accès de frustration, il avait demandé à Nadia de reconstituer la totalité de son historique et découvert son séjour à Silver Cove. Désormais, il était plus convaincu que jamais que Leda se trompait au sujet d'Atlas – qu'elle voyait des choses qui n'existaient pas.

Il se demandait aussi ce que devenait Avery. Il avait espéré que le bouquet qu'il lui avait envoyé suffirait à la séduire, ou au moins à susciter une conversation, mais la jeune fille s'était contentée de lui envoyer un texto de remerciement poli après l'avoir reçu. Depuis, une semaine s'était écoulée sans nouvelles, ou presque.

La cloche sonna, signalant la fin de l'examen et provoquant une série de cliquetis frénétiques comme les autres élèves se hâtaient de remplir les dernières bulles avant que les tablettes fournies par le lycée ne s'éteignent d'elles-mêmes. Watt leva les bras au ciel et s'étira paresseusement. À l'essai que Nadia avait rédigé et qu'il avait reformulé pour lui donner l'air plus authentique, il devrait obtenir entre 95 et 98 % à cet examen.

Il hissa son sac à dos sur une épaule et sortit dans le couloir. Debout devant leur casier, des filles faisaient apparaître des miroirs temporaires avec leur baguette-beauté pour vérifier leur coiffure. Les membres de l'équipe de foot passèrent en tenue complète, se dirigeant vers le hoverbus qui les emmènerait au terrain d'entraînement trois étages plus bas, dans la Park Zone. Des bannières tendues dans les couloirs passaient du jaune au violet, leur message alternant entre : FÉLICITATIONS, JEFFERSON : MEILLEURS SCORES AUX SAT 3 ANS DE SUITE ! et BAL D'AUTOMNE : ACHETEZ VOS BILLETS ! Un avion en papier porté par des microhovers fila au-dessus de sa tête comme par magie.

– Il était trop dur, cet exam ! s'exclama Cynthia, une Asiatique aux yeux écartés et à la frange noire qui était amie avec Watt et Derrick depuis le collège, en lui emboîtant le pas.

– Ouais, grave.

Ils franchirent la double porte et se retrouvèrent dans la large cour pavée devant le lycée. De l'autre côté de la rue, il y avait un arrêt de STIE et un glacier à cause duquel ils avaient séché les cours des tas de fois. Derrick se tenait à la lisière du filet tech, parmi une foule de jeunes qui vérifiaient tous leurs messages et leur flux. Les voyant tous les deux, il s'approcha.

– Hé, Cynthia ! lança soudain Watt. Je peux te demander un conseil ?

– Absolument pas. Je t'ai déjà dit de ne pas me soûler avec tes histoires de filles. Ce n'est pas parce qu'on est amis que j'approuve ce que tu fais hors de ma présence.

Elle haussa un sourcil d'un air de défi.

– Comment tu as su… ?

Watt se tut alors qu'un message apparaissait sur ses lentilles.

– J'entends des choses, répondit Cynthia.

Watt n'en croyait pas ses yeux. C'était Avery qui lui écrivait. *Salut, j'espère que tu as passé un bon week-end. Je me demandais : si tu n'es pas déjà pris samedi soir, tu veux m'accompagner au gala d'automne de l'University Club ?*

Il ne put réprimer un sourire ravi. Finalement, les fleurs avaient marché. *J'adorerais*, répondit-il.

Génial ! Je te fais suivre les infos plus tard. Mes parents et mon frère seront là aussi. C'est un peu une tradition familiale, ajouta prudemment Avery. Bah. Watt se fichait de devoir charmer aussi les grands-parents d'Avery, ses cousins et même le type qui lui coupait les cheveux. Il avait un rencard avec Avery Fuller !

– Tu entends quoi ? interrogea Derrick.

– Watt veut me demander des conseils pour les filles avec qui il sort, mais je refuse de m'en mêler, expliqua Cynthia avec une gravité feinte.

– Il te demande des conseils à toi ? s'esclaffa Derrick. C'est à propos d'Avery ? Ouah, dit-il en se tournant vers Watt, tu dois être plus désespéré que je ne le pensais.

– En fait, se vanta Watt, elle vient juste de m'inviter à une soirée chic. Le gala d'automne de l'University Club.

Il tenta de ne pas trop frimer, mais ne put s'en empêcher. Il avait réussi l'impossible : Avery Fuller voulait qu'il soit son cavalier. Il avait envie de se lancer dans une danse de la victoire.

– L'University Club ? répéta Cynthia, sceptique. C'est qui, cette fille ?

– Elle habite dans les étages supérieurs, dit Derrick comme si ça expliquait tout.

Watt acquiesça, mais il n'écoutait pas vraiment. Il fit réapparaître le message d'Avery et demanda à Nadia de l'aider à composer une réponse spirituelle et pleine d'assurance. *Nickel,* commença-t-il. *Et…*

– Tu sais que l'University Club, c'est le genre d'endroit où tu n'entres qu'en tenue de soirée, insista Cynthia. Tu auras sans doute besoin d'un smoking.

Watt leva vivement les yeux.

– Un smoking ? Tu es sûre ?

Maintenant, il avait vraiment besoin du bonus proposé par Leda. Il n'avait jamais acheté de smoking, mais il se doutait que ça ne devait pas être bon marché.

Il reporta son attention sur ses lentilles pour finir son message et paniqua en réalisant qu'il avait envoyé les mots qu'il venait de prononcer : *Nickel. Et un smoking ? Tu es sûre ?*

Putain, Nadia ! Tu savais bien que ça n'était pas destiné à Avery ! songea-t-il, furieux.

Tu étais en mode composition de message, répliqua le quant. *Si tu augmentais mes capacités, j'arriverais peut-être à deviner tes intentions non formulées.* Watt lui trouva un ton sarcastique. Saletés d'algorithmes récursifs. Il aurait juste dû la programmer avec une logique linéaire, comme la plupart des quants avant leur bannissement.

Watt se dandina en se demandant comment rattraper sa bourde, mais Avery répondait déjà : *Ouais, c'est tenue de soirée obligatoire. Je peux venir faire les magasins avec toi si tu veux. Je sais exactement où aller.*

– Tout à fait certaine, affirma Cynthia.

Derrick éclata de rire.

– Putain, mec, où tu vas trouver le fric pour t'acheter un smoking ?

– Il peut en louer un, abruti. Il y a une boutique à cet étage – côté est, je crois, ajouta Cynthia pour se rendre utile.

Mais Watt était concentré sur sa réponse à Avery. *C'est bon. J'ai renversé du vin rouge sur le mien la dernière fois que je l'ai porté, c'est tout.*

Si jamais il t'en faut un autre, ma proposition tient toute la semaine.

Watt allait protester pour tenter de masquer son embarras, sa totale inexpérience de ce genre d'événement et, pour être honnête, du monde d'Avery en général. Mais avant qu'il puisse formuler sa réponse, Nadia intervint. *J'ai piraté les archives des magasins que fréquente Avery*, dit-elle presque sur un ton d'excuse. *Il ne semble pas qu'elle ait jamais fait ce genre de course avec quelqu'un d'autre que son frère. Donc, ça me paraît bon signe qu'elle offre de t'accompagner.*

Je t'en veux quand même, répliqua Watt. Mais Nadia avait raison. Qu'est-ce qui lui prenait de refuser une occasion de passer du temps avec Avery, où que ce soit ? *D'accord, je te prendrai peut-être au mot après tout*, texta-t-il à la jeune fille.

– Je ne vais pas en louer un, dit-il en réponse à la question de Derrick. (Il tenait enfin sa chance avec Avery, et il voulait faire les choses proprement.) J'ai de l'argent de côté. Ça ira.

– J'espère juste que cette fille en vaut la peine, lança Cynthia en le dévisageant avec curiosité.

– Je croyais que tu ne voulais pas te mêler de mes histoires de filles, la taquina Watt en esquivant sa remarque.

Bien sûr qu'Avery en valait la peine !

Derrick rit de nouveau.

– On bûche toujours l'algèbre chez toi ce soir ? demanda-t-il à Cynthia, qui acquiesça.

En principe, ils avaient un planning de révisions tournant pendant la semaine des examens, même s'ils n'allaient plus très souvent chez Watt parce que les jumeaux faisaient trop de bruit et les dérangeaient tout le temps.

– Je ne peux pas venir, annonça Watt.

Il adorait traîner avec ses amis, mais il n'avait pas vraiment besoin de bosser son algèbre. À la place, il préférait se concentrer sur la surveillance d'Atlas pour pouvoir, avec un peu de chance, recevoir un paiement de Leda avant d'aller s'acheter un smoking.

– Mais ma mère a préparé tes cookies préférés ! protesta Cynthia comme Watt agitait la main pour leur dire au revoir.

De retour chez lui, il prit un sachet de pop-corn au fromage dans le placard de la cuisine, puis s'installa à son bureau et fit apparaître son écran.

– Nadia, dit-il à voix haute, il faut pirater le serveur domestique des Fuller. Tout de suite.

– Tu veux qu'on fasse une opération en binôme ? demanda le quant, l'air aussi excité que possible pour un ordinateur.

Plus il passait de temps avec Nadia dans sa tête, plus il lui attribuait des émotions humaines, songea Watt.

– Ouais. C'est parti.

Ça faisait un bail que Nadia et lui n'avaient pas dû unir leurs forces pour cracker un système. La plupart du temps, le quant était plus rapide s'il travaillait seul, sans interférence humaine. Mais, de temps à autre, face à un système particulièrement compliqué – par exemple, les idiosyncratiques qui avaient été codés par des humains follement créatifs –, l'union faisait la force.

Watt se mit au travail et ne tarda pas à trouver son rythme, ses doigts volant sur l'écran tactile pour manipuler des chaînes d'information invisibles comme s'il tirait sur les fils d'une toile immense et complexe. Nadia et lui travaillaient bien ensemble. Alors qu'il se frayait un chemin à travers les défenses de leur cible, Watt sentait la présence spectrale du quant, pareille à la flamme d'une bougie oscillant à la limite de son champ de vision. Il perdit toute notion de temps et de lieu, son être entier réduit aux séries de chiffres affichées devant lui, attendant l'éclair d'intuition qui lui permettrait de détecter un schéma répétitif, un angle mort, n'importe quoi.

Onze heures plus tard, ils le tenaient.

– Oui ! jubila Watt avec un soulagement intense, se rendant compte mais un peu tard qu'il avait raté le dîner et que c'était presque le matin.

Mais peu importait. Nadia essayait de franchir la sécurité des Fuller depuis des semaines, et ils avaient enfin réussi.

– Tu as accès au serveur de la chambre d'Atlas maintenant ? demanda-t-il à Nadia.

– Oui. Tu veux voir le flux en direct ?

– Pas vraiment, admit Watt, qui n'avait aucun désir de savoir ce qu'Atlas faisait quand il était seul dans sa chambre. Mais tu peux le surveiller pour moi, pas vrai ?

– Je commence tout de suite, acquiesça Nadia.

Watt se radossa à sa chaise, croisa les mains derrière sa tête et ferma les yeux avec un soupir de contentement.

– Tu crois que Leda paierait combien pour voir ça ? s'interrogea-t-il tout haut.

– Pour le moment, Atlas règle son Tisse-Rêves – rien de passionnant, rapporta Nadia.

– Qu'est-ce qu'il a sur son Tisse-Rêves ? s'enquit Watt, curieux malgré lui.

– Des images et des sons de la forêt amazonienne.

– Bizarre, murmura Watt. À moins que… Tu as toujours accès au Département d'État ?

Nadia s'était introduite dans leur système des dizaines de fois pour consulter des signalements de personnes disparues, des rapports de police et même, en une occasion particulière, le conseil de l'aviation.

– Bien sûr !

– Lance le programme de reconnaissance faciale sur toutes les caméras satellite d'Amérique du Sud, ordonna Watt.

Peut-être qu'Atlas aimait juste rêver d'une forêt tropicale et que c'était une pure perte de temps. Ou peut-être que Watt pouvait résoudre le mystère Atlas une bonne fois pour toutes.

Le jeune homme se dirigea vers la cuisine pour se préparer un sandwich. Il se sentait vidé, tout le corps vaguement endolori. Mais c'était une bonne fatigue. Il avait presque oublié la satisfaction qu'on éprouvait en menant à bien une opération compliquée, comme si on avait escaladé une montagne intangible ou résolu une énigme impossible. Il devrait le faire plus souvent.

– On fait une bonne équipe, Nadia, dit-il en tartinant du beurre de fruits secs sur une tranche de pain – trop crevé et excité pour se soucier de parler tout seul dans sa cuisine.

– Je sais, acquiesça Nadia.

Et, au son de sa voix, Watt eut l'impression qu'elle souriait.

Rylin

– Je viens voir Hiral Karadjan, annonça Rylin d'une voix claire.

Elle s'approcha du comptoir des visiteurs du centre pénitentiaire Greycroft situé dans le Queens, où Hiral serait détenu jusqu'à son procès à moins que sa famille réussisse par miracle à réunir l'argent de sa caution.

– Il est drôlement populaire, ce garçon, commenta sèchement le garde d'âge mûr en faisant signe à la jeune fille de lui présenter son sac pour qu'il l'inspecte.

– Hiral ? Sérieusement ?

Rylin lui tendit sa sacoche bourrée d'autant de cadeaux qu'elle avait légalement le droit d'en apporter.

– Il vient juste de recevoir un droit de visite, et vous êtes déjà la troisième à le réclamer aujourd'hui.

Le garde fit la moue en examinant les cadeaux de Rylin : du shampoing, un paquet des biscuits au beurre de Mme Karadjan, et même une vieille tablette dont l'i-Net avait été neutralisé, mais qui contenait des dizaines de livres et de vidéos.

– D'accord. Avancez par ici pour le contrôle de sécurité, ordonna-t-il en désignant un bioscanner qui enregistra l'image rétinienne de Rylin et balaya tout son corps en quête d'armes éventuelles.

Finalement, une lumière verte s'alluma, et une porte s'ouvrit devant la jeune fille.

– Il arrive tout de suite, promit le garde sur un ton las avant de reporter son attention sur sa tablette.

Rylin pénétra dans une pièce nue aux murs blancs, vide à l'exception de quatre tables et de chaises vissées au sol. Les murs paraissaient bizarres ; ils scintillaient presque, et Rylin se demanda à quel point ils étaient solides. Sans doute s'agissait-il de verre polarisant opaque d'un côté mais transparent de l'autre, afin que la police puisse observer les conversations des détenus. Rylin s'assit à la table du milieu, la plus éloignée des murs, et posa son sac sur la surface de métal éraflée.

Mal à l'aise, elle se dandina en cherchant ce qu'elle pourrait bien dire à Hiral. Rompre avec lui alors qu'il était déjà tombé si bas semblait si cruel. Mais Rylin n'en pouvait plus de passer du temps avec Cord sans être vraiment libre. Elle imagina qu'elle se sentait comme Hiral pendant qu'il réparait un ascenseur : suspendue dans le vide et retenant son souffle de crainte de faire un faux mouvement qui entraînerait sa perte.

Le mur glissa sur le côté en face d'elle. Levant les yeux, Rylin vit Hiral entrer d'un pas titubant, les mains menottées devant lui, encadré par deux sécuribots cylindriques qui glissaient sur des roues spectrales. Il portait une affreuse combinaison orange et les baskets blanches règlementaires, et ses cheveux avaient été presque rasés. Sans ses boucles juvéniles, les angles de son visage paraissaient plus saillants, ce qui lui donnait un air dur et sombre. *Coupable*, réalisa Rylin. Ce qu'il était.

– Hiral, dit-elle doucement comme il se laissait tomber dans la chaise face à elle. (Des fers magnétiques sortirent des pieds du siège pour lui encercler les mollets.) Comment ça va ?

– À ton avis ? aboya le jeune homme. (Rylin écarquilla les yeux.) Désolé, se reprit-il très vite, redevenant le Hiral qu'elle connaissait, le garçon dont elle était tombée amoureuse autrefois.) C'est juste que… c'est vraiment dur.

– Je m'en doute, compatit Rylin. Mais au moins, ta famille est venue te voir, ajouta-t-elle en se souvenant de ce que le garde avait dit.

Elle aurait bien voulu en venir directement au fait, mais elle ne pouvait pas débarquer et rompre avec lui dans la foulée.

– Ma famille ? répéta Hiral en prenant le sac et en fouillant parmi les cadeaux d'une main brusque.

– Le garde m'a dit que tu avais déjà reçu deux visites aujourd'hui, expliqua Rylin.

– Ce n'était pas ma famille.

Hiral mordit dans un biscuit au beurre sans la regarder.

– Oh…

L'estomac de Rylin papillonna. Elle se demanda si c'était V, ou une autre des personnes impliquées dans cette lamentable affaire. Elle ne voulait pas vraiment le savoir. Peut-être vaudrait-il mieux qu'elle cesse de tourner autour du pot.

– Écoute, Hiral…

– Ry, coupa-t-il. J'ai besoin que tu fasses quelque chose pour moi.

Autrefois, la jeune fille aurait acquiescé immédiatement mais, à présent, elle se méfiait.

– Quoi donc ? demanda-t-elle, prudente.

– Il faut que tu verses ma caution.

C'était si absurde que la jeune fille se mit à rire, mais Hiral la foudroya du regard, et elle se tut. Au secours, il était sérieux ! Il posa les coudes sur la table et son front dans ses mains.

– Mon stock est dans la zone de maintenance des ascenseurs de la ligne C, au 17e, murmura-t-il, le dos voûté, comme accablé par sa défaite.

– Hiral ! siffla Rylin, paniquée – et si la table était équipée d'un mouchard ?

Mais le jeune homme poursuivit très vite à voix basse :

– Ça va aller. Pose ta main sur mon épaule. Ils n'écoutent pas vraiment. Mais je ne veux pas qu'ils voient ma bouche ou qu'ils utilisent LireLèvres sur moi.

Rylin obtempéra, le cœur battant. Toute personne qui les observerait penserait qu'Hiral craquait et qu'elle le réconfortait. Il avait les poings quasiment devant la bouche pour dissimuler ce qu'il disait.

– La ligne C, au 17e, répéta-t-il. Derrière le panneau d'entretien de gauche. J'ai besoin que tu refourgues la came. Ne laisse rien là-bas, surtout pas les Custos Anderton. V te contactera bientôt, pour convenir d'une heure et d'un lieu de rendez-vous. Donne-lui tout le bazar. Ça devrait suffire pour régler ma caution. Surtout grâce à toi qui as volé ces Custos, ajouta-t-il.

Rylin en resta bouche bée. Hiral avait-il vraiment amassé pour quinze mille nanodollars de drogues ? Et quand ?

– Hiral, tu sais que je ne peux pas faire ça, répondit-elle lentement. Pas avec Chrissa. Si je me fais choper, elle ira en foyer d'accueil.

Le regard du jeune homme se durcit. Il la dévisagea d'un air peu amène.

– Donc, nous, on peut risquer la prison, mais toi, tu es au-dessus de ça ?

– Je suis désolée, dit Rylin en s'efforçant de garder son calme. Pourquoi V ne s'en chargerait pas lui-même ?

– Tu sais qu'il ne peut pas entrer dans le vestiaire. Et puis, je n'ai confiance qu'en toi.

– Hiral, s'il te plaît…

– Tu veux que je reste ici, c'est ça ? aboya-t-il, le visage rouge de colère.

– Bien sûr que non, mais…

– Putain, Ry ! (Le jeune homme tapa du poing sur la table. Rylin eut un mouvement de recul, mais il lui saisit brutalement le poignet.) Tu vas faire ça pour moi, d'accord ? C'est le principe, quand on est en couple. On s'entraide, on se protège. Tu vas m'aider à sortir d'ici parce que tu es ma copine, cracha-t-il comme si c'était un gros mot. Et parce que tu es ma copine, je garderai ton secret.

– Quel secret ? chuchota Rylin.

– Les Custos que tu as volés à Cord. Je t'aime, Rylin. Les flics auraient beau insister pour savoir d'où ils viennent, jamais je ne te dénoncerais.

La jeune fille eut l'impression d'avoir reçu un coup de pied dans la poitrine. Hiral la menaçait. Hébétée, elle leva les yeux vers les murs. Les gardes étaient-ils en train de les écouter ?

– Je t'ai déjà dit que je n'étais pas un assez gros poisson pour qu'ils nous surveillent, cracha Hiral comme s'il avait lu dans ses pensées.

Il lui lâcha le poignet et se radossa à sa chaise. Hiral l'avait serrée si fort que ses doigts étaient engourdis.

– D'accord, je t'aiderai, se força-t-elle à articuler.

Elle n'avait pas le choix.

– Je n'en doutais pas, railla Hiral.

Rylin posa ses mains sur la table. Soudain, elle avait l'impression d'étouffer. Les murs se refermaient sur elle comme si c'était elle la prisonnière.

Elle ne pouvait pas rompre avec Hiral. Du moins, pas encore. Elle devait rester avec lui jusqu'à ce qu'elle ait fait ce qu'il lui demandait et qu'il soit sorti de là.

– Maintenant, viens m'embrasser, exigea le jeune homme en désignant du menton ses chevilles entravées.

Rylin se leva docilement et contourna la table. Elle posa doucement sa bouche sur celle d'Hiral, mais celui-ci lui attrapa la nuque d'une poigne de fer et l'embrassa durement, en lui meurtrissant presque les lèvres.

Au bout d'un moment, Rylin s'écarta de lui. Elle se sentait glacée.

– Il faut que je rentre, dit-elle en se tournant vers la porte par laquelle elle était arrivée.

– À bientôt ! lança Hiral derrière elle.

Pendant quelques minutes après être sortie de la prison, Rylin marcha sans même se rendre compte où elle allait. La menace d'Hiral résonnait en boucle dans sa tête. Elle finit par s'arrêter et par s'envelopper de ses bras, tremblant de tout son corps.

Elle se tenait à l'entrée de la ligne A, celle qui filait tout droit jusque chez Cord. *Pourquoi pas ?* songea-t-elle. De toute façon, Cord ne rentrerait que beaucoup plus tard. Et ce serait bon de se réfugier un moment dans son appartement luxueux et sécurisé des étages supérieurs, où rien ne pourrait l'atteindre.

Quelques heures plus tard, Rylin était roulée en boule dans un fauteuil de la bibliothèque de Cord, l'holocheminée allumée et un vieil album d'instaphotos de sa mère sur les genoux, quand elle entendit du bruit sur le seuil de la pièce.

– Cord, je suis désolée, commença-t-elle en levant les yeux.

Mais c'était Brice. Rylin ne savait même pas qu'il était revenu à New York.

– On dirait que tu bosses dur, railla le jeune homme.

– Cord me laisse faire des pauses, répliqua Rylin, sur la défensive.

Mais elle savait qu'elle avait l'air de prendre ses aises, comme si elle était chez elle, et Brice le savait aussi. Il leva les mains en signe de reddition.

– Loin de moi l'idée de critiquer. Moi aussi, j'aime les boulots avec des avantages en nature, tu sais.

– Je ne vois pas de quoi tu parles, répliqua Rylin. (Il fit un pas en avant et elle se recroquevilla sur elle-même, tendant l'album à bout de bras tel un bouclier.) Je crois que tu devrais…

– Que se passe-t-il ? lança Cord, debout sur le seuil.

Le cœur de Rylin bondit de reconnaissance dans sa poitrine.

– J'avais une conversation passionnante avec notre femme de ménage ici présente, à propos d'éthique du travail.

Avec un clin d'œil, Brice s'éclipsa.

– Je suis désolée, bredouilla Rylin, même si elle ne savait pas trop pourquoi elle s'excusait.

– Oh, ne fais pas attention à Brice. Il joue les méchants, mais au fond, c'est un brave type.

Vraiment ? songea la jeune fille. Elle savait que la morgue de Cord n'était qu'une façade (et elle comprenait à présent de qui il la tenait) mais, pour Brice, elle n'en était pas si sûre.

– Qu'est-ce que tu regardes ? demanda Cord en désignant l'album avant de s'asseoir près d'elle.

– Rien de précis. (Rylin avait passé les photos de la famille Anderton en revue, espérant en trouver d'autres de sa mère, mais elle n'avait pas eu de chance jusque-là.) J'ai perdu la notion du temps, ajouta-t-elle.

Cord eut un geste désinvolte.

– Moi aussi, j'adore cette pièce.

Il balaya du regard les étagères pleines de livres papier, le tapis à fleurs sous leurs pieds, le feu simulé qui crépitait et dégageait une chaleur si convaincante qu'il semblait réel.

Rylin jeta un coup d'œil à l'horloge antique accrochée au mur, puis détailla Cord. Il portait un T-shirt gris tout simple, et le bas de son jean était taché de boue.

– Tu as encore séché les cours aujourd'hui ? demanda-t-elle, même si elle connaissait déjà la réponse.

– C'était une occasion spéciale, fut la seule explication de Cord. (Puis le visage du jeune homme s'éclaira.) Hé, je n'avais pas vu ces photos depuis une éternité ! C'est la fête d'anniversaire pour mes quatre ans, non ? Sur le thème d'Aladin, avec un hologénie ?

Sans un mot, Rylin lui tendit l'album. Cord se mit à le feuilleter, s'arrêtant ici et là pour lui montrer ses amis quand ils étaient petits, un énorme gâteau orné de bien plus de quatre bougies et un spectacle de magie holographique qui avait apparemment foutu une trouille bleue à Brice, au point que celui-ci en avait fait pipi dans son pantalon. Rylin acquiesçait de temps en temps sans vraiment faire attention. Dans sa tête, elle était encore au parloir de la prison, découvrant Hiral sous un nouveau jour.

Cord s'était tu et l'observait d'un air curieux, attendant visiblement une réponse.

– Oh, s'exclama Rylin, surprise. C'est vraiment, euh…

Le jeune homme posa une main sur la sienne.

– Qu'est-ce qui se passe, Rylin ?

Elle retourna sa main pour entrelacer ses doigts avec ceux de Cord. Elle détestait ne pas pouvoir lui dire toute la vérité. Elle était prisonnière des mensonges qu'elle avait déjà racontés, et qui s'empilaient les uns sur les autres comme les pièces d'un vieux jeu de Jenga.

– Un de mes amis a été arrêté, avoua-t-elle. Je suis allée le voir en prison aujourd'hui. Pour être franche, ça m'a un peu secouée.

– Je suis désolé, dit Cord. (Rylin haussa les épaules.) Il a été arrêté pour quoi ? demanda-t-il au bout d'un moment.

– Trafic de drogue.

– Il est coupable ?

Quelque chose dans cette question mit Rylin sur la défensive.

– Oui, répondit-elle sèchement.

– Dans ce cas…

– Tu ne peux pas comprendre, d'accord ? Tu ne sais pas ce que c'est de vivre dans la basseTour. Parfois, tu es obligé de faire des choses qui te répugnent. Parce que tu n'as pas le choix.

– On a toujours le choix, répliqua doucement Cord.

Rylin se leva brusquement, referma l'album d'instaphotos et le remit sur l'étagère. Une partie d'elle savait que Cord avait raison, mais elle lui en voulait quand même.

– Hé, je suis désolé ! (Le jeune homme se leva et l'enlaça par-derrière.) Tu as eu une journée difficile. Je ne voulais pas… Je suis désolé, répéta-t-il.

– C'est bon, grommela Rylin.

Mais elle ne se dégagea pas.

Ils restèrent ainsi un moment, sans rien dire. Ce silence et cette immobilité avaient quelque chose d'apaisant. Finalement, Cord s'écarta de Rylin.

– Je ne sais pas toi, mais moi, je meurs de faim, dit-il dans un effort évident pour rompre la tension. Tu veux qu'on commande quelque chose ?

– Tu manges toujours de la bouffe de traiteur ?

– Ben, je pourrais préparer quelque chose, mais apparemment mes talents de cuisinier se limitent à réchauffer des nouilles surgelées et me conduire comme un connard présomptueux.

– Tu méritais cette gifle, acquiesça Rylin, souriant malgré elle de ce souvenir qui lui semblait déjà si ancien.

Plus tard dans la soirée, après le dîner – Rylin avait insisté pour cuisiner, et même bardé le poulet rôti de bacon, ce qu'elle ne pouvait jamais se permettre de faire chez elle –, la jeune fille se lova sur le canapé du salon. Elle aurait dû s'en aller. Chrissa s'entraînait tard depuis le début de la semaine, à cause du tournoi, mais elle rentrerait bientôt. Pourtant, Rylin ne se résolvait pas à se lever. Elle se sentait vidée par les émotions de la journée, et elle avait encore besoin de se reposer une minute.

– Tu veux passer la nuit ici ? demanda Cord avec une hésitation inhabituelle chez lui.

Rylin comprit ce qu'il lui demandait. Elle ne pouvait pas faire ça, pas encore.

– Non, il faut que je rentre, dit-elle avec un énorme bâillement. Dans… cinq minutes…

Elle posa sa tête sur les coussins. Cord s'écarta d'elle, mais Rylin ne voulait pas qu'il s'éloigne.

– Reste, protesta-t-elle d'une voix ensommeillée.

Il s'installa près d'elle, et la jeune fille se poussa pour caler son dos contre sa poitrine. Lentement, sa respiration se fit plus profonde et plus lente.

Au bout d'un moment, Cord se tortilla pour se dégager. Rylin dormait déjà, aussi ne le vit-elle pas sortir une couverture du placard et la couvrir. Elle ne le vit pas non plus l'observer un moment, étudiant la façon dont ses cils papillonnaient dans son sommeil. Et elle ne le vit pas davantage se pencher pour repousser ses cheveux en arrière, puis l'embrasser doucement sur le front avant de se diriger vers sa chambre et de refermer la porte derrière lui.

Mais quand elle se réveilla au milieu de la nuit et sentit la couverture sur elle, Rylin s'enfouit plus profondément dans les coussins du canapé en souriant dans le noir.

Eris

Allongée par terre en cours d'histoire de l'art, Eris regardait le plafond où un Michel-Ange holographique était en train de peindre la chapelle Sixtine. Près d'elle, elle entendait Avery soupirer chaque fois que l'artiste donnait un nouveau coup de pinceau. Elle ne comprendrait jamais pourquoi Avery aimait tellement ce genre de trucs – c'était à cause d'elle qu'Eris s'était inscrite à ce cours, à la base.

Leur prof se mit à déblatérer sur quelque chose, peut-être les papes, mais Eris n'écoutait pas. Elle cala son sac sous sa tête pour plus de confort. Son regard dériva vers une silhouette dans un coin du plafond, une fille qui avait les cheveux de la même couleur qu'elle et qui, munie d'un parchemin, jetait par-dessus son épaule un coup d'œil anxieux à un ange.

Eris se demanda ce que Mariel penserait de cet enseignement immersif. Peut-être qu'elle rirait et lèverait les yeux au ciel avant de commenter que les gens riches ne savaient pas dépenser leur argent. Eris jeta un regard à la ronde. Disparus les pupitres, le tableau et les fenêtres. Grâce à un système d'hologrammes et de miroirs aussi complexe que coûteux, toutes les surfaces étaient transformées en église du XVIe siècle. Eris se demanda soudain combien de familles des étages inférieurs on aurait pu nourrir avec le prix des équipements techniques de cette seule pièce.

Elle avait hâte que le cours se termine pour pouvoir sortir du filet tech et voir si Mariel lui avait envoyé un message. Les deux filles avaient passé le plus gros de la semaine précédente ensemble, depuis que Mariel était venue voir Eris chez elle le lendemain matin de leur sortie à l'église.

Elles avaient pris l'habitude tacite de se retrouver le soir, quand Mariel sortait du boulot. Parfois, elles faisaient leurs devoirs ensemble, se vautraient sur le canapé pour regarder des comédies idiotes sur l'écran vidéo ou faisaient des courses pour la mère de Mariel, vendeuse dans un grand magasin. La plupart du temps, elle insistait pour garder Eris à dîner. La jeune fille avait mangé chez les Valconsuelo les trois soirs précédents. Ça lui faisait du bien d'avoir de nouveau l'impression d'appartenir à une famille. Plus elle passait de temps avec Mariel, plus elle avait envie d'en passer.

Un bip aigu interrompit le fredonnement du Michel-Ange holographique. Un message du secrétariat du lycée, songea Eris, intriguée. Puis elle entendit son propre nom.

– Eris Dodd-Radson ?

L'ancienne Eris aurait adoré ça ; elle se serait levée lentement en rejetant ses cheveux en arrière pour faire savoir à tout le monde qu'elle s'en allait dans un endroit fabuleux. La nouvelle Eris se mit debout maladroitement et sortit très vite dans le couloir.

Sa mère était bien la dernière personne qu'elle s'attendait à trouver dans le bureau du proviseur.

– Eris ! s'exclama Caroline en s'avançant pour l'étreindre. (La jeune fille resta plantée là, choquée que sa mère soit venue la chercher au lycée.) Allons-y.

Caroline posa une main ferme dans son dos et la guida vers la porte de sortie latérale. La secrétaire du proviseur leur adressa un sourire faux et reporta aussitôt son attention sur l'écran de sa tablette.

Un hover les attendait sur le côté du lycée.

– On ne peut pas se permettre de prendre un hover, protesta Eris en se détournant.

Mais Caroline la poussa à l'intérieur et entra leur destination sur le clavier.

– Tiens, dit-elle en tendant à sa fille une housse à vêtements autorepassante. Change-toi maintenant. Nous sommes déjà en retard.

– Tu es sérieuse ?

– Pitié. Comme si tu n'avais pas déjà fait ça des centaines de fois.

Caroline n'avait pas tort. Eris se tortilla pour ôter son uniforme de Berkeley et enfiler la robe que contenait la housse – sa plus belle, une Lanvin violette avec de grosses taches bleues et blanches. Elle ne faisait pas partie des vêtements qu'Eris avait emportés dans le déménagement. La jeune fille jeta un coup d'œil à sa mère, qui haussa les épaules.

– Je l'ai récupérée à l'unité de stockage pour toi, expliqua-t-elle, et Eris ressentit un élan de gratitude.

Enfin, elles s'arrêtèrent dans la cour pavée de l'hôtel Lemark, au 910e étage. Eris ne comprenait toujours pas ce qui se passait.

– Maman, aboya-t-elle, perdant patience. Tu ne peux pas me faire sécher les cours et t'attendre à ce que…

– Nous allons voir ton père biologique.

Le monde parut se taire et se mettre à tourner follement autour d'elle. Eris n'arrivait plus à réfléchir.

– Oh, finit-elle par lâcher dans un souffle.

Elle descendit du hover à la suite de sa mère, et toutes deux traversèrent la cour. Non loin d'elles, une fontaine crachait de l'eau en forme de L géant enjolivé d'arabesques.

– Quand tu m'as interrogée sur lui il y a quelques semaines, je l'ai contacté pour tout lui raconter, révéla Caroline. Il veut te rencontrer.

Eris leva les yeux vers l'hôtel, sa vision brouillée par des larmes.

– Il est là ? chuchota-t-elle.

Sa mère acquiesça.

– Il nous attend à l'intérieur.

Eris hésita un moment.

– D'accord, s'entendit-elle dire.

Et elle eut la conviction que c'était ce qu'il fallait faire. Si elle ne rencontrait pas son père biologique maintenant – alors qu'il était venu exprès pour la voir –, les « et si… ? » la hanteraient à jamais.

Caroline s'avança vers elle. Eris voulut se dérober mais se ravisa. *Je l'ai suffisamment punie*, décida-t-elle en laissant sa mère la prendre dans ses bras.

– Je t'aime, Eris, chuchota Caroline.

La jeune fille sentit quelque chose d'humide dans son cou et réalisa que sa mère pleurait.

– Moi aussi je t'aime, maman, répondit-elle comme le mur qu'elle avait érigé entre elles commençait à se fendiller.

Eris garda le silence tandis qu'elles pénétraient dans le hall frais et silencieux du Lemark, où un concierge ganté de blanc parlait avec une grosse dame en tenue de golf. Un peu en retrait de la 17e et de Riverside, le Lemark était un des endroits préférés des hommes et des femmes d'affaires qui avaient des réunions secrètes à organiser – ainsi que des couples illégitimes, avait entendu dire Eris. On racontait que le Président en personne venait y retrouver son épouse actuelle avant de divorcer de la précédente Première Dame. Eris se demanda pourquoi son père leur avait donné rendez-vous ici. Cela la mit mal à l'aise, comme si sa mère et elle constituaient un petit secret sordide. *Ce n'est pas grave*, tenta-t-elle de se raisonner. *Il a sans doute juste envie d'intimité.*

Elles pénétrèrent dans la salle à manger, dont les banquettes en cuir sombre étaient si éloignées les unes des autres qu'il était impossible de voir les occupants des autres tables. Eris réalisa qu'elle n'entendait pas une seule bribe de conversation, juste la musique qui sortait des haut-parleurs. Les tables étaient peut-être équipées d'un mode silence.

L'hôtesse, une brune aux yeux noirs en jupe d'uniforme moulante, détailla les nouvelles arrivantes.

– Nous sommes les Dodd-Radson, annonça Caroline en s'obstinant à utiliser leur ancien nom – à moins qu'elle n'ait oublié, comme Eris le faisait souvent.

Mais l'hôtesse semblait déjà savoir qui elles étaient.

– Par ici, dit-elle en louvoyant entre les tables jusqu'à un coin dans le fond. Il vous attend.

Eris frissonna d'appréhension et, instinctivement, prit la main de sa mère. Quand elles atteignirent la table, un homme se leva dans l'ombre, et Eris partit d'un petit rire brusque. Elle se tourna vers l'hôtesse.

– Ce n'est pas la bonne table. Nous avons rendez-vous avec quelqu'un d'autre, dit-elle en s'émerveillant de la coïncidence.

Parce qu'elle connaissait cet homme : c'était Matt Cole, le père de Leda.

Mais l'hôtesse s'était déjà détournée, et M. Cole se racla la gorge.

– Caroline, dit-il d'une voix basse et rauque. C'est bon de te voir, comme toujours. (Il tendit maladroitement sa main.) Eris, merci d'être venue.

Alors, la jeune fille abasourdie réalisa que ce n'était pas une erreur.

Le père de Leda était aussi le sien.

Sa mère et elle s'assirent en glissant le long de la banquette, de sorte qu'Eris se retrouva entre ses parents. Le silence était lourd et tendu. M. Cole dévisageait la jeune fille comme s'il ne l'avait jamais vue, cherchant sans doute des traces de lui sur ses traits. Ils avaient la même bouche, réalisa Eris, et la même peau très claire. Mais elle ressemblait tellement à sa mère que c'était difficile à dire.

Un bot s'approcha avec un plateau et se mit à distribuer des verres.

– Je suis désolé, j'ai commandé en vous attendant, dit M. Cole, un peu embarrassé. Caroline, le Spritz est pour toi, et Eris, je t'ai pris une limonade. C'est ce que tu bois d'habitude, non ?

La jeune fille se contenta d'acquiescer en silence. *Ouais, c'est ce que je buvais en quatrième, la seule fois où Leda m'a invitée chez vous.*

Ils touillèrent leurs boissons dans un silence gêné, chacun attendant que quelqu'un d'autre parle le premier. Mais Eris s'y refusait : elle avait encore du mal à digérer ce qui se passait. Elle repassait un millier de moments dans sa tête, toutes ces fois où sa mère lui avait demandé quels autres parents seraient là, ses questions apparemment innocentes sur Leda… Tout s'éclairait à présent. Mais…

– Quand ? lâcha-t-elle soudain, en secouant la tête d'un air incrédule. Je veux dire, quand avez-vous… ?

Couché ensemble. Elle ne parvint pas à finir sa phrase, mais sa mère comprit.

– Matt et moi nous sommes rencontrés quand nous avions une vingtaine d'années, expliqua-t-elle en observant Eris. À l'époque, je ne connaissais pas encore ton père. Nous appartenions au même groupe d'amis tous récemment arrivés à New York. La Tour était en construction, et tout le monde habitait dans les banlieues en attendant qu'elle soit terminée. Nous étions tous si pauvres, ajouta-t-elle en se tournant vers M. Cole. Nous avions du mal à boucler nos fins de mois. Tu te souviens de mon premier appartement à Jersey City, celui qui avait des serviettes de plage en guise de rideaux ?

– Tu n'avais même pas les moyens de t'acheter des meubles, acquiesça M. Cole sur un ton amusé. Tu utilisais une caisse en bois comme table basse.

– En été, quand il faisait trop chaud, on se faufilait au marché couvert et on se baladait dans les allées jusqu'à ce qu'on nous mette dehors, parce qu'on n'avait pas les moyens de se payer la clim.

Eris regardait les deux adultes, complètement déstabilisée par cette évocation de leurs souvenirs. Sa mère eut un doux sourire nostalgique, puis reporta son attention sur Eris.

– Bref, dit-elle, c'est à ce moment-là que ma carrière de mannequin a commencé à décoller. J'ai rencontré Everett, et Matt est rentré chez lui en Illinois un petit moment. Quand on s'est revus quelques années plus tard, j'étais mariée…

Et M. Cole aussi, songea Eris. Elle se souvint qu'il avait renoué avec la mère de Leda – sa copine au temps du lycée – quand il était rentré dans sa ville natale pour s'occuper de son père malade, et qu'il l'avait convaincue de l'accompagner à New York pour vivre dans la Tour flambant neuve à l'époque. Mme Cole était probablement enceinte de Jamie quand Caroline et lui s'étaient retrouvés. Mais ni l'un ni l'autre ne mentionna ce détail.

– Nous nous sommes revus et… (Caroline dévisagea Eris.) Et tu es arrivée.

Elle détourna les yeux, tordant sa serviette sur ses genoux jusqu'à ce que ses jointures blanchissent.

– Eris, intervint le père de Leda – qui était aussi le sien. Je ne me doutais de rien jusqu'à ce que ta mère m'appelle. Jamais je n'aurais pensé que tu étais ma fille. Comme tu le sais, Caroline et moi ne… nous voyons plus depuis des années. (Il se racla la gorge pour se ressaisir. Bien entendu, lui aussi était encore sous le choc, supposa Eris.) Je voulais te dire que je suis désolé de ce que tu traverses, reprit-il. J'imagine que c'est incroyablement difficile pour toi.

– Ouais, ça craint, lâcha sèchement Eris.

Caroline lui pressa la main.

– Si je peux faire quoi que ce soit pour t'aider, surtout, dis-le-moi, réclama M. Cole.

Eris regarda sa mère. Savait-il qu'elles habitaient au 103e ? Qu'allait-il raconter à sa famille ? Mais comme elle ouvrait la bouche pour répondre, M. Cole tapota le centre de la table afin de faire apparaître le menu holographique.

– On commande à déjeuner ? proposa-t-il sur un ton hésitant. Leurs rouleaux de printemps au shishito sont fabuleux. Enfin, si vous avez le temps.

– Volontiers, répondit Caroline.

Eris but une longue gorgée de la limonade dont elle ne voulait pas, son esprit tentant toujours de s'ajuster à cette nouvelle réalité étrange. M. Cole croisa son regard par-dessus la table et lui adressa un sourire timide. Eris se radoucit un peu. Elle songea soudain à la fois où elle était allée à l'église avec Mariel, et où des inconnus avaient forgé une connexion avec elle d'un simple regard et d'un contact physique. Et c'était son père biologique, pas un inconnu, qui essayait à sa propre façon d'établir un lien entre eux.

Alors que l'homme qu'elle considérait comme son père depuis dix-sept ans avait complètement cessé de lui parler.

Le père de Leda était aussi le sien. C'était à peu près la dernière chose à laquelle Eris s'attendait. Mais il était là, et il faisait des efforts.

Eris leva les yeux vers lui et sourit.

– D'accord, dit-elle aussi gaiement qu'elle put. Déjeuner ensemble, c'est une bonne idée.

Leda

Leda s'assit brusquement dans son lit, haletante, son pyjama en soie trempé de sueur, ses mains agrippant les draps telles des serres.

Elle recommençait à faire des cauchemars.

Les lumières s'allumèrent doucement comme le serveur domestique détectait que l'occupante de la pièce était réveillée. Leda se pelotonna au centre de son immense lit, les bras autour des genoux. Elle tremblait. Ses membres lui semblaient trop lourds pour qu'elle bouge, comme si elle se retrouvait au contrôle d'un corps géant impossible à manier.

Elle voulait un trip. Bon sang, elle n'en avait pas eu autant envie depuis le début de sa cure de désintox ! À l'époque, elle faisait ces cauchemars toutes les nuits. Elle rêvait qu'elle se noyait dans une eau d'un noir d'encre, que des doigts glacés comme la mort se tendaient vers elle pour la saisir. *Je suis ma propre meilleure alliée*, se répéta-t-elle pour essayer de se centrer, mais sans succès. Elle avait trop froid, et son cerveau lui paraissait engourdi. Tout ce qu'elle voulait, c'était un cachet de xenperhédrine pour la ramener à la vie.

Quand il lui sembla enfin qu'elle pouvait bouger, Leda repoussa les couvertures, tordit ses cheveux pour les relever et se dirigea vers la cuisine. Elle voulait un verre d'eau. Bien entendu, elle aurait pu le demander au serveur domestique, mais elle pensait que se dégourdir les jambes l'aiderait à se calmer. Il lui semblait que quelqu'un avait raclé sa tête de l'intérieur.

Un calme étrange régnait dans l'appartement. Leda allongea le pas, ses pieds nus contournant les carrés de clair de lune sur le sol comme quand Jamie et elle étaient petits et croyaient que marcher dessus leur porterait malheur. Dans la cuisine, elle ouvrit la porte du frigo et resta plantée là un moment, laissant l'air frais lui caresser le visage.

Elle avait les paupières closes mais, presque sans s'en rendre compte, elle venait de rédiger un message à son ancien dealer, Ross, et elle devait mobiliser chaque fibre de son self-control pour ne pas l'envoyer. Tout allait bien, se répétait-elle. Et même mieux que ça. Elle allait à la soirée de gala avec Atlas, et tant pis pour les conséquences sur son amitié avec Avery. De toute façon, c'était la faute d'Avery qui se conduisait bizarrement. Leda méritait d'être avec Atlas. Elle méritait d'être heureuse, se répéta-t-elle.

Les dents serrées, elle se détourna et rebroussa chemin vers sa chambre – mais trébucha sur quelque chose dans l'entrée. Elle jura tout bas. C'était l'attaché-case de son père, qu'il avait abandonné là en rentrant à la maison. Leda se figea à la vue d'un carton plat orange qui dépassait de la poche latérale. Apparemment, son père avait fait des emplettes chez Calvadour. L'anniversaire de mariage des Cole était dans quelques jours ; ce devait être un cadeau pour Ilara.

Leda n'eut aucun scrupule à soulever un coin de la boîte pour regarder ce que son père avait acheté. C'était un foulard en soie crème exquis, avec ce qui ressemblait à des broderies à la main sur le bord. Leda donna un bref ordre verbal à ses lentilles, qui cherchèrent l'article sur ShopMatch. Quand elle vit combien le foulard avait coûté, la jeune fille hoqueta. Son père devait se sentir très amoureux en ce moment.

Ou très coupable pour une raison quelconque.

Leda remit la boîte à sa place et regagna sa chambre. Mais même après s'être fourrée sous les draps, elle ne parvint pas à se rendormir. Elle se sentait anxieuse. Elle aurait aimé envoyer un texto à Atlas, mais c'était le milieu de la nuit et elle ne voulait pas passer pour une folle.

Quelles sont les dernières nouvelles d'Atlas ? écrivit-elle à Nadia, sans s'attendre à recevoir de réponse tout de suite.

Mais la pirate réagit aussitôt.

En fait, je viens juste de dégoter quelque chose.

Leda se mit à lire. Apparemment, Atlas avait passé les derniers mois en Amazonie, où il avait participé à la construction d'une sorte de maison en rondins. Nadia avait même joint quelques photos aériennes en guise de preuves, constata Leda, sonnée – sans doute prise par des satellites de passage.

Tu as piraté le Département d'État ? ne put-elle s'empêcher de demander. Ces images ne pouvaient provenir que du réseau de communication gouvernemental.

Je t'avais dit que j'étais la meilleure.

Leda resta allongée dans son lit, les yeux clos, marmonnant des ordres pour que ses lentilles fassent défiler les images. Le garçon sur les photos était plus bronzé, et il arborait un début de barbe, mais c'était bien Atlas à n'en pas douter.

Leda se tourna et se retourna dans son lit sans réussir à trouver le sommeil. Des images sombres et difformes issues de ses cauchemars tourbillonnaient dans son esprit. Le message pour Ross était toujours projeté sur la face interne de ses paupières. Elle avait tellement envie de l'envoyer…

D'autres gens se sentaient-ils comme elle, seuls et frénétiques, hantés par une peur qu'ils ne parvenaient pas à identifier précisément ? Cela arrivait-il parfois à Avery ? Leda en doutait. Mais une partie d'elle se demandait si Atlas ne pourrait pas comprendre. Peut-être avait-il disparu pendant presque un an parce que lui aussi fuyait quelque chose. Quelque chose d'assez grave pour l'inciter à se rendre jusque dans la forêt amazonienne.

Quoi que ce puisse être, Leda se demanda si Atlas avait réussi à lui échapper, ou si ses démons continuaient à le tourmenter la nuit comme les siens.

Watt

Planté devant la boutique de vêtements pour hommes Norton Harcrow, au 951e étage, Watt attendait Avery.

Des tas de sociologues affirment qu'on peut atténuer la nervosité en recourant à des rituels tels que compter, surtout en se représentant un animal innocent. Des moutons, par exemple, projeta Nadia sur ses yeux.

Je ne suis pas nerveux, répliqua Watt, irrité.

Tu en manifestes pourtant beaucoup de signes physiologiques : rythme cardiaque accéléré, paumes en sueur… Un mouton de dessin animé lui apparut. Watt secoua la tête pour le faire disparaître.

Tu pourrais te tenir tranquille jusqu'à ce que je te demande quelque chose ?

Gêné, il s'essuya les mains à l'intérieur de ses poches alors qu'un hover s'arrêtait près de lui et qu'Avery en descendait.

– Watt !

La jeune fille rejeta par-dessus une épaule ses vagues de cheveux blonds éclatants. Elle portait une robe blanche toute simple qui soulignait sa minceur et son bronzage. Un collier de pierres noires brillait à son cou, attirant le regard.

– Je suis ravie de faire du shopping avec toi, dit-elle en entraînant Watt à l'intérieur du magasin.

– Merci de m'accompagner, répondit le jeune homme. Et de m'avoir invité au gala, évidemment.

– On parle bien du même, j'espère ? le taquina Avery. En fait, je me sens un peu coupable de te traîner là-bas. Tu sais comme ces soirées peuvent être chiantes.

Non, je ne sais pas, et je m'en fiche. Tu seras là. Watt se vit épargner la peine de répondre comme ils franchissaient les portes en bois massif du magasin, qui se révélèrent n'être pas du tout en bois massif – juste un hologramme géositué qui scintilla et se reforma derrière eux. Regardant par-dessus son épaule, Watt vit que l'entrée ressemblait désormais à un fronton grec, ornée de colonnes en marbre.

– Comme c'est ionique, railla-t-il en même temps qu'Avery soupirait et disait : « J'adore ces portes. »

Watt éprouva un éclair de culpabilité. Il n'avait encore jamais insulté les goûts de la fille qui lui plaisait, Nadia lui ayant toujours épargné ce genre de faux pas. Mais, pour son plus grand ravissement, Avery rit de sa blague.

– Je crois plutôt que c'est du style dorique, mais bien tenté, dit-elle avec un sérieux feint. Eris et moi, on prend un cours d'histoire de l'art cette année, tu sais.

– Ce doit être une torture pour vous deux de contempler toutes ces jolies choses que vous n'avez pas le droit d'acheter, lança Watt.

Et immédiatement, il craignit d'être allé trop loin. Il n'avait pas l'habitude de gérer seul ce genre de conversation. Mais Avery rit de nouveau.

– Personne ne m'avait jamais présenté ça sous cet angle, mais tu n'as peut-être pas tort.

– Au fait, comment va Eris ? interrogea Watt en se souvenant de la fin de la soirée au Bubble Lounge.

– Franchement, je n'en suis pas sûre, répondit Avery. Elle a quitté le lycée au milieu du cours tout à l'heure. Ça ne peut pas être bon signe, n'est-ce pas ?

Watt aurait voulu lui proposer de l'aider, de chercher où Eris avait bien pu aller pour apaiser ses craintes, mais évidemment c'était impossible.

Comme ils traversaient la boutique, les vendeurs plantés derrière leur comptoir saluèrent Avery dans un murmure en l'appelant par son nom.

– On dirait que tout le monde ici te connaît, constata Watt, quelque peu intimidé.

Avery haussa les épaules.

– Je fais beaucoup de shopping.

– C'est un magasin pour hommes, ne put s'empêcher de remarquer Watt.

Avery sourit.

– Je sais.

Il la suivit entre des présentoirs de cravates aux couleurs vives, de ceintures, de boxers et d'attachés-cases ultrachics, jusqu'à une zone spacieuse marquée TENUES DE SOIRÉE. Les murs et le plancher étaient d'un blanc industriel qui blessait presque les yeux, et Watt eut beau regarder autour de lui, il ne vit pas le moindre vêtement parmi les canapés et les fauteuils en cuir.

– C'est un peu aveuglant, non ? lança-t-il en résistant à l'envie de régler ses lentilles pour filtrer la lumière.

Avery le regarda bizarrement.

– C'est pour pouvoir superposer des décors. Ils n'ont pas fait ça pendant tes derniers essayages de smoking ?

– Avery, ma chère. (Une vendeuse au visage pâle, aux traits tirés et aux yeux cernés sortit d'une réserve, les manches de son pull couleur anthracite tombant plus bas que ses poignets maigres. Elle lui disait quelque chose, mais Watt ne parvint pas à la remettre. *Nadia ?*) Qui m'amenez-vous aujourd'hui ? Pas Atlas ?

– Rebecca, je vous présente Watt, un ami à moi. Il a besoin d'un nouveau smoking.

À la vue du jeune homme, Rebecca fit la moue et plissa les yeux comme si elle le reconnaissait. Elle semblait un peu plus vieille que Watt et Avery, mais pas tellement. N'avait-il pas… ?

Le 11 décembre dernier, à l'Anchor Bar. Elle t'a dit qu'elle s'appelait Bex et qu'elle était en première année à Amherst. Vous vous êtes recroisés le lendemain soir, mais tu l'as ignorée pour brancher sa copine, l'informa Nadia.

Ceci expliquait cela.

– Commençons, dit Rebecca sur un ton pincé. Watt, vous voulez bien… Oh ! (Elle s'interrompit en fronçant le nez d'un air dégoûté comme Watt entreprenait de déboutonner sa chemise.) Inutile de vous déshabiller ici. Nous ne sommes pas chez Bloomingdale's.

Elle frissonna.

– Vous ne voulez pas prendre mes mesures ? interrogea Watt, et Rebecca eut un rire bref.

– Norton Harcrow a réalisé un scan 4D de ton corps quand tu es entré, expliqua gentiment Avery. Il est exact au millimètre près, et ton smoking sera coupé sur mesure. Tu connais leur devise : « Retouches inutiles. »

– Comment ça, en 4D ? s'enquit Watt sans réfléchir afin de masquer son embarras.

– Ils te scannent chaque fois que tu viens, et ils mettent tes mesures à jour pour que tu saches de quelle façon ton corps change au fil du temps, expliqua Avery. Je connais des hommes qui viennent ici juste pour savoir si leur abonnement au club de gym porte ses fruits.

Rebecca se mit à taper sur une tablette, et un scan holographique du corps de Watt, grande silhouette bleue, fut projeté au milieu de l'espace.

– Vous voulez quel genre de finitions ? interrogea la vendeuse d'une voix un peu coupante en dévisageant Watt. Taille des boutons, doublure, revers…

Nadia ? Où es-tu ?

– Commencez donc par régler le décor, suggéra Avery à la vendeuse comme Watt ne répondait pas. C'est pour le gala de l'University Club, donc, je dirais… plancher et lambris en bois de cerisier, éclairage tamisé, et murs sombres bordés d'horribles rideaux blancs – vous voyez desquels je veux parler.

Tu m'as ordonné de ne pas te fournir d'informations à moins que tu ne me les demandes directement, répondit Nadia.

Eh bien, j'annule cet ordre ! aboya Watt.

Rebecca tapa de nouveau sur sa tablette et, instantanément, l'espace se transforma en piste de danse déserte d'une salle de bal distinguée, avec d'étroites et hautes fenêtres donnant sur le ciel nocturne. Quelques tapotements supplémentaires firent apparaître plusieurs petits groupes de couples holographiques en smoking et robe de soirée.

La silhouette de Watt était toujours en suspension dans les airs tel un mannequin spectral décapité. Rebecca hocha la tête ; un smoking noir de la taille et de la forme exactes qu'il aurait une fois coupé aux mesures du jeune homme se matérialisa sur la projection.

– Bleu roi, bleu marine ou noir ? demanda la vendeuse.

– Noir ? hasarda Watt.

Il la vit s'approcher de l'image de son corps et agiter les mains en l'air, écartant ou pinçant les doigts selon qu'elle voulait agrandir ou diminuer certains détails. Elle commença par choisir les revers, en faisant défiler un tas d'options de largeur et de texture de soie, son regard faisant la navette entre Watt et la projection holographique.

– Un smoking est censé être minimaliste pour détourner l'attention du corps de celui qui le porte, dit-elle tout bas, mais votre poitrine est si large qu'il vous faudra peut-être des revers crantés pour vous équilibrer visuellement.

– D'accord, acquiesça Watt, sans trop savoir s'il devait se sentir insulté.

– Votre nœud papillon : classique ou battoir ?

Nadia avait projeté un guide des différents types de nœuds papillons sur ses yeux, mais Watt hésitait. Avery et Rebecca le dévisageaient toutes les deux, attendant sa réponse.

– Je n'en ai pas. Enfin, je veux dire, il a été abîmé en même temps que mon smoking précédent. Il faut que j'en rachète un.

Une lueur de compréhension passa dans le regard d'Avery, qui s'avança.

– Personnellement, dit-elle très vite, je préfère le modèle classique, et le style classique en général. Pour le smoking, poches passepoilées, écharpe de taille, bretelles en option – ça te va ?

– Ce sera parfait, acquiesça Watt avec gratitude tandis que Rebecca le foudroyait du regard et effectuait les ajustements nécessaires sur la projection holo.

Il déglutit à la vue de la note, mais grâce à tout l'argent que lui avait versé Leda dernièrement (surtout le bonus pour les photos d'Atlas en Amazonie), il pouvait se permettre cette dépense. En vérité, il devait la totalité de ce rencard à Leda, songea-t-il, amusé. Sans elle, il n'aurait même pas su qu'Avery existait.

Alors qu'ils ressortaient du magasin – dont les portes avaient pris l'aspect d'un vieux portail en fer forgé couvert de lierre grimpant –, la jeune fille se tourna vers lui.

– C'est ton premier smoking, pas vrai ? demanda-t-elle doucement.

Nadia lui offrit tout un choix d'excuses potentielles, mais Watt était fatigué de dissimuler la vérité.

– Oui, admit-il.

Avery ne parut pas surprise.
– Tu n'étais pas obligé de me mentir, tu sais.
– Je n'ai pas menti. Du moins, je n'ai menti sur rien d'important. Simplement, je ne t'ai pas tout dit, se hâta de préciser Watt.
Chaque fois qu'Avery l'avait interrogé il avait répondu avec sincérité. Il lui avait dit combien de frères et sœurs il avait et ce qu'il aimait faire pendant son temps libre. Quand elle lui posait des questions auxquelles il ne voulait pas répondre, il esquivait habilement et la laissait faire des suppositions. Il était très fier de s'être aussi bien débrouillé jusque-là mais, tout à coup, il eut un peu honte.
– En fait, j'habite au 240e étage, confessa-t-il en détournant les yeux pour ne pas voir sa réaction.
– Watt. (Quelque chose dans la voix d'Avery lui fit lever la tête.) Je me fiche de ce genre de chose. S'il te plaît, ne me mens plus. Trop de gens le font déjà. Je pensais… (Frustrée, elle fit la moue.) Une des raisons pour lesquelles tu me plais, c'est que je croyais que tu étais honnête avec moi.
– Je le suis, affirma Watt en pensant avec culpabilité à Nadia et à toutes les informations que le quant lui avait fournies pour améliorer ses chances avec Avery.
Mais… une seconde ! Elle venait bien de dire qu'il lui plaisait ?
– Oh non, Watt ! s'écria Avery. Il faut aller annuler ta commande !
– Pourquoi ?
Elle rougit adorablement.
– Parce que ! Tu ne veux pas aller dans un magasin moins cher ? Ou carrément louer un smoking ! Je suis désolée ; quand j'ai suggéré Norton Harcrow, je ne savais pas que tu…
– Je le garde, coupa fermement Watt, et Avery se tut. J'ai les moyens de l'acheter, et j'ai envie de l'acheter, et je suis ravi d'avoir une chance de le porter avec toi. Et puis, poursuivit-il, retrouvant confiance en lui, j'espère que ce n'est pas le seul gala auquel j'aurai l'occasion de t'accompagner.
Avery sourit.
– Qui sait ? Peut-être pas, concéda-t-elle mystérieusement.
– « Peut-être pas », ça me suffira pour le moment. (Watt s'arrêta sur le trottoir. Il ne voulait pas que ce moment se termine.) Entre-

temps, puis-je t'offrir un café pour te remercier de m'avoir aidé à choisir mon premier smoking ?

– Il y a un endroit plus bas dans la rue qui fait un chai au lait de chanvre fabuleux. Et du café si tu n'aimes pas le lait de chanvre, se hâta d'ajouter Avery en voyant la tête de Watt.

– Qui n'aime pas le lait de chanvre ? répliqua le jeune homme avec un sérieux feint.

Il emboîta le pas à Avery, l'esprit en ébullition, repensant à tout ce qu'elle avait dit et à tout ce qu'il avait tu.

Avery avait raison. Elle méritait mieux que la façon dont il la traitait depuis le début, se faisant passer pour quelqu'un qu'il n'était pas, essayant de lui dire ce qu'elle avait envie d'entendre. Il ne voulait pas coucher avec elle – enfin, corrigea-t-il, pas seulement –, alors pourquoi se comportait-il ainsi ? Ce qu'il voulait vraiment, c'était qu'elle craque pour lui, pour le vrai lui.

Alors, il prit une décision qui était une grande première. Il cesserait d'utiliser Nadia quand Avery et lui seraient ensemble.

À plus, Nadia, songea-t-il avant d'envoyer l'ordre qui l'éteindrait. *Déconnexion quant.*

Le vide dans sa tête résonna en lui comme un son, ou plutôt une absence de son, pareille au silence qui suit un orage estival. Il n'avait jamais éteint Nadia depuis qu'elle était installée dans sa tête.

– Nous y voilà, annonça Avery en poussant la porte et en regardant Watt par-dessus son épaule. (Ses yeux étaient si bleus que le jeune homme en eut presque le souffle coupé.) J'espère que tu es prêt pour le meilleur café de ta vie.

– Oh, je suis prêt, affirma Watt en la suivant à l'intérieur.

Rylin

Le samedi après-midi, Rylin se tenait devant l'entrée de la maintenance des ascenseurs au 50e étage, rassemblant son courage. Elle pouvait le faire, se répétait-elle en boucle. Elle n'avait pas le choix.

Placardant un sourire sur ses lèvres, elle franchit la double porte métallique et fit un clin d'œil au garde, dont le visage semblait avoir été taillé à coups de serpe, qui trônait derrière le comptoir d'enregistrement en flexiverre. Le vieil homme grogna en levant à peine les yeux vers elle : il avait l'habitude de la voir avec Hiral. En théorie, seuls les techniciens avaient le droit d'entrer, mais Rylin avait souvent vu les copines des autres dans les vestiaires, venues récupérer leur linge sale ou leur apporter un truc qu'ils avaient oublié.

Une odeur de renfermé, de sueur rance et de graisse planait dans les vestiaires. Rylin se dirigea vers le fond d'un pas assuré, croisant deux types torse nu qui jouaient sur leur tablette dans un coin pour passer le temps. C'était l'équipe réduite qui assurait la garde des week-ends et n'intervenait qu'en cas d'urgence. Rapidement, Rylin tapa le code du casier d'Hiral et ouvrit la porte.

Hiral était un grimpeur, un des types qui se suspendaient à un câble dans les airs pendant que le reste de l'équipe dirigeait l'opération depuis le tunnel d'en dessus – un boulot qui réclamait du courage, ou peut-être juste un orgueil aveugle. Grâce à ça, le jeune homme disposait d'un casier aussi haut que lui, à un emplacement de choix près de la porte de sortie.

Rylin écarta sa combinaison de travail gris foncé, taillée dans une fibre en composite de carbone très fine mais quasiment indéchirable, et son casque lourd écramoulé censé le préserver de tout dommage cérébral en cas de chute d'une hauteur de deux cents étages maximum. Ce qui ne servait pas à grand-chose étant donné que la plupart des pannes se produisaient dans les étages supérieurs, en raison de l'altitude et de la tension supportée par les câbles.

Sous les bottes d'escalade et les gants à prise magnétique d'Hiral, Rylin trouva ce qu'elle cherchait : la minuscule puce ID qui s'insérait dans une fente de son casque.

– Tu n'as rien à faire ici.

La jeune fille fit volte-face, fourrant la puce dans le premier endroit qui lui vint à l'esprit – le creux de son soutien-gorge.

– Je suis désolée, dit-elle à l'homme qui se tenait face à elle, ses bras musclés croisés sur la poitrine. Je suis venue chercher les affaires d'Hiral Karadjan.

– Le gamin qui s'est fait arrêter pour avoir fourgué de la drogue ? grogna-t-il.

« Le gamin » ? Ce type n'avait sans doute que quelques années de plus qu'Hiral. Mais Rylin se contenta d'acquiescer.

– Je suis sa copine.

– Je l'ai déjà vue dans le coin, intervint un des deux joueurs. Fiche-lui la paix, Nuru.

Mais le dénommé Nuru continua à observer Rylin, qui attrapa la première chose à sa portée : le sifflet haute fréquence silencieux d'Hiral (comme s'il pouvait en avoir besoin en prison !) avant de claquer la porte du casier.

– Désolée. Je m'en vais, marmonna-t-elle.

Alors qu'elle se hâtait de sortir, elle entendit les deux types parler à voix basse derrière elle. Elle ne parvint à distinguer que quelques mots : « Vraiment dégueulasse », « Ne devrait pas lui faire ça », « La pauvre », et elle crut aussi entendre le nom de V. Soudain, elle se demanda s'ils avaient seulement cru à ses excuses.

Elle prit le train local C et descendit au 17e, fronçant le nez à cause de l'odeur de graisse de moteur. Ça faisait un moment qu'elle n'était pas descendue plus bas que le 32e. Elle avait presque oublié à quel point c'était déprimant. Les vingt premiers étages de la Tour abritaient l'essentiel de son système de refroidissement.

Un dédale de pièces mal éclairées serpentait dans les espaces disponibles. Les murs étaient plus épais et les plafonds, plus bas, garnis de l'acier triplement renforcé qui soutenait le poids incommensurable de la Tour.

L'ascenseur était presque vide, mais Rylin attendit que tous les autres passagers descendent pour se diriger vers les salles des machines ou leur sinistre logement. Lorsque la voie fut dégagée, elle repêcha la puce ID d'Hiral dans son soutien-gorge et s'en servit pour ouvrir la minuscule porte presque invisible du couloir marqué RÉSERVÉ À LA MAINTENANCE.

Il faisait noir comme dans un four à l'intérieur ; l'obscurité pesait sur Rylin telle une masse solide. La jeune fille tâtonna en quête d'un interrupteur mais, lorsqu'elle le trouva, elle hésita. Elle ne pouvait pas prendre le risque d'attirer l'attention. Peut-être que quelqu'un, quelque part, voyait quelles lumières étaient allumées dans les zones de maintenance, et qu'il remarquerait que le tunnel des techniciens du 17ᵉ était occupé alors qu'il n'aurait pas dû l'être.

Jurant entre ses dents, Rylin sortit sa tablette et la mit en mode lampe torche. Un fin rayon de lumière apparut. La jeune fille l'agita devant elle, enjambant soigneusement les caisses posées par terre jusqu'à ce qu'elle trouve le panneau d'entretien du côté gauche. Coinçant la tablette entre ses dents pour s'éclairer, elle l'ouvrit.

Ils étaient là : des dizaines de sachets en plastique remplis de poudres multicolores, des flacons de cachets qu'elle ne reconnaissait même pas et, tout au fond, les enveloppes contenant les Custos de Cord. Choquée, Rylin resta plantée là un moment. Elle tremblait, si bien que la lumière de sa tablette dansait follement devant elle, comme si elle était une exploratrice délinquante qui venait de découvrir quelque trésor enfoui. Elle avait souvent pris de la drogue avec Hiral et, pourtant, la vue de son stock la dégoûtait. Il lui était devenu tout à fait étranger. Depuis combien de temps entassait-il de la marchandise dans cette cachette ?

Rylin empoigna le sac à dos vide qu'elle portait sur l'épaule et se mit à le remplir à pleines poignées aussi vite qu'elle put. Mais elle se figea à la vue du nom de Cord sur l'enveloppe des Custos, en petites majuscules en haut de chaque étiquette individuelle de prescription. DR VERONICA FISS, PHARMACOGÉNOMIQUE, COLUMBIA HILL. PATIENT : CORD HAYES ANDERTON JR, DOSAGE : SELON BESOIN (MAX 1 COMPRIMÉ PAR JOUR).

Rapidement, elle décolla toutes les étiquettes et fourra les rectangles de papier collant dans sa poche, où elle les froissa en boule. Puis elle tira la fermeture Éclair de son sac à dos et referma prudemment le panneau d'entretien, en utilisant l'ourlet de son T-shirt pour ne pas laisser d'empreintes, avant de battre en retraite dans le couloir. Dans l'ascenseur montant, elle sortit sa tablette et répondit au message qu'elle avait reçu plus tôt dans la semaine. *C'est fait.*

Parfait. Rendez-vous ici. Des coordonnées étaient jointes à la réponse de son interlocuteur.

Rylin leva les bras pour se faire une queue-de-cheval, histoire de ressembler le plus possible à une lycéenne normale qui se baladait un samedi avec un sac à dos plein de devoirs. Suivant les instructions reçues, elle sortit au 233e étage. Une vieille femme la bouscula comme elle sortait de l'ascenseur et, par réflexe, Rylin resserra les bretelles du sac à dos sur ses épaules.

Les lumières du plafond baissaient en même temps que le jour à l'extérieur de la Tour ; il devait être au moins dix-huit heures à présent. Rylin dépassa quelques laveries automatiques et échoppes de nouilles chinoises avant de tourner dans High Street.

À sa grande surprise, les coordonnées la conduisirent à l'école primaire Fisher. Rylin ralentit en arrivant au niveau du bâtiment plongé dans le noir, dont les fenêtres vides semblaient la fixer d'un regard malveillant.

– Ravi que tu aies pu venir, entendit-elle V lancer depuis le terrain de jeux.

Rylin regarda des deux côtés avant d'escalader la palissade en métal basse-tech.

– Je suis là, dit-elle en jetant un coup d'œil au portique que, durant les récréations, des singes holographiques escaladaient en se mêlant aux enfants.

Une voûte de branchages s'étendait au-dessus de sa tête, parsemée de cabanes aux formes fantaisistes – carapace de tortue ou nuage géant. C'était beaucoup plus agréable que l'école primaire que Rylin avait fréquentée, soixante-dix étages plus bas.

Ses chaussures s'enfonçaient dans le caoutchouc recyclé qui recouvrait le sol. V sortit de l'ombre, un sourire malicieux aux lèvres.

– Pourquoi on ne s'est pas retrouvés tout simplement à la forêt d'acier ? demanda Rylin.

Mais le jeune homme secoua la tête.

– Trop de gens. Maintenant, montre-moi ce que tu m'as apporté.

Rylin ôta son sac à dos mais continua à le tenir fermement. Elle n'aimait pas ça du tout. Son instinct de survie affûté la prévenait que quelque chose clochait.

– D'abord, il faut me payer.

V rit.

– Commençons par voir la marchandise, dit-il en lui arrachant son sac à dos.

Furieuse, Rylin serra les dents tandis qu'il renversait le contenu du sac sur le sol et entreprenait de le trier.

– Tu as enlevé le nom des Custos, fit-il remarquer en haussant un sourcil.

Rylin lutta pour rester impassible.

– Tu sais que ça n'a aucune importance. Aucun consommateur ne se soucie de savoir à qui ses Custos ont été prescrits à la base.

– Tu essaies de le protéger ?

Le souffle de la jeune fille s'étrangla dans sa gorge. Elle ouvrit la bouche pour répondre, nier qu'elle avait le moindre sentiment pour Cord…

– Tu as raison, peu importe. Mais tu ne saurais pas où Hiral se les est procurés, par hasard ? demanda V en lui jetant un regard de biais. Il ne me l'a jamais dit.

Rylin secoua la tête, surprise. Hiral avait dit à V que c'était lui qui avait piqué les Custos ? Il avait dû le faire pour la protéger.

V fourra toute la came dans son sac et poussa un soupir théâtral.

– Je suis navré, mais ça ne va pas suffire.

– Comment ça, ça ne va pas suffire ?

Il secoua la tête.

– Je ne peux pas t'en donner quinze mille. Ça en vaut à peine dix.

– Espèce de sale menteur…

Rylin se jeta sur lui, mais V l'agrippa par les épaules et serra si fort qu'elle eut l'impression d'avoir heurté un mur. Il lui donna une petite bourrade et elle tituba en arrière, haletante.

– Allez, Rylin, murmura-t-il en secouant la tête. (Les tatouages à l'encre dans son cou semblaient foncer sous le coup de sa colère.) Sois sage.

La jeune fille conserva un silence rebelle.

– Bon, pour les cinq mille qui manquent... (V la détailla d'une façon qui ne lui plut pas du tout.) On pourrait toujours s'arranger entre nous.

– Va te faire foutre, V.

– Je pensais bien que tu dirais ça. Mais, pour une raison quelconque, tu me plais, alors je vais te donner une dernière chance. Dis à Hiral qu'il me faut plus de Custos, exigea V d'une voix dure. Au moins cinq de plus. Puisqu'il est en cabane, c'est toi qui devras te les procurer.

– Non ! cria Rylin, prise de nausée, en serrant les poings. Je refuse, tu m'entends ?

V haussa les épaules.

– Moi, je m'en fiche. Mais c'est ma dernière offre : à prendre ou à laisser, Myers. Maintenant, fous-moi le camp d'ici.

Il marmonna quelque chose entre ses dents, et l'alarme de l'école se déclencha.

Rylin resta plantée là, hébétée. Mais V détalait déjà, se faufilant par un portail qu'elle n'avait pas vu au fond de la cour. Un instant plus tard, ses réflexes s'enclenchèrent et la jeune fille s'élança à son tour vers le portail, puis le long de Maple Street déserte. V avait disparu.

Rylin continua à courir si vite qu'elle s'emmêla les pinceaux, bascula en avant et s'étala sur la chaussée. Mais elle se hâta de se relever et de s'éloigner, l'adrénaline atténuant la douleur de l'impact, sans oser s'arrêter jusqu'à ce qu'elle tourne dans l'avenue principale.

Là, elle se pencha pour examiner ses genoux. Ils étaient salement écorchés, et elle avait les paumes en sang. Prenant une grande inspiration tremblante, Rylin entama le long trajet de retour chez elle.

Avery

– J'y vais ! cria Avery quand l'intercom de l'entrée sonna, plus tard dans la soirée.

Non que ses parents soient du genre à aller ouvrir eux-mêmes. Mais elle voulait donner à Watt un moment pour se ressaisir avant de les rencontrer, puisqu'ils partageraient un hover jusqu'à l'University Club. Atlas était déjà parti chercher Leda, ce à quoi Avery s'efforçait de ne pas penser.

– Watt ! dit-elle en ouvrant la porte à la volée.

Elle se figea en le voyant vêtu de son smoking neuf. Le satin élégant moulait sa silhouette, le faisant paraître plus grand qu'il ne l'était vraiment, soulignant le dessin de sa mâchoire carrée et de son nez droit ainsi que le brun cuivré de sa peau.

– Ça te va très bien, commenta-t-elle, son cœur accélérant contre toute attente. Je veux dire, le smoking.

– Je me suis bien amusé à l'acheter avec toi. (*Moi aussi*, songea Avery.) Au fait, je t'ai apporté quelque chose.

Watt se racla la gorge et lui tendit une petite boîte en velours.

– Oh, il ne fallait pas…

Avery s'interrompit en ouvrant le couvercle de la boîte. Celle-ci contenait une incandescente miniature, une des fleurs génétiquement modifiée qui attiraient la lumière comme les aimants attirent le métal. Déjà, elle aspirait une partie de la clarté de la pièce et se parait d'une lueur spectrale qu'elle ne générait pas elle-même.

Les incandescentes étaient devenues bien meilleur marché depuis leur création, quelques décennies plus tôt, parce qu'elles ne duraient qu'une nuit avant de mourir. Mais elles étaient vraiment magnifiques si on arrivait à les surprendre au moment de leur floraison.

– Je sais que tu détestes les fleurs coupées, dit Watt, mais je n'ai pas pu m'en empêcher. Je voulais t'en offrir une depuis la soirée au Bubble Lounge.

– Elle est superbe. Merci, souffla Avery.

Le bourgeon minuscule, plus petit qu'un de ses ongles, irradiait à présent une douce lumière dorée. Elle le piqua dans ses cheveux, derrière son oreille. L'incandescente se mariait parfaitement avec sa robe, qui était longue, moulante et couverte de fragments de miroir. Ironie délicieuse pour Avery : quand les gens tenteraient de la regarder, à la place, c'est eux-mêmes qu'ils seraient forcés de voir.

– C'est le fameux Watt ? appela la mère de la jeune fille depuis le vestibule. Entrez ! Nous avons tellement entendu parler de vous !

Je l'ai mentionné une fois. Rougissant d'embarras, Avery fit entrer Watt.

– Ravie de faire votre connaissance.

Elizabeth tendit au jeune homme une main dont chaque doigt s'ornait d'un énorme diamant scintillant. Watt la serra sans se troubler.

– Merci. Vous êtes très en beauté ce soir, madame Fuller.

Et, à la grande surprise d'Avery, il lui fit un clin d'œil très léger, juste assez charmeur pour faire fondre sa mère. Comment avait-il deviné qu'Elizabeth craquait pour ce genre de chose ?

– Maintenant, dites-moi, réclama Mme Fuller sur un ton plus chaleureux, parce que Avery a refusé de m'en parler. Comment vous êtes-vous rencontrés ?

– Pendant une partie de réalité augmentée. Évidemment, après coup, je n'ai plus réussi à me concentrer sur le jeu, répondit Watt. Alors, je l'ai harcelée et je lui ai envoyé des fleurs jusqu'à ce qu'elle accepte de sortir avec moi.

– Oui, Avery a toujours été têtue, lança Pierson Fuller en pénétrant dans le salon d'un pas vif. Vous devez être Watt, dit-il en serrant fermement la main du jeune homme. Asseyez-vous. Je peux vous servir quelque chose à boire ? Du vin ? Un scotch ?

– Papa, on est déjà en retard.

Avery jeta un coup d'œil à Watt, mais celui-ci semblait parfaitement à son aise.

– Oh, on a bien le temps de boire un petit verre, non ? lui demanda-t-il malicieusement.

– Tout à fait. (Pierson passa derrière le bar et se mit à fouiller parmi les décanteurs en cristal monogrammés.) Et puis, ils pourraient avoir des scanners d'âge au club, on ne sait jamais. Ce sera peut-être votre unique occasion de boire de l'alcool ce soir.

– Pas à l'University Club, le détrompa Elizabeth en s'avançant, la jupe de sa robe dansant autour de ses jambes. Du vin pour moi, s'il te plaît.

– Les contrôles se renforcent partout en ce moment. (Pierson remplit des verres prégivrés et les distribua à la ronde avant de s'installer sur le canapé.) Alors, Watt, parlez-moi de vous. Quel lycée fréquentez-vous ?

– Je vais à Jefferson, au 240e étage, répondit le jeune homme avec assurance et sans la moindre honte.

Avery se sentit étrangement fière de lui. À son grand soulagement, ses parents se contentèrent d'acquiescer, comme s'il était normal que des garçons montent de trois kilomètres pour sortir avec leur fille.

– C'est un établissement charter, non ? lança Pierson.

– En effet, acquiesça Watt, et Avery jeta un regard curieux à son père.

Comment le savait-il ?

Pierson hocha la tête.

– J'ai quelques propriétés dans le coin. Une à l'angle de la 17e et de Freedmore, le bâtiment qui abrite la banque…

Avery réprima un grognement et croisa le regard de Watt, mais celui-ci se contenta de sourire et de boire une gorgée de scotch. Dans les cheveux de la jeune fille, l'incandescente brillait telle une ampoule allumée.

Sur le seuil de la salle de bal de l'University Club, Avery passa son bras sous celui de Watt. L'immense pièce lambrissée de bois sombre était entièrement décorée dans des tons bleus et argent ; même les colonnes disparaissaient sous une profusion de fleurs bleues et blanches. Un bar au comptoir incurvé occupait chaque coin, et une piste de danse s'étendait dans le fond. Malgré l'éclairage tamisé, Avery distinguait les couleurs vibrantes des robes de soirée, à l'éclat encore renforcé par le noir sévère des smokings.

– Tu es terrible, siffla-t-elle à Watt en l'entraînant dans la foule.

– Ce n'est pas ma faute si tes parents m'adorent, répliqua innocemment le jeune homme, et elle ne put s'empêcher de sourire. (Il lui tendit une main.) On danse ?

– Oui, acquiesça-t-elle vivement, en se demandant comment il avait deviné à quoi elle pensait.

Il était encore un peu tôt pour ça mais, dans ce genre de soirée, Avery avait toujours préféré danser plutôt que bavarder avec les autres invités. Les gens avaient tendance à s'agglutiner autour d'elle, à la bombarder de questions idiotes ou à l'observer depuis l'autre bout de la salle. En ce moment même, elle les sentait détailler sa robe et chuchoter entre eux au sujet de son cavalier. La piste de danse était le seul endroit où on lui fichait la paix.

Comme ils fendaient la foule, Avery constata que tout le monde ou presque était là. Risha, en train de faire la queue au bar avec Ming ; Jess et son petit ami Patrick ; les McClendon, des amis de ses parents qui lui firent coucou de la main. Avery connaissait la raison de l'absence d'Eris, mais où était Cord ? Bien que techniquement trop jeunes pour ça, Brice et lui étaient membres nominatifs du Club, qui avait fait une entorse aux règles pour eux parce que leurs parents y étaient si appréciés. Pourtant, Avery ne voyait aucun des frères Anderton. Elle espérait plus ou moins que Cord viendrait, et qu'elle pourrait découvrir pour qui il avait rompu avec Eris.

Comme ils s'avançaient sur la piste de danse, Watt lui prit les bras et la fit tournoyer avec aisance. Il bougeait avec légèreté et souplesse.

– Tu es un excellent danseur, lança Avery d'une voix forte par-dessus la musique – et elle s'en voulut aussitôt d'avoir l'air si surprise.

– J'avais ces fameuses chaussures quand on était petits. Tu sais, celles qui dansaient toutes seules en t'entraînant avec elles ?

L'image arracha un ricanement peu élégant à la jeune fille.

– Ça a l'air dangereux. Je suis sûre que je tomberais.

– Oh, je suis tombé. Des centaines de fois. Mais, à force de persévérer, j'ai fini par apprendre.

Watt la fit tournoyer de nouveau, puis la cambra très bas sur un de ses bras. Quand il la releva, l'orchestre ralentit et la chanteuse attaqua une des vieilles chansons d'amour préférées d'Avery. Par réflexe, Watt fit un pas en arrière, mais Avery le prit par le bras pour l'entraîner au centre de la piste.

– S'il te plaît. J'adore ce morceau. Surtout chanté en live, dit-elle en s'efforçant de ne pas rire de la mine consternée du jeune homme.

C'était si rare d'entendre de vrais groupes à présent !

Watt se rapprocha docilement et parut hésiter avant de glisser une main autour de sa taille, puis de prendre l'autre dans la sienne.

– Tu adores les vieux trucs, pas vrai ? demanda-t-il sans la quitter des yeux alors qu'ils commençaient à se balancer doucement en rythme.

– Comment ça ? dit Avery en le dévisageant.

– La façon dont tu parles de ce morceau. Ton cours d'histoire de l'art. Ce que tu m'as dit à Redwood Park à propos de Florence… Je te trouve très… nostalgique. Pourquoi le passé t'attire-t-il autant ?

Avery fut surprise par sa clairvoyance.

– Tu trouves ça idiot, pas vrai ?

– Pas du tout. C'est juste que j'ai l'habitude de ne penser qu'au futur.

– Et à quoi ressemble le futur de ton point de vue ? s'enquit-elle, curieuse.

– J'imagine que tout sera plus rapide, plus pratique, plus connecté. Et plus sûr, avec un peu de chance.

Avery cligna des yeux.

– Désolé, dit Watt, un peu embarrassé. Je bricole pas mal pendant mon temps libre. J'essaie de me faire admettre dans le programme d'ingénierie des microsystèmes du MIT.

Avery ne savait même pas en quoi consistait l'ingénierie des microsystèmes.

– Ça veut dire que tu peux réparer ma tablette quand elle plante ?

Watt parut avoir envie de rire, et Avery s'aperçut qu'elle n'était pas vexée, au contraire.

– Ouais, je dois pouvoir faire ça, répondit le jeune homme, une lueur dansant dans ses yeux.

Avery s'arrangea pour qu'ils se rapprochent de l'orchestre. Comme d'habitude, les gens gardaient une certaine distance vis-à-vis de la jeune fille, créant une sorte de bulle autour d'elle.

– Tu as raison, dit-elle, réfléchissant à voix haute. Je trouve que tout était plus romantique quand il restait davantage d'obstacles dans le monde. Par exemple, écoute cette chanson. (Elle soupira.) Ça parle d'être amoureux et de ne jamais pouvoir voir l'autre parce que des milliers de kilomètres vous séparent. Plus personne n'écrirait ça de nos jours : nos vies sont tellement automatisées et faciles ! Grâce à des gens comme toi, je suppose, ajouta-t-elle sur un ton taquin.

– Hé, protesta Watt en feignant d'être vexé. Ça ne te plaît pas de toujours obtenir ce que tu désires ?

Avery baissa les yeux, en proie à une brusque tristesse.

– Je n'obtiens pas toujours ce que je désire.

La chanson se termina et la foule s'écarta, lui révélant Leda et Atlas. Ils étaient assis ensemble dans des fauteuils près de la piste de danse, leurs têtes inclinées l'une vers l'autre. Incapable de détourner les yeux, Avery regarda Leda chuchoter quelque chose à l'oreille d'Atlas.

Il était magnifique avec son nouveau smoking, songea Avery, se souvenant de la première fois qu'il avait dû faire un essayage et qu'il avait insisté pour qu'elle l'accompagne. Leda était très belle aussi dans une robe bustier cobalt. Ils avaient l'air heureux ensemble, admit Avery à contrecœur. Bien assortis.

Watt l'observait. Avery ne pouvait pas le supporter ; elle se doutait bien que ses émotions devaient être inscrites sur son visage, aussi faciles à déchiffrer que le contenu d'un livre ouvert. Passant un bras autour du cou de Watt, elle l'attira vers elle et posa la tête sur son épaule. Elle sentit le jeune homme retenir son souffle et son cœur battre plus fort à travers le smoking qu'elle lui avait fait acheter.

Jamais elle ne pourrait être avec Atlas comme Leda : ensemble, se tenant la main en public. C'était un rêve sans espoir. Elle savait qu'elle devait y renoncer – qu'elle devait renoncer à Atlas. Mais ça faisait si mal…

– Je ne crois pas t'avoir assez dit combien tu es belle ce soir, murmura Watt.

Son souffle chaud caressa l'oreille d'Avery, qui frissonna et leva la tête vers lui.

– Tu n'es pas trop mal non plus, tu sais.

– Je peux présenter bien pourvu qu'on me file un coup de main, dit Watt tout bas. Je suis vraiment content d'être ici avec toi, Avery.

La sincérité de sa voix fit hésiter la jeune fille.

– Moi aussi, répondit-elle sans mentir.

Elle se réjouissait de l'avoir invité. Il était bien mieux que les cavaliers bidons qu'elle amenait d'habitude à ce genre d'événement. En fait, elle avait presque l'impression qu'il s'agissait d'un vrai rencard cette fois.

Lâchant la main de Watt, Avery entrelaça ses doigts dans la nuque du jeune homme. Il était si près d'elle qu'elle pouvait compter chacun des cils bordant ses yeux d'un brun chaud. Elle détailla ses lèvres et, soudain, se demanda ce que ça lui ferait de l'embrasser.

Elle ne croyait pas que c'était possible, mais un jour peut-être pourrait-elle tomber amoureuse de quelqu'un d'autre qu'Atlas.

Avery ferma les yeux et se balança avec Watt au rythme de la musique. Pour l'instant, cela lui suffisait.

Leda

Leda traversa la salle de bal avec Atlas, souriant au passage à tous les gens qu'elle connaissait. Elle était d'une humeur extrêmement sociable : cette soirée s'annonçait encore mieux que ce qu'elle espérait.

Techniquement, ce n'était que son premier rendez-vous avec Atlas. Mais elle le ressentait comme bien plus que cela – presque une proclamation. Tout le monde ici, depuis leurs amis jusqu'au photographe, les traitait comme un couple officiel. Leurs parents, déjà assis à la même table, leur jetaient des coups d'œil entendus et hochaient la tête d'un air satisfait.

Leda ne s'était jamais sentie aussi belle qu'en arrivant ici au bras d'Atlas et en distribuant des sourires à la ronde. Tous les regards semblaient braqués sur elle. *Pour Avery, ce doit être ainsi chaque jour*, songea-t-elle, émerveillée. C'était parfait – tout ce qu'elle souhaitait ardemment depuis qu'elle avait emménagé dans les étages supérieurs quatre ans plus tôt.

Mais le mieux, c'est qu'elle ne voyait aucun signe de la mystérieuse fille au maquillage phosphorescent – si tant est qu'elle ait existé, ce dont Leda commençait à douter. Nadia n'avait toujours pas trouvé la moindre preuve qu'Atlas ait embrassé quelqu'un d'autre qu'elle, ce soir-là ou depuis. Le maquillage avait peut-être atterri sur sa chemise autrement.

Et puis, d'après la façon dont ça se passait jusque-là, Leda commençait à espérer qu'Atlas et elle rentreraient ensemble cette fois.

C'était tout ce à quoi elle avait pu penser dans le hover qui les avait amenés. Elle avait entendu Atlas lui faire la conversation et réussi à répondre à ses questions mais, dans sa tête, elle était très occupée à déshabiller le garçon assis sur les coussins à côté d'elle. Chaque fois qu'Atlas bougeait légèrement, le mouvement se réverbérait à travers elle. C'était une torture de le sentir si près.

À présent, sur la piste de danse, Leda trouvait toutes les excuses possibles pour le toucher. Elle l'attira vers elle, sa main décrivant des cercles dans le dos du jeune homme à travers sa veste de smoking. Elle avait tellement hâte de la lui retirer plus tard !

– Qu'est-ce qui se passe entre Avery et toi ?

– Pardon ?

Distraite par la tournure de ses pensées, Leda avait dû mal entendre.

– Je te demande ce qui se passe entre Avery et toi, répéta-t-il.

Il l'entraîna vers les fauteuils au bord de la piste de danse, et Leda se laissa tomber dans l'un d'eux.

– Rien du tout, répondit-elle automatiquement, agacée que tout revienne toujours à Avery même quand celle-ci n'était pas là. Pourquoi se passerait-il quelque chose ?

– Désolé. Je ne voulais pas aborder un sujet délicat. Mais j'ai remarqué que vous ne passiez plus beaucoup de temps ensemble, et je voulais être sûr… (Atlas soupira.) En principe, c'est à elle que j'aurais posé la question, mais c'est un peu tendu entre nous en ce moment.

Leda se redressa légèrement. Avery et Atlas s'étaient-ils disputés à cause d'elle ? Peut-être qu'Avery avait dit quelque chose à Atlas – par exemple, que Leda n'était pas assez bien pour lui – et qu'Atlas l'avait défendue. Leda ne voulait pas croire une chose pareille de sa meilleure amie, mais… Avery méritait-elle encore ce qualificatif ?

– Merci d'avoir posé la question, mais je n'ai pas vraiment envie d'en parler.

– Désolé. Oublie ce que j'ai dit. (Atlas semblait sincèrement regretter.) On retourne danser ?

Leda acquiesça avec gratitude, et il l'entraîna de nouveau sur la piste.

– Ça ne te fait pas trop bizarre d'être revenu ici ? demanda-t-elle au bout d'un moment.

– Si, un peu, admit Atlas. La Tour est vraiment très différente de tous les autres endroits où je suis allé.

– C'est clair que ça n'a rien à voir avec l'Amazonie, acquiesça Leda sans réfléchir.

Atlas s'immobilisa comme s'il avait les pieds cloués au sol.

– Comment es-tu au courant pour l'Amazonie ? demanda-t-il très lentement.

Et merde.

– Tu m'en as parlé, je crois, répondit Leda en regrettant de ne pas pouvoir ravaler ses mots.

– Je suis sûr que non.

– Alors, ça doit venir d'Avery ou de tes parents, je ne sais plus. Je l'ai entendu quelque part, dit-elle sur un ton désinvolte.

Mais Atlas ne s'y laissa pas prendre.

– Leda. Qu'est-ce que tu me fais exactement ? interrogea-t-il en plissant les yeux.

– Rien du tout, promis. Je suis désolée.

Il acquiesça et parut laisser tomber. Leda et lui continuèrent à danser. Mais la jeune fille voyait sa mâchoire serrée et percevait la tension de son corps, vibrant dans l'espace entre eux.

À la fin de la chanson suivante, Atlas s'écarta d'elle.

– Tu veux boire quelque chose ?

– Oui, acquiesça Leda avec un peu trop d'enthousiasme.

Elle voulut le suivre, mais Atlas secoua la tête.

– Il y a tellement de monde au bar ! Laisse-moi te rapporter un verre. Du champagne, c'est bien ça ?

– Merci, capitula Leda, même si ce n'était pas elle qui adorait le champagne, mais Avery.

Elle déambula vers les immenses pièces adjacentes à la salle de bal en se demandant où étaient ses amis. Mais la première personne connue qu'elle aperçut fut son père, debout seul dans un coin, recroquevillé sur lui-même comme s'il ne voulait pas se faire remarquer et marmonnant entre ses dents – de toute évidence, en communication avec quelqu'un.

Leda repensa immédiatement au week-end précédent, quand il avait menti en prétendant être allé au golf. Sans y réfléchir à deux fois, elle se connecta à LireLèvres et se concentra sur la bouche de son père, à des dizaines de mètres d'elle. LireLèvres avait été conçu pour aider les sourds et les malentendants, mais Leda avait découvert que, couplé aux nouvelles lentilles superzoom, il était idéal pour espionner les gens.

– Je ne peux pas encore en parler à ma famille. (Une voix robotique, d'une monotonie irritante, traduisit les paroles de son père à l'oreille de la jeune fille, qui s'interrogea sur leur sens. Quelques instants plus tard, son père ajouta :) D'accord. Je lui parlerai le week-end prochain.

Sonnée par ce qu'elle venait d'entendre, Leda regarda son père mettre fin à l'appel et s'éloigner au moment où sa mère apparaissait près d'elle.

– Leda, tu es magnifique ! s'exclama Ilara comme si elle n'avait pas vu sa fille se préparer. Où est Atlas ?

– Parti nous chercher à boire, répondit sèchement Leda.

– Ma chérie…

– Je serai sage, c'est promis, l'interrompit-elle, pensant toujours au comportement de son père.

Elle jeta un coup d'œil à la robe de soirée écarlate et aux bijoux coûteux d'Ilara. Elle ne reconnaissait pas le bracelet à son poignet.

– C'est nouveau ? demanda-t-elle, momentanément distraite de ses préoccupations, en le désignant.

– Ton père vient de me l'offrir pour notre anniversaire de mariage.

Ilara tendit le bras pour que sa fille puisse inspecter le filet d'or tressé piqueté de minuscules diamants.

– En plus du foulard Calvadour ? Ouah !

Leda n'avait jamais connu son père aussi généreux.

– Quel foulard Calvadour ? demanda Ilara, perplexe. De quoi parles-tu, ma chérie ?

– Et voilà mes deux femmes ! s'exclama Matt en fendant la foule pour passer son bras sous celui de son épouse.

Ils formaient un très beau couple, lui si blond et elle si brune, la pochette rouge dans la poche du smoking de Matt faisant écho à la couleur de la robe d'Ilara. Leda se demanda quel était l'objet de ce coup de fil étrange, et ce qu'était devenu le foulard. Son père avait-il changé d'avis et l'avait-il rapporté au magasin ? Il aurait très bien pu ; néanmoins, Leda avait l'impression tenace qu'il se passait quelque chose d'autre, quelque chose d'important.

– Je vais rejoindre Atlas.

Mal à l'aise et presque paniquée, la jeune fille fit un pas en arrière. Elle avait besoin de boire un coup. Tout de suite.

– Leda…

– On se voit à la maison, lança-t-elle par-dessus son épaule.

En arrivant au bar, elle joua éhontément des coudes pour gagner l'avant de la file d'attente.

– Excusez-moi. Désolée, marmonna-t-elle sans se soucier de qui elle bousculait dans sa quête d'Atlas.

Le besoin d'alcool était pareil à une démangeaison sur sa peau. Une partie d'elle-même se rendait compte que c'était un signal d'alarme, mais elle gérerait ça plus tard, quand cet étau ne lui comprimerait plus la poitrine.

La première personne dans la file était le cavalier d'Avery – Watt, si ses souvenirs étaient exacts. Leda ne lui avait pas été présentée pendant la soirée d'anniversaire d'Eris, même si elle l'avait vu coller aux basques d'Avery tel un chiot perdu. Et maintenant, il l'accompagnait au gala de l'University Club ? C'était bizarre, cette façon dont il était apparu dans leurs vies sans raison ni explication.

– Watt, c'est bien ça ? dit Leda en se glissant près de lui. Tu es le cavalier d'Avery.

– Tu te rends compte que tu viens de passer devant des dizaines de gens ?

– Peu importe, ce sont tous des amis, répliqua-t-elle avec un geste désinvolte.

Ce qui était plus ou moins vrai.

– Qui suis-je pour réfuter cette logique ? (Un sourire contenu fit frémir les lèvres de Watt. Se moquait-il d'elle ?) Puisque tu as soif à ce point, laisse-moi t'offrir un verre.

– C'est un open bar, aboya Leda, irritée, tandis que le serveur ganté de blanc se tournait vers Watt.

Elle ouvrit la bouche pour lui demander…

– Un whisky-soda pour la dame, une bière pour moi, et une flûte de champagne, réclama Watt.

Quand le serveur posa les verres devant lui, Watt et Leda s'écartèrent de la queue et se dirigèrent vers une table haute sur le côté.

– Comment as-tu deviné ce que je voulais ? s'enquit Leda, quelque peu déconfite.

Le whisky-soda n'était pas une boisson très féminine, mais c'était la seule chose qui la calmait en cas de grande agitation.

– Un coup de bol, répondit Watt. Mais sois prudente. Il suffit d'une fois.

Leda sursauta et lui jeta un coup d'œil alarmé. « Il suffit d'une fois », c'est ce qu'on leur disait tout le temps à Silver Cove pour les mettre en garde. Mais Watt sirotait sa bière innocemment.

– Désolée, dit la jeune fille sur le ton le plus aimable possible. Je ne me suis même pas présentée. Leda Cole.

Elle lui tendit la main, et Watt la serra sans se départir de ce sourire si agaçant.

– Je sais.

– Ce n'est pas très juste, protesta Leda, plus troublée qu'elle ne l'aurait voulu. Moi, je ne sais rien de toi !

– Oh, je ne suis pas très intéressant, répondit Watt sur un ton léger.

– Tu vas à quel lycée ?

– Jefferson.

Leda fronça les sourcils en regrettant de ne pas pouvoir chercher sur ses lentilles sans que ça se voie.

– Je ne connais pas. Tu… ?

– C'est au 240e étage, coupa le jeune homme en appuyant ses coudes sur la table sans la quitter des yeux.

Il n'était pas très grand, mais quelque chose dans son attitude en imposait. Leda se surprit à souhaiter qu'ils soient assis plutôt que debout.

– Je vois. (Elle ne savait absolument pas quoi répondre. Même avant d'emménager dans les étages supérieurs, elle n'avait jamais eu aucun contact avec les gens qui habitaient si bas.) Et comment as-tu dit que tu avais rencontré Avery ?

– Je n'ai rien dit du tout, répondit-il avec un clin d'œil. Je te trouve terriblement curieuse à mon sujet. C'est parce que Avery est ta meilleure amie, c'est ça ?

Furieuse, Leda rougit violemment. Avery avait-elle parlé de la tension entre elles à Watt ?

– Tout à fait, répondit-elle, sur la défensive.

Comme si cela avait suffi à l'appeler, Avery apparut près d'eux. Ses cheveux étaient relevés en chignon dont quelques mèches s'échappaient pour venir encadrer son visage. Elle avait une incandescente piquée derrière une oreille, comme toutes les filles du temps où elles étaient au collège. C'était assez ringard, mais ça lui allait tellement bien que, d'ici la semaine suivante, les incandescentes redeviendraient sans doute à la mode.

Avery s'avança, et la lumière fit étinceler de mille feux sa robe à col haut recouverte de minuscules éclats de miroir. *Pas étonnant que tu aies choisi celle-là*, songea Leda avec une amertume surprenante. *Elle te reflète littéralement à l'infini.*

– Coucou. (Avery se rapprocha de Watt et se raidit en apercevant Leda.) Oh, Leda. Bonsoir. Tu t'amuses bien ?

Je viens juste de tout gâcher avec le garçon qui me plaît, mon père se comporte bizarrement, et ma meilleure amie me manque affreusement. À part ça...

– C'est une soirée géniale, répondit Leda en affichant un sourire pareil à un masque.

Avery opina.

– J'ai vu ta mère tout à l'heure. Elle a dit que vous iriez peut-être en Grèce pour les vacances de Noël. Je n'étais pas au courant, ajouta-t-elle maladroitement.

Pas étonnant, vu qu'on ne se parle plus.

– Ouais, acquiesça Leda avec une tristesse soudaine. Tu te rappelles la fois où on a fait la Grèce dans le Modèle ONU ? lâcha-t-elle sans trop savoir pourquoi.

– Et où notre baklava maison a rendu tout le monde malade ? se souvint Avery.

– Ce qui était une façon très efficace de gagner : en renvoyant tous les autres pays à la maison, dit Leda très sérieusement.

Les deux filles éclatèrent de rire et, l'espace d'un instant, le monde sembla redevenu normal.

Puis elles se turent, se dévisagèrent mutuellement par-dessus la table et parurent réaliser que ça n'allait plus du tout entre elles.

Avery fut la première à chercher une excuse pour s'échapper.

– On retourne danser ? demanda-t-elle en se tournant vers Watt, sa flûte de champagne encore pleine abandonnée sur la table.

– Tes désirs sont des ordres. (Watt lui prit la main.) Ravi d'avoir fait ta connaissance, Leda.

– Bye, jeta Avery par-dessus son épaule en entraînant son cavalier dans la foule.

– Ouais, à plus, marmonna Leda.

Mais ils avaient déjà disparu.

Leda resta un moment à la table pour siffler d'abord son whisky-soda, puis le champagne d'Avery. Ce type, Watt… Il avait quelque chose de bizarre. Elle ne lui faisait pas confiance. Elle voulait interroger Avery à son sujet, mais il y avait tant de non-dits entre elles que Leda ne savait plus par où commencer.

Elle crut voir Atlas près de la piste de danse, à l'endroit où il l'avait laissée. Elle devrait le rejoindre.

Au lieu de ça, elle se tourna vers le bar. D'abord, elle allait boire un autre verre.

Eris

Allongée sur un côté, à demi roulée en boule, Eris se prélassait sur le lit de Mariel. Entre ses paupières mi-closes, elle regardait son amie taper furieusement un quelconque devoir de classe à son bureau.

Les murs de la pièce étaient peints en vert clair, couverts d'insta-photos de Mariel et de ses amis ainsi que de diverses affiches photographiques : le soleil se couchant derrière une montagne au pic déchiqueté, la lune pendant une éclipse. Les haut-parleurs diffusaient de la country. Eris ne connaissait personne d'aussi obsédé par ce style de musique, Avery exceptée, et elle avait depuis longtemps renoncé à s'en étonner comme des autres particularités incompréhensibles de cette dernière. C'était plutôt drôle, que sa meilleure amie et la fille avec qui elle sortait aient quelque chose de si inhabituel en commun.

Tu as bientôt fini ? demanda Eris à Mariel, même si elle ne s'impatientait pas vraiment.

En fait, traîner sur son lit dans un silence paisible pendant que Mariel faisait ses devoirs lui plaisait bien davantage qu'elle ne l'aurait cru. C'était tout nouveau pour elle – Eris ne se souvenait pas avoir jamais passé du temps à ne rien faire avec quelqu'un.

– Presque, répondit Mariel, le front plissé par la concentration.

Où es-tu ? texta Caroline.

– Chez Mariel, répondit Eris à voix haute, composant sa réponse. (Caroline avait rencontré la jeune fille, et elle savait qu'Eris et elle passaient beaucoup de temps ensemble depuis quelques semaines.) Ma mère, ajouta-t-elle en guise d'explication pour Mariel.

Celle-ci acquiesça.

– On dirait que ça va mieux entre vous, fit-elle remarquer.

C'était vrai. Depuis leur déjeuner avec le père de Leda – durant lequel Eris avait appris qu'il était aussi *son* père –, Caroline et elle avaient plus ou moins fait la paix. Elles avaient recommencé à passer du temps ensemble comme autrefois, se promenant dans leurs endroits préférés des étages supérieurs et dînant toutes les deux la plupart des soirs. C'était agréable de ne plus nourrir tout ce ressentiment envers sa mère.

– Tu as eu des nouvelles de ton père biologique ? s'enquit Mariel. Tu le revois quand ?

– Aucune idée.

Ils n'avaient pas fixé de rendez-vous, ni discuté du genre de soutien financier que leur apporterait M. Cole – s'il leur en apportait un. Eris l'avait fait remarquer à sa mère quelques jours auparavant, mais Caroline lui avait répondu de ne pas s'inquiéter, que c'était en cours. Qu'est-ce que ça signifiait ? Eris se demanda si sa mère et elle allaient réemménager dans les étages supérieurs et former une grande famille recomposée avec les Cole. Non, c'était une idée idiote.

– Je suis sûre qu'il finira par te contacter, affirma Mariel avec plus d'assurance qu'Eris n'en ressentait. C'est sans doute aussi nouveau et bizarre pour lui que pour toi.

– Merci, dit Eris, en se félicitant d'avoir tout raconté à son amie.

Elle était venue la voir juste en sortant du Lemark. Un peu parce qu'elle avait besoin d'en parler à quelqu'un et qu'elle ne pouvait s'adresser à aucun de ses amis de la hauteTour, puisqu'ils connaissaient tous Leda, mais surtout, elle voulait que Mariel soit au courant de ce qui se passait dans sa vie, et elle accordait de l'importance à son avis. Mariel avait une approche unique de la vie, une façon de penser qu'Eris n'avait jamais rencontrée chez personne d'autre.

– Assez parlé de moi, décréta Eris, soudain désireuse de penser à autre chose. Parlons de toi, pour changer un peu.

– Mais tu es un sujet inépuisable, plaisanta Mariel. (Eris s'assit sur le lit en la foudroyant du regard, et elle éclata de rire.) Désolée, dit-elle même si elle n'en avait pas vraiment l'air. Que veux-tu que je te dise ?

– Je sais que je suis fascinante, répliqua sèchement Eris. Mais sérieusement. On se connaît depuis, quoi, un mois ? Et il reste encore des tas de choses que j'ignore sur toi.

– Ça fait vraiment un mois ?

Eris lança un oreiller à la tête de Mariel, qui esquiva.

– D'accord, d'accord. Qu'est-ce que tu veux savoir ?

– Ta couleur préférée, répondit Eris automatiquement.

– Il n'y a que toi pour poser ce genre de questions, ricana Mariel, mais avant qu'Eris puisse lui jeter un autre oreiller, elle enchaîna : le vert ! Le vert menthe, plus exactement.

– Ta matière préférée au lycée.

– Facile : le débat.

– Sérieux ? ne put s'empêcher de demander Eris.

Tous les élèves de sa connaissance qui suivaient ce cours étaient pénibles avec leur veste d'uniforme spéciale et leur air de toujours tout savoir. Mariel semblait beaucoup trop cool.

– Si tu es aussi surprise, c'est que je ne dois pas te contredire assez souvent, la taquina Mariel.

– Essaie un peu pour voir. (Eris sourit.) Qu'est-ce que tu veux faire plus tard ?

– Passer dans les holos.

– Moi aussi !

Mariel rit. Elle avait fait pivoter sa chaise de bureau vers Eris et croisé les jambes en tailleur. Une de ses chaussettes était rose avec des pois blancs, l'autre, piquetée de minuscules citrouilles orange.

– Je ne pense pas qu'on ferait la même carrière, répliqua-t-elle, une lueur amusée dansant dans ses yeux. Je veux devenir journaliste politique.

– Ceux qui présentent le journal ?

– Ceux qui mènent les débats présidentiels, qui commentent l'actualité et qui écrivent des articles pour les flux. (Mariel baissa les yeux en tirant sur les manches de son pull.) Je veux aider les gens à comprendre ce qui se passe, à se faire une opinion.

– Dans ce cas, pourquoi ne pas te présenter aux élections et faire des trucs concrets pour eux ? suggéra Eris.

Elle s'était rapprochée du bord du lit, depuis lequel elle pouvait toucher le bras de Mariel.

– Peut-être, acquiesça son amie, mais sans conviction. Encore une question, ajouta-t-elle en dévisageant Eris.

Celle-ci pencha la tête sur le côté en réfléchissant. Elle ne savait rien du passé amoureux de Mariel, pas même s'il lui arrivait aussi de sortir avec des garçons. Finalement, elle opta pour :

– Tu as déjà été amoureuse ?

– Non, répondit Mariel très vite – trop vite, songea Eris.

Elle se demanda de qui il s'agissait et fut surprise d'éprouver une pointe de déception, voire de jalousie.

– Et toi ? s'enquit Mariel.

– Non, moi non plus.

Un morceau de country rapide et entraînant commença ; une voix de fille un peu rauque expliqua comment elle allait se venger d'un amant infidèle. Mariel reporta son attention sur ses devoirs et Eris sortit sa tablette pour consulter distraitement les flux, le cœur battant très fort même si elle ne savait pas trop pourquoi.

En ce moment même, le gala d'automne de l'University Club battait son plein plusieurs kilomètres au-dessus de leur tête. Avery avait proposé d'inviter Eris, mais celle-ci avait décliné : elle n'était pas certaine de vouloir affronter les regards, ou de risquer de croiser son père – du moins, celui qu'elle avait longtemps pris pour son père. Non, n'importe lequel des deux, corrigea-t-elle mentalement, parce que bien entendu M. Cole y serait lui aussi.

Mais tandis que les minutes défilaient en même temps que les photos de ses amis sur leur trente et un qui prenaient du bon temps, Eris commença à regretter de ne pas avoir accepté la proposition d'Avery. Elle pensa à ce qu'elle aurait porté pour cette soirée. Peut-être sa robe rose poudrée avec l'ourlet festonné, ou quelque chose d'argenté – n'était-ce pas le thème du gala cette année ?

Elle ouvrit l'invitation sur ses lentilles. *L'University Club vous invite à une soirée sous les étoiles*, était-il écrit en lettres ornées d'arabesques élégantes, avec des étoiles animées qui filaient dans les coins. Une comète devait passer ce soir-là, se rappela soudain Eris.

– Fini, annonça Mariel en cliquant pour envoyer son devoir. Tu veux faire quoi ce soir ?

– Prends ton manteau, répondit Eris avec un large sourire. On part à l'aventure.

– Je ne comprends pas, avoua Mariel tandis qu'elles longeaient Jersey Highway au niveau de la 35e rue.

Les lampes solaires projetaient des anneaux de lumière dorée entrelacés sur le trottoir. Devant elles, Eris distinguait la silhouette massive de *L'Intrépide*, un énorme vieux bateau ancré au fond de l'Hudson et transformé en musée naval. Elle y avait fait une sortie scolaire avec sa classe en CE2. Elle se rappelait encore que Cord les avait mises au défi de sauter par-dessus le bastingage, Avery et elle, pour voir si l'eau froide leur ferait pousser des branchies de sirène. Cord... elle ne pensait plus vraiment à lui depuis des semaines, non ?

– Toutes tes questions recevront bientôt une réponse, c'est promis.

Eris s'approcha d'un portail marqué : QUAI 30, ACCÈS RÉSERVÉ AU PERSONNEL. Elle entra le code qu'elle avait acheté en ligne, et le portail pivota sur ses gonds.

Les deux filles s'avancèrent sur un ponton en bois bordé de portes en métal rouillé des deux côtés. De l'eau clapotait doucement sous leurs pieds. Eris ne pouvait s'empêcher de sourire bêtement. Elle adorait ce frisson délicieux qu'on éprouvait en se lançant dans une quête folle, en partant à la recherche de quelque chose qu'on trouverait peut-être ou peut-être pas, sachant que la nuit serait merveilleuse de toute façon.

Eris tapa le même code d'accès pour ouvrir une des portes qui remonta dans le toit au-dessus de sa tête, révélant un petit espace presque entièrement rempli par un hoverboat à quatre places. Sa forme rappelait le chapeau d'un champignon, et des propulseurs saillaient sous sa coque blanche profilée. La seule décoration était une décalcomanie du drapeau américain qui commençait à se décoller.

– Enfile ça, ordonna Eris en jetant une ceinture gonflable argentée à Mariel.

Son amie obtempéra et s'avança sur le ponton.

– Il est à qui, ce bateau ?

Eris appuya sur un bouton, et le hoverboat descendit vers l'eau.

– On l'emprunte juste pour la soirée, répondit-elle simplement.

La location de nuit qu'elle avait payée était illégale, elle en était à peu près certaine. Les lumières du bateau jetaient un éclat verdâtre sur l'eau contenue dans le minuscule hangar. Eris se débarrassa de ses chaussures avant de prendre la main de Mariel et de l'entraîner à bord, sur la banquette circulaire en vinyle blanc.

– Tu sais piloter ce truc ? interrogea Mariel en la dévisageant, partagée entre le scepticisme et l'enthousiasme.

– Il y a un autopilote. Du moins, c'est ce qu'on m'a dit.

Avec un sourire grimaçant, Eris appuya sur le bouton de démarrage, et le hoverboat s'enfonça dans l'obscurité.

Elles glissaient à la surface de l'eau, aussi sombre et impénétrable qu'un miroir noir. Les cheveux d'Eris s'agitaient follement autour de sa tête, et de l'écume lui éclaboussait le visage. Cette gifle froide, c'était étonnamment bon. De l'autre côté du fleuve, dans le New Jersey, des lumières éparses scintillaient dans la nuit.

Mariel regardait droit devant elle. Il y avait quelque chose de presque majestueux dans son profil sculpté d'ombres, son long nez et son front haut. Puis elle se tourna pour faire un clin d'œil à Eris, brisant l'illusion.

– Où nous emmenez-vous, ô intrépide capitaine ? demanda-t-elle en haussant la voix pour se faire entendre par-dessus le vent et le moteur.

– Dans un endroit où ce truc ne nous bouchera pas la vue, répondit Eris en désignant la Tour, qui s'élevait à une hauteur vertigineuse dans l'obscurité.

Elles dépassèrent la silhouette drapée de la statue de la Liberté et mirent le cap au sud en contournant les ports maritimes, d'où leur parvenaient des bribes de musique et des rires bruyants. Enfin, quand elles furent assez loin pour que la Tour n'oblitère plus le ciel, Eris coupa le moteur. Elle se pencha par-dessus bord pour tremper ses doigts dans l'eau et les retira très vite : le fleuve était glacé.

– J'adore. C'est une merveilleuse surprise, déclara Mariel dans le brusque silence.

– La surprise, ce n'est pas ça, répliqua Eris. Du moins, ce n'est pas que ça.

Les éclats de voix et la musique en provenance de South Street s'intensifiaient. Eris vit des lumières roses d'hallucilums danser sur l'eau.

– Il y a une rave ce soir ? demanda Mariel.

Eris rit.

– Tous ces gens sont là pour la même raison que nous. (Elle passa un bras autour de la taille de Mariel.) Regarde !

Elle tendit un doigt vers le ciel, et elles levèrent la tête. Une comète fendait le velours du firmament, sa queue se déployant derrière elle tel un éventail.

– C'est magnifique, souffla Mariel.

Eris savoura le spectacle en essayant de ne pas penser à l'University Club, à Avery et Leda qui en ce moment même devaient se presser contre une vitre, vêtues de robes somptueuses, une flûte de champagne à la main. *Arrête ça*, se morigéna-t-elle. C'était tellement mieux d'admirer la comète d'ici, avec Mariel !

– Elle porte presque le même nom que moi, tu sais, dit-elle, se remémorant ce qu'elle avait lu un peu plus tôt : Eros. Il paraît qu'elle ne repassera plus à proximité de la Terre avant un millénaire.

– Le dieu de l'Amour, gloussa Mariel. Alors qu'Eris est…

– La déesse du Chaos, acheva l'intéressée d'un air contrit.

Elle avait toujours taquiné sa mère à ce sujet. Caroline répondait qu'elle ne savait pas, qu'elle avait choisi ce nom parce qu'elle le trouvait joli.

– Parfois, l'amour et le chaos, c'est la même chose, dit doucement Mariel.

Pour toute réponse, Eris se retourna et l'embrassa, bloquant sa vue de la comète. Mariel réagit fougueusement en la prenant par les épaules. Leur baiser fut empreint de quelque chose de nouveau, une tendresse inconnue d'Eris.

Mariel finit par s'écarter.

– Eris. J'ai peur.

– Hein ? Pourquoi ?

La comète s'était estompée. À terre, elles entendaient les cris des fêtards qui trinquaient à son passage. Eros, comète de l'Amour.

– C'est juste que… (Mariel paraissait sur le point de faire un aveu. Eris sentait sa nervosité crépiter sur sa peau comme de l'électricité.) Je ne veux pas être blessée.

Eris devina que ce n'était pas ce qu'elle avait eu l'intention de dire à l'origine. Mais elle se contenta de se pencher pour poser doucement sa tête sur l'épaule de Mariel.

– Je ne te ferai jamais de mal, c'est promis, dit-elle tout bas.

La partie cynique d'elle-même lui rit au nez d'avoir fait une promesse qu'elle n'avait aucun espoir de tenir. Mais elle lui prouverait qu'elle se trompait, songea fermement la jeune fille.

Près d'elle, elle sentit Mariel se détendre un peu. Leur bateau tanguait légèrement, ballotté par les vagues.

– C'est promis, répéta Eris.

Et, telle de la fumée, ses mots montèrent au-dessus d'elle dans l'obscurité qui les engloutit.

Avery

– Merci de m'avoir raccompagnée, dit Avery lorsque le hover s'arrêta devant son appartement.

Ses parents étaient rentrés depuis des heures, et elle ne savait plus où se trouvaient ses amis à ce stade, pas même Leda et Atlas. Elle avait été trop occupée à danser, à rire, à éprouver l'excitation du passage de la comète. Et à profiter de la compagnie de Watt.

Elle s'était bien amusée avec lui ce soir, beaucoup plus qu'elle ne s'y attendait. Il était sérieux mais pas barbant, posé mais pas arrogant. Comme il l'escortait jusqu'à sa porte d'entrée, Avery réalisa qu'il allait devoir descendre presque huit cents étages après l'avoir déposée. Elle tenta de se représenter son quotidien et n'y parvint pas. Pourquoi ne lui avait-elle pas posé plus de questions sur sa vie ? songea-t-elle, un peu embarrassée. Il devait la trouver horriblement égocentrique !

– De rien.

Watt tendit une main vers l'oreille d'Avery et prit délicatement l'incandescente désormais brune et fanée, au parfum douceâtre. Quelques heures plutôt, elle ressemblait à une étoile vivante, et maintenant…

– Je suppose que la soirée est vraiment finie, commenta Avery à regret. (Watt fit mine de jeter la fleur, mais elle l'en empêcha.) Non, attends. Pas encore. Je veux la garder. Juste un petit moment.

Watt lui tendit l'incandescente sans la quitter des yeux. Il avait l'air pensif. Avery prit la fleur morte au creux de sa paume. Il lui semblait entendre les battements du cœur de Watt résonner dans l'espace entre eux.

Avec une infinie douceur, le jeune homme se pencha et posa ses lèvres sur le front d'Avery. Il s'interrompit pour lui laisser le temps de se dérober. Avery n'en fit rien, mais elle ne prit pas d'initiative non plus : elle demeura immobile et attendit.

Le temps que leurs bouches se rencontrent, il était devenu évident que Watt allait l'embrasser. Avery lui rendit son baiser sans réfléchir, curieuse de voir quel goût il aurait, quelles sensations elle éprouverait. Ce fut très doux et très lent, et elle adora le contact des mains chaudes de Watt posées sur ses hanches.

Quand ils s'écartèrent l'un de l'autre, aucun d'eux ne dit rien. Avery se sentait presque heureuse. Enfin, elle l'avait fait : elle avait embrassé un garçon qui n'était pas Atlas. Et pour de bon cette fois – pas un garçon qu'elle évitait la moitié du temps, pas un type qu'elle venait juste de rencontrer pendant les vacances, mais quelqu'un qui lui plaisait vraiment. Ça lui paraissait presque sacrilège, et pourtant ça n'avait pas été si difficile.

Peut-être était-ce ce dont elle avait besoin pour l'aider à oublier Atlas une bonne fois pour toutes, songea Avery. Peut-être Watt était-il le garçon qu'il lui fallait.

– Bonne nuit, Avery, dit-il en se tournant vers le hover.

Les sentiments brouillons qui se bousculaient dans l'esprit de la jeune fille se rassemblèrent pour former un seul mot.

– Attends !

Watt s'arrêta, la portière à moitié ouverte devant lui.

Le cœur d'Avery battait trop vite, et elle avait du mal à respirer. Elle se demanda si Atlas était à la maison et s'il les verrait ensemble. *Cesse de penser à lui.* Elle ne voulait pas que Watt s'en aille, et cependant elle n'était pas sûre d'être prête pour… Mais peut-être ne le serait-elle jamais.

– Je me disais que…

Elle se mordit la lèvre. Watt attendit patiemment tandis qu'elle l'observait. Et soudain, elle réalisa que sa décision était prise.

– Tu veux entrer ?

Watt

Watt crut d'abord qu'il avait mal entendu.

– Tu parles ! Je veux dire, oui, bien sûr, rectifia-t-il en essayant de ne pas avoir l'air trop empressé.

Il laissa le hover s'éloigner pendant qu'Avery lui prenait la main et l'entraînait à l'intérieur, à travers l'impressionnant vestibule recouvert de miroirs qui donnait sur le vaste salon dont le plafond culminait deux étages plus haut. Il pensait qu'ils s'installeraient sur le canapé, mais Avery tourna immédiatement à droite, dans un couloir moquetté. Allaient-ils vraiment là où il pensait qu'ils allaient ? Il n'avait pas l'habitude de faire ce genre de chose sans Nadia.

– Ma chambre, murmura Avery en poussant une porte.

Watt aperçut un énorme lit à baldaquin au milieu d'une pièce décorée dans les tons bleu clair et crème, avec des murs ornés de gravures antiques et de miroirs au cadre ouvragé disposés à intervalles réguliers. Mais il ne pouvait se concentrer sur rien hormis Avery. Il hésita, l'esprit en ébullition, se demandant s'il devait faire le premier pas ou si ce serait malvenu.

Puis Avery se pencha vers lui et l'embrassa, et Watt cessa de réfléchir.

Ils tombèrent sur le lit. Les baisers de Watt se firent beaucoup moins délicats. Les mains d'Avery déboutonnèrent impatiemment sa chemise, tirèrent ses bretelles vers le bas et se posèrent sur sa poitrine pour allonger le jeune homme sur ses oreillers. Ils s'embrassèrent goulûment, presque frénétiquement. Dans la partie de son esprit qui fonctionnait toujours, Watt avait envie de pousser un cri de victoire primitif.

Il n'arrivait pas à y croire. Il était dans la chambre d'Avery Fuller, sur le lit d'Avery Fuller, en train d'embrasser Avery Fuller. La plus belle, la plus incroyable, la plus intrigante de toutes les filles au monde. Et parmi l'infinité de mecs qu'elle aurait pu avoir, c'était lui qu'elle avait choisi.

Il glissa les mains dans son dos pour descendre la fermeture Éclair de sa robe. Avery émit un bruit de gorge. Se méprenant sur sa réaction, Watt tira hâtivement, et Avery s'écarta de lui comme si elle s'était brûlée. Hébété, il cligna des yeux.

– Désolé. On peut ralentir si tu veux, dit-il d'une voix rauque.

– Non, ce n'est pas ça, c'est juste que… (Avery prit une inspiration tremblante.) Je ne peux pas faire ça.

Elle semblait au bord des larmes.

Watt s'assit et passa une main dans ses cheveux.

– Je te promets qu'on ne fera rien que tu n'as pas envie de faire.

Il tâtonna en quête de sa chemise et la remit en se sentant coupable.

– Ce n'est pas… (Avery se mordit la lèvre sans achever sa phrase.) Il vaut mieux que tu t'en ailles, dit-elle comme si elle prononçait une sentence définitive – et cela effraya Watt plus que les mots qu'elle prononçait.

– D'accord, mais… pourquoi ? ne put-il s'empêcher de demander.

Avery ne répondit pas. Elle n'arrivait même pas à le regarder en face. Soudain, Watt repensa à la soirée d'anniversaire d'Eris. Ils étaient en train de bavarder, voire de flirter, quand Avery avait blêmi et filé dans la seconde, l'abandonnant à son amie Ming. Et ce commentaire qu'elle avait fait tristement, un peu plus tôt dans la soirée : « Je n'obtiens pas toujours ce que je désire… » Même sans Nadia, Watt était capable d'assembler les pièces du puzzle.

– Il y a quelqu'un d'autre ? (Il savait que c'était nul de demander ça, mais il voulait savoir. Avery lui jeta un regard plein de détresse.) Peu importe. Laisse tomber, lâcha Watt sur un ton amer qu'il détesta entendre dans sa bouche.

Sans rien ajouter, il se détourna pour sortir de la chambre d'Avery, de son appartement, et peut-être de sa vie.

Leda

Leda se glissa dans le hover à côté d'Atlas. Il était plus tard qu'elle ne l'avait réalisé, et elle avait bu davantage qu'elle ne le voulait. Toutes les incertitudes dans sa vie la déstabilisaient. Mais ça n'avait pas d'importance : Atlas et elle étaient enfin seuls. Elle se rapprocha de lui, trop soûle pour s'inquiéter de quoi que ce soit, et le dévisagea.

Elle en avait assez d'attendre. Elle le désirait si fort qu'elle n'arrivait plus à réfléchir. Le hover s'arrêta devant chez elle, et Leda commença à embrasser Atlas.

– Leda.

Le jeune homme se dégagea en lui prenant les poignets et en les baissant sur ses genoux.

– Entre avec moi, implora Leda.

Atlas secoua la tête.

– Il faut qu'on parle.

Ces mots glacèrent son sang saturé d'alcool.

– Je t'écoute, dit-elle sèchement.

– Je me suis beaucoup amusé avec toi au gala, commença maladroitement Atlas. Tu étais vraiment très en beauté ce soir. Mais, reprit-il d'une façon qui brisa d'avance le cœur de Leda, je ne crois pas qu'on devrait remettre ça.

– Tu ne veux pas au moins coucher avec moi avant de t'enfuir, cette fois ?

Il frémit.

– Je suis désolé. Ce qui s'est passé à Catyan… J'aurais dû m'arrêter avant que ça n'aille si loin.

– Puisque c'était une erreur de ton point de vue, pourquoi m'as-tu demandé de t'accompagner ce soir ?

– Parce que tu es incroyable. N'importe quel garçon aurait de la chance de sortir avec toi. (Atlas planta son regard dans celui de Leda.) Tu mérites mieux que moi. Tu mérites la vérité. Et la vérité, c'est que j'ai des sentiments pour quelqu'un d'autre, et que ce ne serait pas juste de continuer avec toi dans ces conditions.

– Très bien.

Il voulut faire le tour du hover pour lui ouvrir, mais Leda descendit et claqua la portière avant qu'il en ait le temps.

– Je suis désolé, Leda. J'espère qu'on pourra rester amis, dit-il.

La jeune fille monta dignement les marches de son perron pour lui prouver combien tout ça la touchait peu, son orgueil blessé l'aidant à garder le menton bien haut. Elle se demanda ce que dirait Atlas s'il savait que la dernière fois qu'il l'avait lâchée elle s'était lancée dans une orgie d'alcool et de drogue qui s'était terminée par deux mois en cure de désintoxication.

Elle aurait dû s'en douter. Elle aurait dû savoir qu'Atlas lui renverrait de nouveau ses sentiments comme un boomerang, qu'il lui demanderait de l'accompagner à des événements importants et lui dirait ensuite d'un air embarrassé que « ce ne serait pas juste de continuer avec elle ». *Je vais te montrer ce qui est juste, moi*, songea Leda en entrant chez elle sans tourner la tête ne fût-ce que d'une fraction de centimètre en direction d'Atlas.

Mais dès qu'elle fut seule dans sa chambre, la jeune fille s'écroula par terre, la tête entre les mains. Une partie terrifiante d'elle-même haïssait Atlas pour la façon dont il l'avait traitée. Elle voulait lui faire du mal, à lui et à l'idiote pour qui il avait soi-disant des sentiments.

Leda sursauta en réalisant qu'elle n'avait pas encore employé la meilleure arme de son arsenal. Elle se mit à marmonner pour composer un message à Nadia. *Tu avais tort. Atlas vient de me dire qu'il était amoureux de quelqu'un d'autre. Trouve de qui il s'agit, ou tu es virée.*

Quelques instants plus tard, une réponse à laquelle elle ne s'attendait pas apparut dans son champ de vision. *Trop tard. Je démissionne.*

Le sang de Leda se mit à bouillir dans ses veines. *Personne ne me lâche comme ça. Tu ne peux pas démissionner, pas maintenant.*

Je croyais que tu venais de me virer ? Tes sautes d'humeur sont difficiles à suivre.

Espèce de sale…

Tu m'excuseras, mais j'en ai assez de vous tous, coupa Nadia. Puis le lien fut rompu comme la pirate bloquait Leda de façon permanente.

Leda ne comprenait pas ce qu'elle avait voulu dire par « vous tous », et elle ne s'en souciait guère. Elle se sentait assommée. Tout s'écroulait autour d'elle. D'abord elle avait perdu sa meilleure amie, et maintenant Atlas, et même Nadia lui tournait le dos… Sans parler du comportement étrange de son père. Elle voulait juste se confier à quelqu'un ! Paniquée, acculée, elle avait envie de frapper à l'aveuglette. *Réfléchis*, s'exhorta-t-elle, mais ses pensées se dérobaient obstinément. Elle ferma les yeux et prit une grande inspiration tremblante.

Elle ne supportait plus sa vie.

Alors, elle rouvrit le brouillon du message adressé à Ross et l'envoya, les dents serrées. *C'est moi. Qu'est-ce que tu as à me proposer ?*

Avery

Avec un soupir, Avery leva ses pieds et les posa sur le canapé gris clair du salon. Puis elle agita mollement la main pour faire défiler les milliers de chaînes sur l'holoécran. Mais tout ce à quoi elle pensait, c'était Watt et la tête qu'il avait faite quand elle l'avait jeté dehors.

Avery culpabilisait terriblement pour la façon dont la soirée s'était terminée. Elle n'avait vraiment pas l'intention d'allumer Watt. Dès l'instant où il était venu la chercher, si beau dans son smoking, elle avait éprouvé un petit frisson d'excitation qui n'avait fait que grandir au fil des heures.

Peut-être parce qu'il avait essayé de lui parler, de lui parler vraiment, et fait attention aux choses qui l'intéressaient. Peut-être à cause de l'odeur chaude et propre qu'elle avait sentie en posant sa joue sur l'épaule du jeune homme alors qu'ils dansaient ensemble. Ou peut-être parce qu'il fallait que quelque chose dans sa vie change radicalement pour qu'elle réussisse à oublier Atlas, et que c'était le changement le plus radical qu'elle pouvait imaginer.

Quelle qu'en soit la raison, à la fin de la soirée, Avery avait décidé de suivre le conseil de Jess : le faire une bonne fois pour toutes et passer à autre chose. Elle allait coucher avec Watt.

Mais, le moment venu, elle s'était complètement figée. Watt lui plaisait, il lui plaisait vraiment. Pourtant, elle n'avait pas pu. Elle savait que c'était dégoûtant, mais elle avait toujours imaginé qu'elle perdrait sa virginité avec Atlas. Et malgré tous ses efforts pour s'en convaincre, elle ne supportait pas l'idée de le faire avec quelqu'un d'autre.

Elle repensa à ce que Watt lui avait dit un peu plus tôt, qu'elle regardait toujours vers le passé et lui vers l'avenir. Soudain, elle se demanda si elle ne se focalisait pas sur le passé parce que son avenir lui semblait impossible à envisager. Parce qu'elle ne pourrait jamais être avec Atlas, et qu'une vie sans lui serait insupportable.

Avery jeta un coup d'œil à ses messages. Toujours rien de la part de Watt. Elle lui avait texté qu'elle était désolée pour la façon dont les choses s'étaient terminées, et qu'elle espérait qu'il était bien rentré chez lui, mais il n'avait pas répondu.

Si seulement elle avait pu en discuter avec Leda... Mais elle ne savait pas si cette dernière était toujours au gala, ou si elle était rentrée chez elle avec Atlas. Avery fit de nouveau défiler les holochaînes en essayant désespérément de ne pas imaginer son amie et son frère ensemble. Mieux valait se concentrer sur le sentiment le moins douloureux, sa culpabilité d'avoir tout foutu en l'air avec Watt.

Elle entendit le bip caractéristique de la porte d'entrée et se redressa en sursaut, coinçant ses mèches derrière ses oreilles. Ses parents étaient rentrés des heures auparavant et dormaient dans leur chambre au bout du couloir. Donc, c'était forcément Atlas.

– Avery ? (Le jeune homme s'immobilisa sur le seuil.) Je ne m'attendais pas à te trouver là.

– Tu es rentré, dit-elle bêtement.

– Ouais.

Il se laissa tomber près d'elle sur le canapé.

– Je croyais que tu étais avec Leda, ne put s'empêcher de dire Avery.

– Je l'étais, mais je l'ai raccompagnée chez elle. (Atlas fit une pause.) Je lui ai dit qu'on ne devrait plus sortir ensemble.

– Oh !

Avery éprouva un sentiment de triomphe et se détesta pour ça – se détesta de se réjouir de la souffrance de son amie. Une partie d'elle savait bien que si ça n'avait pas été Atlas, Leda l'aurait appelée à ce moment même pour laisser libre cours à sa colère et planifier une de ces vengeances dont elle avait le secret.

Ils restèrent assis sur le canapé en silence, regardant tous deux l'holoécran qui diffusait une pub pour un nouveau truc à grignoter au fruit du dragon. Des dragons animés volaient en cercle autour de l'image, battant de leurs longs cils.

Atlas se tourna vers Avery.

– Qu'est-ce que tu fabriques avec ce Watt, au juste ?

– Comment ça ?

– Je me demande bien ce que tu lui trouves.

– La semaine dernière, tu as dit qu'il était sympa ! aboya Avery. (Atlas ne répondit pas.) Et même si je ne vois pas en quoi ça te regarde, poursuivit-elle hargneusement, lui et moi, c'est fini. Je suppose que c'était la soirée des ruptures. Alors, heureux ?

Atlas soutint son regard sans ciller de ses yeux d'un brun si chaud.

– Aves. Tout ce qui m'importe c'est que toi, tu sois heureuse.

La jeune fille sentit sa colère retomber.

– Le truc, commença-t-elle sur un ton hésitant, c'est que tu avais raison. Watt est très sympa. Ce n'est pas sa faute s'il n'est pas...

Elle ne pouvait pas se permettre de finir sa phrase.

– Pas quoi ? demanda Atlas.

Avery était fatiguée, si fatiguée de prétendre que ça ne lui faisait rien de voir Atlas avec d'autres filles et de dissimuler sa souffrance derrière un sourire. Cet effort lui pesait si lourdement qu'elle craignait de finir par se briser en deux.

Pourtant, elle répugnait à avouer ses sentiments à Atlas. Elle risquait de le perdre à jamais...

– Pas toi, finit-elle néanmoins par chuchoter.

Les mots restèrent suspendus en l'air, mettant une fin silencieuse au monde dans lequel Avery avait toujours vécu. Et tandis qu'un monde nouveau naissait devant elle, la jeune fille retint son souffle.

Puis soudain, les bras d'Atlas la saisirent par la taille et sa bouche se plaqua sur la sienne.

Avery réagit ardemment et sans réfléchir, le cœur éclatant presque de joie. Leurs baisers furent frénétiques, fiévreux, et il lui sembla qu'elle n'en aurait jamais assez.

À un moment, Atlas la souleva dans ses bras et s'engagea dans le couloir menant à sa chambre. La tête pressée contre sa poitrine, Avery entendait les battements désordonnés de son cœur, son pouls faisant écho au sien. Elle aussi, elle éprouvait cette excitation jubilatoire et, au-dessous, un courant de peur électrique à la pensée du tabou qu'ils s'apprêtaient à briser. Elle frissonna.

Il y eut un grand bruit, et Avery réalisa qu'Atlas avait fait tomber sa lampe de chevet. Ils se figèrent, osant à peine respirer. Leurs parents étaient là – endormis à l'autre bout de l'appartement, mais là quand même.

Rien ne bougea et, au bout d'un moment, Avery se détendit.

– Je suis désolé, commença Atlas, mais elle se contenta de rire et de l'attirer sur le lit avec elle.

– Peu importe. La seule chose qui compte, c'est toi.

Elle se tendit vers lui pour l'embrasser, mais il fut plus rapide et ses baisers brûlèrent la peau d'Avery, oblitérant toute pensée.

Quand Avery se réveilla, la silhouette endormie d'Atlas était lovée contre elle, un bras par-dessus son épaule et son souffle tiède lui caressant l'oreille – la preuve concrète que tout ça était bien réel, qu'elle ne l'avait pas imaginé. La jeune fille resta immobile un moment, savourant la présence d'Atlas tout contre elle. Puis elle se tourna sur le côté pour l'embrasser.

Atlas s'agita.

– Coucou, dit-il sur un ton ensommeillé en lui souriant.

– À quoi tu penses ? demanda Avery, qui ne savait pas trop comment dire ce qu'elle voulait.

– Pour le moment, je pense que c'est drôlement chouette d'être allongé contre toi, murmura-t-il en l'attirant plus près de lui.

Avery se laissa faire volontiers, mais un million de questions continuaient à se bousculer dans sa tête. Elle fit un nouvel essai.

– Atlas… Après l'anniversaire d'Eris, quand on s'est embrassés… Le lendemain, tu ne t'en souvenais même pas.

Elle le dévisagea, attendant une explication, mais le jeune homme fronça les sourcils.

– Je ne m'en souvenais même pas ? répéta-t-il. Aves, c'est toi qui t'es comportée comme si ça n'était jamais arrivé !

– Pas du tout, protesta-t-elle automatiquement.

Ça ne pouvait pas être vrai. À moins que…

– Tu ne m'as même pas rendu mon baiser sur le toit, poursuivit Atlas. Ça m'a terrifié. À ton avis, pourquoi je me suis enfui aussi vite ?

– Mais le lendemain matin, tu as mangé des gaufres sous mon nez comme si de rien n'était !

– Parce que je pensais que c'était ce que tu voulais.

Avery secoua la tête. Mais en se repassant les événements de cette nuit-là, elle se souvint combien leur baiser lui avait paru fragile, et qu'elle n'avait pas osé bouger de peur de rompre l'enchantement. Au final, peut-être était-ce justement son absence de réaction qui l'avait rompu.

– Je croyais que tu ne t'en souvenais pas. Ou que tu t'en fichais, chuchota-t-elle.

– Bien sûr que je m'en souvenais. Comment aurais-je pu oublier que j'avais embrassé celle que j'aime ?

Avery retint son souffle.

– Moi aussi, je t'aime, répondit-elle, si heureuse de pouvoir enfin le dire tout haut.

L'aube approchait. Elle devait regagner sa propre chambre avant que leurs parents ne se réveillent. Elle jeta un coup d'œil à Atlas, en appui sur un coude sous les draps blancs froissés. Il regarda les émotions se succéder sur son visage, lisant en elle comme d'habitude.

– Tu t'en vas, constata-t-il.

Avery acquiesça et se leva à contrecœur. Mais quelque chose d'autre la turlupinait.

– Et Leda ? demanda-t-elle.

L'entêtement était son seul défaut, avait toujours affirmé Atlas.

Le jeune homme détourna les yeux.

– Je culpabilise terriblement pour la façon dont je l'ai traitée dans cette histoire.

Moi aussi, je devrais culpabiliser, songea Avery, mais même si Leda était sa meilleure amie, elle n'arrivait plus à la considérer autrement que comme l'obstacle qui avait failli la séparer d'Atlas.

– Je ne voulais vraiment pas lui donner de faux espoirs, ajouta celui-ci, plein de remords, et Avery repensa à son propre comportement vis-à-vis de Watt la veille.

– Pourquoi tu as couché avec elle dans les Andes ?

– Parce que je ne pouvais pas t'avoir, toi. (Atlas secoua la tête.) Je pensais qu'être avec Leda m'empêcherait de penser à toi tout le temps. C'est pour ça que je suis parti, pour fuir les sentiments que tu m'inspirais. J'espérais qu'en mettant assez de distance entre nous je finirais par cesser de t'aimer.

– Je suis ravie que ça n'ait pas marché.

– Évidemment que ça n'a pas marché, sourit Atlas. Il n'y avait aucune chance que ça marche.

Watt

Le dimanche après-midi, Watt sortit du club de gym et but une grande gorgée de sa boisson protéinée antidouleur en frémissant à cause des crampes dans ses épaules. À sa demande, la séance d'entraînement avec le bot boxeur avait été particulièrement rude. Watt espérait que, s'il tapait assez fort, il oublierait la douleur d'avoir été rejeté par Avery. Jusque-là, ça n'avait pas fonctionné.

Il avait ignoré le texto que la jeune fille lui avait envoyé tard dans la nuit, et qui suintait beaucoup trop la pitié. Quand il l'avait rallumée, Nadia lui avait suggéré de répondre. Mais Watt était humain et irrationnel, alors il n'avait tenu aucun compte des conseils du quant, utilisant son silence comme une affirmation stupide de sa fierté blessée.

Il s'avança sur la terrasse panoramique du 236ᵉ étage, pleine de fontaines à eau recyclée, de stands de glaces fantaisistes et de gamins hurlants. Il y avait plus de monde que d'habitude. Watt aperçut le ciel par les baies vitrées sol-plafond. Des nuages menaçants se rassemblaient, annonçant un orage.

Je ne m'étais pas rendu compte qu'il devait pleuvoir aujourd'hui, dit-il à Nadia en se rapprochant de la vitre. Depuis qu'il était tout petit, il adorait les jours de pluie : les dirigeables aux couleurs vives qui s'élevaient dans les airs pour répandre les hydrosulfates, la façon dont l'humidité formait des spirales parfaitement symétriques autour des substances chimiques explosives, le sifflement réjouissant quand la pluie se mettait à tomber comme souhaité… Bien entendu, les humains ne pouvaient pas contrôler le temps qu'il faisait à une échelle globale, mais ils avaient mis au point des méthodes localisées pour déclencher la pluie, ou au contraire l'empêcher de tomber, près d'un demi-siècle auparavant. Watt tenta d'imaginer la vie à l'époque où les gens étaient tributaires de la météo – trouvaient-ils eux aussi que la pluie était magnifique, ou la détestaient-ils parce qu'ils la subissaient ? *Avery doit le savoir*, songea Watt, et il s'en voulut aussitôt d'avoir pensé à elle.

La voix de Nadia résonna dans ses auditennes.

– De rien.

Attends, c'est toi qui as fait ça ?

– Tu avais besoin qu'on te remonte le moral, dit simplement le quant.

Parfois, je crains de gaspiller tes talents. Watt secoua la tête avec un léger sourire. C'était bien le genre de Nadia de pirater le Bureau métropolitain de la météo parce qu'un gamin de dix-sept ans s'était fait jeter par la fille qui lui plaisait. Mais il lui était reconnaissant.

Tu crois qu'Avery a quelqu'un d'autre en vue ? demanda-t-il à Nadia tandis que les premières gouttes de pluie venaient tambouriner sur la verrière au-dessus de sa tête. Les bords de la Tour en étaient festonnés aux endroits où le gratte-ciel rétrécissait en prenant de l'altitude.

– Je sais que oui.

Comment ça, tu sais ? songea Watt, perplexe.

– Tu veux que je te dise ?

Watt hésita. Une partie de lui était soulagée que la réaction d'Avery n'ait rien de personnel, que ça ne soit pas sa faute si elle avait changé d'avis. Mais une autre partie en voulait à la jeune fille de l'avoir invité au gala de l'University Club alors qu'elle en pinçait clairement pour un autre. Bien sûr qu'il voulait savoir de qui il s'agissait !

Mais s'il demandait son nom à Nadia, il ne vaudrait pas mieux que Leda. Et le connaître ne changerait rien à la situation.

Merci, dit-il au quant, *mais je préfère ne pas savoir.*

Il tint bon pendant le reste du trajet de retour, jusqu'au moment où il poussa la porte de chez lui et où les jumeaux se mirent à faire des bonds partout en le suppliant de jouer avec eux. Il tint bon durant tout le dîner, pendant qu'il aidait ses parents à faire la vaisselle et à coucher Zahra et Amir.

Pourtant, il n'arrêtait pas d'y penser. Maintenant qu'il savait que Nadia détenait la réponse, que celle-ci se trouvait à l'intérieur de sa propre tête, c'était comme une démangeaison qu'il brûlait de gratter. Finalement, sa volonté céda. Il gagna sa chambre et ferma la porte derrière lui.

– J'ai changé d'avis, dit-il tout haut à Nadia. Je veux savoir.

Il se fichait que ça ne lui serve à rien sinon l'énerver davantage, probablement. Il avait besoin de savoir qui Avery lui préférait.

– Je vais te passer la bande audio du serveur domestique de la chambre d'Atlas, hier soir après ton départ de chez les Fuller.

– D'accord.

Watt ne voyait pas le rapport. Avery avait peut-être discuté de la question avec son frère ?

Il fronça les sourcils en entendant Atlas murmurer et, la seconde d'après, une voix féminine lui répondre tout aussi bas. Bon, Atlas avait ramené une fille chez lui. Leda serait très intéressée, songea Watt. Il pourrait lui soutirer un max de fric en échange de cette information. Il ouvrit la bouche pour dire à Nadia de faire une avance rapide jusqu'au moment qui concernait Avery…

Puis ses doigts se crispèrent sur le bord de son bureau. *Bon sang !* Il venait de reconnaître la voix de la fille. Et sa colère céda la place à la nausée comme il réalisait la vérité.

Rylin

Plus tard dans la semaine, Rylin se tenait sur le seuil de la chambre de Cord, se préparant mentalement. Elle l'avait déjà fait une fois, se rappela-t-elle. Mais c'était différent à l'époque : Cord n'était encore que le connard arrogant qui l'avait draguée après sa soirée costumée, pas le garçon qui l'avait emmenée à Paris et qui la faisait rire – qui la rendait heureuse malgré tout ce qui se passait d'autre dans sa vie. Le garçon dont elle était en train de tomber amoureuse contre son propre jugement.

Rylin pensa à V, à la menace qu'Hiral constituait pour elle tant qu'il restait en prison, et elle frissonna d'anxiété. Elle devait agir maintenant ; Cord venait juste de partir au lycée – elle avait entendu la porte d'entrée se refermer derrière lui – et elle voulait refourguer les Custos avant son retour.

Avec des gestes rapides et décidés, elle pénétra dans la chambre, prit cinq cachets dans le tiroir de la commode et les fourra dans une poche arrière de son jean. Puis elle ressortit, et dans le couloir de l'étage…

Elle faillit percuter Cord.

– Holà ! dit le jeune homme en la prenant par les épaules pour la retenir. Où vas-tu d'un pas si pressé ?

– Je croyais que tu étais sorti, répliqua Rylin.

Sa réaction si défensive la fit frémir. Elle n'arrêtait pas de penser à la fois précédente où c'était arrivé, et où elle avait embrassé Cord pour ne pas se faire prendre la main dans le sac. Mais à présent, le jeune homme lui faisait tellement confiance qu'elle n'eut même pas besoin de le distraire.

– J'ai oublié un truc, dit-il, et Rylin réalisa qu'il portait un jean et une chemise blanche à la place de son uniforme du lycée.

– Tu sèches encore, constata-t-elle.

Cord la dévisagea attentivement et, l'espace d'une seconde terrifiante, Rylin crut qu'il avait compris pour les Custos. Puis il hocha la tête comme s'il avait pris une décision.

– Tu veux venir ? proposa-t-il.

Rylin hésita. Les Custos la brûlaient dans sa poche arrière.

– Je ne sais pas trop… commença-t-elle avant de se raviser à la vue de l'expression blessée qui passa brièvement sur les traits du jeune homme. D'accord, corrigea-t-elle.

C'était une très mauvaise idée de l'accompagner avec tout ce qu'elle avait sur elle. Mais, de toute évidence, c'était important pour Cord.

– Fais-moi confiance, tu ne le regretteras pas, dit le jeune homme sur un ton mystérieux avant de se fendre d'un large sourire.

Ils débarquèrent de l'hélico privé sur la pelouse d'une maison d'aspect abandonné dans West Hampton.

– C'est quoi, cet endroit ? demanda Rylin à voix basse comme Cord déverrouillait la porte d'entrée.

Les pales de l'hélico recommencèrent à tourner, provoquant des ondulations concentriques dans l'herbe, et l'appareil redécolla. Rylin prit une grande inspiration, savourant les odeurs du monde extérieur – celles de la terre, de la fumée et de l'océan. C'était bon de sortir de la Tour parfois…

– Une maison qui appartenait à mon père, expliqua Cord. Je n'ai appris son existence qu'après l'accident. Il me l'a léguée par testament.

Il avait parlé calmement, mais Rylin éprouva un élan de compassion pour lui.

– Juste à toi ? Pas à Brice ? ne put-elle s'empêcher de demander.

– Non. Je ne sais pas pourquoi. Il pensait peut-être que je l'apprécierais davantage. Ou que j'en aurais besoin pour une raison quelconque. (Le jeune homme s'arrêta devant la porte ouverte et dévisagea Rylin.) Tu es la première personne que j'amène ici.

– Merci de partager ça avec moi, dit-elle tout bas.

Il l'entraîna dans le vestibule dont les lumières s'allumèrent automatiquement, révélant un petit salon douillet et un escalier qui montait à l'étage. Un instant, Rylin se demanda s'il s'agissait d'une escapade romantique, mais Cord traversa la cuisine et ouvrit une autre porte.

– Et voilà, dit-il sur le ton le plus respectueux qu'elle l'ait jamais entendu prendre.

Des projecteurs à l'éclat aveuglant illuminèrent un immense garage qui contenait au moins une douzaine de voitures. Perplexe, Rylin suivit Cord à l'intérieur. On ne pouvait pas conduire de voitures dans la Tour, seulement des hovers qui appartenaient aux Services d'entretien, contrôlés par un algorithme central. Aucun habitant de la Tour ne possédait de véhicule personnel, à l'exception de quelques familles des étages supérieurs qui les gardaient suspendus dans des garages hydrauliques. Rylin savait que, même dans les banlieues, les gens ne possédaient plus que très rarement une voiture individuelle ; c'était beaucoup plus facile d'en acheter une à plusieurs ou de payer un abonnement à un service de véhicules partagés.

Une voiture, ici dans les Hamptons, Rylin aurait pu comprendre. Mais pourquoi Cord en possédait-il autant ? Voyant sa perplexité, le jeune homme eut un large sourire.

– Va voir de plus près, l'exhorta-t-il.

Elle passa les mains sur la carlingue d'une décapotable rouge aérodynamique. Des particules de poussière dansèrent dans les airs. Rylin réalisa que la voiture possédait un volant, une pédale de frein et… était-ce un accélérateur ?

– Attends une minute, dit-elle en comprenant peu à peu. Ce ne sont pas des automatiques, pas vrai ?

– Non, confirma fièrement Cord. Ce sont de vraies antiquités, fabriquées à l'époque où les gens conduisaient eux-mêmes leurs voitures. Mon père me les a léguées. (Il couvait d'un regard affectueux la décapotable dont Rylin faisait le tour.) Celle-ci a presque quatre-vingts ans.

– Mais d'où viennent-elles ? s'étonna la jeune fille.

N'était-ce pas illégal ?

– Mon père les collectionnait. Elles sont difficiles à trouver, parce qu'on n'a plus le droit de les conduire et que c'est galère pour les faire démarrer, expliqua Cord. Et puis, elles fonctionnent aux énergies fossiles, pas à l'électricité, et le pétrole coûte cher.

– Mais pourquoi ? bredouilla Rylin.

– Tu es déjà montée dans une voiture automatique, pas vrai ? demanda Cord, tout excité.

– Ouais, quand j'étais petite et qu'on allait voir mes grands-parents dans le New Jersey.

Rylin se souvint de la façon dont sa mère avait appelé le véhicule sur sa tablette et dont il était apparu quelques instants plus tard, déjà occupé par une autre famille car ses grands-parents ne pouvaient s'offrir que l'option partagée. Ils avaient tapé l'adresse sur l'écran du tableau de bord et la voiture avait démarré, guidée par l'ordinateur central du système routier.

– Eh bien, ça n'a rien à voir. Pour commencer, il n'y a pas de limitation de vitesse intégrée. Viens, je vais te montrer.

Rylin resta où elle était.

– Tu veux dire que tu sais piloter cet engin ? demanda-t-elle, dubitative.

Elle n'était pas sûre de vouloir grimper dans une machine énorme et dangereuse que Cord contrôlerait lui-même.

– La réponse est oui. Et il y a des ceintures de sécurité.

Mais les ceintures de sécurité n'avaient pas sauvé les millions de gens qui mouraient dans des accidents de la route chaque année, avant que les voitures conduites humainement deviennent illégales. Rylin se rappelait avoir entendu ça en classe de santé.

– Comment as-tu appris ? demanda-t-elle pour gagner du temps.

– On m'a aidé. Et je me suis entraîné. Allez, la taquina Cord, où est passé ton sens de l'aventure ?

Il lui ouvrit galamment la portière passager. Rylin soupira, contrariée, mais se glissa sur le siège. Elle sentit les Custos s'écraser contre sa fesse, lui rappelant ce qu'elle avait fait plus tôt. Une vague de culpabilité l'assaillit, et elle lutta pour la refouler.

Cord saisit la poignée de la porte du garage et souleva celle-ci manuellement, laissant entrer la lumière de l'après-midi. Rylin mit les mains en visière pour ne pas être aveuglée. Elle regarda Cord faire le tour de la voiture, inspectant les pneus, soulevant le capot et étudiant le moteur argenté. Ses gestes étaient précis, ses sourcils froncés par la concentration. Finalement, il s'installa derrière le volant et tourna la clé de contact. Le moteur démarra dans un ronronnement.

Ils longèrent la rue résidentielle jonchée de feuilles, bordée de maisons abandonnées durant la morte saison qui les observaient de leurs yeux vides, et se dirigèrent vers l'entrée de la voie express de Long Island. Rylin s'émerveilla de la façon dont les mains de Cord manipulaient le volant.

– Tu voudras que je t'apprenne à conduire plus tard ? lui demanda le jeune homme avec un clin d'œil en surprenant la direction de son regard.

Rylin secoua la tête en silence.

L'autoroute déserte s'étendait dans les deux directions : à gauche, vers Amagansett et le ferry de Montauk, à droite, vers la ville qu'ils venaient de quitter. Rylin distinguait la Tour dans le lointain, simple silhouette sombre et floue. Si elle n'avait pas su de quoi il s'agissait, elle aurait pu la prendre pour un front orageux.

– C'est parti ! lança Cord en enfonçant l'accélérateur.

La voiture bondit en avant telle une créature vivante, et l'aiguille du compteur de vitesse monta jusqu'à cent, puis cent vingt, puis cent quarante. Le monde entier parut se rétrécir à un point silencieux. Rylin perdit toute notion de temps et de lieu. Il n'y avait rien d'autre que ça, la voiture sous eux, le tracé de la route devant, le bouillonnement du sang dans ses veines. Le paysage filait à toute allure autour d'eux, ciel et forêt brouillés, à peine ponctués par le ruban jaune brillant au milieu de la chaussée.

Rylin regarda Cord tourner légèrement le volant pour suivre la courbe de la route. La voiture obéit d'un mouvement fluide, son énergie vibrant à travers tout le corps de la jeune fille. Elle comprenait à présent pourquoi Cord aimait tellement rouler ainsi.

Le vent fouettait ses cheveux emmêlés autour de ses épaules. Elle sentit Cord l'observer et voulut lui dire de garder les yeux sur la route, mais quelque chose lui souffla qu'elle n'en avait pas besoin. Tenant juste le volant de la main gauche, le jeune homme laissa la droite tomber sur la console du milieu, et Rylin la prit sans un mot.

Finalement, Cord quitta la voie rapide pour s'engager sur un petit chemin de campagne. Rylin tremblait encore d'excitation. Elle aperçut un panneau STATIONNEMENT INTERDIT et voulut plaisanter, faire remarquer que même si elle n'était montée dans une voiture qu'une seule autre fois dans sa vie, elle savait à quelle activité les gens se livraient généralement dans un véhicule à l'arrêt. Puis elle découvrit le ruban blanc de la plage et oublia tout le reste.

– Oh ! s'exclama-t-elle en se débarrassant de ses chaussures pour courir vers l'eau.

Lux et elle n'avaient été à la mer qu'une seule fois, à Coney Island, où la plage était moche et où il y avait beaucoup trop de monde. Ici, Rylin ne voyait que le ciel, la mer et Cord, pas même les maisons dont elle devinait la présence derrière les dunes. Il lui semblait qu'ils auraient pu être n'importe où au monde.

Puis un coup de tonnerre résonna, et une brusque averse se mit à tomber.

Cord marmonna un ordre à ses lentilles. Aussitôt, un auvent sortit du coffre de la voiture, se déplia et flotta vers les deux jeunes gens sous la pluie battante.

– Tu veux qu'on rentre ? cria Cord par-dessus le fracas de l'orage tandis que Rylin et lui se pelotonnaient sous l'auvent.

Celui-ci faisait la taille d'une très grande couverture, et arborait de joyeuses rayures rouges et blanches comme les vieux parapluies que Rylin avait vus dans les films. Mais contrairement à un parapluie, que son utilisateur devait porter lui-même, il tenait en l'air grâce à un minuscule moteur hover dans chaque coin.

C'était peut-être l'orage, ou cette folle équipée en voiture, ou le fait qu'ils se trouvaient si loin de leur vie normale. Mais Rylin en avait fini d'attendre. Aucune des complications qui s'interposaient entre Cord et elle ne lui paraissait plus importante, pas même les Custos dans sa poche arrière. Tout se brouilla autour d'elle, noyé par l'averse et les battements de son cœur.

En guise de réponse, elle embrassa Cord et l'attira délibérément sur le sable. La pluie tambourinait sur l'auvent au-dessus d'eux mais, dessous, leur petit carré de plage était encore tiède.

Cord parut comprendre ce qu'elle voulait. Sans rien dire, il lui rendit son baiser très lentement, comme s'ils avaient tout le temps du monde devant eux.

Eris

Eris se tenait à l'entrée du Cascade, un restaurant français un peu à l'écart de la circulation au 930e étage. Elle tenta d'appeler sa mère une dernière fois, au cas où, mais Caroline ne répondit pas, et elle n'était pas à la maison quand sa fille avait essayé de l'y joindre un peu plus tôt. Secouant la tête avec irritation, Eris entra. Elle dînerait seule avec M. Cole, voilà tout.

Depuis leur déjeuner de la semaine précédente, elle bombardait sa mère de questions. Quel rôle M. Cole allait-il jouer dans sa vie désormais ? Quand le reverraient-elles ?

« Je n'en sais rien, Eris. Ça ne fait que quelques jours, avait répondu Caroline en soupirant. Je vais lui envoyer un message, et on verra ce qu'il dira. »

Donc, M. Cole les avait invitées au Cascade. Eris attendait ce dîner depuis le début de la semaine ; elle en avait discuté en long et en large avec Mariel, qui avait hoché la tête et écouté patiemment mais n'avait pas trop su quoi lui conseiller.

Le plus bizarre, c'était de voir Leda chaque jour au lycée et de ne rien pouvoir lui dire. M. Cole avait demandé à Eris de le laisser annoncer lui-même la nouvelle à sa famille, au moment qu'il jugerait opportun. Et, bien entendu, c'était à lui qu'il appartenait de révéler ce secret.

Pourtant, Eris n'avait pu s'empêcher de jeter des coups d'œil à Leda toute la semaine, s'émerveillant du fait qu'elles étaient demi-sœurs, cherchant des ressemblances dans leurs visages si différents. Peut-être quelque chose dans le dessin de la bouche, avait-elle songé un jour pendant le déjeuner, en observant Leda de l'autre côté de leur table. Elles avaient toutes les deux un arc de Cupidon prononcé et une lèvre inférieure renflée, sensuelle. Eris avait toujours pensé, de façon fort peu charitable, que c'était du gaspillage de filer une aussi belle bouche à Leda, visiblement trop coincée pour en faire bon usage. Mais elle n'avait jamais remarqué la similitude avec la sienne.

« Quoi ? J'ai un truc coincé entre les dents ? » avait fini par aboyer Leda en remarquant qu'Eris la fixait.

Elle avait levé les yeux au ciel et détourné la tête sans répondre.

Dans le vestibule du restaurant, elle rejeta ses cheveux en arrière avec sa vieille assurance de nantie et salua l'hôtesse du menton.

– Je suis avec M. Cole, murmura-t-elle.

Elle suivit la fille jusqu'à l'endroit où son père biologique l'attendait, à une petite table ronde près des fenêtres.

– Eris, lança chaleureusement M. Cole comme elle s'asseyait. Tu es ravissante.

– Merci.

La jeune fille portait une robe empruntée à Avery, bleu marine, ornée d'un motif de fléchettes et moulante jusqu'à mi-cuisses avant de s'évaser au-dessus du genou. Elle l'avait accessoirisée avec le collier de perles de sa mère et se sentait presque redevenue normale.

– Je suis désolée que ma mère n'ait pas pu venir, commença-t-elle.

Elle allait expliquer qu'elle avait cherché Caroline partout, mais M. Cole secoua la tête.

– Je lui ai déjà parlé. (Un instant, sa mâchoire se crispa, puis il se détendit et sourit.) Alors, Eris. Il paraît que j'ai raté ton anniversaire le mois dernier.

Ne s'était-il vraiment écoulé qu'un mois depuis la soirée au Bubble Lounge – depuis que les derniers vestiges de son ancienne vie s'étaient envolés ? Il lui semblait que ça faisait plus longtemps.

– Ce n'est pas grave, dit-elle.

Mais M. Cole sortit quelque chose de son attaché-case – la boîte orange très reconnaissable d'un article Calvadour. Eris retint son souffle en défaisant le ruban de papier. Propulsé par de minuscules capteurs biodégradables, celui-ci se plia tout seul en papillon d'origami et s'éloigna en quête de la poubelle la plus proche.

Eris hoqueta. La boîte contenait un magnifique foulard en cachemire brodé à la main, imprimé d'un motif équestre et orné d'une bordure fleurie. Elle l'avait vu dans la vitrine de chez Calvadour ; c'était une pièce unique, incroyablement chère. Exactement le genre de chose qu'Eris s'offrait du temps où l'argent n'était pas un problème pour elle.

– C'est trop. Je ne peux pas accepter, murmura-t-elle, même si elle n'avait évidemment aucune intention de le rendre.

Elle enfouit son visage dans le cachemire et inspira profondément.

– Considère que ton père rattrape d'un coup dix-sept ans de non-cadeaux d'anniversaire, dit M. Cole sur un ton bourru.

Son père. N'était-ce pas la première fois qu'il employait ce mot en relation avec elle ? Mue par une impulsion, Eris se leva et se pencha pour l'embrasser légèrement sur la joue, comme elle avait l'habitude de le faire autrefois avec Everett. Il parut un peu surpris par cette démonstration d'affection, mais il l'accepta. Eris se demanda si Leda était trop froide pour avoir ce genre de geste avec lui. Tant pis : il devrait s'habituer à l'impulsivité de son autre fille.

– Merci, dit Eris en nouant crânement le foulard autour de son cou, de manière à ce que les superbes broderies se déploient dans son dos.

C'était l'accessoire parfait pour sa robe bleu marine.

Le serveur s'approcha, et ils commandèrent. Au-dessus d'eux, les lumières baissèrent, et les bougies s'allumèrent dans les chandeliers fixés aux murs. Eris regarda par les fenêtres à meneaux à l'ancienne qui surplombaient Haxley Park, un petit jardin public bien caché et décoré de fontaines. Quelqu'un pourrait les voir par là, réalisa-t-elle. Son père, qui devait penser la même chose, déplaça légèrement sa chaise vers le centre de la salle.

– Alors, Eris. Parle-moi de votre appartement.

– Notre appartement ?

– Celui où ta mère et toi habitez en ce moment. Il n'est pas assez… spacieux pour vous deux, n'est-ce pas ?

– Il n'est pas immense, admit Eris.

– Il est à quel étage ?

– Au 103ᵉ.

Le nombre fit blêmir son père.

– Bon sang ! Je n'avais pas réalisé que c'était à ce point. (Son ton dégoûté déplut à Eris, qui toutefois ne releva pas.) Pauvre Caroline, murmura-t-il.

Leurs entrées arrivèrent. Le père d'Eris continua à la bombarder de questions sur sa mère, sur leur vie dans la basseTour, sur le lycée. Il voulut également savoir si elle avait des nouvelles d'Everett Radson.

Eris répondit docilement en se demandant où il voulait en venir. L'idée folle qu'elle avait eue l'autre jour ne l'était peut-être pas tant que ça, en fin de compte. Son père allait peut-être suggérer qu'ils commencent à passer du temps tous ensemble, une vraie famille recomposée. Eris envisagea cette possibilité et se rendit compte qu'elle n'y était pas hostile – même si, au début, cela lui ferait bizarre d'être publiquement apparentée à Leda. Mais si telle était bien l'intention de Matt Cole, il se garda de la formuler clairement.

Lorsqu'ils eurent fini de dîner, le serveur vint débarrasser leurs assiettes.

– Merci, dit Eris comme son père s'emparait de l'addition. (Elle ajusta le foulard sur ses épaules pour se protéger contre un brusque courant d'air.) Je ferai en sorte que maman vienne la prochaine fois.

Même si elle avait trouvé ça agréable d'avoir son père pour elle toute seule ce soir-là.

– Eris, dit-il gentiment. Je ne suis pas certain qu'il devrait y avoir une prochaine fois.

– Comment ça ?

Il baissa les yeux vers la nappe, et son expression s'assombrit.

– J'ai aimé passer du temps avec toi, Eris – vraiment. Je suis fier de la belle jeune femme que tu es devenue. Tu ressembles terriblement à ta mère au même âge, tu sais. (Il pinça les lèvres.) Mais je mentirais si je te disais que je n'ai pas été choqué par la nouvelle. Et je ne suis pas sûr que ce soit une bonne idée de continuer à nous voir dans des lieux publics.

Eris eut soudain l'impression que l'air était devenu trop épais pour qu'elle le respire.

– Pourquoi ? articula-t-elle.

– C'est une relation délicate, qui complique les choses pour moi, pour ta mère et pour toi aussi.

– Mais surtout pour ta famille, répliqua Eris, saisie par un grand froid. Pour ta femme, pour Jamie et pour Leda.

Matt Cole cligna des yeux.

– Eh bien, oui, admit-il. Pour des raisons évidentes, je ne veux pas qu'ils l'apprennent. Je suis certain que tu comprends.

Oui, Eris comprenait très bien. Sa mère et elle étaient un secret embarrassant qu'il voulait enterrer.

– Maintenant, parlons finances, reprit M. Cole sur un ton tout professionnel. J'ai déjà discuté de tout ça avec ta mère, même si elle m'a caché la gravité exacte de votre situation. (*Ce n'est pas si grave*, voulut répliquer Eris, piquée dans son orgueil. *L'un dans l'autre, on ne s'en sort pas trop mal.*) J'ai fait un gros virement sur ton compte, ainsi que sur celui de Caroline, et je vous verserai en outre une pension mensuelle. Le transfert est déjà mis en place, si tu veux vérifier.

Un peu choquée, Eris marmonna à ses lentilles l'ordre de faire apparaître son solde bancaire, et elle hoqueta à la vue du nombre de zéros alignés avant la virgule.

– Ça suffira ? s'enquit M. Cole, mais bien entendu, c'était une question ridicule.

Il y avait là de quoi déménager des étages inférieurs, racheter un appartement, remplacer toute sa garde-robe, et il en resterait encore après ça. C'était assez pour lui rendre son ancienne vie. Eris savait bien ce que Matt Cole lui demandait en réalité : si elle comprenait le prix tacite à payer. Ne jamais dire à personne qu'il était son père biologique. Pas même à Leda – non, *surtout pas* à Leda, corrigea-t-elle mentalement.

Matt Cole achetait son silence.

Eris ne répondit pas tout de suite. Elle scrutait le visage de son père, qu'elle avait étudié toute la semaine en quête d'une ressemblance avec le sien – mais cette fois, elle essayait de lire ses émotions. Il y avait de la résignation, et un peu de crainte, et aussi quelque chose qui pouvait être de l'affection. Et, tandis qu'il soutenait son regard, elle se vit reflétée dans ses yeux.

Son père biologique la désavouait, et cela la chamboulait davantage qu'elle ne l'aurait cru. Eris se sentait seule, rejetée et en colère.

Mais parmi toutes ses émotions conflictuelles, la plus forte, c'était le soulagement de ne plus avoir à être pauvre.

N'ayant jamais été du genre à s'attarder une fois sa décision prise, elle se leva brusquement.

– Ça suffira largement, oui. Merci pour le foulard, et pour tout le reste.

M. Cole acquiesça, comprenant ce qu'elle voulait dire.

– Au revoir, Eris, murmura-t-il.

La jeune fille se détourna et sortit du restaurant sans rien ajouter, sans même dire au revoir au seul père qui lui restait.

Abandonnée par deux pères coup sur coup, songea-t-elle amèrement. Elle allait faire une merveilleuse candidate à la psychothérapie.

Leda

Debout devant le portail de Haxley Park sur la Première Avenue, Leda balayait du regard la longue rue paisible et bordée d'arbres. Elle se sentait tendue et terriblement nerveuse. C'était Ross qui lui avait donné rendez-vous là, à l'endroit où ils se retrouvaient toujours avant que Leda ne parte en cure de désintox.

La jeune fille prit une grande inspiration et fit un pas en avant. Actionné par des capteurs automatiques, le portail en fer forgé pivota sans bruit sur ses gonds, et elle pénétra dans le parc. Un flot de souvenirs la submergea. Une des premières fois qu'elle avait pris de la xenperhédrine, et que son esprit avait été si affûté qu'elle avait fait tous ses devoirs pour le reste de l'année. L'après-midi où elle avait fumé des relaxants allongée dans l'herbe, et regardé les nuages animés du plafond en espérant y déceler des formes. La fois où Cord et elle avaient gobé deux des Custos du jeune homme et poursuivi un moustique pendant des heures avant de regagner son appartement, titubants et morts de rire.

Et voilà qu'elle était de retour.

Tout le monde savait que Haxley était le meilleur parc des étages supérieurs pour se faire un trip. Comme il se trouvait dans un coin de la Tour, il y avait des tas de ventilateurs au plafond pour éviter tout ralentissement du flux d'aération. Pas de terrain de jeux, donc pas de gamins ni de nounous. En fait, le parc était désert la plupart du temps, car situé dans la partie est d'un étage essentiellement occupé par des bureaux. Sa seule zone un peu fréquentée se trouvait du côté des fenêtres, où un restaurant de fruits de mer et un bistrot français surplombaient le jardin. Et de fait, en ce vendredi soir, l'allée centrale était complètement vide.

– Tu es où, bordel ? dit Leda à voix basse, envoyant un texto à Ross.

L'éclairage interne de la Tour baissait au fur et à mesure que la soirée avançait. Un courant d'air hérissa les poils de Leda sur ses bras. À cause de la ventilation centralisée, il faisait toujours plus froid vers les bords de la Tour, surtout dans les lieux publics dont personne ne voulait régler la facture d'électricité. Leda s'enveloppa de ses bras en regrettant de ne pas s'être changée après la fin des cours. Mais elle était venue tout droit après sa séance de préparation aux SAT, sans même repasser par chez elle. Elle avait trop besoin d'un trip.

Devant elle s'étendait un jardin muni d'une fontaine et planté de trèfles à quatre feuilles. Ne voyant toujours personne, Leda décida d'y attendre Ross et s'avança, ses ballerines crissant sur le gravier.

Puis elle aperçut un visage familier et s'arrêta net au milieu du chemin.

Son père était assis à une table du restaurant français, celui qui avait des fenêtres en verre donnant sur la roseraie. Bizarre, songea Leda. Sa mère ne lui avait-elle pas dit qu'il devait travailler tard ce soir ? Peut-être avait-il fini plus tôt que prévu. Mais dans ce cas, avec qui dînait-il ? Leda se dressa sur la pointe des pieds et se tordit le cou pour mieux voir.

Une femme qui n'était définitivement pas sa mère. Non, pas une femme, réalisa Leda en détaillant sa silhouette pâle et mince. Une jeune fille qui ne devait pas être beaucoup plus âgée qu'elle.

Puis la jeune fille en question rejeta en arrière sa magnifique chevelure d'un roux doré, et Leda la reconnut, même sans distinguer son visage.

Qu'est-ce que son père foutait dans un restaurant français avec *Eris* ?

– LireLèvres, ordonna Leda en se concentrant du mieux possible sur la bouche d'Eris.

Elle voulait désespérément savoir ce que son père et sa camarade se racontaient. Un message apparut dans son champ de vision. *Distance trop élevée, lecture impossible.*

Malgré tout, Leda refusait d'y croire. Il devait y avoir une autre explication à ce qu'elle voyait. Son père ne pouvait quand même pas avoir une liaison avec Eris ! Ils avaient forcément une autre raison de dîner en tête à tête un vendredi soir dans un endroit discret.

Stupéfaite, Leda regarda son père tendre quelque chose à Eris, qui sourit puis se leva et se pencha vers lui pour l'embrasser, le rideau de sa chevelure dissimulant leurs visages à Leda.

Celle-ci observa toute la scène comme si elle se produisait au ralenti. Ses pieds semblaient cloués au sol. Elle regarda Eris, toujours souriante, nouer un foulard autour de ses épaules. C'était celui qu'elle avait vu dans l'attaché-case de son père, le Calvadour au prix extravagant orné de fleurs rouges.

Leda trébucha en avant. Elle avait envie de hurler ou de vomir. À présent, tout s'éclairait : le comportement bizarre de son père depuis quelque temps, les secrets qu'il dissimulait... Il avait une liaison avec Eris Dodd-Radson. Ou Eris Dodd – ou quel que soit le nom qu'elle portait maintenant.

– Leda ?

– Il était temps ! aboya la jeune fille en se hâtant de rejoindre Ross. Qu'est-ce que tu foutais ?

– Je te trouve bien impatiente.

Il était jeune, avec d'épais cheveux auburn et un visage d'une beauté si innocente qu'on l'aurait cru modelé par la chirurgie. Il avait de grands yeux bruns, des cils épais et les pupilles légèrement dilatées de quelqu'un qui portait des lentilles – ou qui planait constamment. Il cligna lentement des paupières, comme si le simple fait de rester éveillé lui coûtait un effort considérable.

– Alors, euh, commença-t-il. Mauvaise nouvelle : je n'ai plus de xenperhédrine.

– Quoi ? (C'était la raison pour laquelle Leda était venue jusqu'ici : se procurer de la xenperhédrine et en gober assez pour que son monde cesse de craquer sous toutes les coutures.) Tu es sérieux ?

Ross frémit.

– Désolé, je ne...

– Tu as quoi à la place ?

Il ouvrit son sac et commença à en sortir des cachets un par un.

– Alors... du BFX, des tirs groupés, des relaxants dont tu aurais franchement besoin, des...

– Je prends le tout, l'interrompit Leda.

Elle lui arracha son sac des mains et se mit à farfouiller à l'intérieur.

– Tu te rends compte qu'il y a de quoi…

– Je m'en fiche ! J'en ai besoin, d'accord ? glapit-elle. (Ross ne répondit pas.) Tout, sauf ça, corrigea-t-elle en sortant les enveloppes noires reconnaissables et en les lui fourrant dans les mains.

Elle savait d'expérience combien c'était terrible de prendre de mauvais Custos, et le fait qu'on ait arraché l'étiquette de prescription disait assez clairement que, quel que soit leur propriétaire originel, Leda n'avait pas envie de se retrouver dans sa tête.

Ross acquiesça et reprit les Custos sans la quitter des yeux.

– Et si tu en gardais un ? suggéra-t-il au bout d'un moment. Cadeau. Si c'est un mauvais trip, ça ne t'aura rien coûté.

– C'est toujours la même chose avec toi, pas vrai ? dit Leda en levant les yeux au ciel.

Elle se souvenait de l'époque où Ross ne lui fourguait que des relaxants. *J'imagine que je joue dans la cour des grands maintenant*, songea-t-elle avec un humour noir. Mais elle garda l'enveloppe du Custo. Ce truc-là coûtait trop cher pour qu'elle le refuse.

Elle hocha la tête pour payer Ross et fit un petit geste qui pouvait signifier « Merci » ou « Casse-toi ». Ross haussa les épaules, accepta son virement et fourra les mains dans ses poches avant de s'éloigner.

Leda serra contre elle sa sacoche en cuir rouge, à l'intérieur de laquelle le sac en papier crissait de manière si réconfortante. Elle avait besoin de planer, de planer si haut que même l'image d'Eris embrassant son père s'effacerait de son esprit.

Avery

– Je suis si contente que papa et maman soient partis, murmura Avery.

Ce week-end-là, les Fuller assistaient à un mariage à Hawaï et ne rentreraient pas avant le dimanche.

– Moi aussi. (Atlas était allongé derrière elle sur le canapé, un bras passé autour de sa taille. Avery portait toujours son uniforme du lycée, mais Atlas était torse nu, ce qui empêchait la jeune fille de se concentrer.) Je suis juste content de passer du temps avec toi, Aves, dit-il en déposant un baiser dans sa nuque.

Avery frissonna. Elle adorait qu'il la touche ainsi. Elle adorait qu'il la touche de n'importe quelle façon, à vrai dire, même si c'était juste pour effleurer son pied sous la table comme il l'avait fait toute la semaine pendant le dîner.

Elle voyait très bien ce qu'il voulait dire. Jusque-là, elle ne se doutait même pas qu'un tel bonheur était possible. C'était comme si elle avait toujours vécu dans un monde limité, et que soudain elle avait découvert l'accès à un monde meilleur, plus vaste et plus lumineux.

Un message défila par-dessus sa vision. *Qu'est-ce que tu fais en ce moment ?* lui demandait Eris. Avery marmonna entre ses dents, composant une réponse.

– Je glande à la maison. On regarde des films avec Atlas. Eris, ajouta-t-elle en guise d'explication pour le jeune homme.

Celui-ci acquiesça.

– Invite-la à passer, si tu veux.

Mais Avery secoua la tête.

– Pour que tu sois obligé de mettre un T-shirt ? Je ne crois pas, non.

Elle sentit Atlas sourire dans ses cheveux.

– Comment va-t-elle, avec toutes ses histoires de famille ? demanda-t-il.

Bien entendu, il avait assisté à la débâcle de la soirée d'anniversaire au Bubble Lounge.

– Plutôt bien, en fait, répondit Avery sans mentir. (Eris semblait beaucoup plus joyeuse depuis quelque temps.) Elle sort avec une fille de la basseTour. J'ai hâte de la rencontrer.

– Cord ne doit pas être ravi, fit remarquer Atlas, mais Avery secoua la tête.

– Je crois que c'est lui qui a rompu avec Eris.

– Vraiment ? Ce doit être une première.

Eris était connue pour mettre un terme à toutes ses relations quand les choses devenaient trop compliquées. Elle l'avait fait à au moins deux des amis d'Atlas l'année précédente.

Avery se tourna de l'autre côté, si bien que son visage se retrouva à quelques centimètres de celui d'Atlas.

– Tu sais, cette semaine, elle m'a demandé pourquoi j'avais l'air si heureuse dernièrement.

– Ah oui ? Tu lui as répondu quoi ?

– Que j'avais un nouveau prof de yoga, dit Avery avec un sérieux feint.

– Yoga ? C'est mon nom de code ?

Atlas se pencha pour l'embrasser, et Avery lui rendit son baiser en se pressant contre lui. Ils restèrent allongés là béatement, le souffle doux et régulier. Ni l'un ni l'autre n'avaient envie de bouger.

– Atlas, finit par lancer Avery au bout d'un moment. Quand as-tu su que tu m'aimais ?

– Je t'ai toujours aimée, dit-il avec force.

– Mais quand t'en es-tu rendu compte pour de bon ?

Il secoua la tête.

– Je l'ai toujours su. Pourquoi, tu pensais à un moment en particulier ?

Avery se mordit la lèvre. Maintenant, elle se sentait bête d'avoir abordé le sujet, mais Atlas la regardait, et il attendait une réponse.

– C'était un jour après l'école. Tu ne t'en souviens probablement pas, commença-t-elle. On a traversé la rue ensemble pour aller prendre l'ascenseur. Toi, tu devais descendre jusqu'à la patinoire pour ton entraînement de hockey, et moi, je rentrais à la maison. J'étais là, en train d'attendre, et je te voyais à travers la cage vide. Je ne crois pas que tu faisais attention à moi…

Elle hésita un instant, se souvenant des lumières qui découpaient la silhouette d'Atlas par-derrière en la nimbant d'un halo doré.

– Et, je ne sais pas pourquoi, mais l'idée qu'on n'allait pas dans la même direction m'a rendue triste. Je sais, c'est idiot, se hâta-t-elle d'ajouter. Mais sur le coup, j'ai juste pensé que je voulais ne jamais être séparée de toi.

– Je ne m'attendais pas à ce que tu répondes ça, avoua Atlas.

– Pourquoi ?

– Je croyais que tu pensais à quelque chose de plus dramatique, un truc épique. Mais c'est encore mieux.

Avery acquiesça en entrelaçant ses doigts avec ceux d'Atlas. Elle sentit de nouveaux cals sur sa paume, à la base de chacun de ses doigts – il avait travaillé dur cette année. Elle eut envie de les embrasser tous l'un après l'autre.

– Prête à aller te coucher ? interrogea Atlas.

– Le film n'est pas fini, protesta Avery, même si en réalité ils ne le regardaient pas.

Mais Atlas garda le silence, parce qu'il devinait pourquoi elle disait ça. Avery ne voulait pas aller se coucher parce que ça signifiait la fin d'un autre jour – un jour de moins avant le retour à la réalité. C'était si agréable d'avoir l'appartement pour eux seuls, de ne pas avoir à s'inquiéter de se faire prendre !

Avery jeta un coup d'œil au joyeux chaos qu'ils avaient répandu : les assiettes de nourriture sales, les coussins épars sur le sol, le T-shirt d'Atlas roulé en boule dans un coin… Elle savait déjà que tout ça lui manquerait quand leurs parents reviendraient. Elle s'efforçait de ne pas penser à leur situation, mais la hideuse vérité restait là, tapie dans un coin de son esprit. Quoi qu'ils fassent, leur relation se limiterait toujours à des instants volés en secret. Ils ne pourraient jamais faire leur vie ensemble.

Avery s'assit sur le canapé.

– De tous les endroits où tu es allé cette année, c'est quoi ton préféré ? demanda-t-elle pour essayer de ne pas y penser.

Atlas réfléchit.

– J'en ai fait tellement, Aves. Je suis allé un peu partout où je pensais que ce serait dur de me trouver. À Cuba, dans l'Arctique, à Budapest… J'ai bossé à la construction d'une hutte en rondins au fin fond de l'Amazonie, et d'un ranch en Nouvelle-Zélande. J'ai été serveur en Afrique un moment, ajouta-t-il en désignant le collier d'Avery du menton.

– Tu as dû te sentir seul, chuchota la jeune fille.

– Oui. Surtout parce que j'essayais de t'oublier, acquiesça Atlas d'une voix vibrante de souffrance.

Contrariée, Avery se demanda avec combien de filles il avait couché dans sa quête d'oubli. Mais, très vite, elle mit cette pensée de côté : ça n'avait plus d'importance.

– Mais il y a un endroit que j'ai particulièrement adoré : une île indonésienne que le reste du monde a plus ou moins oubliée, avec un sable incroyablement blanc et une eau si claire qu'on voit le fond. La ville est toute petite, avec des toits en tuiles colorées, et les gens n'ont rien d'autre pour se nourrir que du poisson, du riz et du rhum. Mais ils sont tous heureux. J'ai travaillé sur un bateau de pêche là-bas pendant quelques semaines.

– Ça a l'air fantastique.

Avery sourit en s'imaginant Atlas, manches de chemise retroussées et grand chapeau de paille sur la tête, dans un bateau au milieu de nulle part. C'était à mille lieues du boulot qu'il faisait désormais pour leur père.

– Bien entendu, toute l'île est zéro-tech, reprit Atlas. Ils n'ont même pas de visiteurs. J'ai dû louer un bateau rien que pour me rendre là-bas, et ça m'a pris presque une journée entière.

Une idée folle et merveilleuse traversa soudain l'esprit d'Avery.

– Et si on allait là-bas ? (Atlas la dévisagea tandis qu'elle poursuivait sur sa lancée :) Tu viens de le dire, c'est zéro-tech. Personne ne nous trouverait jamais. On pourrait se réinventer et commencer une nouvelle vie.

– Avery, dit-il prudemment.

Mais la jeune fille ne l'écouta pas. Elle le voyait d'ici : la petite maison où ils habiteraient, avec un porche et un hamac pour les chaudes nuits d'été, et des marches qui descendraient vers la plage où ils se promèneraient main dans la main au coucher du soleil. Ce serait parfait, sauf que…

– Papa et maman, dit-elle à voix haute, et son image de la vie idéale vacilla.

– Exactement, acquiesça Atlas. Tu serais triste de les quitter.

Avery hocha la tête, l'esprit toujours en ébullition, puis réalisa ce qu'il venait de dire et tiqua.

– Ils nous manqueraient à tous les deux, non ?

Atlas parut répugner à répondre.

– Mais ce ne sont pas mes parents.

– Bien sûr que si !

– Avery, dit-il calmement, je ne suis pas né riche comme toi. J'avais sept ans quand ils m'ont amené ici. Je me souviens de ma vie d'avant ; je sais ce que c'est d'avoir faim et peur. D'ignorer à qui je peux faire confiance.

– Oh, souffla Avery, le cœur serré.

Atlas ne lui avait jamais parlé de ça. Chaque fois qu'elle l'interrogeait sur sa vie d'avant, il se fermait complètement, si bien qu'elle avait fini par ne même plus essayer.

Il lui prit les mains et les serra très fort en la regardant droit dans les yeux.

– Cette vie n'a jamais vraiment été la mienne. Donc, je n'ai rien à perdre. Mais toi, si. Je veux que tu réfléchisses bien avant de renoncer à tout.

Avery cligna des yeux pour refouler ses larmes. Mais la question ne se posait pas. Elle ferait n'importe quoi pour être avec Atlas.

– On pourrait peut-être leur rendre visite de temps en temps, suggéra-t-elle.

Atlas leva les yeux, comprenant ce que ses paroles impliquaient.

– Tu es sérieuse, dit-il lentement, comme s'il avait du mal à y croire. Tu veux vraiment y aller.

– Oui, chuchota Avery. (Puis, plus fort, elle répéta :) Oui, oui, oui !

Elle embrassa Atlas encore et encore, convaincue que c'était la bonne décision et le commencement du reste de sa vie. Le jeune homme la prit dans ses bras et la serra contre lui. Avery resta là un moment, la tête enfouie contre son épaule, savourant leur étreinte. C'était si enivrant de pouvoir le toucher ! Jamais elle ne s'en lasserait, se promit-elle.

– Quand pourrons-nous partir ? demanda-t-elle lorsqu'ils se séparèrent enfin.

Atlas haussa un sourcil.

– Quand veux-tu partir ?

– Le plus tôt possible. La semaine prochaine ?

Il rit mais ne parut pas choqué.

– D'accord. Je crois que je peux m'arranger.

– Organisons une soirée demain, décida Avery.

Et, dès l'instant où les mots eurent franchi sa bouche, elle sut que c'était une idée fantastique. Ils feraient venir tous leurs amis comme si c'était un samedi soir ordinaire mais, en secret, ce serait leur fête d'adieu. Un jour, quand Atlas et elle vivraient ensemble à l'autre bout du monde, ils y repenseraient en riant – une soirée de lycéens où tout le monde avait trop bu, et qu'ils avaient passée à se jeter des regards furtifs énamourés en faisant des adieux silencieux à leurs amis.

– Vraiment ? demanda Atlas.

– Oui ! On n'a pas organisé de soirée depuis si longtemps. Ce serait amusant de faire ça ensemble. Comme un au revoir secret.

Avery flancha un instant en réalisant qu'elle ne reverrait jamais ni Eris ni Leda. Mais elle ne devait pas penser à ça. Elle devait penser à elle et à Atlas. Elle avait toujours cru que ce serait impossible : pourtant, ils s'apprêtaient vraiment à bâtir un futur ensemble.

– D'accord, tu m'as convaincu, dit Atlas.

Avery sortit sa tablette et composa un message qu'elle publia ensuite sur les flux.

– C'est parfait, acquiesça Atlas en le voyant apparaître sur ses propres lentilles. *Tu* es parfaite.

Il se pencha pour l'embrasser, mais Avery se recula.

– Personne n'est parfait, moi moins que quiconque, contra-t-elle, un peu désarçonnée.

Atlas savait depuis toujours qu'il ne fallait pas lui dire ce genre de chose. Il était la seule personne sur qui elle pouvait toujours compter pour s'abstenir.

– Désolé. J'aurais dû dire que tu étais parfaite pour moi, rectifia le jeune homme.

Satisfaite, Avery se rapprocha pour l'embrasser. Jamais elle n'avait éprouvé un contentement si profond.

– J'irais n'importe où avec toi, tu sais, dit-elle, et Atlas sourit.

– Tant mieux, murmura-t-il. Allons partout, mais ensemble.

Alors la soirée se termina pour de bon, et l'holoécran continua à diffuser son film devant un public inexistant.

Leda

Leda trébucha et tomba à genoux derrière la fontaine, essayant de ne pas se faire voir depuis le restaurant. Même si, à vrai dire, ce n'était pas à elle d'avoir honte. *Eris et son père.* La jeune fille envisagea brièvement de rentrer chez elle, mais elle était trop désespérée ; ses mains tremblaient, et elle ne pouvait pas courir le risque de se faire choper par sa mère – sa pauvre mère innocente et cocue.

Elle farfouilla maladroitement dans le sac que Ross lui avait donné. Les cachets se répandirent dans l'herbe devant elle, petite corne d'abondance de bonheur artificiel. Immédiatement, le regard de Leda fut attiré par la petite enveloppe noire du Custo. Ce n'était peut-être pas une si mauvaise idée de rentrer dans la tête de quelqu'un d'autre – quelqu'un qui avait l'esprit dérangé, certes, mais probablement pas davantage qu'elle.

Leda arracha le haut de l'enveloppe et enfourna le cachet jaune vif dans sa bouche, puis l'avala sans eau.

L'espace d'un moment bref mais désagréable, son esprit tenta instinctivement de se rebeller. Bien entendu, ça n'arrivait pas quand les Custos étaient fabriqués pour vous, mais une minute d'ajustement était toujours nécessaire quand vous preniez ceux de quelqu'un d'autre et que les besoins de leur conscience s'imposaient à la vôtre.

Leda retint son souffle, forçant son esprit à s'apaiser, et le Custo se déploya sur sa conscience telle une couverture. Bientôt, tout lui sembla plus doux, presque liquide. Le temps parut s'étirer comme un élastique. Leda cligna des yeux. Qui que soit le destinataire de ces cachets, visiblement, il s'agissait de quelqu'un d'anxieux – on aurait dit les effets d'un relaxant. Elle percevait presque cet inconnu telle une présence spectrale tandis que la drogue se répandait dans son cerveau en quête de souvenirs qui ne s'y trouvaient pas, essayant de provoquer les réactions émotionnelles nécessaires.

Leda étendit ses jambes devant elle et s'allongea en appui sur les coudes, les autres cachets éparpillés dans l'herbe autour d'elle tels des bonbons de couleurs vives. Les ombres s'allongeaient au-dessus de la fontaine et sur ses jambes. *Eris et son père*, songea de nouveau Leda avec un rire étranglé, sans joie. Elle ferma les yeux. Des souvenirs flous, des pensées à demi formées se tapissaient dans son esprit. Des couleurs et des formes dansaient dans son champ de vision, suscitant une étrange impression de déjà-vu. *Je vous connais*, avait-elle envie de leur dire, *mais pourquoi ?*

Et soudain, elle reconnut ce trip.

Elle sut à qui il appartenait, avec la certitude animale apportée par la drogue, de la même façon qu'elle savait qu'elle avait besoin d'air pour vivre. Elle avait déjà fait l'expérience de ce mélange particulier de stimulations chimiques et neuronales. Ces Custos étaient ceux de Cord.

C'est bizarre, songea-t-elle en enfonçant ses doigts dans les trèfles à quatre feuilles, si fort qu'elle se cassa un ongle. Que faisait Ross avec ces Custos ? Ce n'était pas comme si Cord avait besoin d'argent et qu'il avait pu les lui vendre. Les cachets avaient sans doute été volés.

Cord devait être mis au courant. Il fallait qu'elle le prévienne.

Leda flotta jusqu'au 969e étage comme un ballon.

– Cord ! appela-t-elle en tambourinant à sa porte.

Elle avait réussi à venir jusque chez lui même si elle ne se souvenait pas avoir pris un ascenseur ou un hover. Et heureusement, parce que ses mains commençaient à se détacher de son corps, ce qui l'inquiétait un peu. Elle les fourra sous ses aisselles.

– Cord ! répéta-t-elle un peu plus fort.

La porte s'ouvrit – mais sur Brice.

– Leda ? Qu'est-ce qui se passe ? demanda lentement le frère aîné de Cord.

Il s'était habillé pour sortir : jean noir et chemise avec plusieurs boutons défaits. Il avait l'air trop cool. Leda aurait bien voulu être comme lui.

Elle cligna des yeux. Elle ne savait plus trop ce qu'elle faisait là. Brice le saurait peut-être, lui ?

– Tu vas bien ? s'inquiéta le jeune homme en plissant les yeux.

Leda se tenait bizarrement, les mains coincées sous les bras. Gênée, elle les laissa retomber. C'était important de plaire à Brice, même si ses mains devaient se détacher d'elle.

– Tu devrais entrer, dit-il en la prenant par le coude pour l'attirer doucement à l'intérieur.

Autour de Leda, les murs semblaient onduler comme les vagues de l'océan. Brice la guida jusqu'au canapé du salon, la fit asseoir et lui fourra un verre d'eau bien froide entre les mains. Leda le vida d'un trait. Sans rien dire, il le remplit de nouveau. Elle vida le second verre plus doucement.

– Tu planes à dix kilomètres, commenta Brice sur un ton approbateur, ou du moins amusé, qui rassura Leda. Qu'est-ce que tu as pris ?

Leda avait toujours sa sacoche rouge avec elle. Elle en sortit l'enveloppe vide du Custo et, sans un mot, la tendit à Brice.

– À Cord, marmonna-t-elle.

Brice plissa les yeux.

– Tu veux dire que ce sont des Custos de Cord ? C'est lui qui te les a donnés ?

Leda ne répondit pas.

– Leda Marie Cole ! s'exclama soudain Brice en se penchant pour la prendre par les épaules, et quelque chose là-dedans – peut-être le fait qu'il avait utilisé son deuxième prénom : elle ne savait même pas qu'il le connaissait – l'aida à se ressaisir partiellement.

Elle secoua la tête.

– Non, croassa-t-elle avant de s'éclaircir la gorge. C'est mon dealer qui les avait. C'est pour ça que je voulais… je veux dire, je me faisais du souci pour Cord. On les lui a volés, pas vrai ?

Elle glissa ses mains sous ses cuisses pour les empêcher de trembler.

Un éclair de compréhension passa dans les yeux de Brice.

– Rylin, lâcha-t-il, les dents serrées.

– Hein ?

Il dévisagea Leda d'un air méfiant, puis dut décider qu'elle était trop défoncée pour s'en souvenir ou que ça n'avait pas d'importance.

– Notre nouvelle femme de ménage. Je crois que Cord et elle se sont beaucoup... rapprochés, expliqua-t-il.

– Vire-la, répondit automatiquement Leda. Connaissant Cord, il a déjà couché avec elle de toute façon.

Brice éclata de rire.

– Pas de pitié. J'aime ça. Et, Leda... si tu veux des Custos, tu n'as qu'à nous les demander, à Cord ou à moi. Ne repasse pas par ton dealer pour ça. Franchement, tu as eu de la chance cette fois.

– Je ne voulais même pas de Custos, se défendit Leda. À la base, je voulais de la xenperhédrine.

– Attends une minute, ordonna Brice. Ne bouge pas d'ici.

Comme si elle était en état d'aller où que ce soit, songea vaguement Leda.

Quelques instants plus tard, Brice réapparut.

– Regarde ce que j'ai là.

Il laissa tomber toute une boîte de cachets dans la main tendue de Leda – petits, blancs, carrés et marqués d'un X minuscule.

– Oh, merveilleux ! gémit Leda avant d'en gober deux à la fois.

Ses pensées poussives et embrouillées s'éclaircirent immédiatement, et une énergie nouvelle inonda tout son corps. Elle regarda Brice qui, assis sur le canapé, l'observait en ayant l'air de beaucoup s'amuser.

– Merci, dit-elle d'une voix bien plus claire qu'avant. Brice Anderton, pharmacie humaine. Tu as raison, j'aurais dû m'adresser à toi dès le début.

– Ça, c'est la Leda Cole qu'on connaît et qu'on aime tous, lâcha sèchement le jeune homme tandis qu'elle promenait à la ronde un regard neuf.

Elle n'était pas venue ici depuis des années, sauf quand Cord organisait des soirées et que l'appartement grouillait de monde et de bruit. C'était plus grand que dans son souvenir. Tout lui paraissait plus net, plus détaillé, mieux découpé, comme si les contours des choses étaient soulignés par un de ces gros marqueurs noirs avec lesquels elle dessinait, enfant. Son cœur battait si fort qu'il lui semblait qu'il allait jaillir de sa poitrine.

– En fait, il faut que j'y aille, dit Brice au bout d'un moment sans la quitter des yeux. Mais crois bien que je le regrette. Tu es beaucoup plus marrante que Cord récemment.

À contrecœur, Leda lui rendit la boîte de xenperhédrine, mais il secoua la tête.

– Garde-la. C'est le moins que je puisse faire pour te remercier, après ce que tu viens de me dire.

Leda acquiesça avec reconnaissance.

– Je peux rester là une minute avant de rentrer chez moi ? demanda-t-elle.

Brice haussa les épaules et sortit en la laissant dans le salon.

Un millier d'images défilèrent dans l'esprit accéléré de Leda. Eris et son père, en train de s'embrasser. Atlas. Avery. Le type avec qui Avery sortait en ce moment, Watt, se moquant d'elle pendant le gala de l'University Club. Le regard d'Atlas quand il lui avait avoué qu'il pensait à quelqu'un d'autre. *Tu mérites la vérité*, lui avait-il dit. « La vérité vous libérera », n'était-ce pas ce que prétendait le proverbe ? Leda devait dire à Cord de virer cette femme de ménage. Elle devait savoir pour qui Atlas en pinçait. *Tes désirs sont des ordres*, avait dit Nadia, et elle avait promis de le découvrir, mais rien ne s'était passé comme Leda l'aurait voulu, pas vrai ?

Les images tourbillonnaient dans son esprit en formant un kaléidoscope de couleurs floues, mais alors qu'elles menaçaient de la submerger un peu plus tôt, Leda se sentait à présent tout à fait concentrée et impatiente d'agir. Qu'est-ce qu'elle aimait les stimulants ! Et la xenperhédrine était le meilleur de tous. Elle prit une grande inspiration, laissant la drogue lui picoter agréablement les veines jusqu'au bout des doigts.

Nadia. Elle devait interroger Nadia sur Eris et son père, découvrir depuis combien de temps ça durait. *Ça a dû commencer juste après qu'Eris a découvert qu'elle était pauvre*, songea-t-elle, dégoûtée. *Sale petite profiteuse.*

Leda était en train de composer son message quand elle se souvint qu'elle ne pouvait plus s'adresser à Nadia : la pirate avait démissionné.

À bien y réfléchir, elle aussi avait quelque chose de bizarre.

Et soudain, Leda sut. La réponse était si élégante dans sa simplicité qu'elle s'étonna de ne pas y avoir pensé plus tôt.

Elle savait où elle devait aller et ce qu'elle devait faire. Très vite, le regard vitreux et le souffle un peu trop rapide, Leda remit son sac à l'épaule et se dirigea vers l'ascenseur express.

Watt

Assis sur le canapé en plastique jaune dans le salon des Bakradi, Watt et Derrick sifflaient méthodiquement le whisky bon marché que Derrick avait apporté.

– Ça faisait un bail que tu n'avais pas eu envie de picoler seul un vendredi soir, commenta Derrick, même si ça n'avait pas l'air de le déranger.

– Je ne suis pas seul. Tu es là, répliqua Watt.

Mais sans son ami, il aurait bel et bien été seul – il avait éteint Nadia. Depuis la révélation qu'elle lui avait faite dans le courant de la semaine, il se passait d'elle de plus en plus souvent, même s'il ne savait pas bien pourquoi. Il voulait juste un peu de calme dans sa tête. Et puis, le quant avait tendance à devenir pénible, voire moralisateur, quand Watt buvait trop ; il lui indiquait constamment son taux d'alcool dans le sang et lui envoyait des gros titres sur les conséquences de l'intoxication éthylique.

– Exact, concéda Derrick. (Du regard, il balaya les affiches punaisées aux murs et les jouets épars des jumeaux : des blocs en mousse, une baguette de coloriage et le diadème de Zahra.) C'est à cause d'Avery ? demanda-t-il.

Watt but une autre gorgée de whisky sans répondre.

– Que s'est-il passé ? insista Derrick.

– Parlons d'autre chose.

Watt n'avait aucune envie de raconter à son meilleur ami que la seule fille qui lui plaisait vraiment couchait avec son propre frère. Bien entendu, il savait qu'Avery et Atlas n'avaient pas de liens de sang, que le jeune homme avait été adopté quand Avery était encore toute petite. Mais quand même.

– Tu veux aller au Pulse ? suggéra Derrick.

Mais Watt secoua la tête. Il savait que son ami avait raison, qu'il devrait oublier Avery dans les bras d'une fille anonyme dont il ne se rappellerait même plus le visage le lendemain. Mais, pour le moment, il préférait noyer son chagrin dans le whisky : au moins, celui-ci n'essayait pas de lui faire la conversation.

Derrick ouvrit la bouche pour proposer autre chose mais fut interrompu par des coups violents frappés à la porte d'entrée.

– Watt ?

Que… ? songea le jeune homme, hébété. Jamais il n'aurait cru entendre cette voix chez lui, ni nulle part ailleurs dans la basseTour.

– Watt, je te conseille de me laisser entrer !

– Tu ne m'avais pas dit que tu attendais une fille, rigola Derrick avec une pointe d'admiration dans la voix.

– Je n'attends personne, répliqua sèchement Watt.

Malgré son taux d'alcoolémie, ses réflexes prirent le dessus. Espérant que ses parents n'avaient rien entendu, il fila ouvrir.

Face à lui, vêtue d'un uniforme froissé et tapant impatiemment de sa ballerine sur le perron usé des Bakradi, se tenait Leda Cole.

– Il faut qu'on parle, cracha-t-elle.

Watt en resta bouche bée. Il n'arrivait pas à comprendre ce qu'elle fichait là. Mais Derrick semblait plus maître de lui-même – ou peut-être avait-il tout simplement moins bu.

– Bonsoir. Je suis Derrick, un ami de Watt, se présenta-t-il en s'avança vers Leda, la main tendue. Ravi de faire ta connaissance… ?

Il éleva la voix en fin de phrase pour inviter Leda à lui dire son nom, ce qu'elle ne fit pas.

– Il faut qu'on parle, répéta-t-elle en fixant Watt. En privé. C'est à propos de Nadia.

Watt eut l'impression qu'on lui avait jeté de l'eau froide au visage.

– Derrick, dit-il lentement en se tournant vers son ami. Je suis désolé. Tu peux nous… ?

Mais déjà, Derrick sortait de l'appartement en contournant Leda et s'éloignait dans le couloir aux lumières tamisées. Il se retourna et articula : « Qui est Nadia ? », mais Watt l'ignora et ouvrit la porte plus grand.

– Entre, dit-il à Leda en l'entraînant vers le salon.

Il jeta un coup d'œil nerveux vers le reste de l'appartement plongé dans l'obscurité. Ses parents flipperaient s'ils savaient qu'il recevait une fille.

– On dirait que je tombe mal, commenta Leda, fronçant le nez à la vue de la bouteille de whisky et des gobelets en plastique sur la table basse bon marché.

Mais quelque chose clochait dans son habituelle attitude hautaine : sa voix tremblait, et ses mouvements trahissaient une nervosité presque fébrile. Elle semblait remontée à bloc, comme si un simple contact risquait de la briser en morceaux.

– Je t'offre un verre ? demanda Watt.

C'était assez drôle de penser que Leda Cole puisse picoler avec lui au 240e étage. Mais, à sa grande surprise, la jeune fille acquiesça et s'assit. Il lui versa du whisky dans un gobelet propre et remplit de nouveau le sien, puis s'installa sur le canapé aussi loin d'elle que possible. Elle le dévisagea comme si elle attendait quelque chose. Il fit un signe du menton, l'air de dire : « Les dames d'abord. » Il était trop soûl pour prendre l'initiative d'une conversation. Leda devait faire le premier pas pour qu'il puisse déterminer ce qu'elle savait au juste.

– Je sais que c'est toi, Nadia. (Watt ouvrit la bouche pour protester, même s'il ne savait pas du tout quoi dire, mais Leda poursuivit :) J'en suis certaine, alors inutile de nier.

Nadia. Il avait besoin de l'aide de Nadia. *Allumage quant*, songea-t-il, et il se sentit rassuré par le léger bip indiquant que Nadia était réveillée.

– Qu'est-ce qui te fait croire ça ? demanda-t-il prudemment, sans rien confirmer ni infirmer.

– Pitié. J'ai su que quelque chose clochait chez toi dès la première fois que je t'ai vu, à l'anniversaire d'Eris.

– Je ne t'ai même pas adressé la parole ce soir-là ! s'indigna Watt.

Leda haussa les épaules.

– Tu te comportais bizarrement. Tu fixais les choses un peu trop longtemps, et tu rasais les murs comme si tu n'étais pas à ta place. Ce qui était le cas. (Elle plissa les yeux.) Et puis, tu portes des lentilles, mais je ne t'ai jamais vu leur donner de commande verbale. Franchement, c'est un peu flippant – on dirait que tu ne les utilises même pas.

Watt n'arrivait pas à croire que Leda ait remarqué un détail aussi minuscule. Évidemment qu'il ne parlait pas à ses lentilles : il envoyait ses ordres à Nadia par la pensée.

– Mais ça n'explique toujours pas comment tu as deviné que j'étais Nadia, insista-t-il.

Les coins de la bouche rouge de Leda se relevèrent en un sourire, et le jeune homme réalisa qu'il venait juste d'admettre sans faire exprès.

– Pour un soi-disant expert en services d'information, tu n'es pas très prudent. Dans tes messages, tu disais tout le temps : « Tes désirs sont des ordres », expliqua-t-elle en tracant des guillemets imaginaires avec les doigts. Et tu me l'as dit aussi en personne le soir du gala. Il ne m'a pas fallu longtemps pour additionner deux et deux.

Watt n'en revenait pas d'avoir été aussi stupide. *Si tu ne m'avais pas éteinte chaque fois qu'Avery était dans les parages, j'aurais pu te mettre en garde*, lança Nadia.

– Comment as-tu su où j'habitais ? demanda Watt en ignorant le quant.

– Ça n'a pas été bien difficile. Tu m'as dit que tu allais au lycée Jefferson. J'ai appelé là-bas en me faisant passer pour une mère qui avait perdu le lien de l'annuaire en ligne. (Leda eut un geste impatient.) Pas besoin de toujours pirater des trucs. On peut résoudre certains problèmes juste en parlant à des gens.

Elle avait un bon instinct.

– Apparemment, tu n'avais même pas besoin de mes services en premier lieu, commenta Watt pour gagner du temps.

Dépêtre-toi de cette situation. Il y a très peu de chances que ça se termine bien pour toi, ne cessait de lui dire Nadia. Mais il ne l'écouta pas.

– Je regrette de l'avoir fait, vu comme tu es nul.

– Je suis le meilleur ! protesta Watt, sur la défensive. Je t'ai procuré tous les messages d'Atlas, je l'ai localisé en Amazonie…

– Nul et immoral par-dessus le marché, poursuivit Leda impitoyablement. Je n'arrive pas à croire que tu aies fait semblant de m'aider, que tu m'aies soutiré de l'argent, tout ça pour essayer de coucher avec ma meilleure amie. (Elle leva les yeux au ciel.) C'est tellement cliché ! Tu sais combien de mecs ont tenté leur chance avec elle ? Aucun n'a jamais réussi. Elle est horriblement coincée.

– Tu te permets de me juger alors que tu insultes ta meilleure amie dans son dos ?

– J'ai mes raisons, aboya Leda en vidant son whisky d'un trait.

Elle tendit son gobelet vide à Watt, qui le remplit sans un mot.

– Je tiens à préciser que je ne connaissais même pas Avery jusqu'à ce que tu m'embauches. (Watt ne savait pas pourquoi il éprouvait le besoin de se défendre, mais il poursuivit sous l'influence du whisky et d'un instinct irrépressible. Il n'avait pu parler d'Avery à personne jusqu'ici, ou du moins, à personne qui la connaissait.) Et, ouais, j'ai trouvé qu'elle était jolie et j'ai eu envie de la connaître. Et alors ? Je ne vois pas où est le mal.

– La connaître, ricana Leda. Au sens biblique du terme, je présume.

– Au moins, je ne suis pas obsédé par un type qui est amoureux d'une autre ! répliqua Watt.

Leda plissa les yeux, et deux taches de couleur apparurent sur ses pommettes.

– Tu es pathétique, aboya-t-elle. Et incompétent. C'est la seule chose que je t'ai demandé de trouver, et tu n'as même pas été foutu de découvrir son identité. Tu parles d'un pirate !

Sauf que… il l'avait bel et bien découverte. Watt frémit et fut pris de nausée en imaginant Avery avec Atlas. Il vida son gobelet pour dissimuler son malaise, et la pièce se mit à tanguer autour de lui.

Leda l'observait d'un regard étrangement calculateur.

– Elle a rompu avec toi, pas vrai ? demanda-t-elle doucement en se rapprochant un peu de lui.

Watt fut surpris, mais pas dérangé par sa soudaine proximité, réalisa-t-il en humant son parfum capiteux à la rose.

– Ouais.

– Désolée. Si ça peut te consoler, Atlas a rompu avec moi lui aussi. Mais je suis certaine que tu le savais déjà, avec tout ton piratage.

– Comme si je continuais à te surveiller alors que je ne suis plus payé pour ça, répliqua Watt, sarcastique.

Leda rit comme si c'était la chose la plus drôle qu'elle ait jamais entendue. Elle fouilla dans son sac un moment.

– Tu en veux un ? demanda-t-elle en lui tendant un assortiment de cachets de formes et de couleurs variées.

Nadia déclencha une alarme dans la tête de Watt.

– Non merci, répondit le jeune homme sur un ton las. Mon truc, c'est plutôt la bibine, tu vois ?

Quelque chose passa sur le visage de Leda et s'évanouit aussitôt.

– Évidemment.

Elle rangea les cachets dans son sac et se pencha au-dessus de la table basse pour remplir leurs gobelets. Quand elle lui fourra le sien dans la main, Watt constata que plusieurs des boutons de perle de son chemisier d'uniforme s'étaient défaits, et qu'il pouvait apercevoir son délicat soutien-gorge blanc en dessous.

– À nous, lança Leda. Tous les deux rejetés par les Fuller. Mais on survivra, pas vrai ? Santé !

Elle tendit son gobelet. Watt trinqua avec elle et but cul sec. La bouteille était presque vide à présent.

– Merci. (Leda étira ses bras au-dessus de sa tête et se laissa aller sur le canapé comme si sa place avait toujours été ici.) C'est bien de ne pas être seule en ce moment, murmura-t-elle.

Watt sentit que Nadia tentait de communiquer avec lui. Mais même si elle n'était pas affectée par l'alcool, lui l'était : ses neurones tournaient beaucoup moins vite que d'habitude, et ne parvenaient pas à déchiffrer les messages qu'elle envoyait à travers ses synapses.

– Je vois ce que tu veux dire, marmonna-t-il d'une voix pâteuse.

– Watt…

Leda lui posa une main sur la cuisse et le dévisagea d'un air interrogateur. Elle était beaucoup plus jolie qu'il ne le pensait, avec ses yeux lumineux, sa bouche sensuelle et sa peau veloutée.

C'était une mauvaise idée. Elle s'installa à califourchon sur lui, les plis de sa jupe se déployant sur les jambes de Watt telles les plumes de la queue d'un paon, et se pencha pour l'embrasser. Un instant, le jeune homme envisagea de protester ; puis les mains de Leda se glissèrent sous son T-shirt et commencèrent à descendre, et il oublia complètement ce qu'il voulait dire.

Rylin

Le samedi soir, lorsqu'elle se dirigea vers l'appartement de Cord, Rylin se sentait plus légère que depuis des semaines. Un peu plus tôt, elle avait vu V pour lui remettre les cinq Custos supplémentaires ; elle avait peur qu'il lui en réclame davantage et n'était pas certaine de la façon dont elle réagirait, mais il s'était contenté d'acquiescer avec un drôle de sourire et de lui transférer immédiatement les quinze mille ND.

Rylin les avait fait suivre à la police pour payer la caution d'Hiral, mais elle n'avait pas encore été informée de la date de sa mise en liberté. Après la façon dont s'était déroulée leur dernière entrevue, elle n'avait pas vraiment hâte. Comment réagirait-il quand elle lui annoncerait que c'était fini entre eux ?

Je traverserai ce pont quand je l'atteindrai, se dit Rylin. Elle s'était procuré l'argent de sa caution comme Hiral le lui avait ordonné ; il ne pouvait rien exiger de plus. Et puis, pour le moment, elle ne voulait penser qu'à Cord. Chaque fois qu'elle se remémorait leur après-midi à Long Island – les vagues qui venaient lécher la plage en contrebas, leurs pieds nus qui s'enfonçaient dans le sable tandis que la pluie martelait l'auvent au-dessus d'eux –, la tête lui tournait.

Elle s'arrêta devant la porte, vêtue d'une nouvelle robe sans manches avec un décolleté bateau et des fermetures Éclair noir brillantes sur tout un côté. Cord ne lui avait pas dit ce qu'ils faisaient ce soir mais, quand il lui avait envoyé un message un peu plus tôt, il semblait avoir quelque chose de spécial en tête.

Rylin ouvrit grands les yeux pour le scanner rétinien. Mais alors que Cord l'avait ajoutée à la liste des personnes autorisées des semaines auparavant, cette fois, la porte ne bougea pas. Rylin fronça les sourcils : il faudrait que Cord appelle un technicien pour arranger ça. Elle appuya sur la sonnette.

– Cord ? lança-t-elle en frappant comme le faisaient les habitants des étages inférieurs.

Enfin, la porte s'ouvrit devant elle. Rylin traversa le vestibule et dépassa la cuisine. Il régnait un calme étrange dans l'appartement, non pas un calme paisible, mais un calme attentif, comme dans un holocinéma avant le début d'un film. La jeune fille allongea le pas.

– Te voilà, lança Brice depuis le salon.

Il était perché sur une chaise à dossier droit, les chevilles croisées devant lui, les coudes en appui sur les accoudoirs tel un roi sur son trône.

– Salut, Brice, répondit Rylin pour en finir au plus vite avec lui, car sa posture théâtrale la faisait flipper.

– Assieds-toi, dit le jeune homme en désignant la chaise d'en face.

– Brice, je...

– Il faut qu'on parle de ton addiction aux Custos, insista-t-il en tendant un bras pour lui bloquer le passage.

Rylin resta debout.

– De quoi tu parles ? demanda-t-elle calmement.

Mais un frisson glacé remontait le long de son échine et hérissait les poils de ses avant-bras.

– Rylin, on sait tous les deux que tu as piqué des cachets à Cord, alors cesse de faire l'innocente.

Elle garda le silence, craignant que toute protestation ne réussisse qu'à l'enfoncer davantage. Son cœur cognait dans sa poitrine.

– Je t'ai trouvée louche dès la première fois que je t'ai vue. J'ai essayé de le dire à Cord, et il a refusé de m'écouter. Mais j'avais raison.

– S'il te plaît, laisse-moi t'expliquer, implora Rylin en faisant un pas vers lui.

– Non, c'est moi qui vais t'expliquer. Voilà ce qui va se passer maintenant : tu vas aller dans la chambre de Cord et rompre avec lui de telle sorte qu'il ne voudra plus jamais te revoir.

– Non, refusa Rylin.

Elle ne pouvait pas faire ça.

– Je vais être très clair. Si tu ne romps pas immédiatement avec mon frère, je vais lui dire comment tu t'es servie de lui pour lui voler ses médicaments, puis je préviendrai la police et tu iras en prison. C'est compris ?

– Je ne me suis pas servie de lui, chuchota Rylin. (Brice se contenta de la dévisager.) Tu n'as pas de preuve, ajouta-t-elle, le cœur serré.

– Ce sera ma parole contre la tienne. À ton avis, qui croiront-ils ?

Brice avait raison. Rylin savait comment ça fonctionnait.

– S'il te plaît, chuchota-t-elle.

– Tu as cinq minutes.

Elle fut surprise de sentir des larmes couler sur ses joues – elle, la fille qui ne pleurait jamais. Elle prit une inspiration tremblante et se leva en s'essuyant la figure, puis se dirigea vers la chambre de Cord.

– Hé, dit-elle tout bas en frappant à la porte. Tu es occupé ?

– Rylin ! Je croyais que tu venais plus tard.

Cord lui ouvrit avec, sur son beau visage, une expression ravie qui manqua faire voler sa résolution en éclats.

– Une de mes copines organise une soirée tout à l'heure, dit-il en sortant dans le couloir. (Rylin le suivit, impuissante.) J'espérais que tu m'accompagnerais. Tu sais, pour rencontrer mes amis.

Cord lui parla d'Avery et de son stupéfiant appartement, mais Rylin ne l'écoutait pas vraiment. Elle leva les yeux vers la silhouette sombre de Brice qui se découpait au sommet de l'escalier. Celui-ci hocha légèrement la tête.

– Cord, coupa Rylin, le cœur brisé. Il faut qu'on parle.

Le jeune homme se figea.

– Si tu veux, dit-il au bout d'un moment avec une gaieté forcée. Asseyons-nous.

Rylin secoua la tête. Elle voulait en finir au plus vite ; c'était déjà bien assez douloureux.

– On ne peut plus se voir.

– Quoi ? s'exclama Cord, estomaqué. Rylin. D'où ça sort ?

– C'est juste que… (*De telle sorte qu'il ne voudra plus jamais te voir.*) J'ai un petit ami, dit-elle lentement.

– Je ne comprends pas.

Cord se laissa tomber dans un fauteuil comme s'il n'avait soudain plus la force de rester debout.

– Hiral, le garçon dont je t'ai dit qu'il avait été arrêté pour trafic de drogue ? Je sors avec lui depuis le début. Je… je faisais juste semblant avec toi parce que j'aimais bien ce boulot. Et puis, tu m'as emmenée à Paris, et…

Rylin ne put achever sa phrase, mais tant pis : le mal était fait.

Le pire, c'est que tout ce qu'elle venait de dire était vrai. Ou du moins, ça l'était au début. Jamais elle ne s'était autant méprisée qu'en cet instant.

– Tu jouais la comédie ?

Cord la dévisageait comme s'il ne l'avait jamais vue avant, comme s'il n'arrivait pas à en croire ses oreilles.

– Oui.

– Fous le camp de chez moi ! ordonna-t-il sur un ton glacial.

– Je suis désolée, chuchota Rylin en le regardant entre ses cils, sa vision brouillée par les larmes.

Elle connaissait ses traits par cœur pour les avoir caressés du bout des doigts l'autre jour, dans la pénombre envoûtante de l'orage. Mais quelque chose avait changé. Cette expression, réalisa-t-elle, c'était celle que Cord arborait lors de sa soirée costumée, des semaines auparavant. Comme s'il se fichait de tout et de tous. Comme à l'époque où il dissimulait ce qu'il ressentait, et où Rylin ignorait ce qui se cachait sous son masque.

– Je répète, aboya-t-il férocement. Fous le camp de chez moi, et ne remets jamais les pieds ici !

Rylin tituba en arrière, choquée par ses yeux morts. Cord regardait à travers elle, comme si elle n'était même pas là. L'après-midi qu'ils avaient passé ensemble sur la plage lui apparut tout à coup comme quelque chose qui était arrivé à une autre fille.

– Au revoir.

Rylin se tourna vers la porte tandis que le regret enflait en elle, lui labourant la poitrine de ses minuscules griffes acérées.

Elle était dans le vestibule, sur le point de sortir de l'appartement de Cord pour la dernière fois à n'en pas douter, quand elle entendit Brice dévaler bruyamment l'escalier.

– Je suis désolé, Cord, dit-il. (Il y eut un tintement de glace dans un shaker, et Rylin devina que les deux frères buvaient.) Mais elle habite au 32e. Honnêtement, à quoi t'attendais-tu de la part de ce genre de fille ?

Eris

– Eris ? appela Mariel en toquant à la porte d'entrée.

– J'arrive ! répondit l'intéressée, en équilibre sur un escarpin à semelle rouge pendant qu'elle enfilait l'autre.

Une fois chaussée, elle se hâta d'aller ouvrir à Mariel. Jamais elle ne s'était rendu compte combien les listes d'accès préapprouvé étaient commodes jusqu'à ce qu'elle doive aller ouvrir elle-même à ses visiteurs.

– Désolée, j'ai encore besoin de quelques minutes pour boucler mes cheveux, s'excusa-t-elle, battant en retraite dans sa chambre.

Sa mère était sortie quelque part – sans doute chercher un nouvel appartement. Elle ne parlait que de ça depuis qu'elle avait reçu le virement de M. Cole.

Mariel fendit calmement le désordre de la pièce.

– J'aurais dû me douter que tu n'avais pas la même notion de l'heure que le reste du monde, dit-elle gentiment. Tu as toujours autant de mal à te décider ?

Du menton, elle désigna le lit une place d'Eris, qui disparaissait sous une montagne de vêtements.

– J'aime avoir le choix, répliqua Eris en éprouvant une inexplicable pointe de culpabilité.

La plupart de ces fringues avaient été achetées le matin même lors d'une virée shopping épique avec sa mère, entièrement financée par M. Cole.

Le fer à friser bipa, et Eris le brandit pour s'attaquer aux longues mèches qui encadraient son visage, sa lèvre inférieure coincée entre ses dents. Mariel soupira.

– Laisse-moi faire, dit-elle en s'approchant du coin dans lequel se tenait Eris.

Comme elle pivotait, Eris aperçut le dos de sa robe noire d'apparence assez sage sur le devant. Elle était décolletée jusqu'à ses fesses. En temps normal, Eris s'en serait fichue : elle avait toujours aimé montrer un maximum de peau. Mais la découpe de la robe révélait un des tatouages à l'encre de Mariel, une inscription en espagnol dont l'aspect ringard fit frémir Eris.

– Ça dit quoi ? ne put-elle s'empêcher de demander.

– Oh, mon tatouage ? (Mariel se tordit le cou pour regarder par-dessus son épaule.) Tu ne peux pas chercher avec tes lentilles ? (Riant, elle entortilla une mèche de cheveux d'Eris autour du fer à friser, attendit quelques instants et la laissa retomber tout ondulée.) Tu vois ? Je maîtrise mieux que toi.

– Merci.

Leurs regards se croisèrent dans le miroir. Mariel sourit, et Eris l'imita.

– Parle-moi de cette soirée, poursuivit Mariel. Je suis tellement excitée de rencontrer tes amis !

Avery organisait une fête ce soir-là, la première depuis qu'Atlas était rentré de l'étranger. Ça allait être géant.

– Tu veux que je te prête une robe ? s'entendit proposer Eris.

Mariel s'immobilisa. La mèche d'Eris se mit à grésiller dans le fer à friser, et elle la relâcha.

– C'est quoi le problème avec la mienne ? s'enquit-elle.

Eris ouvrit la bouche pour répondre, mais aucun son n'en sortit. Comment dire à sa petite amie qu'elle avait l'air vulgaire avec cette robe ? Qu'à côté de ses camarades si glamour avec leurs fringues sur mesure et leur maquillage parfaitement appliqué, elle ferait pitié ?

Le pensée de ce qu'ils diraient en voyant Mariel – et en la voyant, elle, arriver au bras de Mariel – fit brusquement virer Eris à l'écarlate.

– Aucun problème. Oublie ce que je viens de dire, se reprit-elle très vite. (Après quelques secondes de silence chagriné, elle répondit à la question précédente de Mariel comme s'il ne s'était rien passé entre-temps.) Oui, donc, tu vas adorer Avery. C'est ma meilleure amie depuis qu'on est petites. Elle organise cette soirée avec son frère Atlas. Je suis sûre que Jess et Risha seront là aussi, et toutes les filles avec qui je jouais au hockey sur gazon…

Elle disait n'importe quoi pour masquer son embarras, et elle en avait conscience. Mariel continua à lui boucler les cheveux avec des gestes brusques, le dos raidi par sa fierté blessée.

– Et Leda ?

– Je suis certaine qu'elle viendra aussi.

– Elle est déjà au courant, pour son père ?

Eris hésita.

– Il n'a pas l'intention de lui dire.

– Quoi ? (Mariel posa le fer à friser et contourna Eris pour la regarder dans les yeux.) Pourquoi tu ne m'en as pas parlé plus tôt ? Je croyais que le dîner de l'autre jour s'était bien passé ? Comment ça, il n'a pas l'intention de lui dire ?

Elle semblait très agitée.

Eris prit une grande inspiration et lui raconta toute l'histoire sans omettre aucun détail : le restaurant, le foulard, toutes les questions que M. Cole avait posées sur leur situation matérielle, à sa mère et à elle. Sa réticence à annoncer publiquement qu'il était son père biologique, parce que ça causerait trop de problèmes avec sa famille et trop de tort à sa carrière.

– Mais il nous a viré un gros paquet de fric, conclut Eris. On va pouvoir se réinstaller dans la hauteTour dès qu'on aura trouvé un appartement.

– Attends. Voyons si j'ai bien compris. (Mariel avait reculé d'un pas et dévisageait Eris avec une expression proche du dégoût.) Il te paye pour que tu ne racontes à personne que tu es sa fille ?

– Tu es un peu dure avec lui.

– Tu trouves ? Eris, cet homme achète ton silence avec un nouvel appartement plein de trucs brillants. Tu ne t'en rends pas compte ?

– Peu m'importe, je prends quand même. (Eris carra obstinément les épaules.) Ma décision est prise. En fait, j'ai déjà claqué une partie de son fric.

Elle désigna la pile de vêtements sur le lit, tous neufs et très chers, encore accrochés à leur cintre en velours.

– Et ça ne te dérange pas qu'il refuse d'admettre sa paternité parce que ton existence le dérange ?

Mariel avait haussé la voix.

– Pourquoi tu te mets dans un état pareil ? répliqua Eris. Je ne peux pas le forcer à passer du temps avec moi s'il n'en a pas envie. Au moins, avec cet argent, je peux faire quelque chose.

– Quoi par exemple ? T'acheter des trucs inutiles ? (Mariel saisit une poignée de colliers sur la commode et les laissa glisser entre ses doigts.) C'est vraiment ça qui te rend heureuse, Eris ?

– Oui !

Horrifiée, Mariel cligna des yeux. Eris soupira et baissa la voix.

– Je ne voulais pas dire ça. C'est juste que… ne comprends-tu pas ? Avec cet argent, je peux faire des tas de choses importantes. Je pourrais vous aider, toi et ta famille ! (Se méprenant sur l'expression de Mariel, Eris poursuivit :) Vous pourriez vous installer plus haut dans la Tour. Tu ne serais plus forcée de bosser à l'Altitude après les cours ; tu pourrais te concentrer sur tes études et passer plus de temps avec ta mère.

– Putain, Eris ! C'est toi qui ne comprends rien. Je ne veux pas de ta charité.

– Ce n'est pas de la…

– Je croyais que tu avais changé, poursuivit Mariel, et la déception qui se lisait sur son visage frappa Eris comme un coup de poing. Je pensais que tu étais différente. Mais je me trompais. Tu es toujours la même petite pétasse trop gâtée que quand tu venais tous les jours à l'Altitude et que tu regardais à travers moi comme si je n'existais même pas.

– C'est moi qui n'ai pas changé ? (Eris sentit la moutarde lui monter au nez.) Tu es toujours aussi têtue et arrogante qu'au jour de notre rencontre !

– Tu sais quoi, Eris ? L'argent ne résoudra pas les problèmes à ta place.

– Au moins, il me permettra de m'échapper de ce trou à rats ! cria-t-elle.

Elle sut aussitôt qu'elle était allée trop loin.

– Ce trou à rats, c'est l'endroit où j'ai grandi, lâcha froidement Mariel en ponctuant chaque syllabe.

– Je suis désolée, commença Eris.

Mais Mariel continua à reculer, augmentant la distance entre elles.

– Oublie ça, Eris. Dieu me préserve de venir à cette soirée et de te foutre la honte avec cette robe que visiblement tu détestes.

Elle se détourna et sortit de la chambre. Un instant plus tard, Eris entendit la porte d'entrée se refermer derrière elle.

Elle songea à lui courir après, mais ses pieds étaient comme cloués au sol. Il lui semblait que quelque chose se brisait en elle – peut-être sa fierté, son orgueil stupide et obstiné. Ou peut-être son cœur.

Elle se rapprocha du miroir, prit une inspiration tremblante et tenta de se ressaisir. Impossible de nier qu'elle était fabuleuse dans sa nouvelle robe vermillon. Et justement, elle avait l'accessoire parfait pour aller avec.

Eris prit le foulard que M. Cole lui avait offert et le noua bien serré autour de son cou, à la parisienne. Puis elle partit seule chez Avery.

Watt

– Éteindre lumières, gémit Watt en roulant sur le côté.

Tout lui faisait mal. Il avait la gorge sèche, la langue pâteuse, et une migraine encore pire que le jour où il avait fait installer Nadia. Il ne comprenait pas pourquoi les foutues lampes refusaient d'obéir, mais il garda les yeux fermés dans un effort vaillant pour bloquer leur lumière. Il aurait bien juré, mais cela lui semblait réclamer trop d'énergie.

– Watzahn, appela Nadia dans ses auditennes.

– Aïe ! Pas si fort !

Le jeune homme frémit et posa les mains sur ses oreilles, puis roula de nouveau sur lui-même et réalisa vaguement qu'il portait toujours ses vêtements de la veille. Que s'était-il passé ?

– Bois, ordonna Nadia.

Il y avait une carafe d'eau et un flacon d'antidouleurs sur sa minuscule table de chevet. Watt réussit à s'asseoir et à empoigner la carafe à deux mains.

– Ouah, dit-il en secouant la tête après avoir avalé la moitié de son contenu. Quelle heure est-il ?

– Huit heures du soir. De samedi soir.

– Putain, non ! (Watt voulut se lever mais retomba sur son lit, les jambes en coton.) Mes parents…

– … Croient que tu es malade. Je me suis infiltrée dans le médiserveur local et j'ai piraté un bot vérificateur pour qu'il signale que tu avais la grippe. J'ai même appelé un bot messager pour qu'il emporte le whisky avant leur réveil, histoire de dissimuler les preuves, rapporta Nadia presque fièrement. Ce matin, ton père t'a mis au lit, et ta mère s'est occupée de toi avant de partir travailler. J'ai ordonné au médibot de lui dire de t'apporter de l'eau et des antidouleurs.

– Merci, murmura Watt.

Nadia en mode gestion de crise était très impressionnante.

– Je t'avais mis en garde contre les effets secondaires potentiels des substances illégales.

– Quoi ? (Le jeune homme but une autre gorgée d'eau et se frotta les yeux, épuisé.) Putain ! Je n'ai jamais eu une telle gueule de bois.

– Ce n'est pas une gueule de bois. Tu as été drogué, insista Nadia. Par Leda. Que te rappelles-tu ?

Leda. Il avait oublié qu'elle était passée chez lui. Watt lutta pour reconstituer les événements de la veille, mais tout se brouillait dans sa tête. Il se souvenait d'avoir commencé la soirée avec Derrick, puis de l'arrivée de Leda… de ses questions sur Atlas… de leur baiser au goût de whisky…

Après ça, plus rien.

– Que s'est-il passé ? chuchota-t-il d'une voix rauque.

– Je vais te repasser la scène, répondit Nadia.

Même quand Watt était trop bourré pour archiver ses propres souvenirs dans sa mémoire, Nadia les enregistrait. C'était à la fois une bénédiction et une malédiction.

Elle projeta les images directement sur ses lentilles, comme une vidéo immersive. Watt revécut la soirée précédente de son point de vue alcoolisé tandis que Leda faisait irruption, lui parlait d'Avery et lui proposait de la drogue. Il se vit refuser – ça, il s'en souvenait – avant que Leda hausse les épaules et leur resserve un whisky à la place.

– Là ! (Nadia fit une pause et zooma sur les mains de la jeune fille, puis repassa les dernières secondes au ralenti.) Tu vois ? Elle a mis quelque chose dans ton verre.

– Mais pourquoi a-t-elle fait ça ? s'écria Watt.

Nadia laissa l'enregistrement reprendre sa vitesse de défilement normale. Consterné, Watt regarda Leda l'enfourcher et l'embrasser. Comme il avait été bête, se dit-il. Le baiser se prolongea à un point gênant.

– Tu peux faire une avance rapide, Nadia.

Le quant obtempéra.

Les paupières de Watt finirent par se fermer – sous l'effet de la drogue, supposa-t-il – alors que Leda s'écartait de lui en le jaugeant du regard.

« Watt, susurra-t-elle sur un ton doucereux. Comment tu te sens ?

– Super bien, murmura-t-il.

– Tu as été très vilain, tu sais. »

Watt cligna des yeux et vit Leda tendre une main vers sa tête, sans doute pour jouer avec ses cheveux. Par chance, l'enregistrement de Nadia se bornait aux stimuli audiovisuels et n'incluait pas les sensations.

« Non », protesta Watt.

Ses yeux se refermèrent.

« Tu m'as menti tout à l'heure, en prétendant que tu n'avais jamais réussi à découvrir qui Atlas voyait dans mon dos.

– Je ne…

– Tu le sais, pas vrai ? insista Leda d'une voix douce comme un lit de plumes, le genre de voix qu'on utilise avec les enfants malades.

– Oui. »

Et merde, songea Watt, l'estomac noué par la peur.

« Qui est-ce ? interrogea Leda sur un ton pressant, toute douceur envolée.

– Avery…

– Concentre-toi, Watt ! Je te demande avec qui sort Atlas ! Oublie Avery !

– Non… Avery et Atlas, ils sont ensemble… »

Il y eut un long silence. Soudain, Watt se réjouit d'avoir gardé les yeux fermés pendant cette partie de la conversation. Il ne voulait pas imaginer la tête de Leda pendant qu'elle digérait cette révélation.

« Tu es sûr ? finit-elle par demander à voix basse, sur un ton choqué. Atlas et Avery ? Tu sais qu'ils sont frère et sœur, ajouta-t-elle comme si, à ce stade, ce rappel s'adressait à elle autant qu'à lui.

– Nadia a piraté le serveur domestique des Fuller. Je les ai entendus au lit… »

Il y eut un bruit de flacons de cachets qui s'entrechoquaient, puis la voix de Leda s'éleva de plus loin, vers la porte.

« Merci, Watt. Tu m'as beaucoup aidée. Fais de beaux rêves ! »

Watt entendit la porte se fermer, et l'enregistrement se termina.

Qu'ai-je fait ? demanda-t-il, horrifié.

– Ne culpabilise pas, lui conseilla Nadia. J'ai fait un scan de tes constantes ce matin, et elle t'avait administré une très forte dose de vertolomine, mélangée à des sédatifs. C'est une drogue qui réduit les inhibitions, connue pour ralentir la pensée au point que la plupart des consommateurs sont incapables de mentir.

– J'ai parlé de toi ! s'écria Watt avec une inquiétude grandissante.

– Oui, mais Nadia, c'est le nom que tu utilisais avec elle. Elle croira que tu t'es embrouillé dans tes explications.

– Tu oublies qu'elle est complètement folle !

Et désormais au courant pour Avery et Atlas.

Watt ne s'expliquait pas pourquoi il se sentait aussi responsable d'Avery. Techniquement, il ne lui devait rien : elle l'avait mis à la porte pour coucher avec son propre frère, se remémora-t-il. Pourtant, il détestait la façon dont il avait géré cette histoire. Il se souvint combien Avery avait l'air triste le jour de leur première rencontre à l'Arène, quand elle lui avait dit : « Tu n'as jamais l'impression que les gens croient te connaître mais qu'ils se trompent, parce qu'ils ignorent le truc le plus important à ton sujet ? » Et lui, il venait de livrer son plus grand secret à l'ex-meilleure amie dingo d'Avery, qui était prête à tout et que rien n'arrêtait.

– Leda a déjà diffusé l'info, pour Avery et Atlas ? demanda Watt en se redressant, brusquement paniqué.

– Non, le rassura Nadia. J'ai surveillé leurs mouvements aujourd'hui et, pour l'instant, Leda n'a rien fait. À ma connaissance, elle n'a même pas vu Avery.

– Où sont-ils tous les trois en ce moment ?

– Avery et Atlas donnent une soirée, répondit Nadia en faisant apparaître le flux de la jeune fille sur les lentilles de Watt. Leda est en route vers leur appartement.

– Alors, il faut que je monte tout de suite !

Toujours vêtu de ses habits froissés de la veille, Watt se dirigea vers la porte. Sans savoir pourquoi, il avait un mauvais pressentiment – presque la prémonition qu'il allait se produire quelque chose de terrible. Cette histoire était trop emmêlée et trop tordue pour ne pas se finir en catastrophe.

Rylin

Assise dans son lit, Rylin ne voyait rien et n'arrivait même pas à penser. Sa chambre était éteinte. Elle savait que Chrissa s'inquiétait pour elle, qu'elle devrait aller lui dire quelque chose, mais elle ne pouvait pas bouger pour le moment. Elle se contentait de cligner des yeux dans l'obscurité, son esprit en proie à un tourbillon d'idées noires. Elle aurait voulu pouvoir revenir en arrière et faire les choses différemment.

On frappa à la porte d'entrée.

– Ry, appela Chrissa depuis le vestibule, la voix tremblante. C'est Hiral.

Rylin se leva et passa une main dans ses boucles emmêlées. Elle portait encore la robe à fermeture Éclair qu'elle avait si naïvement enfilée un peu plus tôt.

– Laisse, j'y vais, lança-t-elle à Chrissa en allant ouvrir.

Il était là, debout sur le seuil de leur appartement comme si rien n'avait changé entre eux, toujours vêtu du même bas de jogging que lors de son arrestation – on avait dû lui rendre ses fringues quand il avait été libéré, ce qui signifiait qu'il était venu droit chez elle. Ça ne lui disait rien qui vaille.

– Hiral, lâcha Rylin sans faire le moindre geste vers lui. Je suis contente que tu sois sorti.

– Grâce à toi, bébé. (Il la détailla avec un drôle de sourire.) Prête pour aller fêter ça ?

Au lieu de quoi, Rylin ouvrit grande la porte et s'effaça devant lui.

– Entre.
– Quoi, tu ne m'embrasses pas ?
– Assieds-toi, Hiral. Il faut qu'on parle, dit-elle, utilisant les mêmes mots qu'avec Cord un peu plus tôt – sauf que cette fois elle les pensait.
L'ironie amère de la situation ne lui échappa pas.
Hiral prit place dans une de leurs chaises en plastique et se mit à pianoter sur la table. Il semblait encore plus baraqué qu'avant, comme si les contours de sa silhouette avaient été ombrés au crayon, même si Rylin ne voyait pas bien comment il avait réussi à se muscler en prison.
– Tu m'en veux encore de t'avoir demandé de réunir l'argent de ma caution, devina-t-il en l'observant.
C'était l'une des raisons, en effet.
– Je n'aime pas V.
– C'est grâce à lui que j'ai pu sortir. Tu devrais lui être reconnaissante.
– Il m'a forcée à voler de nouveau !
Hiral fronça les sourcils.
– Tu n'as pas envie de faire le sale boulot, voilà tout. Franchement, Ry, si je ne te connaissais pas, je croirais que tu n'es pas contente de me voir.
Elle ne pouvait rêver d'une meilleure ouverture.
– Je veux rompre.
Les mots restèrent suspendus entre eux. Rylin se raidit, s'attendant à une explosion, une réaction violente…
Mais Hiral partit d'un rire dur et sans joie.
– Je ne suis pas vraiment surpris, après la façon dont tu t'es comportée quand tu es venue me voir en prison. Comme si tu te sentais forcée de me rendre visite. (Il plissa les yeux.) Au début, j'ai cru que c'était la situation qui te faisait flipper, mais à la fin, tu ne voulais même pas me toucher. Quand je t'ai embrassée pour te dire au revoir, tu as frémi.
– Tu venais de me menacer !
– Et ça a marché. On sait tous les deux que tu n'aurais pas voulu te charger de la vente sans ça.
Comme Rylin ne répondait pas, il se pencha en avant, le visage déformé par un rictus hideux.

– C'est à cause d'Anderton, pas vrai ? dit-il sur un ton accusateur. Tu sors avec ce connard de la hauteTour.

– Hiral, toi et moi, c'est fini depuis longtemps. On le sait tous les deux, répliqua Rylin aussi gentiment qu'elle put.

– Putain de merde ! jura Hiral avec une fureur mal contenue. Tu as couché avec lui.

Rylin ne répondit pas. Elle se sentait incapable de mentir. Et la vérité devait se lire sur sa figure, parce que, soudain, Hiral émit un bruit de gorge guttural et renversa la table sur le côté.

– Qu'est-ce qui te prend ? hoqueta Rylin en regardant le pied brisé de la table et les verres épars sur le sol.

Le visage très rouge, Hiral respirait beaucoup trop fort.

– Je te faisais confiance, Rylin !

– Bien sûr que non, sans ça, tu ne te serais pas senti obligé de me faire chanter ! glapit la jeune fille.

Dans le silence qui suivit, un calme étrange flotta sur le visage d'Hiral.

– Je peux encore te dénoncer. Maintenant que je sais que tu m'as trompé, je peux très bien aller voir les flics pour leur parler de tes activités criminelles.

– Non, tu n'en feras rien, contra Rylin avec un courage qu'elle était loin de ressentir. Parce que, malgré la façon dont tu te comportes parfois, tu n'es pas quelqu'un de vindicatif. Tu es toujours le garçon dont je suis tombée amoureuse, même si on s'est éloignés l'un de l'autre. (Elle baissa la voix et ajouta un peu tristement :) Je sais que tu as dit à V que c'était toi qui avais volé les Custos. Merci de m'avoir protégée.

Hiral la dévisagea un moment.

– Tu me dégoûtes, lâcha-t-il enfin.

Puis il sortit en claquant la porte derrière lui.

– Rylin ?

Chrissa sortit de la chambre. Elle était très pâle.

– Tu as entendu ?

– Oui. Dis-moi ce qui se passe.

La tête de Rylin tournait. Elle n'arrivait plus à réfléchir. Elle avait voulu protéger Chrissa, la tenir à l'écart de tout ça mais, une fois de plus, elle avait échoué.

– D'accord, dit-elle. Mais… jure-moi que tu m'écouteras jusqu'au bout avant de te mettre à crier.

Elle prit une grande inspiration et raconta tout à Chrissa. La première soirée où elle avait bossé chez Cord, le vol initial des Custos, l'arrestation d'Hiral, ses menaces et la suite. Elle n'omit que les moments privés, comme ce qui s'était passé sur la plage.

Chrissa garda le silence pendant qu'elle parlait, mais ouvrit de grands yeux. Ensemble, Rylin et elles redressèrent la table – qui vacillait sur trois pieds mais tenait encore debout – et ramassèrent les verres par terre. Enfin, quand Rylin eut terminé, elle s'assit, laissa tomber sa tête dans ses mains et ferma les yeux.

– Tu l'aimes, dit doucement Chrissa.

Rylin acquiesça sans lever la tête.

– Alors, va lui dire !

– Je ne peux pas ! Son frère ma menacée !

– S'il t'aime autant que tu l'aimes, vous trouverez un moyen ! Il empêchera son frère d'aller voir les flics. Ou il dira que c'est lui qui t'a donné les Custos. Ça s'arrangera d'une façon ou d'une autre.

Quelque chose dans la voix dc Chrissa fit hésiter Rylin. C'était de l'espoir, réalisa-t-elle, l'espoir stupide, naïf et romantique que l'amour vienne à bout de tous les problèmes. Rylin se sentit idiote d'y croire, mais Chrissa avait raison. Elle devait au moins essayer.

– Monte ! s'exclama sa sœur sur un ton pressant. Raconte-lui la vérité exactement comme tu viens de me la raconter !

Rylin secoua la tête.

– Il est à une soirée en ce moment, au 1000e étage. Organisée par une certaine Avery.

La dernière chose qu'elle voulait, c'était taper l'incruste chez les riches et se donner en spectacle.

– Sérieusement, Ry ? Depuis quand ça t'arrête, les soirées ?

Rylin rit et secoua la tête.

– Tu essaies de me convaincre de sortir en soirée ? C'est une première !

– Alors, vas-y ! insista Chrissa.

Saisie par une brusque détermination, Rylin opina. Elle devait aller là-haut, dire la vérité à Cord et tenter de réparer ce qu'elle avait si affreusement cassé. Et peut-être Cord accepterait-il de lui pardonner.

Leda

Leda s'arrêta dans l'entrée de chez les Fuller et regarda autour d'elle, un étrange sourire aux lèvres. Que c'était bon d'avoir repris ses anciennes habitudes. Elle se sentait vraiment réveillée pour la première fois depuis des mois. Chaque cellule de son corps était en alerte, gorgée de colère et de xenperhédrine.

Ces dernières vingt-quatre heures ont été complètement folles, se dit-elle en repensant à tout ce qui s'était passé, à tous les secrets qu'elle avait accumulés et que son esprit survolté soupesait, jaugeait et classifiait soigneusement. Eris et son père. Leda frissonna, toujours dégoûtée par celui-là. Les Custos volés de Cord, et sa conversation avec Brice. La confrontation avec Watt *alias* Nadia. La révélation au sujet d'Avery et Atlas – si affreuse, si incompréhensible qu'elle avait d'abord réduit Leda au silence. Mais, si pervers que ce soit, à bien y réfléchir, ça semblait logique. Ça expliquait énormément de choses sur les Fuller, depuis le moment où Leda avait couché avec Atlas à Catyan – et même, depuis le moment où Avery et elle étaient devenues amies.

Pas étonnant qu'elle ait besoin de se droguer, songea Leda, au bord de l'hystérie. Depuis le début, elle tenait la chandelle dans l'histoire d'amour tordue du frère et de la sœur Fuller, et elle ne s'en rendait même pas compte.

Mais ce soir, tout allait changer.

Après avoir appris la vérité au sujet d'Avery et Atlas, Leda avait à peine dormi de la nuit. Elle avait passé la journée terrée chez elle, à gober divers cachets de son petit sac, son esprit plongeant dans un terrier de lapin après l'autre tandis qu'elle concoctait des scénarios de vengeance de plus en plus élaborés. Elle était venue à la soirée juste pour ça : détruire Avery et Atlas en public, d'une façon dont ils ne se relèveraient pas.

Elle se fraya un chemin parmi la foule jusqu'aux fenêtres du salon, où elle savait qu'elle trouverait Avery. Au passage, elle saisit un shot d'atomique sur le plateau d'un serveur et but cul sec. L'alcool embrasa immédiatement ses nerfs déjà à vif.

Ses lentilles s'allumèrent, signalant l'arrivée d'une demande de contact de la part de « Nadia ». Watt. Après l'avoir bloquée quelques jours plus tôt, il devait la réajouter pour pouvoir communiquer avec elle. Leda accepta sa requête avec une joie perverse.

– Salut, dit-elle comme il l'appelait immédiatement. Ça va ?

– Qu'est-ce que tu vas faire à Avery ?

Elle poussa un soupir théâtral.

– Cesse de jouer les chevaliers blancs, Watt. Tu as déjà perdu.

– Leda, s'il te plaît…

– Occupe-toi plutôt de tes propres problèmes – il y a largement de quoi faire, dit-elle sur un ton d'avertissement.

Puis elle raccrocha.

Le secret de Watt s'était révélé le plus surprenant de tous. Après avoir drogué le jeune homme pour lui soutirer une confession, Leda n'avait pu résister à l'envie de fouiller dans son appartement. La porte de sa chambre était ouverte ; elle n'avait pas eu de mal à se faufiler à l'intérieur pour jeter un coup d'œil. Elle ne savait pas trop ce qu'elle cherchait exactement : elle se demandait juste comment il pouvait être un si bon pirate, comment un gamin de la basseTour âgé d'à peine dix-sept ans avait réussi à infiltrer le serveur domestique des Fuller et celui du Département d'État.

Dans un des tiroirs du bureau de Watt, elle avait trouvé une boîte de processeurs optiques en silicone. Une recherche en ligne lui avait appris qu'ils ne servaient qu'à une seule chose : la fabrication d'ordinateurs quantiques.

Watt Bakradi possédait un quant illégal.

« Nadia a piraté le serveur domestique des Fuller. » Nadia, ce devait être le nom qu'il donnait à son joujou interdit, avait réalisé Leda, amusée.

Elle avait encore fouillé un moment, cherchant l'ordinateur lui-même pour le voler mais, au bout d'une demi-heure, elle avait renoncé. Peu importait qu'elle le détienne physiquement ou non. Elle disposait désormais d'un atout ultime qu'elle pourrait jouer indéfiniment contre Watt pour le faire chanter – parce que si elle le dénonçait, il finirait sa vie en prison.

En fait, ce serait drôle de le faire obéir au doigt et à l'œil. Et grâce aux piratages que son quant effectuerait pour elle, plus personne ne parviendrait jamais à surprendre Leda.

Elle n'était entourée que de menteurs, songea-t-elle : Atlas et Avery, Eris, son père… Ils lui cachaient tous quelque chose. Ça lui faisait mal et, d'un autre côté, elle trouvait ça étrangement rassurant, comme si, au fond, elle s'en doutait depuis le début et qu'elle avait la satisfaction de voir ses soupçons se confirmer.

Leda ne pouvait faire confiance à personne d'autre qu'elle-même en ce bas monde. Mais au fond, ça avait toujours été plus ou moins le cas.

Eris

Le temps qu'Eris arrive au 1000e étage, il y avait encore plus de monde qu'elle ne s'y attendait à la soirée d'Avery. Tous les premières et les terminales de Berkeley étaient venus, ainsi que les plus audacieux des secondes et des troisièmes, et même quelques jeunes dont Eris était certaine qu'ils ne fréquentaient pas leur lycée.

La jeune fille se déplaçait lentement au gré de la marée humaine, s'arrêtant tous les deux pas pour dire bonjour à quelqu'un, raconter une histoire ou recevoir un compliment. Elle aurait dû être d'humeur à faire la fête : après des semaines de souffrance, elle allait enfin récupérer son ancienne vie.

Mais bizarrement, tout ici lui semblait faux – les vêtements de couturier de ses amis avaient l'air vulgaire, et leurs paroles, vides de sens. Eris ne cessait de repenser à ce que lui avait dit Mariel. Comparée aux moments passés avec cette dernière, la soirée des Fuller lui apparaissait comme un tourbillon superficiel et effréné. Pourquoi se souciait-elle de tout ça, au fond ?

Elle se demanda ce que Mariel faisait à cet instant. Elle aurait bien voulu que sa petite amie soit là pour pouvoir lui présenter des excuses. *Et pourquoi pas ?* songea Eris. Elle ne pouvait pas aggraver davantage les choses. Ravalant sa fierté, elle composa un message. *Je suis désolée. Je ne pensais pas ce que j'ai dit. C'était idiot et blessant, et je le regrette beaucoup. Tu veux bien me donner une autre chance ?* Elle hocha la tête, et le message partit.

Levant les yeux, elle vit Leda qui l'observait depuis l'autre côté de la pièce.

Par pure habitude, Eris se força à sourire – même si cela dut plutôt ressembler à une grimace – et à agiter la main. Mais Leda ne lui rendit pas son geste. Elle se contenta de la dévisager sans ciller, avec une telle haine dans les yeux qu'Eris fit un pas en arrière. Elle se sentit incapable de bouger tandis que le regard de Leda, aussi tranchant qu'une lame de couteau, la balayait et s'arrêtait sur le foulard noué autour de son cou.

Elle sait, songea follement Eris, en proie à une brusque panique. Leda savait forcément, pour faire cette tête-là.

Eris défaillit et détourna les yeux en se demandant ce qu'elle devait dire. Ce n'était pas juste que Leda la déteste – rien de tout ça n'était sa faute. Eris n'avait pas demandé à lui être apparentée. Elle se ressaisit et tourna de nouveau son attention vers l'autre fille, prête à lui rendre son regard voire à s'approcher d'elle pour l'affronter. Mais Leda avait disparu dans la foule.

– Hé. (Eris sentit quelqu'un lui toucher le bras. Elle se tourna vers Avery.) Tu vas bien ?

– Je suppose que oui.

Très ébranlée par cette scène, Eris tremblait un peu, et elle sentait poindre un début de migraine. Elle se demanda si Leda avait pu la lui envoyer par la force pure de sa malveillance.

– Qu'est-ce qui se passe ?

Eris n'avait pas vraiment envie d'en parler.

– Rien. Oh, tu es superbe ce soir !

Avery semblait tellement heureuse depuis quelque temps ! On voyait pratiquement la joie irradier d'elle comme des vagues de chaleur ondulantes.

– Toi aussi, affirma-t-elle. Où est ton amie ?

Elle la chercha du regard, mais Eris secoua la tête.

– Elle n'est pas venue, finalement. On s'est disputées. C'était moche.

– Oh, Eris. (Avery lui pressa la main en un geste compatissant.) Je suis désolée. Vous allez vous réconcilier, pas vrai ?

– Je l'espère.

Mais, cette fois, Eris n'en était pas sûre.

Elle frissonna en sentant soudain le poids du regard de quelqu'un d'autre sur elle. L'espace d'une seconde de terreur aveugle, elle crut que c'était de nouveau Leda et regretta d'être venue. Mais ce n'était que Cord. Debout près de la fenêtre, il buvait tout seul, et Eris devina instantanément que quelque chose clochait.

– Je vais… s'entendit-elle dire à Avery.

Son amie suivit la direction de son regard et soupira.

– Sois prudente, dit-elle en guise d'avertissement.

Mais déjà, Eris se dirigeait vers le seul garçon qui avait jamais rompu avec elle.

– Qu'est-ce qui t'arrive ? lança-t-elle en guise de salutation.

– Moi aussi, je suis toujours ravi de te voir, répliqua Cord, sarcastique comme à son habitude.

Mais en dessous, Eris percevait une douleur profonde. Il avait les yeux rouges, et elle se demanda s'il avait pris de la drogue.

– Moi aussi, je passe une journée de merde, si ça peut te réconforter, déclara-t-elle.

Ils se réfugièrent dans un coin de la pièce, derrière une des sculptures géantes que collectionnait la mère d'Avery. Difficile de démêler les conversations les unes des autres dans le brouhaha ambiant. Ils n'auraient pas plus d'intimité qu'ici à moins de se rendre dans une des chambres ou de s'enfermer dans un placard.

– Ah ouais ? (Cord eut un rire sans joie.) Je te garantis que la mienne est pire. À moins que ton nouveau copain ait fait semblant de tomber amoureux de toi pour ton argent. Désolé, ajouta-t-il, semblant se souvenir tout à coup qu'Eris était pauvre désormais.

– Cette fois, c'est une nouvelle copine, répondit la jeune fille sur un ton égal, et non, elle n'a rien fait de tel. C'est moi qui ai merdé dans les grandes largeurs. (Cord lui tendit son verre, mais elle secoua la tête.) C'est bon, je ne suis pas d'humeur.

Il haussa les épaules et le finit lui-même.

– Quelqu'un a vraiment fait semblant de tomber amoureux de toi ? insista Eris, légèrement incrédule.

– Ouais. Ma femme de ménage. Je sais, je suis un crétin. (Cord jeta un regard de biais à Eris.) Mais maintenant que je sais que tu es fauchée depuis la rentrée, j'imagine que tu faisais la même chose.

– Je vais te pardonner cette remarque parce que tu es complètement bourré.

– Tu n'as qu'à me rattraper, dit Cord en saisissant un shot sur le plateau d'un serveur et en le lui proposant.

Eris secoua la tête.

– Mais, pour être honnête, je n'ai jamais fait semblant de tomber amoureuse de toi. On couchait ensemble, c'est tout.

– Et c'était vraiment bien, susurra Cord en lui caressant les fesses.

Eris chassa sa main d'une tape nonchalante.

– Le truc qui m'attriste, c'est que cette fille me plaisait vraiment.

– Tu es amoureuse d'elle ?

– Je n'en sais rien.

– Si tu n'es pas sûre, tu n'es pas amoureuse, décréta Cord.

Eris éclata de rire.

– Comme si tu étais un expert en la matière. (*À moins que…*) Attends, tu étais amoureux de cette fille ?

– Je ne crois pas en l'amour, affirma Cord.

– C'est affreux, répliqua Eris, même si elle n'était pas certaine de ne pas partager son avis. Tout le monde croit en l'amour.

– Je crois au bonheur, dit Cord avec un regard lointain, comme si ses pensées volaient très loin d'elle, de cette soirée et de toute la Tour. Mais je ne suis pas du tout sûr que l'amour soit un bon moyen de l'atteindre.

Eris ne sut pas quoi répondre, mais il lui semblait que Cord n'attendait pas vraiment de réponse de sa part. C'était bizarre : avec lui, ce n'était pas du tout comme avec Mariel. Eris trouvait ça plus facile, comme si Cord était son miroir ténébreux. Il n'attendait d'elle rien de plus qu'il n'attendait de lui-même – autrement dit, pas grand-chose.

Eris se pencha en avant, bombant la poitrine dans son soutien-gorge pigeonnant, essayant de ramener la discussion sur le terrain familier du flirt. Il lui semblait que c'était de nouveau l'été, que Cord et elle jouaient à leurs petits jeux – et pourtant, plusieurs mois s'étaient écoulés. Il s'agissait plutôt d'un écho de cette période, un peu moins vif et excitant. Ils avaient trop changé tous les deux depuis lors.

– Tu m'as manqué, Eris. (Cord partit d'un rire sans joie.) Toi et moi, on se mérite mutuellement, pas vrai ?

Il fut un temps où Eris aurait été ravie de l'entendre dire ça mais, cette fois, les paroles du jeune homme lui serrèrent le cœur tel un étau de solitude. Elle leva les yeux vers lui et poussa un soupir imperceptible.

– Peut-être que oui…

Avery

– C'est la soirée la plus folle qu'on ait jamais organisée, chuchota Avery à Atlas en se pressant contre lui dans l'espace exigu du placard à linge.

Elle attendait ce moment depuis des heures. C'était une torture exquise : croiser le regard d'Atlas à travers la pièce, laisser leurs mains s'effleurer quand ils se croisaient, mais ne rien pouvoir faire de plus jusqu'à ce qu'ils finissent par se planquer dans un coin comme maintenant.

– C'est ce qui s'appelle finir en beauté, acquiesça le jeune homme avant de l'embrasser.

Avery se délecta du frisson d'interdit qui entourait son étreinte avec le garçon qu'elle aimait – le garçon avec qui elle comptait s'enfuir à l'autre bout du monde dans quelques jours –, alors que leurs camarades de classe se trouvaient juste quelques mètres plus loin au bout du couloir. C'était dingue.

Elle se serra contre Atlas. Elle aurait voulu lui arracher sa chemise un bouton après l'autre et le renverser parmi les draps de bain moelleux ; au lieu de ça, elle lui cogna accidentellement la tête sur une étagère. Il frémit et jura.

– Oh, je suis désolée ! s'écria Avery en reculant.

– Non, c'est moi, dit Atlas avec un petit rire. On aurait dû aller dans ma chambre, mais elle était déjà occupée.

– La mienne aussi !

En temps normal, Avery aurait été furieuse de trouver un couple en train de s'ébattre sur son lit. Mais alors qu'elle se tenait là avec Atlas, les cheveux en bataille et sa robe bleue couverte de peluches de tapis de bain blanc, elle s'en fichait complètement.

– Je prends ça comme un signe que la soirée est une réussite, ajouta-t-elle.

– Un vrai bouquet final, acquiesça Atlas. (Il se pencha pour déposer un dernier baiser sur ses lèvres.) On se retrouve dehors, murmura-t-il avant de se faufiler dans le couloir.

Avery compta jusqu'à vingt avant de s'éloigner dans la direction opposée sans pouvoir effacer le sourire immense sur son visage.

De fait, c'était une soirée exceptionnelle. La jeune fille tenta d'en savourer chaque détail pour pouvoir se les remémorer un jour, quand Atlas et elle seraient vieux, grisonnants et heureux ensemble. En début d'après-midi, ils avaient ordonné aux bots de pousser les meubles du salon contre les murs afin de dégager une piste de danse au milieu. À présent, la pièce grouillait de lycéens qui riaient, buvaient et prenaient du bon temps. Des bouteilles d'alcool brillantes, constamment remplacées grâce à la commande passée par Avery, s'alignaient sur le comptoir. Les haut-parleurs diffusaient une musique tonitruante dont ils ajustaient le volume en fonction de celui des voix. Et jusqu'ici, personne n'avait rien fait d'idiot.

Mais Avery se serait rappelé cette soirée à jamais même si elle avait tourné au désastre complet. Elle chérissait chaque seconde passée avec Atlas, surtout maintenant qu'ils s'étaient avoué leur amour mutuel.

Elle déambula jusqu'à la piste de danse, où Risha se frottait contre Scott Bandier – ça, c'était nouveau – et Jess contre Patrick, comme d'habitude. Si seulement elle pouvait danser ne fût-ce qu'une minute avec Atlas ! D'un autre côté, se souvint-elle avec un nouveau sourire irrépressible, ils auraient tout le reste de leurs vies pour ça.

Une main lui agrippa le bras comme un étau.

– Je te cherchais.

Avery hoqueta. Leda avait une tête à faire peur. Ses cheveux rassemblés en un chignon serré mettaient en évidence la structure osseuse sévère de son visage. Elle avait les traits tirés, les joues creuses et la bouche pincée. Dans sa robe à imprimé géométrique, elle semblait presque fragile, comme si la volonté – et la drogue – était le seul carburant de son corps.

Avery connaissait cette tête. C'était celle que Leda arborait souvent avant les examens, quand elle avait pris un peu trop de xenperhédrine. Elle était sur les nerfs toute la journée et, en sortant du lycée, rentrait chez elle pour s'endormir comme une masse. Avery n'avait jamais approuvé, mais chaque fois qu'elle tentait d'aborder le sujet, Leda se fermait.

Leda lâcha le bras d'Avery. Elle tremblait d'agitation.

– Je n'arrive pas à y croire. Tu es une amie horrible, tu sais ça ? Tu me dégoûtes !

– Leda. Qu'est-ce que tu as pris ? demanda Avery en l'entraînant doucement à l'écart de la foule.

– Laisse-moi ! (Leva avait élevé la voix ; de toute évidence, elle ne se souciait pas de se donner en spectacle. Quelques personnes tournèrent la tête vers elle en levant les sourcils.) Je sais tout, aboya-t-elle. N'essaie pas de m'embobiner, d'accord ?

Avery éprouva un brusque élan d'appréhension. Elle n'osa pas répondre. Elle tenta de déchiffrer l'expression de Leda, dont le regard balayait follement le salon. Un instinct affreux lui souffla que son amie cherchait Atlas.

– Où est-il ? siffla Leda.

– Qui ça ? demanda Avery aussi innocemment que possible.

– Ton frère ! Ou devrais-je dire : ton amant ?

Avery fut prise de nausée, comme si le monde basculait. Leda avait parlé à peine plus fort qu'un chuchotement, et dans le brouhaha de la foule Avery était à peu près certaine que personne n'avait entendu… pour le moment. Elle ne pouvait pas courir le moindre risque.

– On peut en discuter en privé ? demanda-t-elle avec toute la dignité qu'elle put conjurer. (Elle plongea son regard dans celui de Leda.) S'il te plaît. Au nom de toutes nos années d'amitié. Ne fais pas ça, pas ici.

Quelque chose de l'ancienne Leda passa dans les yeux de la jeune fille, qui s'affaissa légèrement comme si, jusqu'ici, elle avait été propulsée par sa seule indignation et avait à présent du mal à se tenir droite.

– D'accord, concéda-t-elle. Juste deux minutes.

Avery acquiesça : elle n'en obtiendrait pas plus pour le moment.

– Suis-moi, dit-elle en accrochant un sourire figé sur ses lèvres, et en saluant de la tête les gens qu'elle croisait comme si tout allait bien.

Comme si sa meilleure amie et elle allaient rafraîchir leur maquillage et échanger les derniers potins plutôt que se menacer avec leurs secrets les plus ténébreux.

Mais toutes les pièces semblaient déjà occupées : sa chambre et celle d'Atlas, la bibliothèque, la serre… La fête avait étendu ses tentacules à travers les moindres recoins de l'appartement. Partout, des gens se pelotaient ou gisaient évanouis, voire les deux à la fois. Avery sentit Leda commencer à s'agiter près d'elle, telle une bombe dont le compte à rebours s'égrenait en silence.

Alors, Avery eut l'idée qui allait tout changer à jamais.

– Là, dit-elle en poussant la porte du garde-manger et en tendant la main vers la poignée dissimulée. Il n'y aura personne là-haut ; on pourra discuter tranquillement.

Elle empoigna l'échelle et la tira vers le bas, révélant un minuscule carré de ciel bleu nuit au-dessus d'elles. Et Leda était si énervée qu'elle ne réagit même pas à l'existence d'une terrasse cachée au-dessus de l'appartement des Fuller. Elle se contenta d'incliner légèrement la tête et de lâcher d'une voix glaciale :

– Après toi.

Les talons aiguilles de ses escarpins en cuir italien glissant un peu sur les barreaux, Avery commença à grimper vers l'obscurité.

Leda

Leda s'avança en titubant contre le vent. Son instinct aurait dû lui hurler de redescendre l'échelle, mais il était assourdi par un puissant cocktail de xenperhédrine et de plusieurs autres cachets dont elle avait oublié le nom. Le stimulant l'aidait à tenir le coup, même si elle était à cran et un peu hébétée. Mais déjà, elle percevait d'étranges distorsions de sa vision, des formes qui s'allongeaient et des ombres qui s'éclaircissaient. C'était plutôt agréable, comme les holos de fête foraine destinés aux enfants.

– Une liaison avec son frère, une terrasse cachée… (Elle se tourna vers Avery.) Combien d'autres secrets dissimule la parfaite Avery Fuller ?

– Inutile d'être cruelle.

Avery était plantée face à elle, immobile. Le clair de lune faisait scintiller sa robe bleu argenté, lui donnant l'allure d'une statue de déesse grecque antique.

– Je fais ce que je veux, répliqua Leda sur un ton agressif. (Là, sur le toit de la Tour, si près des étoiles, elle se sentait jeune, pleine de vigueur et de haine.) Donc, Atlas et toi… À ton avis, comment réagiront vos parents en l'apprenant ?

– Comment l'as-tu appris, toi ? demanda Avery à voix basse.

– J'ai mes sources.

Comme si Leda allait lui parler de Watt ! D'un autre côté, il y avait une certaine justice poétique dans le fait que le garçon si désespérément amoureux d'Avery soit celui qui avait fini par révéler le pire de ses secrets.

Elle était venue pour se venger, se remémora Leda. Alors, que faisait-elle sur le toit avec Avery, en train de discuter ? Elle secoua la tête pour tenter de se concentrer. Elle se laissait distraire. Peut-être avait-elle gobé trop de cachets.

– Leda, reprit Avery d'une voix étranglée. Je l'aime depuis toujours. Depuis qu'on est petits. Mais jusqu'ici, je n'avais jamais pensé qu'on pourrait... (Elle n'acheva pas sa phrase.) Je n'ai jamais eu l'intention de te blesser, et je suis vraiment désolée pour tout ce qui t'est arrivé.

– C'est pour ça que tu m'ignores depuis la rentrée ? Parce que je voulais sortir avec Atlas ?

– Je suis vraiment désolée, répéta Avery.

Mais Leda haussa la voix.

– Tu m'as forcée à m'excuser, à l'anniversaire d'Eris ! Tu m'as fait implorer ton pardon ! Je croyais que tu ne me trouvais pas assez bien pour lui !

– Leda ! Évidemment que tu es assez b...

– Pendant tout ce temps, tu voulais juste le garder pour toi.

Avery blêmit.

– Je suis vraiment désolée. C'était dur pour moi, de vous voir tous les deux.

– Et tu ne crois pas que c'était dur pour moi, de perdre en même temps ma meilleure amie et le seul garçon qui m'ait jamais plu, alors que ma famille est en train de tomber en morceaux ? cria presque Leda.

Elle essuya rageusement la larme solitaire qui s'échappait du coin de son œil. Stupides cachets qui lui faisaient perdre le contrôle de ses émotions. Ne s'était-elle pas promis de ne jamais laisser personne la voir pleurer ?

Avery remarqua son geste et s'avança – mais Leda tendit une main pour la maintenir à distance.

– Leda, que se passe-t-il avec ta famille ? interrogea Avery.

Leda ne répondit pas. Qu'Avery et sa prétendue compassion aillent se faire foutre. Elle ne voulait pas en parler. Même défoncée, elle ne pouvait gérer qu'une seule crise à la fois.

– Viens, on redescend, suggéra Avery d'une voix douce. Je ne sais pas ce que tu as pris, mais on va t'aider, et...

– Fous-moi la paix ! hurla Leda, tout son corps vibrant de tension.

Avery se tut un moment, puis demanda prudemment :
– Qu'est-ce que tu comptes faire ?
– Je n'en sais rien !

Pourquoi était-elle montée sur le toit, déjà ? Ah, oui, à cause d'Avery. Avery l'avait embobinée pour qu'elle la suive « au nom de toutes leurs années d'amitié ». « Quelle amitié ? » aurait dû répliquer Leda. Elle devait revenir à son plan initial – même si elle ne se rappelait plus bien en quoi il consistait. Tout ce qu'elle savait, c'est qu'elle voulait qu'Avery souffre autant qu'elle. Et Atlas aussi, même si, pour une raison quelconque, c'était surtout à sa sœur qu'elle en voulait. Logique : sa trahison était bien pire.

– Je n'en sais rien, répéta Leda en dévisageant son ex-amie tandis qu'un nuage passait devant la lune.

Rylin

Rylin franchit la porte de l'appartement du 1000e étage et pénétra dans un autre monde.

Même le temps passé à travailler chez Cord, même le voyage à Paris qu'il lui avait offert ne l'avaient pas préparée à ce niveau de grandeur. Tout, depuis le vestibule haut de deux étages jusqu'à l'immense salon avec ses fenêtres sol-plafond, avait été conçu jusque dans le moindre détail pour souligner le goût et la richesse de la famille Fuller.

Et des centaines d'ados vociférants et dansants, les yeux brillants à cause de l'alcool, s'entassaient dans cet appartement d'un luxe inouï. Rylin fendit la foule de son mieux à la recherche de Cord.

Les gens la regardaient. La plupart d'entre eux, remarquant sa robe de prêt-à-porter et ses chaussures bon marché, se détournaient aussitôt, mais quelques-uns se montraient plus intéressés. Rylin continua à regarder droit devant elle comme pour mettre quiconque au défi de lui adresser la parole. Elle devait trouver Cord. Elle n'aimait pas du tout cette foule compacte, cette musique assourdissante et la façon dont les lentilles des invités dilataient leurs yeux.

C'était le monde de Cord, se rappela-t-elle. Elle n'y avait pas pensé quand elle passait du temps avec lui – sur le coup, il lui avait semblé qu'ils se créaient un monde rien qu'à eux –, mais ces gens étaient ses amis. Et il avait eu l'intention de l'amener ici ce soir avant qu'elle gâche tout.

Sa tablette vibra en réceptionnant un message de Lux. *Je suis à la forêt d'acier avec les autres. Hiral est à cran. Qu'est-ce que tu fais ? Tout va bien ?*

Oui, tout va bien. Je t'expliquerai plus tard, répondit Rylin. Autour d'elle, les autres jeunes la virent taper avec ses doigts sur une tablette bon marché. Ils scrutèrent ses yeux, remarquèrent son absence de lentilles et devinrent encore plus curieux.

Rylin les ignora tous et fit méthodiquement le tour des lieux en quête de Cord, cherchant ce qu'elle lui dirait quand elle le trouverait. Elle attrapa un verre sur le plateau d'un serveur en espérant que ça calmerait ses nerfs. Elle n'aurait pas dû venir ; c'était une erreur. Où diable était Cord ? Elle avait fait le tour de l'appartement une fois, deux fois, sans même l'apercevoir. Peut-être était-il déjà parti.

Puis elle le vit.

Dans un coin de la bibliothèque adjacente au salon, il discutait avec une fille aux cheveux roux doré. Rylin retint son souffle. Ils se faisaient face, la main de la fille posée sur le bras de Cord, leurs hanches se frôlant et tout dans l'intimité de leur posture indiquant qu'ils avaient couché ensemble.

Rylin resta plantée là un moment, regardant la fille rire de quelque chose que Cord venait de dire. Elle était sublime, songea amèrement Rylin, tout en courbes voluptueuses, avec de grands yeux et cette chevelure somptueuse. Cord s'esclaffa avec elle, la détaillant d'un air approbateur et glissant une main plus bas le long de sa taille. Rylin eut l'impression d'avoir reçu un coup de poing dans le ventre.

Sentant le poids de son regard, Cord leva la tête.

– Rylin ? lança-t-il bêtement, comme s'il avait du mal à en croire ses yeux.

Et qui pouvait l'en blâmer ? Quelle raison Rylin Myers avait-elle de se trouver au 1000ᵉ étage ?

Un instant, ils se dévisagèrent sans bouger, comme deux acteurs d'un mauvais film sur un écran vidéo figé.

– Oh, souffla la fille en se tournant vers Rylin. (Une lueur brilla dans ses étranges yeux ambrés.) C'est elle ? Ta femme de ménage ?

Réaliser que Cord avait parlé d'elle avec cette inconnue brisa quelque chose à l'intérieur de Rylin. Elle fit volte-face à l'aveuglette, mue par un besoin désespéré de s'échapper.

– Rylin, attends ! crut-elle entendre Cord s'exclamer derrière elle.

Mais elle n'était pas certaine d'avoir bien compris par-dessus le brouhaha de la foule et, de toute façon, il était trop tard – elle s'enfuyait déjà.

Eris

– C'est elle ? répéta Eris en reportant son attention sur Cord. Ta femme de ménage ?

Elle devait admettre que la fille était plutôt jolie avec son visage ovale au teint pâle et ses yeux en amande pétillants.

– Ouais, répondit pensivement Cord, sans détacher son regard de l'endroit où la fille avait disparu.

– Pourquoi s'est-elle enfuie comme ça ?

Pour Eris, c'était une réaction incompréhensible. Si elle avait vu un garçon qui lui plaisait parler à une autre, elle se serait approchée, incrustée dans la conversation et imposée jusqu'à ce qu'elle obtienne ce qu'elle désirait.

Cord lui jeta un coup d'œil en biais.

– Les autres filles te trouvent plutôt intimidante. Tu en as conscience, au moins ?

– Qui, moi ?

Eris éclata de rire. On l'avait déjà accusée d'être beaucoup de choses : sexy, égoïste, volage… mais intimidante, jamais !

Elle voulut répondre sur le ton de la plaisanterie, mais en étudiant le visage de Cord elle remarqua que l'atmosphère avait changé. Envolé leur bavardage amical teinté de flirt. Cord avait tourné ses pensées vers l'intérieur, comme s'il hésitait sur la conduite à tenir.

– Putain, murmura Eris. Tu es amoureux d'elle.

Le jeune homme ne répondit pas, ce qui était une réponse suffisante en soi.

– Tu es amoureux d'elle alors qu'elle s'est servie de toi, reprit Eris, stupéfaite. Tu cries sur tous les toits que tu ne crois pas en l'amour, mais tu mords à l'hameçon aussi facilement que les autres.

– L'amour et la confiance, ce n'est pas la même chose, répliqua Cord alors qu'un message entrant s'affichait sur les lentilles d'Eris.

Tu le penses, ou tu es juste bourrée ?

Eris se détourna en agitant la main pour indiquer à Cord qu'elle passait un appel. Mariel décrocha à la quatrième sonnerie.

– Je pensais tout ce que je t'ai écrit. Et je n'ai rien bu ce soir. Je suis désolée, se hâta de débiter Eris dans un souffle. Vraiment, vraiment désolée. Je n'aurais jamais dû dire ça.

Mariel garda le silence. Eris comprit qu'elle devait ajouter quelque chose.

– J'avais tort. J'ai manqué de tact. Je me sentais sur la défensive, après la façon dont tu as réagi quand je t'ai dit que j'avais accepté l'argent, mais ça ne justifiait pas que je m'en prenne à toi.

– Je ne veux pas qu'on se dispute, Eris, lâcha Mariel au bout d'un moment. (Elle semblait lasse.) Moi aussi, je suis désolée. Je sais que je t'ai provoquée. C'est juste que… Je m'inquiète pour toi.

– C'est réciproque, dit doucement Eris.

– Tu n'as vraiment rien bu ce soir ? demanda Mariel, incrédule.

– Non. Je ne suis pas d'humeur. (Eris soupira.) Toute la soirée, j'ai pensé à notre dispute et essayé de trouver un moyen d'arranger les choses. Je ne veux pas te perdre, ajouta-t-elle tout bas.

Mariel prit une inspiration.

– Et si tu passais à la maison, qu'on en discute ?

– C'est vrai ? J'arrive tout de suite !

Une onde de chaleur se propagea depuis le centre de la poitrine d'Eris, qui éclata d'un rire spontané et joyeux. Mariel lui pardonnait. Du moment qu'elle lui pardonnait, tout le reste s'arrangerait.

Eris voulut s'éloigner, mais l'expression blessée de Cord l'arrêta. Après tout, pourquoi sa relation avec cette fille ne pourrait-elle pas fonctionner aussi ? Si Mariel et elle arrivaient à s'entendre, il n'y avait pas de raison que Cord et sa femme de ménage ne puissent pas en faire autant.

– Si tu l'aimes, va lui parler, l'exhorta-t-elle.

Mais Cord se contenta de secouer la tête, borné et stupide comme tous les garçons. Eris se sentit tiraillée. Elle ne pouvait pas le laisser comme ça, pas alors qu'elle venait de récupérer la chose qu'elle avait le plus peur de perdre. Elle se sentait d'humeur généreuse, irradiant une joie sauvage.

Je peux tout arranger pour lui. Cette pensée résonna dans sa tête aussi claire et forte que les cloches de l'église de Mariel.

Je dois faire un truc pour un ami. C'est important. Excuse-moi. Je suis là dans une demi-heure, texta-t-elle à Mariel. Puis elle leva les yeux vers Cord et annonça :

– Je vais te la chercher.

– Quoi ? (Cord semblait perdu.) Où… ?

– Je te la ramène, puis je rentre retrouver Mariel ! lança Eris, ravie, par-dessus son épaule.

Et elle s'élança dans la même direction que la fille des étages inférieurs, riant une fois de plus de l'étrangeté de l'univers.

Rylin

Rylin fonçait droit à travers la foule, sans se soucier des gens qui riaient d'elle. Tout ce qu'elle voulait, c'était sortir de là, mais elle s'était perdue dans cet appartement immense et avait sans le vouloir fini dans la cuisine. Il devait y avoir d'autres jeunes pas loin ; elle entendait leurs voix même si elle ne les voyait pas.

Elle tourna sur elle-même en se demandant de quel côté était la sortie – et aperçut un éclair de cheveux roux doré dans le couloir. *Merde alors*, songea Rylin, paniquée. *Elle me suit, ou quoi ?*

Avisant ce qui ressemblait à un garde-manger, elle plongea à l'intérieur.

Ses yeux s'écarquillèrent à la vue de ce qui l'attendait dans la petite pièce et, sous le choc, Rylin laissa la porte ouverte derrière elle. Au milieu de l'espace minuscule, une échelle montait jusqu'à un carré bleu foncé qui ne pouvait être que le velours céleste piqueté d'étoiles.

Un accès au toit.

Rylin entendit des voix de filles au-dessus d'elle, mais trop loin pour qu'elle puisse distinguer leurs paroles avec le vent qui soufflait au sommet de la Tour. Sa curiosité prenant momentanément le dessus sur ses autres émotions, elle hésita. Pourquoi ne pas grimper à l'échelle et voir où elle menait ? Dans l'appartement ne l'attendaient que Cord, la fille aux cheveux roux et la douleur aiguë de la déception. Plus bas encore, il y avait Chrissa, Hiral, Lux et tous les autres gens à qui elle avait réussi à faire du mal.

Toute cette foutue Tour était remplie de ses erreurs. Mais là, sur le toit… *Qui sait ?*

De ses mains aux ongles vernis en noir, Rylin empoigna fermement les montants de l'échelle.

Quelques instants plus tard, elle se hissait par la trappe béante. Elle eut du mal à en croire ses propres yeux. Elle se trouvait bel et bien sur le toit de la Tour, quatre kilomètres au-dessus de la forêt d'acier et de ses occupants. Cette pensée lui donna le vertige.

Elle se tenait sur une plate-forme centrale probablement assez large pour accueillir une trentaine de personnes se tenant serrées les unes contre les autres. Il y avait une rambarde à un bout et, à l'autre, une pente abrupte qui disparaissait dans l'obscurité. Au-dessus d'elle, Rylin voyait l'aiguille de la Tour s'élancer vers les cieux. Elle frissonna en frottant ses bras nus. Elle ne pensait pas que le vent serait si froid là-haut.

Les filles qu'elle avait entendues depuis la cuisine se tenaient à une extrémité de la plate-forme et, d'après le ton de leurs voix, elles se disputaient. Elles étaient deux : une Noire aux poignets fins qui gesticulait d'un air coléreux, et une blonde qui était sans doute la plus belle fille que Rylin avait jamais vue. Elles ne l'avaient pas remarquée.

– Je n'en sais rien ! aboya la plus petite des deux en reculant d'un pas devant l'autre.

Il y avait dans sa voix quelque chose de si déchirant et dangereux que Rylin en fut un peu effrayée. Elle n'aurait pas voulu de cette fille pour ennemie.

Elle ferait mieux de redescendre. Cette histoire ne la concernait pas. Mais avant de pouvoir battre en retraite, Rylin entendit quelqu'un gravir l'échelle.

Leda

Leda crut entendre un bruit et tourna vivement la tête vers la trappe. Une fille se tenait là, réalisa-t-elle, hébétée.

– Qui es-tu ? aboya-t-elle.

– Je m'appelle Rylin Myers, bredouilla l'inconnue. (Ce nom disait vaguement quelque chose à Leda.) Désolée, je ne voulais pas…

– Tu ferais mieux d'y aller, la pressa Avery.

D'autres pas montèrent l'échelle et, un instant plus tard, la chevelure blond vénitien d'Eris apparut dans l'ouverture. Génial ! La dernière personne au monde que Leda avait envie de voir en ce moment.

– Te voilà ! s'exclama Eris en se hissant sur le toit, le regard braqué sur la dénommée Rylin. Je veux juste te parler. Cord te cher…

– Putain, c'est quoi, ton problème ? siffla Leda sur un ton venimeux, reportant sur Eris sa colère affûtée et chauffée à blanc.

Eris leva un sourcil.

– Calme-toi, Leda. Je suis certaine qu'elle n'a pas fait exprès de monter ici.

– Je ne parle pas d'elle, je parle de toi ! (Le clair de lune nimbait le foulard Calvadour crème, celui que son père avait offert à Eris, et cette vision fit perdre à Leda le peu de self-control qui lui restait.) Je ne comprends même pas que tu oses me regarder en face !

– Eris ! s'écria Avery. Redescends, s'il te plaît.

Eris jeta un coup d'œil à l'inconnue qu'elle avait suivie sur le toit, puis reporta son attention sur Leda. Pour quelque folle raison, elle ne bougea pas.

– J'imagine que tu es au courant, dit-elle d'une voix calme en fixant Leda. C'est ton père qui t'a raconté ?

– Je ne veux pas te parler !

Leda recula précipitamment, s'approchant du bord du toit.

Avery rejoignit Eris, et toutes deux échangèrent un regard inquiet.

– Leda, dit Avery sur un ton effrayé. Viens, on redescend. On va en discuter tranquillement en bas.

Mais Leda n'avait d'yeux que pour Eris et son foulard. Comment cette traînée osait-elle se pavaner en public avec le cadeau d'un homme marié ? N'avait-elle pas honte ?

– C'est quoi, ton problème ? glapit Leda. Pourquoi tu ne fous pas la paix à ma famille ?

Désespérée, elle fit encore un pas en arrière. Ces deux filles qui étaient censées être ses amies l'avaient littéralement acculée dans un coin. L'une d'elles couchait avec son père, et l'autre, avec le seul garçon qui l'ait jamais intéressée. Ça lui apprendrait à choisir si mal ses fréquentations, songea Leda.

Elle tâtonna frénétiquement dans la poche de sa robe en quête d'un autre cachet de xenperhédrine. Elle avait besoin d'avoir les idées un peu plus claires pour gérer tout ça. Mais sa poche était vide.

– Je comprends que tu sois bouleversée, lança Eris en s'avançant vers elle. Je suis désolée, d'accord ? Je sais que c'est bizarre. Mais je n'en parlerai à personne. Et je ne r-reverrai… bégaya-t-elle un peu… jamais ton père, c'est promis.

– Emporte ton foulard débile et disparais !

Leda avait envie de pleurer, de hurler, de tailler Eris en pièces – n'importe quoi plutôt que rester plantée là à écouter l'autre fille lui parler de sa liaison avec son père. Comme si elle n'avait pas déjà assez de choses à gérer ce soir.

Eris se tenait maintenant assez près d'elle pour que Leda puisse lui arracher son foulard. Son cœur battait très fort sous l'effet du stimulant. Eris et elle se tenaient dangereusement près du vide. Avery ne cessait de leur crier de revenir.

– Moi aussi, je suis complètement chamboulée, d'accord ? murmura Eris en plantant son regard dans celui de Leda. S'il te plaît.

Elle voulut poser une main sur le bras de Leda, et ce fut la goutte d'eau proverbiale.

– Ne me touche pas ! cria Leda en repoussant aveuglément Eris.

Elle entendit vaguement d'autres pas monter l'échelle.

Puis Eris tituba en arrière presque au ralenti, ses talons vertigineux se dérobant sous elle.

Un instant, il sembla qu'elle allait reprendre son équilibre, et Leda voulut la rattraper. Mais trop tard. Déjà, Eris basculait dans le vide, ses yeux magnifiques écarquillés par le choc. Leda la regarda dégringoler vers le sol, les plis de sa robe écarlate ondulant autour d'elle, son foulard claquant au vent tel un inutile drapeau. Sa silhouette happée par l'obscurité de la ville en contrebas rapetissa très vite, et Leda songea avec un détachement presque surnaturel que c'était une vision d'une beauté étrange.

Longtemps après qu'Eris eut disparu, elle resta plantée au bord du toit. Une éternité impossible à mesurer s'écoula avant qu'elle prenne enfin conscience de l'horreur de ce qui venait de se passer. Alors, elle enfouit son visage dans ses mains et se mit à hurler.

Au loin, le soleil pointait à l'horizon, étendant ses doigts rouges volontaires dans le ciel nocturne qui battait en retraite. Des doigts qui, pour Leda, avaient la couleur répugnante du sang fraîchement répandu.

Watt

Watt n'en croyait pas ses yeux.

En arrivant à la soirée, il avait joué des coudes pour se frayer un chemin parmi la foule et demandé si quelqu'un avait vu Avery ou Leda. Deux filles de troisième à l'air effrayé avaient fini par lui indiquer la direction de la cuisine. Il avait vu la porte ouverte du garde-manger, et une échelle qui montait vers l'obscurité. Un mauvais pressentiment lui avait noué le ventre alors même que Nadia le pressait de monter immédiatement sur le toit.

En haut de l'échelle, Watt avait découvert Leda et Eris en train de se disputer. Eris avait tendu une main vers Leda, qui l'avait repoussée violemment. Alors, Eris était tombée – elle avait basculé par-dessus le bord de la plate-forme et disparu le long du flanc de la Tour. Il l'avait imaginée dégringolant dans le vide, les bras tendus vers le haut, impuissante à arrêter sa chute. Avec un peu de chance, son cœur cesserait de battre avant l'impact.

Watt fut saisi de nausée à la pensée de son corps – ou de ce qu'il en restait – gisant sur le trottoir des kilomètres plus bas.

Leda était toujours plantée là, regardant par-dessus le bord du toit, les yeux écarquillés et la bouche ouverte en un cri aigu qui semblait ne jamais vouloir se terminer. D'autres filles se trouvaient également là : Avery, et une brune aux yeux verts que Watt ne connaissait pas. Toutes deux fixaient l'endroit où Eris avait disparu d'un air choqué.

Incapable d'en supporter davantage, Watt empoigna brutalement Leda et la tira vers lui. La tête de la jeune fille partit en arrière, et son cri atroce s'interrompit enfin.

Un instant, Watt, Avery et l'inconnue se regardèrent en silence. Ils avaient tous vu ce qui venait de se passer. Avery était blême, et ses épaules tremblaient. Watt réalisa qu'elle pleurait, le clair de lune faisant scintiller ses larmes d'une lueur argentée. Évidemment, Eris était sa plus vieille amie. Watt aurait voulu la prendre dans ses bras et la serrer contre lui pendant qu'elle sanglotait, mais il ne bougea pas.

Leda s'était recroquevillée sur elle-même, toute tremblante. Ses yeux remuaient sous ses paupières closes, et son visage était tordu par la douleur. Était-elle encore défoncée de la veille ? Watt n'arrivait pas à croire qu'il ne s'était écoulé qu'une journée depuis que Derrick et lui s'étaient installés dans son salon pour boire du whisky. Les dernières vingt-quatre heures se brouillaient dans son esprit : Leda qui le droguait, l'embrassait et lui soutirait des aveux, lui qui se réveillait et, follement inquiet pour Avery, fonçait aussitôt au 1000e étage…

Au final, c'était Eris qu'il n'avait pas réussi à sauver.

L'inconnue brisa le silence.

– Il faut appeler la police, dit-elle d'une voix qui tremblait à peine.

Watt demanda à Nadia qui elle était, et le quant croisa le visage de la jeune fille avec la fonction de reconnaissance faciale de la Tour. *Rylin Myers, 32e étage.* Watt se demanda comment elle avait atterri ici.

Hébétée, Avery cligna des yeux.

– Je m'en occupe, dit-elle.

Mais elle pleurait toujours, et Watt ne pouvait pas le supporter. Il ne pouvait pas faire grand-chose pour l'aider en ce moment ; du moins pouvait-il la laisser épancher son chagrin en paix.

– Laisse-moi faire.

Avery acquiesça avec reconnaissance.

Tel un sort, ces trois mots arrachèrent Leda au cauchemar éveillé dont elle était prisonnière. La jeune fille redressa le dos et leva la tête, les yeux flamboyants.

– Certainement pas, dit-elle avec un calme effrayant. Tu n'appelleras personne.

– Leda, Eris est morte, tenta de la raisonner Avery. Il faut faire venir les secours !

– Personne ne peut plus rien pour elle, répliqua Leda impitoyablement.

– C'est ta faute ! hurla Avery.

– Vraiment ? (Leda prit une grande inspiration. Plus les autres paniquaient, plus elle semblait reprendre le contrôle d'elle-même.) Si mes souvenirs sont exacts, c'est toi qui nous as fait monter ici.

– Tu l'as poussée !

– Vraiment ? répéta Leda d'une voix basse et calme, contrastant avec les cris aigus d'Avery. Je ne crois pas. Je crois qu'Eris avait simplement trop bu à *ta* soirée. (Elle fixa Avery sans ciller, comme si elle était une gorgone et que son regard pouvait la changer en pierre.) Et qu'elle est tombée toute seule.

– Je t'ai vue la pousser, intervint la dénommée Rylin. Je le dirai à la police.

Leda jeta un coup d'œil à la ronde, son regard passant rapidement d'une personne à l'autre comme si elle était un animal acculé cherchant un moyen de s'enfuir. Elle sembla passer en revue différentes possibilités.

– Rylin, c'est bien ça ? dit-elle en faisant face à la fille des étages inférieurs. Tu es la dernière personne qui devrais s'adresser aux flics en ce moment, et tu sais très bien pourquoi.

Rylin hésita. Dans le silence qui suivit, Leda redressa les épaules et poursuivit sur sa lancée :

– Aucun de nous n'appellera la police tant qu'on ne se sera pas mis d'accord sur ce qu'on va leur raconter. Eris était soûle ; elle a glissé et elle est tombée. Si quelqu'un s'avise de dire autre chose, je ne garantis pas de protéger ses secrets.

Une lueur dure dans les yeux, elle éclata d'un rire dément.

Watt se hérissa en comprenant ce qu'elle voulait dire. Elle le menaçait de révéler qu'il s'adonnait au piratage. Tant pis, songea-t-il. Nadia et lui étaient trop prudents et trop professionnels pour laisser de trace de leurs activités.

– Tu crois pouvoir te servir de mes activités annexes pour me menacer ? aboya-t-il sans se soucier qu'Avery et Rylin l'entendent. Tu ne pourras jamais rien prouver.

– Oh, Watt, susurra Leda en prenant un ton de conspiratrice. Je sais quelque chose de bien pire à ton sujet. N'insiste pas ou tu le regretteras.

Perplexe, le jeune homme la dévisagea.

– Désolée pour le cachet, poursuivit Leda presque gaiement. Mais tu m'as forcé la main. Si tu avais été un peu plus cool, je n'aurais pas eu besoin d'y recourir.

Avery regardait tour à tour Watt et Leda en essayant de comprendre. Le jeune homme était livide de rage.

– Je vais appeler les flics et tout leur raconter ! s'exclama-t-il.

– Comme tu voudras, lâcha Leda avec un sourire pincé. Passe-les-moi quand tu auras fini, que je puisse leur dire qui est vraiment Nadia.

Silence sur le toit. Leda dévisageait Watt sans broncher. Se pouvait-il vraiment qu'elle sache ? songea follement le jeune homme. Et si oui, comment ?

– Oh, oui, acquiesça Leda comme si elle avait lu dans ses pensées. J'ai tellement hâte de rencontrer Nadia. Mon impatience est inquantifiable.

Elle avait légèrement accentué la syllabe « quant », si légèrement que seul Watt avait dû le remarquer.

Le jeune homme fut pris de nausée. Non, il ne pouvait rien dire.

– Quant à toi, reprit Leda ne se tournant vers Rylin, je dirai à la police ce que tu as fait à Cord. Tu prendras au moins dix ans pour ça, et peut-être perpète.

Rylin blêmit. Watt se demanda ce que Leda savait sur elle. *Nadia, essaye de trouver*, ordonna-t-il. Peut-être pourrait-il aider la jeune fille, histoire que l'un d'eux au moins échappe à l'emprise de Leda.

– Je ne te couvrirai pas, Leda, pas après… commença Avery.

Mais Leda se tourna vivement vers elle.

– Ne songe même pas à ouvrir la bouche, Avery. Ton secret ignoble est le pire de tous.

Avery se tut, et Watt compatit. Il savait très bien de quoi parlait Leda : c'était lui qui lui avait servi cette révélation sur un plateau d'argent.

– Bien, conclut Leda d'une voix dans laquelle perçait une pointe d'hystérie. Donc, nous sommes tous d'accord ? Eris était bourrée ; elle a glissé et elle est tombée.

Elle les regarda tour à tour. Rylin acquiesça lentement, et Avery l'imita. Elles n'étaient que des marionnettes impuissantes entre les mains de Leda. Watt dévisagea cette dernière, l'esprit en ébullition, cherchant désespérément une solution.

Mais il n'en voyait aucune. Il allait être obligé de mentir au sujet de la mort d'une innocente.

Inévitablement, il finit par hocher la tête comme Leda savait qu'il le ferait.

Avery

Avery n'avait jamais vu l'église Saint-Martin, située au 947e étage, aussi bondée que le matin des obsèques d'Eris.

Les obsèques d'Eris. Ça semblait impossible, même pour Avery qui l'avait vue mourir.

L'église était faiblement éclairée et entièrement drapée de noir, remplie de gens endeuillés en tenue tout aussi sombre. L'unique tache claire était une profusion de fleurs blanches autour du cercueil en bois poli, et l'écran dressé juste à côté sur lequel défilaient des photos d'Eris – des portraits un peu godiches que sa mère avait dû la forcer à prendre plutôt que les selfies spontanés que la jeune fille publiait sur son flux.

Eris aurait détesté ça, songea Avery avec un bruit de gorge mi-sanglot mi-rire. C'était bien trop traditionnel et lugubre, pas du tout comme son amie qui était si expressive et pleine d'énergie.

Avery avait tant de souvenirs d'elle ! Quand elles se déguisaient, enfants, et qu'elles se disputaient la robe de princesse qui changeait de couleur lorsqu'on agitait la baguette assortie. La fois où elles s'étaient fait faire d'horribles coupes au bol en cinquième. Le soir où elles avaient bu leurs premières bières, et où Eris avait tenu cette même coupe au bol pendant qu'Avery vomissait toute la nuit. Quand elles gloussaient en cours de latin parce que chaque mot de leurs versions sonnait comme un terme cochon. La fois où elles s'étaient enfuies à Londres pour le week-end parce que Eris « était fatiguée de New York ».

Mais Eris traversait une mauvaise passe ces derniers temps, et Avery regretta brusquement de ne pas l'avoir davantage soutenue. Son amie avait vraiment besoin d'elle, mais Avery était trop préoccupée par ses propres histoires avec Atlas, Leda et Watt pour faire autre chose que lui organiser une soirée d'anniversaire. Et même ça, ça avait tourné à la catastrophe.

Du moins Eris avait-elle été heureuse durant les deux dernières semaines avec cette fille des étages inférieurs qu'elle fréquentait. Avery se demanda qui était la fille en question, et si elle se trouvait là en ce moment. Eris ne lui avait même pas dit son nom.

Depuis l'avant de l'église, elle jeta un coup d'œil à la ronde. Il lui semblait que tous les gens qui avaient connu Eris étaient là, leurs camarades et leurs professeurs, les parents de leurs amis et les amis de leurs parents. Elle avait aperçu Watt dans le fond, les yeux aussi cernés qu'elle, même si elle ne lui avait pas reparlé depuis cette soirée funeste. Les autres amis d'Eris se trouvaient dans la rangée derrière la sienne : Jess, Risha et même Ming – et bien entendu Leda, dont le regard vrillait le dos d'Avery depuis le début.

La famille d'Eris occupait le premier rang : sa mère, vêtue d'une robe en crêpe noire pas tout à fait appropriée pour des obsèques, même si personne n'aurait osé lui en faire la remarque ; sa tante Layne, venue de Californie en avion et, à la grande surprise d'Avery, Everett Radson et sa propre mère. La vieille dame regardait droit devant elle avec une expression indéchiffrable. Elle portait plus de diamants qu'Avery n'en avait jamais vu sur une seule personne, comme si elle pouvait compenser son manque de jeunesse par une abondance de carats. Près d'elle, M. Radson sanglotait dans un mouchoir monogrammé.

Avery aurait voulu être fâchée contre lui. Elle trouvait ça injuste qu'il ait abandonné Eris de son vivant et montre un tel chagrin après sa mort. Pourtant, elle n'arrivait pas à éprouver de colère envers un homme si visiblement brisé.

Les Fuller étaient au deuxième rang, derrière les Todd-Radson, un honneur étonnant dans la mesure où Eris avait péri durant une des soirées d'Avery. Mais les parents de son amie ne semblaient pas lui en tenir rigueur. Avery ne pouvait pas en dire autant de ses propres parents qui, encore blêmes et sous le choc, supportaient à peine de la voir. Atlas se tenait près d'elle, aussi séduisant que d'habitude dans son costume noir. Il essayait constamment d'accrocher son regard, mais Avery s'obstinait à fixer l'écran sur lequel défilaient des portraits où son amie défunte avait l'air ridiculement coincée.

– Car nous n'avons rien apporté au monde, et il est évident que nous n'en pouvons rien emporter.

Rien, rien, rien. Le mot résonnait dans sa tête tel un écho caverneux. Il était familier à Avery : rien, c'était exactement ce qu'elle avait fait pour Eris. Elle n'avait raconté la vérité sur sa mort à personne, pas même à Atlas.

La vérité ne changerait rien à la situation, tentait-elle de se raisonner. Elle ne ramènerait pas Eris à la vie. Mais Avery savait que de telles pensées étaient lâches et égoïstes, et elle se méprisait de les avoir.

Après la chute d'Eris – trois nuits auparavant, même s'il lui semblait que ça faisait une éternité –, Avery avait brusquement mis ses invités dehors et appelé les flics. Ils étaient arrivés presque immédiatement. Avery les avait conduits sur le toit et, d'une voix tremblante, avait expliqué comment elle avait découvert l'échelle et amené des amis sur le toit pour leur montrer la vue. Ils avaient été interrogés tous les quatre et, comme convenu, ils s'en étaient tenus à la version de Leda : Eris était soûle, elle avait glissé.

Avery avait été choquée par la facilité avec laquelle les flics avaient gobé leur mensonge. Personne ne leur avait demandé de preuves, personne n'avait porté plainte contre eux. Avery se sentait responsable d'avoir révélé l'accès au toit en premier lieu, mais la seule conséquence pour elle, c'était qu'une équipe de maintenance était venue bloquer la trappe à jamais. Et que tout le monde n'avait d'yeux que pour elle, encore plus qu'avant. *C'est choquant qu'Avery Fuller ait fait preuve d'aussi peu de jugeote en laissant son amie monter sur le toit alors qu'elle était soûle*, chuchotaient les gens. *Quel accident tragique.*

L'énorme orgue commença à jouer, et tout le monde se leva pour chanter un hymne funéraire. Avery saisit le missel à l'ancienne et tenta de suivre d'une voix rauque. Elle tenait le livre de la main droite, et la gauche, du côté d'Atlas, pendait le long de son flanc. Le jeune homme lui effleura prudemment le petit doigt avec le sien, en un geste de soutien silencieux. Mais Avery l'ignora. Elle sentait Leda l'observer depuis le banc de derrière, comme pour la mettre au défi de tester ses limites.

Avery ne savait pas quoi faire au sujet d'Atlas. Elle l'aimait tant que c'en était douloureux, d'un amour qui imprégnait chaque fibre de son être. Mais leur relation s'annonçait compliquée à présent, marquée comme elle l'était par la tragédie et le chagrin.

Ils ne pouvaient pas s'enfuir, pas alors que Leda connaissait la vérité à leur sujet. Jusque-là, ils s'imaginaient que leurs parents trouveraient une histoire à raconter pour expliquer leur départ, comme ils l'avaient fait pendant l'absence d'Atlas. Mais s'ils s'en allaient maintenant, Leda révélerait leur secret, et Avery ne voulait pas infliger ça à leurs parents. Atlas et elle devaient rester, au moins jusqu'à ce qu'ils aient trouvé un moyen de gérer Leda.

Un secret contre un autre, songea Avery, sarcastique. Oui, elle détenait un secret sur Leda pour contrer celui que Leda détenait sur Atlas et elle. Mais combien de temps cet équilibre fragile durerait-il ?

Tout était différent à présent. La mort d'Eris avait marqué une cassure profonde ; tout ce qui s'était passé avant semblait appartenir à une autre vie et un autre monde. L'Avery qu'elle était alors avait disparu. Elle s'était brisée en mille morceaux, et une autre Avery – plus dure, plus coupante – avait émergé des débris.

Comme elle continuait à chanter, incapable de pleurer son amie défunte, Avery eut l'impression qu'elle ne se sentirait plus jamais en sécurité tant que Leda serait dans les parages.

Mariel

Mariel se tenait dans le fond de l'église, à moitié cachée dans l'ombre, presque une ombre elle-même. Elle portait la robe noire qu'Eris détestait tant – elle n'en avait pas d'autre de cette couleur – mais avait enfilé un pull par-dessus. Avec ses ballerines noires et ses boucles d'oreilles en fausses perles, ça passait très bien. Elle avait même renoncé à son rouge à lèvres habituel, se contentant de poudrer le tour de ses yeux rougis d'avoir trop pleuré. Elle voulait être jolie pour faire ses adieux à Eris. La seule fille qu'elle eût jamais aimée, même si elle ne le lui avait pas dit… du moins, pas en ces termes.

Mariel serra son rosaire dans sa poche, si fort que ses jointures pâlirent, et regarda autour d'elle.

L'église était bondée de hordes de gens en vêtements de couturier noirs, serrant contre eux des sacs en cuir matelassé et reniflant dans des mouchoirs monogrammés. Étaient-ils vraiment tous des amis d'Eris ? Ils ne pouvaient pas l'avoir connue aussi intimement que Mariel. Et elle ne leur manquerait certainement pas autant.

Le chagrin de Mariel rugissait en elle, menaçant de la submerger. Chaque matin en se réveillant, elle pensait à quelque chose qu'elle voulait dire à Eris – puis elle se souvenait, et le chagrin la frappait à nouveau de plein fouet.

Elle était rongée de culpabilité à cause des choses cruelles qu'elle avait dites à Eris le soir de sa mort. Bien sûr, elle ne les pensait pas, mais elle était terrifiée à l'idée qu'Eris déménage dans la hauteTour : elle craignait tellement de la perdre une fois qu'elle aurait retrouvé son monde de richesse et de luxe ! Quand Eris s'était rendue seule à la soirée d'Avery, Mariel avait paniqué. Elle savait qu'elle aimait Eris plus qu'Eris ne l'aimait – il était même possible qu'Eris ne l'aime pas du tout. Cette pensée l'affolait.

Mariel avait craqué pour Eris dès le début, ou presque. Elle n'aurait pas su dire pourquoi, mais elle avait éprouvé une attirance irrésistible dès les premières secondes. Bien sûr, Eris était égocentrique et irresponsable, mais elle était aussi lumineuse et magnétique, dotée d'une énergie qui avait donné à Mariel l'impression d'être subitement vivante. Elle avait tenté de lutter un moment mais, au final, elle n'avait jamais vraiment eu le choix. Elle n'avait pas pu s'empêcher d'aimer Eris.

Quand celle-ci l'avait appelée de chez les Fuller, Mariel avait éprouvé un soulagement indicible. Elles allaient se réconcilier. Eris lui avait promis de la rejoindre bientôt. Mariel l'avait attendue toute la nuit et une partie de la matinée suivante, mais elle n'était jamais arrivée.

Même si ça n'avait pas été de la façon qu'elle redoutait, ce monde de richesse et de luxe lui avait bel et bien arraché Eris.

Le regard de Mariel se posa sur le cercueil à l'avant de l'église. Elle n'arrivait pas à croire qu'Eris était enfermée là-dedans. Cette boîte ne semblait pas assez grande pour contenir son rire éclatant, ses gestes exagérés et ses émotions débordantes. L'église – non, la Tour même – n'aurait pas dû pouvoir la contenir. Eris était… incommensurable.

Tandis que le prêtre poursuivait son éloge d'une voix monocorde, Mariel repensa à la façon dont Eris était morte. On disait qu'elle avait suivi ses crétins d'amis en haut d'une échelle, sur une partie du toit de la Tour qui aurait dû être inaccessible. Qu'elle avait trop bu, qu'elle avait glissé et qu'elle était tombée. Un accident tragique qui aurait pu être évité.

Mais Mariel savait que c'était faux. Eris lui avait dit qu'elle n'avait pas bu. Puis qu'avant de rentrer elle devait faire quelque chose pour un ami. De quoi avait-elle voulu parler ? Quel genre d'ami l'aurait envoyée sur le toit ? Quelque chose clochait, et cela tourmentait Mariel.

Les gens des étages supérieurs se croyaient immunisés contre les problèmes de la vraie vie ; ils se pensaient en sécurité à des kilomètres du sol, protégés par leur fric et leurs contacts. Mais ils se trompaient. Mariel allait découvrir la vérité au sujet de la mort d'Eris. Si quelqu'un était responsable, si quelqu'un avait quelque chose à cacher, elle le lui ferait payer.

Elle resta au fond de l'église jusqu'à la fin du service. Personne ne l'avait invitée, et personne ne fit attention à elle. Mais si quelqu'un avait regardé dans sa direction, il aurait vu les cierges projeter des ombres sur ses pommettes saillantes, illuminant les larmes qui ruisselaient sur son visage.

Remerciements

Écrire un roman a toujours été mon rêve mais, par moments, ça m'est apparu comme une tâche quasi impossible. Je suis reconnaissante d'avoir bénéficié d'une aide et d'un soutien incroyables durant tout ce processus.

D'abord, un immense merci à toute l'équipe d'Alloy Entertainment. Joelle Hobeika, mon intrépide et infatigable éditrice : merci d'avoir été ma complice depuis le début. Ce roman a bénéficié de tes encouragements et de tes idées de façons si nombreuses que je ne peux les compter. Josh Bank, la première personne qui a entendu ma présentation du concept d'*Inaccessibles* : merci d'être tombé amoureux de cette histoire autant que je l'étais déjà, et d'avoir passé des heures innombrables à réparer ses accrocs avec moi. Sara Shandler, merci pour ton énergie, tes encouragements et ta clairvoyance éditoriale. Les Morgenstein, Gina Girolamo, Maggie Cahill et tout le monde au bureau d'Alloy à Los Angeles, merci de votre soutien constant et enthousiaste. Merci aussi à Theo Guliadis, génie des réseaux sociaux ; à Elaine Damasco pour cette couverture magnifique, absolument parfaite ; à Liz Dresner, pour ton talent en matière de design ; à Romy Golan, pour nous avoir empêchés de prendre du retard ; à Stephanie Abrams et Matt Bloomgarden, pour avoir géré plus de feuilles de calcul qu'il n'y a de pages dans ce livre ; et à Heather David, pour avoir fait en sorte que tout roule en douceur malgré nos efforts contraires.

Je suis très reconnaissante à la merveilleuse équipe de chez HarperCollins, sans qui ce livre n'aurait jamais existé. Emilia

Rhodes : on a fait du chemin depuis l'époque où l'on corrigeait des romans de vampires ensemble. Il n'est personne d'autre avec qui j'aurais préféré bosser sur ce projet. Merci d'avoir cru en lui, et en moi. Jen Klonsky : merci, merci, merci pour ton enthousiasme sans bornes et ton soutien illimité pendant tout le processus. Alice Jerman : je suis bien placée pour savoir combien le travail d'assistante éditoriale est difficile, et j'apprécie énormément ton aide – surtout pour les corrections de dernière minute que tu as patiemment rentrées à la main ! Sarah Kaufman, Alison Klapthor et le reste du département artistique de chez Harper : merci d'avoir rendu ce livre aussi beau, dedans comme dehors. Un énorme merci aussi à Elizabeth Ward et au reste du département marketing, ainsi qu'à Gina Rizzo et au département publicité, pour les efforts infatigables et incroyablement créatifs que vous avez déployés afin de préparer la sortie d'*Inaccessibles*.

À l'équipe de Rights People – Alexandra Devlin, Allison Hellegers, Caroline Hill-Trevor, Rachel Richardson, Alex Webb, Harim Yim et Charles Nettleton : merci d'avoir porté *Inaccessibles* à tellement d'autres endroits dans le monde. Je n'aurais pas pu rêver de gens plus généreux, plus adorables et globalement plus merveilleux pour gérer les droits étrangers de mon roman. J'ai de la chance de vous avoir, et j'en suis bien consciente !

À mes amis et ma famille, merci pour toutes vos contributions à ce roman et pour m'avoir supportée pendant sa création. Maman et papa – je n'en serais jamais arrivée là sans votre soutien infaillible et votre confiance en moi. John Ed et Lizzy, vous avez toujours été ma source d'inspiration et mes premiers fans. Merci à mes grands-parents, tout particulièrement à Snake, pour m'avoir appris à lire il y a si longtemps. Vous me manquez terriblement, et vous me manquerez toujours.

Merci aussi à la famille Field pour m'avoir hébergée pendant plus d'un week-end prolongé d'écriture, surtout à Kiki qui a conduit pendant huit heures pour revenir d'un mariage pendant que j'écrivais tout le long dans le siège passager. Et enfin, bien sûr, à Alex : merci pour ta patience, pour ton guacamole motivant, pour avoir discuté d'ados fictifs beaucoup plus longtemps que je ne pouvais l'exiger de toi, et pour avoir lu ce roman au fur et à mesure.

L'auteur

Katharine McGee est née à Houston, au Texas. Elle a étudié la littérature française à l'université de Princeton. C'est en vivant à New York qu'elle a commencé à rêver de gratte-ciels et à écrire *Inaccessibles*. Le roman est immédiatement devenu un best-seller.

Composition et mise en pages
Nord Compo à Villeneuve-d'Ascq

IMPRIM'VERT® PEFC 10-31-1510

Imprimé en France
par Corlet Imprimeur
14110 Condé sur Noireau
N° d'impression : 185948
Dépôt légal : février 2017
ISBN : 978-2-7499-2826-5
LAF : 2154A